AF175645

Patricia Sheedy
Mord in Jolly Clover

## Das Buch

Ein englisches Dorf, ein unbeliebter Toter und jede Menge Verdächtige

Als im Wald des beschaulichen Jolly Clover im britischen Buckinghamshire die Leiche von Benjamin Easterbrook gefunden wird, ist die Dorfgemeinde entzückt. Endlich gibt es etwas zu erzählen in ihrem sonst so idyllischen Örtchen. Zum Glück war das Opfer, der Bruder des Gutsherrn, höchst unbeliebt. Doch die Freude ist nur von kurzer Dauer, denn die Polizei sucht den Mörder unter den Dorfbewohnern. Als die dreißigjährige Touristenführerin Emily Walker, die immer noch bei ihren Eltern lebt, unter Verdacht gerät, ist sie gezwungen, selbst zu ermitteln, um ihre Unschuld zu beweisen. Bei ihren Nachforschungen schreckt sie jedoch nicht nur den Täter auf, sondern kommt auch einem Geheimnis aus der Vergangenheit auf die Spur.

## Die Autorin

Patricia Sheedy verbrachte nach Schule und kaufmännischer Ausbildung ein Jahr als Au-pair in Paris. Auch heute noch gehört das Reisen zu ihren Hobbys, dabei hat sie sich besonders in das malerische England verliebt. Im Jahr 1999 gewann sie den Drehbuchwettbewerb des Kultusministeriums Nordrhein-Westfalen. Inzwischen widmet sich die Autorin ganz dem Schreiben. Ihr erstes Buch hat sie Ende 2021 veröffentlicht.

Patricia Sheedy

# Mord in Jolly Clover

Kriminalroman

Bibliografische Information der Deutschen Nationalbibliothek: Die Deutsche Nationalbibliothek verzeichnet diese Publikation in der Deutschen Nationalbibliografie; detaillierte bibliografische Daten sind im Internet über dnb.dnb.de abrufbar.

Herstellung und Verlag: BoD - Books on Demand, Norderstedt

Umschlaggestaltung: zero-media.net, München
Motive von: © FinePic ®

ISBN: 978-3-7562-2050-2

Auch als E-Book erschienen bei: Ullstein eBooks

## Kapitel 1

Jede Frau hat ein kleines Geheimnis, sagt man. Das könnte wahr sein. Ich habe auch eins, schon seit meinem zehnten Lebensjahr, und es ist leider etwas größer und ein bisschen peinlich. Genau genommen, hat es mich damals ganz schön nervös gemacht. Und so ganz unbelastet von den früheren Ereignissen bin ich auch heute noch nicht. So etwas wie einen Mord nimmt man ja nicht auf die leichte Schulter. Auch nicht, wenn er aus Versehen passiert ist. Und aus Leidenschaft.

Nichts konnte mich vom Gegenteil meiner Schuld überzeugen, denn da gab es ein paar Dinge, die ich lieber für mich behalten würde. Sehr geschickt hatte ich mich wohl nicht angestellt. Bestimmt wäre meinem Bruder Oliver etwas Besseres eingefallen, denn er besaß schon immer mehr Fantasie als ich. Allerdings war er zu der Zeit erst acht Jahre alt und seine Talente noch nicht voll entwickelt. Ein ungeschliffener Diamant.

Der Brief, der nun vor mir lag, brachte Erinnerungen zurück, die ich seit vielen Jahren immerhin einigermaßen erfolgreich verdrängt hatte. An einen entspannten Urlaub glaubte ich jetzt nicht mehr.

Vor gut einer Stunde, gegen 20:30 Uhr, war ich aus London, wo ich als Reiseführerin arbeitete, zurückgekommen. Eigentlich hatte in dieser Woche mein Urlaub begonnen, aber gestern, am Mittwochmorgen, hatte ich einen Anruf bekommen, ob ich nicht schnell für eine Kollegin einspringen könne. So hatte ich letzte Nacht in meinem möblierten Zimmer bei Mrs Emeralds Tochter geschlafen und war heute Abend nach Jolly Clover zurückgekommen.

Die kleine Ortschaft liegt in Buckinghamshire nördlich von London. Der Dorfkern steht schon seit Langem unter Denkmalschutz, sodass nicht viel verbaut werden konnte. Es ist immer noch sehr ländlich in unserer Gegend. Inmitten der sanften Hügel weiden Schafe mit schwarzen Gesichtern und schwarzen Beinen. Die Weiden sind durch Hecken oder Trockenmauern aus Kalkstein unterteilt und werden lediglich von schmalen Landstraßen und holprigen Feldwegen unterbrochen. Der berühmte Landsitz *Bletchley Park* befindet sich in der Nähe. Dort hatten sich vor vielen Jahren die hellsten Köpfe unseres Landes mit der Dechiffrierung des deutschen Nachrichtenverkehrs befasst.

Ich wohnte zwar noch teilweise bei meinen Eltern, war aber mit meinen dreißig Jahren keine Nesthockerin, wie mein möbliertes Zimmer in London bewies. Nur an den Wochenenden und wenn ich Urlaub hatte oder morgens nicht früh raus musste, wohnte ich in Jolly Clover. Und seit acht Monaten, also seit ich den Job als Reiseleiterin machte, übernachtete ich auch in London.

Als ich heute Abend zurückkam, drehte ich noch eine Runde durchs Dorf und überlegte, kurz in unser Pub *Der Bandit* zu schauen oder Großmutter zu besuchen. Aber dann war mir doch nicht nach einem Pubbesuch, und Großmutters Wagen stand auch nicht im Carport. Wahrscheinlich war sie zu einem ihrer Scrabbleabende bei ihrer Schulfreundin Ethel nach Dillings gefahren, wo sie dann auch übernachtete.

Papa hatte einige Tage frei, und meine Eltern waren am Morgen zu einem Besuch bei Papas Eltern in Norwich aufgebrochen. So holte ich die Post und unsere Tageszeitung, den Dillings Daily, aus dem Briefkasten und brachte alles ins Wohnzimmer. Danach überlegte ich, was ich essen könnte. Wie immer war unsere Küche vollgestellt mit selbst gemachter Naturkosmetik. Meine Mutter hatte durch das Internet erstaunlich viele Abnehmer gefunden. Ich entdeckte eine Thunfischpizza und welche von Mamas selbst gebackenen Keksen als Vor- und Nachspeise.

Nach der Völlerei ging ich mit einer Tasse Vanille-Kirschtee ins Wohnzimmer. Dann schaltete ich den Fernseher ein und schnappte mir den Stapel Post, der auf den ersten Blick nur aus Reklame zu bestehen schien. Ein Brief von Mrs Lipman und Mrs Emerald aus Portsmouth an Oliver.

Und da lag er, ein Brief ohne Absender für mich. Neugierig hatte ich das an mich adressierte Kuvert geöffnet.

Während ich auf die Zeilen starrte, dachte ich zurück an den Herbst vor zwanzig Jahren, als alles begann.

## Die Legende vom Banditen

Wir lebten bereits mit unseren Eltern in Jolly Clover. Mein Vater arbeitete als Elektriker und tüftelte in seiner Freizeit an elektrischen Spielereien. Meine Mutter testete an meinem Bruder und mir verschiedene Erziehungsmethoden aus und an sich selbst Kosmetik aus eigener Herstellung.

Unser Dorf hatte eine Besonderheit: Es stand eine Statue auf dem Dorfplatz, der sogenannte *Bandit*. Vor vielen Jahren hatte sich in einer Holzhütte in unserem Wäldchen ein angeblich wirklich übler Typ eingenistet, der ständig fluchte, jedermann beschimpfte, wilderte und stahl. Wenn man seine Gestalt mit dem riesigen braunen Schlapphut und dem karierten Hemd sah, hielt man besser Abstand. Den kleinen Kindern drohte man bei Verfehlungen mit einem Besuch des *Banditen*. Er lachte nur darüber und dezimierte weiterhin die Hühnerschar der

Dorfbewohner. Als man ihm das Verschwinden von Romeo und Julia, dem Pfauenpärchen der damaligen Gutsherrin, anhängen wollte, sah er sich gezwungen, das Dorf bei Nacht und Nebel zu verlassen. Das war aber nicht das Letzte, was man von ihm hörte.

Etliche Jahre später bekam unser Gemeinderat einen Brief von einem Anwalt. Der *Bandit* war auf unbekannten Wegen zu einem großen Vermögen gekommen, von dem er einen Teil unserem Dorf vermachte. Er stellte nur eine Bedingung: Eine lebensgroße Statue von ihm selbst mit Schlapphut, kariertem Hemd und Rucksack sollte in der Mitte unseres Dorfplatzes errichtet werden. Genau nach beiliegender Skizze. Auf einer Tafel wollte er verewigt werden mit der Inschrift: *Der Bandit, Ehrenbürger von Jolly Clover.*

Erst regten sich die Dorfbewohner schrecklich auf und wollten so ein Schandmal nicht dulden. Der Gemeinderat jedoch, zu dem auch einer meiner entfernten Vorfahren gehörte, tagte, führte eine geheime Wahl durch und nahm einstimmig an.

So wie nichts über den Erwerb seines Vermögens bekannt wurde, wusste man auch nichts über die Todesumstände des *Banditen*. Manche vermuteten, er sei ermordet worden. Meine Großmutter meinte, er hätte sich bestimmt beim Verfassen seines Testaments totgelacht. Ein anderes Gerücht besagte, er wäre gar nicht verstorben, sondern wollte sich nur aus Rache in unserem Ort verewigen.

Im Laufe vieler Jahre änderte sich die Einstellung zu unserem Kunstwerk. Die Statue wurde etwas Besonderes und eine kleine Berühmtheit in unserer Region. Sie lockte Ausflügler und Touristen an, die es auf die Idylle kleiner, historisch belassener Ortschaften abgesehen hatten. Der damalige Wirt unseres Pubs *Der letzte Schluck* hat dann sogar, äußerst geschäftstüchtig, den Namen des Pubs in *Zum Banditen* geändert. Natürlich wollten andere nachziehen. Aber sie trieben es etwas zu toll, und als unser Bäcker seine schlichte Landbäckerei in *Banditengebäck* umbenennen wollte, war Schluss mit lustig. Der Gemeinderat entschied, dass wir es bei der Umbenennung des Pubs belassen mussten.

Vor einigen Jahren hatte schließlich zu Halloween der Boom eingesetzt, sich als *Bandit* zu verkleiden. Erst nur bei den Kindern, aber Erwachsene, die gerne feierten, zogen schnell mit. Jeder wollte einmal der *Bandit* sein.

Nahe unserem Dorfe gab es einen Gutshof. Dort lebte der Besitzer Gilbert Easterbrook mit seinen beiden Söhnen. Gerald, der ältere, war ganz nett. Er interessierte sich für die Tüfteleien meines Vaters und schaute hin und wieder in unserer Garage vorbei, wenn mein Vater werkelte. Er war schon fast erwachsen und ging aufs College. Sein jüngerer Bruder Benjamin, ein aufgeblasener Wicht von zwölf Jahren, besuchte ein Internat. Beide waren nur an den Wochenenden zu Hause. Ihre Eltern waren schon so lange geschieden, dass ich mich an die Mutter der Jungen gar nicht mehr erinnern konnte.

Meine Mutter und meine Großmutter hatten sich mal über einen Riesenkrach im Gutshaus unterhalten. Mrs Easterbrook war recht umtriebig gewesen, wie sie es nannten, und hatte diverse Affären gehabt. Kurz nach dem großen Krach war sie dann ausgezogen. Der Gutsverwalter Peter Anderson wohnte ebenfalls dort. Manchmal tauchte auch noch Mortimer Easterbrook, der Onkel der beiden Jungen, mit seinem Anhang auf.

Dank unserer Großmutter wussten wir immer genau, wer auf dem Gut ein- und ausging. Großmutter Huntley war gerade Anfang fünfzig und schon lange verwitwet. Sie erhielt etwas Witwenrente und erledigte für verschiedene Geschäfte und sogar für die Easterbrooks die Buchhaltung, und manchmal durften mein Bruder und ich sie zum Gutshof begleiten und uns die Pferde ansehen. Außerdem unterstützte sie viele Nachbarn beim Ausfüllen der Steuererklärungen. Sie konnte dermaßen mit Zahlen jonglieren, dass sie mir manchmal unheimlich war. Wahrscheinlich hatte sie noch von jedem die letzte Steuererklärung im Kopf. Manchmal durften mein Bruder und ich sie zum Gutshof begleiten und uns die Pferde ansehen.

Die Eltern meines Vaters sahen wir nicht so oft, sie wohnten weiter entfernt in Norwich.

Während der Sommerferien waren neue Nachbarn in unseren Ort gezogen. Eine junge Witwe mit einem kleinen Mädchen und einem Jungen: David, der hübscheste Junge, den ich je gesehen hatte und etwas älter als ich. Ich wünschte plötzlich, ich wäre etwas mädchenhafter, am liebsten mit wallendem langem Haar. David ging in meine Schule, und in den Pausen und im Bus zur Schule konnte ich ihn verzückt anstarren. Unauffällig, hoffte ich. Selbst meine Schulfreundin Katy weihte ich nicht in meine innere Verwandlung ein. Ich fand, sie hatte noch nicht die nötige Reife.

Zuerst zeigte David eher Desinteresse an mir, aber auf so freundliche Art, dass mein Herz noch mehr entflammte. Nach einer Weile kamen wir doch ins Gespräch, und wenn keine anderen Jungen in der Nähe waren, plauderte er ganz munter drauflos. Im Ort sah ich ihn leider recht selten. Er erzählte mir, dass er viel mit seinem Fußballverein beschäftigt sei.

Nicht nur David war heiß begehrt. Auch seine Mutter ließ einige Herzen höherschlagen. Peter Anderson, der Gutsverwalter, und John Adams, der außerhalb als Gerüstbauer arbeitete, warben um ihre Gunst. John Adams machte einen sympathischen, soliden Eindruck und sah mittelmäßig aus. Peter Anderson sah gut aus, und das war auch schon alles. Aber das reichte Davids Mutter wohl. Meine Großmutter konnte Peter nicht leiden und meinte, er schnüffele herum und tauche immer dann auf, wenn man ihn nicht brauchen könne. John Adams war sicher einer Meinung mit ihr. Und David auch, denn Peter Anderson ging bei ihnen bald ein und aus.

Amor hatte im vergangenen Sommer seine Pfeile anscheinend reichlich bei uns verschossen, und so sorgte Tony Pringle, seines Zeichens Besitzer des Pubs *Zum Banditen*, ebenfalls für Gesprächsstoff. Er brachte eine *Bekannte* mit von seinem letzten Besuch in London. Alicia Bennister war Amerikanerin und hatte mehrmals im Jahr eine Gastprofessur für Geschichte an einem College in London. Mit ihren langen dunklen Haaren sah sie ein bisschen exotisch aus, obwohl sie legere Kleidung bevorzugte.

Wie Frau Professor und unser Wirt aneinandergeraten konnten, war meiner Mutter und ihren Freundinnen schleierhaft. Auch der genaue Bekanntheitsgrad blieb ihnen verborgen. Sie hetzten ihre Männer auf Tony und kümmerten sich selbst um Alicia. Sie luden sie zu einem von Mutters gemütlichen Nachmittagen ein mit selbsterdachten Rezepten für Küche und Gesicht. Alicia kam, interessierte sich sehr für unsere örtliche Geschichte und blockte geschickt jede persönliche Frage ab. Nicht mal ihr Alter kriegten sie heraus. Daraufhin schätzte Mama sie kurzerhand etwas älter ein, als sie selbst war.

Auf jeden Fall bezog Alicia ein Fremdenzimmer über dem Pub neben Tonys Wohnung. Während Tony Pringle regelmäßig nach der Sperrstunde um 23 Uhr noch ein wenig für Ordnung in seinem Pub sorgte, machte Alicia oft einen kleinen Spaziergang, woraufhin beide gleichzeitig nach oben gingen. Ärgerlicherweise lagen die Schlafräume nach hinten und waren vom Dorfplatz aus nicht einsehbar.

Im frühen Herbst wurde Gerald Easterbrook volljährig, und alle waren eingeladen, im *Banditen* auf seine Rechnung anzustoßen. Meine Mutter bedauerte, dass ich noch nicht im heiratsfähigen Alter war, denn Gerald wäre jetzt eine gute Partie.

Mittlerweile war es November. Großmutter besuchte sonntags manchmal eine alte Schulfreundin zum Frühstück. Ethel Brooks wohnte etwa eine halbe Autostunde entfernt in Dillings. Und dort gab es ein Kino mit Sonntagsmatineen für Kinder. Oliver und ich durften dort manchmal während Großmutters Besuch bei Ethel einen Film ansehen.

Großmutter hatte uns gefragt, ob wir in zwei Wochen mitfahren wollten. Es käme der Film *Die tollkühnen Kicker*. Oliver erklärte: »Ach, Fußball ist langweilig und ich bin zum Brunch bei Mrs Lipman eingeladen. Ihre Freundinnen kommen auch.«

Mein Vater schluckte: »Erst mal ist Fußball nicht langweilig und außerdem, wieso bist du zum Brunch eingeladen? Du bist acht Jahre alt. Und dann noch bei einer älteren Dame?«

»Ich habe sie letztens beim Bäcker getroffen und wir haben uns wieder so schön unterhalten.«

Oliver unterhielt sich mit jedem gern, egal ob Kind oder Erwachsener. Wahrscheinlich war er der einzige Achtjährige in England, der Arthritis und Arthrose auseinanderhalten konnte. Großmutter grinste unsere Mutter an und sah amüsiert zwischen meinem Vater und Oliver hin und her.

Vater sagte: »Ich habe sie auch schon beim Bäcker getroffen. Eingeladen hat sie mich aber nicht.«

Oliver fühlte sich wohl zu einer Erklärung genötigt und erklärte sachlich: »Sie hat zu ihrer Freundin gesagt ,Ist der nicht niedlich?'. Und Papa, vielleicht findet sie dich nicht so niedlich, aber ich kann sie ja fragen, ob du trotzdem mitkommen kannst.«

Meine Mutter grinste: »Doch, Frank, du bist auch niedlich. Manchmal.«

Alle lachten, ich nicht. Ich hatte soeben einen Wink des Himmels bekommen. Es gab einen Film über junge Fußballer. Und Oliver wollte nicht mit. Ich räusperte mich: »Großmutter, kann nicht David mitkommen? Er interessiert sich doch so für Fußball.«

14

Großmutter hatte nichts dagegen. David auch nicht. Nach Rücksprache mit seiner Mutter ging alles klar.

Als das Schicksal grausam zuschlug, merkte ich es erst gar nicht. Einige Tage später standen John Adams und Henry Finch, passionierter Züchter von Border Collies, vor dem Pub und sahen missmutig auf das Schild, das im Fenster prangte. Am übernächsten Samstag sollte der *Bandit* aus familiären Gründen schon um 19 Uhr schließen. Bis zum nächsten Montag erfuhren auch Peter Anderson und Davids Mutter davon, und David musste unsere Verabredung absagen.

Jeder wusste, dass Peter Anderson samstags ins Pub ging, bis zur Sperrstunde zechte und dann in Schlangenlinien durch unser Wäldchen nach Hause zum Gut radelte. Bis Sonntagmittag brauchte er mindestens, um sich zu erholen. Da aber am Samstag mit einer frühen Heimkehr gerechnet werden konnte, wurde der nachfolgende Sonntag als Familientag festgelegt. Mit David und seiner kleinen Schwester war ein Ausflug nach London geplant.

Ich war am Boden zerstört. Mein erstes Date, und das war gleich geplatzt. So etwas zieht einen ganz schön runter.

»Und wenn Peter doch nicht fahren kann, weil er vielleicht zu Hause noch was trinkt?«, fragte ich und klammerte mich an den Strohhalm.

David seufzte. »Das wird nicht passieren, er hat Mama gesagt, dass er zu Hause keinen Alkohol hat.«

»Sollen wir trotzdem an dem Morgen noch mal telefonieren, ob ihr wirklich fahrt?« Das war mein letzter Hoffnungsschimmer.

»Ja, machen wir.«

Ich ergab mich in Selbstmitleid und suchte einen Schuldigen. Warum hatte Tony Pringle an einem Samstagabend familiäre Gründe zum Schließen? Londoner Nachtleben mit Alicia? Dann wäre sie bei mir aber unten durch. Und Tony Pringle gleich mit. Ich fand es ja auch nicht schön, wenn Erwachsene sich betranken, aber warum mussten sie unbedingt an einem Samstagabend damit aufhören und meinem Glück im Wege stehen? Anderthalb Stunden neben David im Kino. Die Vorschau nicht mitgerechnet. Mit einem gemeinsamen Becher Popcorn.

Aber kein Alkohol für Peter hieß kein David für mich. Und umgekehrt?, überlegte ich. Wenn Peter doch etwas zu viel trinken würde und am Sonntag nicht fahren könnte?

Ob der Sonntag der bis dahin bedeutungsvollste Tag in meinem Leben werden würde, hing vom Zufall ab? Das konnte nicht wahr sein.

Und dann hatte ich den Einfall, den ich seit zwanzig Jahren bereute. Es musste eben Alkohol her. Schwierig genug. Als Kind kam man nicht so leicht daran. Manche Geschäfte hielten sich tatsächlich an die Gesetze. Und wie sollte ich Peter Anderson eine Flasche Whisky oder so etwas geben? Einfach in die Hand drücken und *Cheerio* sagen?

Aber vielleicht erst mal einen Schritt nach dem anderen. Ich fuhr also mit dem Rad in den nächstgrößeren Ort, in dem mich niemand kannte, und ging in einen Supermarkt. Ich hoffte, hier eher im Gedränge unterzugehen als in einem Fachgeschäft. Ich kam genau bis zur Kasse, wo ich mit gesenktem Blick und rotem Kopf auf das Urteil wartete.

»Nein, mein Kleiner, das geht leider nicht.«

Auch die Hinweise, dass ich ein Mädchen war und die Flasche für meinen Vater besorgen sollte, halfen nicht.

Abends saßen meine Familie und ich im Wohnzimmer. Im Fernsehen lief ein Ballett, aber jeder war mit etwas anderem beschäftigt. Papa hatte eine Steckdose vor sich und bastelte daran herum. Mama stocherte in einer giftig aussehenden schwarzen Paste und bewachte die Fernbedienung. Oliver spielte mit einem alten Zauberwürfel, war aber recht in sich gekehrt. Genau wie ich.

Dann offenbarte sich, worüber Oliver nachgedacht hatte.

»Mama, Papa, kann ich wohl ein elektrisches Gokart haben? Ich wünsche mir dann auch nicht mehr viel zu Weihnachten.«

»Nein, das ist zu teuer.« Papas Meinung.

Und Mama: »Und nach drei Wochen steht's dann auch nur in der Ecke, weil es dir zu langweilig geworden ist.«

»Gar nicht, und Emily kann ja auch damit fahren, ja, Emily?«

»Mir egal.«

Meiner Mutter war aufgefallen, dass ich recht schweigsam war. Und sie versuchte, mich aufzumuntern. »Was ist denn mit dir? Du bist so ruhig.«

»Mhm.«

Mama blickte auf den Fernseher. »Sieh mal, Emily. Ist das nicht hübsch? Wie graziös die sich bewegen. Wäre das nichts für dich? Ballettunterricht?«

»Wozu?«

Dann gab Papa seinen Kommentar ab: »Für Mädchen ist das ja eine nette Sache, aber der Kerl da in Strumpfhosen, das sieht doch albern aus.«

Mama grinste nur.

Ungefähr eine Minute später meldete sich Oliver: »Ich möchte gerne Ballettunterricht haben.«

Schweigen.

»Mama, darf ich?«

»Das sagst du doch nur aus Trotz, weil du kein Gokart bekommst«, unterstellte Papa.

»Bis heute wolltest du noch nie zum Ballett«, schaltete sich Mama ein.

»Ja, weil ich das noch nie gesehen habe.«

»Anne, stell dir mal vor, ich würde zum Gespött meiner Kollegen. Mein Sohn beim Ballett.« Noch lachte Papa.

Oliver bohrte weiter: »Ich finde es aber schön, und Emily hätte auch gedurft. Das ist unfair.«

Jetzt dachte ich für kurze Zeit sogar nicht mehr an David. Die Sache steigerte sich, bis Mama sagte: »Nicht vor den Kindern«, und dann mit Papa in der Küche verschwand.

Oliver grinste mich verschmitzt an. Aus der Küche drangen die Worte *Gleichberechtigung* und *Toleranz*, und nach einer Weile kamen unsere Eltern mit geröteten Gesichtern zurück ins Wohnzimmer.

Mama strich über Olivers blonde Locken und sagte: »So mein Schatz, nach den Weihnachtsferien melde ich dich an.« Ich wunderte mich, dass Oliver noch immer grinste, weil ich mir gar nicht vorstellen konnte, dass er wirklich zum Ballett wollte. Dieser Wunsch war sehr plötzlich gekommen. Auf jeden Fall sah Oliver sich aufmerksam den Rest der Fernsehsendung an.

Am nächsten Tag, als ich mich in Ruhe meinem Trübsinn hingeben wollte, kam Oliver in mein Zimmer und wollte sich helle Leggins von mir ausleihen. Er hätte nur dunkle lange Unterhosen.

»Wozu helle?«, fragte ich.

»Sieht besser aus.«

»Die sieht doch keiner, du trägst ja eh die Jeans drüber.«

»Nee.«

»Warum nicht?«

»Will ich nicht sagen.«

»Doch, dann kriegst du sie auch vielleicht.«

»Bitte, Emily. Ich tue dir auch mal einen Gefallen.«

»Ich weiß nicht.«

»Ach, Emily, stell dich doch nicht so an. Es ist wirklich dringend.«

Mittlerweile war ich neugierig geworden. »Na gut.«

Ich gab ihm die Leggins, und er zog mit seiner Beute ab. Kurze Zeit später hörte ich ihn die Treppe hinuntertrampeln. Ich öffnete die Zimmertür und sah meine Leggins zur Haustür hinausstürmen. Die Neugierde trieb mich hinterher.

Oliver stand seitlich vor Papas Garage und lauschte. Ich hörte ebenfalls, wie Papa sich mit einem Kollegen unterhielt. Papas Kollegen kamen gerne mal vorbei.

Oliver betrat die Garage, ich folgte. Mein Bruder hatte die Arme in die Luft gestreckt und stelzte auf Zehenspitzen auf Papa und seinen Kollegen Will Sims zu.

Papa guckte misstrauisch, Will Sims erstaunt. »Na, Oliver, was spielst du denn?«

Oliver mit ernstem Gesicht: »Ich spiele doch nicht, ich trainiere.« Und dann strahlend: »Nach Weihnachten darf ich ins Ballett.«

Papa wurde rot.

Will Sims fragte leicht verlegen: »Ja, wirklich?«

Und Oliver ganz begeistert: »Ja, ich will nämlich Tänzer werden.«

Papa schluckte. »Jetzt geht mal wieder ins Haus. Ihr habt ja keine Jacken an.«

»Ich werde jetzt üben, dann kann ich Mrs Lipman und ihren Freundinnen beim Brunch schon etwas vortanzen.« Mit dieser letzten Drohung trippelte Oliver davon. Genauso gut hätte er eine Anzeige mit seinem neuen Berufswunsch im Stadtanzeiger aufgeben können.

Im Hinausgehen bekam ich noch mit, wie Will unserem Vater tröstend auf die Schulter klopfte und murmelte: »Ja, Frank, also, ja, na ja. Wird schon.«

Papa starrte ängstlich auf die Garagentür. Jederzeit konnte ein anderer Nachbar vorbeischauen.

Das Gokart war dunkelblau und Oliver gab seinen Traumberuf auf. Zu Olivers Reputation muss ich sagen, dass er ganz von allein einen Fußballwimpel von Papas Lieblingsverein an sein neues Fahrzeug steckte, und Papa standen wirklich Freudentränen in den Augen. »Ich finde es ja auch nicht weiter tragisch, wenn ein Mann gerne Tänzer werden möchte«, erklärte er Mama erleichtert. »Aber unser Oliver findet sicher auch etwas anderes.«

Mir blieben noch drei Tage, um irgendetwas Hochprozentiges zu besorgen und mir auszudenken, wie es zu Peter Anderson gelangen konnte. Eine Zustellungsart fiel mir sogar ein, nur hatte ich noch keine Idee für die Lieferung.

Der einzige Mensch, den ich um Hilfe bitten konnte, war mein achtjähriger Bruder. Und ich tat es. So tief war ich gesunken. Aus Liebe. Er sollte, genau wie ich vor Kurzem, nicht fragen, wofür und warum, und ich erzählte ihm, wie ich bereits versucht hatte, eine Flasche Whisky zu kaufen.

Oliver hörte gespannt zu. Eine neue Herausforderung, die ganz in sein Metier fiel. Er wollte ein Weilchen darüber nachdenken und machte nicht mal ansatzweise den Versuch, nach dem Grund zu fragen, so sicher war er, dass er ihn sowieso bald herauskriegen würde.

Am Freitag stand Oliver mit glänzenden Augen vor mir. »Hast du denn genug Geld?«

»Ja.«

»Dann fahren wir morgen nach Dillings.«

»Ins Kino? Wo willst du denn da den Whisky kaufen? Du hast vielleicht Nerven.« Ich sah ihn fassungslos an.

Ein langgedehntes »Neeiiin« folgte. Und dann weiter mit Begeisterung: »Mama ist morgen Vormittag einkaufen. Und Papa räumt seine Garage um. Wir sagen ihm einfach, du fährst zu Katy und nimmst mich mit. Wir fahren mit dem Bus nach Dillings. In der Nähe von dem Kino ist ein Kiosk. Da kann man auch reingehen, der ist etwas größer. Kennst du doch. Solche kleinen Läden haben auch immer Alkoholzeugs. Und da drin arbeitet eine Frau.«

»Und die kennst du und die gibt dir was?«

»Nein und ja.«

»Hä?«

»Nein, sie kennt mich nicht. Ich habe sie nur mal kurz gesehen. Und ja, sie wird mir etwas verkaufen. Mach einfach, was ich sage, das klappt schon.«

Solche Gespräche können einem das letzte bisschen Selbstsicherheit nehmen. Sein Lebensglück dem kleinen Bruder anvertrauen zu müssen. Und außerdem musste ich ein paar Mal niesen. Das machte mir auch noch Sorgen. Wenn ich dann nach übermenschlichen Anstrengungen tatsächlich am Sonntag im Kino neben David sitzen sollte, wollte ich nicht schniefen und ständig die Nase putzen. Das würde unter Umständen nicht so anziehend wirken.

Ich konnte in der Nacht auf Samstag vor Aufregung kaum schlafen, aber Oliver war am nächsten Morgen in Hochstimmung. Er wollte sich meinen weinroten Wintermantel vom letzten Jahr leihen.

»Das ist ein Mantel für Mädchen«, erklärte ich ihm.

»Weiß ich, aber bei Kindern fällt so etwas nicht so auf. Und du hast ihn ja kaum getragen.«

Da hatte er recht, ich mochte lieber sportliche Winterjacken, aber meine Mutter wollte mir endlich mal etwas *Hübsches* kaufen. Also, was sie hübsch fand.

Oliver verschwand in seinem Zimmer, um sich umzuziehen. Zumindest das, was nicht vom Mantel verdeckt wurde, sah sehr ordentlich aus. Eine hellgraue Stoffhose und ordentliche schwarze, glänzende Schuhe. Mein Mantel passte ihm. Ich trug die Sachen, die ich sonst in meiner Freizeit zum Spielen anhatte. Jeans, Winterjacke, Boots. Und einen Rucksack nahm ich mit.

Mama war schon zum Einkaufen gefahren und Papa bastelte in der Garage. Ich steckte nur schnell den Kopf rein: »Bis später, Papa.«

Er starrte gerade so vertieft auf sein Werkzeugregal, dass er nur sagte: »Ja, viel Spaß.« Bei Mama wären wir nicht so ohne Weiteres davongekommen.

## *Kapitel 2*

Oliver und ich gingen zur Bushaltestelle an der Landstraße. Von Weitem sahen wir die beiden Brüder Easterbrook über ein Feld reiten. Gerald, *die gute Partie*, winkte uns zu, Benjamin würdigte uns keines Blickes.

Im Bus erklärte mir Oliver, wie wir vorgehen sollten: »Also, du gehst ein paar Minuten vor mir rein und siehst dir die Zeitschriften an, Comics oder Pferdehefte, egal. Und dann komme ich dazu. Falls die Frau sich doch weigert, lege ich ganz schnell das Geld auf die Theke und du nimmst dir die Flasche und wir hauen ab.«

Ich nieste. »Oliver, das bringe ich nicht. Einfach weglaufen.«

»Ist doch kein Diebstahl, du legst ja das Geld hin.«

»Hoffentlich klappt das auch so. Mir ist jetzt schon ganz heiß vor Aufregung.«

»Was soll schon passieren?«

Als wir auf der halben Strecke nach Dillings an einem kleinen Gestüt für Vollblutpferde vorbeifuhren, versuchte Oliver mich aufzumuntern: »Sieh mal, zwei von den Rennpferden sind auf der Weide. Sie haben sogar Mäntel an wie wir.«

»Pferdedecken«, murmelte ich nur. Im Moment konnte mich nichts wirklich ablenken.

Oliver stieg als Erster aus dem Bus. Er steuerte auf einen Drogeriemarkt zu. »Es ist zu kalt, um draußen zu warten.

Ich gehe für ein paar Minuten hier rein und komme dann nach.«

Ich nickte ergeben und steuerte den Kiosk unserer Wahl an. *Inhaberin Mrs Lasky* war auf einem Schild im Fenster zu lesen. Die von Oliver beschriebene Dame, wohl Mrs Lasky persönlich, stand hinter der Theke und grüßte mich mürrisch zurück. Ich fühlte, dass ich knallrot im Gesicht war, und wandte mich gleich dem Regal mit den Zeitschriften zu. Nahm vorsichtig ein Magazin in die Hand, legte es wieder weg. Dann das nächste. Und das übernächste. Betrachtete die Titelseite eingehend und hoffte, Oliver würde endlich kommen. Mrs Lasky räusperte sich. »Was suchst du denn genau?«

»Ich weiß noch nicht.« Viel mehr als ein Flüstern brachte ich nicht heraus.

Ich hielt gerade ein Heft mit Strickmustern in der Hand. »Das ist doch sicher nichts für dich«, kam es misstrauisch aus der Richtung der Theke.

Ich musste die Nase hochziehen und murmelte: »Vielleicht etwas mit Tieren?« Wo blieb bloß Oliver?

Endlich ging die Tür auf. In diesem Moment bekam ich eine Vorstellung davon, was es bedeutet, dem Anlass entsprechend gekleidet zu sein. Oliver hatte seinen, oder eher meinen Mantel aufgeknöpft, sodass man sein weißes Rüschenhemd und seine dunkelblaue Samtweste sehen konnte. Beides war neu erstanden für die Weihnachtsbesuche. Oliver hatte nichts dagegen, sich herauszuputzen. Er sah ungefähr so aus wie *der kleine Lord* auf dem Weg nach Dorincourt.

Die Frau hinter der Theke starrte ihn gebannt an. Ich auch.

Er ging, ohne zu zögern , auf sie zu. »Guten Tag.« Das kam förmlich und freundlich und wurde von einer leichten Verbeugung unterstrichen.

»Guten Tag.« Der Gesichtsausdruck von Olivers Opfer wurde zutraulicher.

Oliver äußerte seine Bitte: »Ich hätte gerne einen guten Tropfen. Vielleicht können Sie mir bei der Auswahl behilflich sein. Würden Sie einen Whisky empfehlen oder lieber etwas anderes?«

Ich schluckte, starrte Oliver an und schluckte wieder. Olivers Umgang mit Mrs Lipman und ihrem Kränzchen machte sich bezahlt.

»Ja, ich weiß nicht. Alkohol darf ich eigentlich nicht an Kinder verkaufen.«

»Es soll ein Geschenk für meinen Erbonkel sein. Er hat sich überraschend bei uns angemeldet, und ich möchte ihm eine kleine Freude bereiten.«

»Und da möchtest du ihm ein so teures Geschenk machen? Du willst ihn sicher bei Laune halten?«

»Ja, er ist nämlich auch sehr großzügig. Er hat mir ein Pferd geschenkt zu meinem Geburtstag. Ein Rennpferd.«

Jetzt doch wieder leichtes Misstrauen. »Und du kannst das Rennpferd reiten?«

»Nein. Natürlich nicht. Das wird von einem Jockey geritten.«

»Ach so. Na dann.«

Die Dame begann, sich nach einem passenden guten Tropfen umzusehen. Sehr viel Auswahl hatte sie natürlich nicht.

Oliver gefiel sich zunehmend in der Rolle des Pferdebesitzers und wollte noch etwas darin schwelgen. »Ich darf es streicheln, wenn ich zu Besuch bin. Und manchmal auch füttern.«

Ich bekam Schweißausbrüche.

»Da hast du aber ein großes Kuscheltier.« Mrs Lasky entwickelte sogar Humor.

Sie griff zu der teuersten Flasche, die sie hatte: Dimple. Meine Ersparnisse würden auf den Nullpunkt schrumpfen. »Hier, das ist etwas wirklich Gutes.« Sie lächelte. »Bei einem Erbonkel möchte man ja nichts riskieren.«

»Nein, wirklich nicht.« Oliver war dankbar für so viel Verständnis.

Die Flasche wurde eingewickelt und bezahlt. Wir hatten es fast geschafft. Aber Mrs Lasky war noch nicht fertig. »Warte mal.«

Wahrscheinlich stand ich haarscharf vor einem Herzinfarkt.

»Such dir doch einen Schokoriegel aus. Den schenke ich dir. Dann hast du auch etwas für dich.«

Oliver strahlte seine neue Freundin an und begutachtete ausführlich die Auswahl. Dafür würde ich mich später rächen. Nach einer Ewigkeit entschied er sich für Traube-Nuss.

»Lass es dir schmecken. Und noch viel Spaß mit deinem Pferd.«

»Danke, Mrs Lasky. Sie haben mir wirklich geholfen.« Oliver nahm die Beute und verließ mit einem letzten strahlenden Lächeln den Kiosk.

Ich stand immer noch mit einem Heft in der Hand da. »Na, hast du dich nun endlich entschieden?« Mrs Lasky fand wieder zu ihrem Ton für gewöhnliche Kundschaft zurück.

Ich legte wortlos das Heft und Geld auf die Theke. Während sie kassierte, sagte sie leicht herablassend: »Na Junge, komm, hier hast du auch einen Schokoriegel.«

Sie fischte irgendeinen aus einem Ständer hervor. Ich durfte mir meinen nicht aussuchen. Zur Strafe klärte ich sie nicht darüber auf, dass ich ein Mädchen war.

Wir schafften es gerade noch, rechtzeitig nach Hause zu kommen, bevor Mama ihre Einkäufe erledigt hatte.

Wir aßen eine Kleinigkeit, dann ging ich wieder auf mein Zimmer. Oliver hatte es eilig. Er wollte gleich noch zu einem Freund zum Spielen und dann zu Mrs Emerald zum Tee. Mama und Papa waren zum Geburtstag zu einer von Mamas Freundinnen eingeladen, aber Papa hatte keine große Lust und erklärte, er würde dann später vorbeischauen. Das waren gute Voraussetzungen für meinen weiteren Plan. Ich ging mit einer Tasse Kamillentee, den mir Mama wegen meines Niesens aufgezwungen hatte, auf mein Zimmer. Jetzt musste ich die Zeit totschlagen.

Gegen achtzehn Uhr verließ ich unser Haus. Da der Rest meiner Familie unterwegs war, gab es keine Schwierigkeiten. Es war schon dunkel, als ich mit meinem Rucksack in Richtung Pub marschierte. Nach Möglichkeit wollte ich von niemandem gesehen werden. Also ging ich nicht direkt über den Dorfplatz auf das Pub zu, sondern durch die dahinter gelegene Straße. An der Ecke zum Dorfplatz blieb ich stehen und spähte die Lage aus. Zum Pub waren es noch ungefähr dreißig Schritte. Vor dem Pub lehnte das Fahrrad von Peter Anderson, auf das ich es abgesehen hatte. Meinen Rucksack mit der Flasche Dimple hielt ich schon in der Hand. Aber ständig ging irgendwer über den Dorfplatz.

Ich wollte gerade zum Sprint ansetzen, da kamen Mr Easterbrook und sein Bruder Mortimer aus dem Pub und schlenderten gemütlich über den Platz. Mir war mittlerweile furchtbar kalt und auch ein bisschen schwindelig. Nur auf den Eingang zum Pub zu starren, vertiefte dieses Gefühl noch, und so ließ ich meine Blicke zwischen dem Pub und der Statue des *Banditen* hin und her gleiten. Es war bald halb sieben, die Zeit drängte. John Adams und Henry Finch verließen den Pub und redeten aneinander vorbei. Während sich John Adams über die Unverschämtheit von Peter Anderson beschwerte, ergoss sich Henry Finch über die Vorzüge seines Zuchtrüden. Dann kam Alicia und sah nach links und rechts, bevor sie zu ihrem üblichen Abendspaziergang aufbrach. Ich hoffte, dass sie mich nicht gesehen hatte.

Hinter mir hörte ich ein Geräusch, und ich erschrak. Es war aber niemand zu sehen.

Ich dachte schon, ich sei festgefroren, als endlich Ruhe einkehrte. Ich rannte zu Peter Andersons Fahrrad und klemmte ihm die Flasche Dimple auf den Gepäckträger.

Ob er sich über ein verfrühtes Weihnachtsgeschenk wundern würde, war mir egal. Ich wollte nur noch nach Hause.

Als ich auf dem Rückweg am Eingang des Wäldchens vorbeikam, warf ich einen Blick hinein und hielt den Atem an. Erst schemenhaft, dann etwas deutlicher sah ich den *Banditen*. Er schien in meine Richtung zu sehen und verschwand dann im Gebüsch.

Ich rannte los, so schnell ich konnte. Im Laufen sah ich wieder Alicia, diesmal auf dem Rückweg zum Pub.

Prustend kam ich zu Hause an, verschloss die Tür und beeilte mich, ins Bett zu kommen.

Ich fühlte mich körperlich elend und geistig auch nicht viel besser. Was hatte ich da gerade gesehen? War da wirklich etwas gewesen, oder hatte mir meine Fantasie einen Streich gespielt, weil ich vorher so lange auf die Statue des *Banditen* geblickt hatte?

Vor Geistern und Gespenstern hatte ich keine Angst. Nicht mehr, seit ich vor ein paar Jahren Mama und ihre Freundinnen bei Dämmerlicht und Kerzenschein in unserer Küche gesehen hatte. Ihre Gesichter waren mit einer weißen Paste zugeschmiert, und auf ihren Augen lagen feuchte Teebeutel, an denen die Etiketten baumelten. Vor ihnen stieg leichter Dampf aus Teetassen auf.

Ich hatte schon von Fieberfantasien gehört. Das musste es sein, eine andere Erklärung gab es nicht.

Gut, schnell an etwas anderes denken. Etwas Angenehmes. An David morgen im Kino. Ich kuschelte mich in meine Decke. Von unten hörte ich, wie Papa und Oliver nach Hause kamen. Jetzt fühlte ich mich sicherer.

Der letzte Gedanke vor dem Einschlafen war schön. David und ich würden uns einen großen Becher Popcorn teilen. Und dann würden wir gleichzeitig hineingreifen.

Als ich wieder einigermaßen klar denken konnte, lag ich immer noch im Bett. Ich hatte eine heftige Erkältung mit Fieber und allem Drum und Dran. In der Nacht zu Sonntag war mein Fieber so gestiegen, dass sogar ein Arzt gekommen war.

Ab Dienstag wurde es etwas besser. Mein erster Gedanke war David, und ich fragte meine Mutter, ob er am Sonntag angerufen habe.

Hatte er nicht. Das Fieber ging zurück, und ich konnte im Bett lesen. Nach einer Woche durfte ich dann endlich mein Zimmer verlassen und im Haus herumspazieren.

Als ich die Zusage erbettelte, am nächsten Tag ein bisschen an die frische Luft zu dürfen, sah meine Mutter mich ganz betreten an und sagte: »Ich muss dir noch etwas erzählen, was zwischendurch passiert ist. Peter Anderson hatte Samstag vor einer Woche einen tödlichen Unfall. Hier bei uns im Wald.«

»Einen tödlichen Unfall mit dem Fahrrad? Im Wald?«

Ich konnte mir kaum vorstellen, wie das gehen sollte. Sicher gab es tödliche Unfälle mit dem Fahrrad. Aber auf richtigen Straßen und nicht im Wald.

»Nicht mit dem Fahrrad. Er hat es geschoben. Weißt du, er war im Pub und hatte wohl zu viel getrunken. Und sicher ist er deshalb gestolpert und so unglücklich gefallen, dass er mit der Stirn auf einen dicken Ast aufgeschlagen ist. Und mit seinem Herzen stimmte auch etwas nicht. Bestimmt auch wegen seiner Trinkerei.«

Mit meinem Herzen stimmte auch gerade etwas nicht. Mir war gar nicht gut, aber Mama war noch nicht fertig.

»Ja, und dann ist da noch etwas. Also, David ist mit seiner Mutter und Schwester zu den Großeltern gezogen. Davids Mutter hatte einen Nervenzusammenbruch. Vielleicht, weil auch ihr verstorbener Mann durch einen Unfall ums Leben gekommen war. Nachdem die Untersuchungen hier vor Ort beendet waren, sind sie sofort los.«

»Ich gehe in mein Zimmer«, flüsterte ich.

Mama sah mich wissend und mitleidig an und sagte nur: »Ja, ruhe dich noch ein Weilchen aus.«

Ich schlich nach oben und ließ mich auf mein Bett sinken. David war weg. Mein erstes Date, das aus gesundheitlichen Gründen nicht zustande gekommen war. Ach ja, und Peter Anderson hatte einen tödlichen Unfall gehabt, weil er zu viel getrunken hatte. Aber wie konnte er zu viel getrunken haben oder eher, warum besonders viel? Er war doch gar nicht so lange im Pub gewesen wie sonst. Deshalb hatte ich mir doch die ganze Mühe vorher gemacht und Blut und Wasser geschwitzt. Wenn er trotzdem so betrunken war, konnte das ja nur bedeuten, dass er mit meiner Flasche Dimple nicht bis zu Hause gewartet hatte. Er musste sie unterwegs schon getrunken haben.

Mama hatte nichts von einer Flasche gesagt, aber ich konnte ja schlecht fragen, ob er eine dabeihatte und wenn ja, wie viel er davon schon getrunken hatte. Aber es musste schon einiges gewesen sein. Das hieß dann wohl, hätte ich ihm die Flasche Dimple nicht auf den Gepäckträger geklemmt, hätte es ziemlich wahrscheinlich keinen Unfall gegeben und Peter Anderson wäre nicht gestorben.

Plötzlich war Davids Umzug nicht mehr ganz so wichtig. Peter Andersons Unfall bedrückte mich mehr. Ich war schuld an dem Unfall, und es war nur ein ganz schwacher Trost zu wissen, dass selbst Menschen stolpern, die stocknüchtern sind. Zumal Peter Anderson alles andere als stocknüchtern gewesen war. Wegen mir. Ich hatte ihn auf dem Gewissen.

Am nächsten Tag wollte ich dann gar nicht mehr nach draußen. In meinem Zimmer bleiben und Trübsal blasen, das reichte mir.

Am Nachmittag kam Oliver in mein Zimmer. »Du hast Besuch.« Bevor ich noch etwas fragen konnte, war er wieder verschwunden.

Ich stieg lustlos die Treppe hinunter und öffnete die Haustür. Vor der Garage meines Vaters standen die Easterbrook-Brüder. Mit ihren Pferden. Das freute mich dann doch. Nicht Benjamin Easterbrook natürlich, über den freute ich mich nicht. Aber über seinen Bruder und in erster Linie über die Pferde.

Gerald begrüßte mich, Benjamin starrte mir missmutig entgegen. Ich streichelte Geralds Pferd. Gerald schlug vor: »Zur Feier des Tages, weil es dir endlich wieder besser geht, was hältst du davon, wenn ich dich morgen ein wenig auf Gladstone herumführe?«

Ich war sprachlos und sah meinen Vater an.

Er grinste. »Du ziehst dich aber richtig warm an.«

Wir machten eine Zeit aus und Gerald sagte: »Dann bis morgen.«

Benjamin grunzte irgendwas.

Jetzt war ich zwischen Schuldgefühlen und Vorfreude hin- und hergerissen. Erst mal nahm aber die Vorfreude überhand. Das Schuldgefühl hatte sich noch nicht so richtig gesetzt und wurde durch den bevorstehenden Spazierritt vorübergehend verdrängt. Ich dachte nur an Gladstone. Wie sich sein Fell anfühlte. Und wie schön und groß er war. Ganz schön groß. Ein kleines bisschen Angst hatte ich schon. Aber auf eine angenehme Art. Gerald würde ja dabei sein, was sollte schon passieren?

Am nächsten Tag wartete ich bereits am Küchenfenster. Gerald erschien pünktlich auf seinem schwarzen Gladstone. Er plauderte noch mit Papa, der ihm irgendeine neue, blinkende Spielerei zeigte. Papa hatte eindeutig etwas für Blinken und kleine Lichter übrig. Mama meinte einmal, unter Umständen könne man ein paar seiner Erfindungen im Haushalt einsetzen, aber dieses ganze Geblinke würde sie in den Wahnsinn treiben.

Gerald hatte eine alte Reitkappe mitgebracht, und ich wurde vorsichtig auf Gladstone gehoben. Die Steigbügel wurden ganz kurz geschnallt und ich bekam die Anweisung, mich am Sattelknauf festzuhalten. Gladstone kam mir wirklich sehr hoch vor.

Wir setzten uns in Gang, und ich war ganz schön nervös. Wohl, um mir die Nervosität zu nehmen, begann

Gerald eine Unterhaltung: »Du warst ja ganz schön lange erkältet. Geht es dir jetzt wieder gut?«

»Ja. Das Reiten ist gar nicht anstrengend für mich.«

Gerald lachte. »Ich wollte deinen Ausflug auch nicht abkürzen.«

Ich gewöhnte mich an Gladstones wiegenden Gang und seine Größe.

Wir spazierten zum Dorfplatz. Das gefiel mir. Dann steuerte Gerald den Eingang zum Wald an, was mir gar nicht gefiel. »Gerald, ich weiß nicht. Können wir nicht woanders lang?«

»Ist es dir unheimlich wegen Peter Anderson?«

»Ich glaube schon.«

»Den Wald gibt es aber nun mal. Am besten ist es, Augen zu und durch. Danach hast du nicht mehr so ein komisches Gefühl.« Er lächelte mich beruhigend an und wir gingen weiter. Ungefähr an der Stelle vorbei, an der ich die Erscheinung vom *Banditen* gesehen hatte. Bei Tageslicht sah alles ganz harmlos aus. Ich warf zwischendurch einige verstohlene Blicke nach links und rechts, dachte, dass vielleicht die Dimpleflasche aus irgendwelchen Gründen am Wegesrand lag. Gerald sah mich fragend an.

»Tut mir leid, dass ihr nun keinen Verwalter mehr habt«, sagte ich. »Ihr seid bestimmt sehr traurig wegen alldem.«

»Ach, was heißt traurig. Sicher ist so ein Unfall schlimm.«

»Mochtest du ihn sehr gerne?«

Gerald überlegte. »Er war ein guter Verwalter, aber wir waren nicht befreundet. Er war ja auch viel älter als ich.«

»Es muss schön sein, auf einem Gutshof zu leben mit all den Tieren«, sagte ich.

»Ja, ein anderes Leben ist für mich undenkbar. Weißt du, ich habe angefangen, Landwirtschaft zu studieren, weil ich das Gut einmal übernehmen soll. Und außerdem werde ich zusammen mit einem Studienkollegen aus Südamerika in Bio-Anbau investieren. Es wird sicher spannend, den Betrieb dort von Anfang an mit aufzubauen.«

»Musst du dann nach Südamerika ziehen?«

»Nein, das Gut ist mein Zuhause, und ich muss nicht ständig in Südamerika sein, aber sicher mehrmals im Jahr hinüberfliegen. Weißt du schon, was du später einmal machen möchtest?«

Wusste ich noch nicht. Wir unterhielten uns die ganze Zeit und gingen den Waldweg sogar wieder zurück, anstatt den Weg durchs Dorf zu nehmen.

»Siehst du?«, meinte Gerald. »Wenn du jetzt mal durch den Wald gehst, denkst du nur daran, wie schön es war, auf Gladstone hier entlangzureiten.«

»Ja.« Ich strahlte. Ich war ihm wirklich dankbar, dass er mir den Schrecken und das mulmige Gefühl genommen hatte. Zumindest, was den Wald betraf.

Ich hätte eigentlich eine kleine Schwärmerei für Gerald Easterbrook in Erwägung ziehen können. So unverfänglich und ganz aus der Ferne. Aber ich sah ihn nach dem Spazierritt kaum noch.

In der Folgezeit versuchte ich, irgendwelche Gesprächsfetzen von den Erwachsenen aufzufangen, in der Hoffnung, noch etwas über den *Unfall* zu erfahren. Aber sie hatten wohl entschieden, dass man Kinder mit so etwas nicht unnötig belasten sollte, denn selbst Oliver konnte keine Informationen von seinen diversen älteren Freundinnen liefern.

Der einzige Mensch, mit dem ich noch einmal über Peter Anderson sprach, war meine Großmutter. Sie war für kurze Zeit das Tagesgespräch in Jolly Clover, als sie nämlich in den Schützenverein in Dillings eintrat und sich dann auch noch eine Pistole zulegte. Von einigen Bauern war bekannt, dass sie Waffen besaßen, egal, ob es erlaubt war oder nicht. Und das fand wohl jeder normal, da sie ja abgelegen wohnten. Aber als Großmutter eines Abends im Pub die Katze aus dem Sack ließ, soll sie ganz schön für Überraschung gesorgt haben. Ihrer Meinung nach sollten es alle wissen, dann bekäme niemand Lust, sich mit ihr anzulegen.

Die Mitgliedschaft im Schützenverein sowie die Pistole waren ein Geschenk von Gilbert Easterbrook, dem Gutsbesitzer höchst persönlich, und seinem Bruder Mortimer. Da Großmutter auch nach Einbruch der Dunkelheit noch über einsame Landstraßen fuhr, auch um für Mortimer Easterbrook Schriftverkehr und Buchhaltung zu erledigen, hielten die beiden Männer den Schutz für angebracht.

Ich fragte Großmutter, ob sie die Pistole wirklich wegen der einsamen Landstraßen hätte oder ob es etwas mit Peter Anderson zu tun hatte.

»Du machst dir Sorgen, dass es in Wirklichkeit gar kein Unfall war?«, fragte sie.

»Ich habe nur so überlegt.«

»Es war ganz sicher ein Unfall. Die Polizei kann heute genau feststellen, ob jemand auf die Stirn geschlagen wurde oder ob er darauf gefallen ist.«

»Ach so. Die Landstraßen waren aber auch vor dem Unfall schon einsam«, überlegte ich laut.

Ich war hier das einzige wandelnde Verbrechen auf zwei Beinen und versuchte, mich an diesen Zustand zu gewöhnen.

Durch die Schule war ich natürlich viel abgelenkt. Ich bekam auf einmal Lust, mich richtig in meine Aufgaben hineinzuknien und wurde von einer guten Durchschnittsschülerin zu einer der Besten in meiner Klasse. Meine Mutter träumte schon davon, dass ich vielleicht später mal studieren würde. Und Oliver sollte sich ein Beispiel an mir nehmen.

Nach einiger Zeit hatte er mich doch gefragt, was ich mit der Flasche Dimple wollte.

»Ach, das war eine blöde Idee. Ist auch ziemlich schiefgegangen. Am besten, wir vergessen das Ganze.«

Oliver war enttäuscht. »Und dafür habe ich mir solche Mühe gegeben?«

»Ach, komm, Oliver. Das hat dir doch Spaß gemacht. Und du warst großartig. Ehrenwort.«

Grinsend zog er ab.

Das Cottage, in dem David gewohnt hatte, stand noch eine ganze Weile leer. Hin und wieder bereitete es mir Vergnügen, langsam und wehmütig dort entlangzuschlendern.

Im folgenden Sommer zog dort ein Arbeitskollege meines Vaters mit seiner Familie ein. Die kleine, blonde Tiffany hing an Oliver wie eine Klette. Debbie war in meinem Alter und wurde meine beste Freundin.

# Kapitel 3

## Heute

Ich hatte die Zeilen bestimmt zehnmal gelesen. Das machte die Sache nicht besser. Es war einfach ein mieser, anonymer Brief.

*Liebe Emily,*

*sicher gefällt es Dir, Kindheitserinnerungen aufzufrischen. Dabei bin ich Dir gern behilflich.*
*Ich lade Dich zu einem geheimen Treffen am Donnerstag ein. Um 20 Uhr im Wald auf der Hälfte des Weges. Du wirst sicher pünktlich erscheinen, allein schon aus Rücksicht auf Deine Familie. Ich hoffe, Du freust Dich über mein kleines Souvenir.*

*Dein Bandit*

Der Brief war maschinengeschrieben oder ausgedruckt. Ebenso die Anschrift. Im Kuvert lag noch ein aus einem Prospekt ausgeschnittenes Bild einer Flasche Dimple. Das sollte wohl das Souvenir sein.

Zuerst war ich erschrocken. Dann murmelte ich wütend: »Benjamin Easterbrook.« Ich dachte an unser letztes Zusammentreffen am vergangenen Samstag im *Banditen*. Der Brief konnte nur von ihm sein.

Oliver und ich waren am späten Samstagnachmittag zu unserer Großmutter gegangen und dann gemeinsam mit ihr ins Pub. Wir hatten uns zu John Adams und Henry Finch gesetzt. John hatte es vom einfachen Gerüstbauer zu einer eigenen Firma gebracht. Henry Finch hatte die Zucht von Border Collies aufgegeben und besaß nur noch Alfie, seinen betagten, aber hoch prämierten Deckrüden edelster Abstammung. Der schwarz-weiße Alfie war trotz seines Alters immer noch sehr gefragt.

Oliver holte unsere Getränke. Für sich ein Badger, für mich Ginger Beer und für Großmutter ein Glas Chablis. Alicia setzte sich an unseren Tisch und begrüßte uns. Sie war gerade aus den USA zurückgekommen.

Das lief nun schon seit zwanzig Jahren so. Alicia verbrachte ihre Zeit abwechselnd in Amerika und England. Sie hatte wohl auch ein Apartment in London, wohnte aber eigentlich in einem der Gästezimmer über dem Pub. Offiziell zumindest. Es lag ja eigentlich auf der Hand, dass Tony Pringle und Alicia eine Beziehung führten, es gab nur keine waschechten Beweise.

Ich mochte das altmodische Ambiente von Pubs im Allgemeinen und war gerne im *Banditen*. Ein großer Schlapphut als Hinweis auf den Namensgeber war an den Spiegel hinter der Theke geklemmt. An den Wänden hingen Nachdrucke alter Fotografien der Königsfamilie, angefangen bei Queen Victoria und Prinz Albert. Vielleicht ging das auf Alicias Einfluss zurück. Außerdem gab es eine große Aufnahme des Pubs aus der Zeit, als er noch *Der letzte Schluck* hieß. Vor dem Pub sah man hauptsächlich Männer, die ihre Kopfbedeckungen in den Händen hielten und in die Kamera blickten. Der sogenannte *Bandit*, der kurz nach seiner Ankunft noch nicht in Ungnade gefallen war, befand sich unter ihnen. Auch er hielt artig seinen Schlapphut in der Hand. Er war ein dunkelhaariger Typ, und auf den ersten Blick fand ich ihn recht gut aussehend. Vielleicht hatten die männlichen Bewohner von Jolly Clover ihn auch deshalb vertrieben, weil ihren Frauen das ebenfalls aufgefallen war, überlegte ich. Irgendwann würde ich mir das Foto mal genauer ansehen.

Großmutter hatte bestimmt noch einige Leute auf dem Bild gekannt.

Alicia fragte, ob ich mich immer noch nicht mit dem Gedanken anfreunden könne, Geschichte zu unterrichten. Ich hatte englische Geschichte studiert und die beste Chance auf eine feste Anstellung wäre, Unterricht zu erteilen. Ich schreckte aber davor zurück, vor einer Schulklasse oder auch einer Gruppe Studenten zu stehen.

So hatte ich es bisher nicht allzu weit gebracht. Ich hatte schon allerhand befristete Jobs gehabt, in Bibliotheken und Museen und für diverse pensionierte Geschichtsprofessoren ihre ganz persönlichen Erkenntnisse über die Geschichte unseres Landes archiviert. Alicia meinte, wenn ich es schaffen würde, im Reisebus vor einer Horde Touristen zu sprechen, könne ich sicher auch unterrichten. Mir fiel so schnell kein Gegenargument ein. Außerdem hatte ich dank meines Bruders etwas wirklich Gutes in Aussicht.

Es hätte ein gemütlicher Abend werden können, aber dann ging die Tür auf. Herein kamen Gerald und Benjamin Easterbrook, zusammen mit ihrem Onkel Mortimer. Wenn Großmutter nicht bei uns gewesen wäre, hätten sie sich wahrscheinlich nicht an unseren Tisch gesetzt. Aber da Großmutter nach wie vor die Buchhaltung für Onkel Mortimer und nach dem Tode Gilbert Easterbrooks auch für Gerald machte, steuerte Mortimer Easterbrook direkt auf unseren Tisch zu. Er war ein humorvoller, gut aussehender Mann in Großmutters Alter. Auch er fühlte sich wohl in unserem Pub und kam, sooft es seine strenge Frau gestattete. Als Kinder hatten Oliver und ich uns angewöhnt, über ihn als *Onkel Mortimer* oder *Onkel Morty* zu reden, aber wir grüßten ihn natürlich mit *Mr Easterbrook*.

Gerald und Benjamin sahen wir hier nicht allzu oft. Gerald flog mehrmals im Jahr nach Südamerika, wo er mit seinem ehemaligen Studienkollegen sehr erfolgreich Bio-Landwirtschaft betrieb. Benjamin hatte sich in den vergangenen Jahren damit beschäftigt, sein väterliches Erbe zu verprassen.

Gilbert Easterbrook war bei einem Autounfall in London ums Leben gekommen, ohne ein Testament zu hinterlassen. Die Brüder hatten sich darauf geeinigt, dass Gerald das Gut bekam und Benjamin den Hauptanteil des Anlagevermögens. Gerald wirtschaftete gut und war sehr vermögend geworden, während Benjamin sich kaum noch die Miete für seine Wohnung in Camden leisten konnte. Von Großmutter, die ihn auch nicht leiden konnte, erfuhren wir, dass er abwechselnd seinen Bruder und Onkel Mortimer anpumpte.

Morty setzte sich neben Großmutter und plauderte gleich drauflos. Gerald ging zur Bar, und Benjamin landete ausgerechnet neben mir und blickte herausfordernd in die Runde. Oliver und John Adams ignorierten ihn nach der Begrüßung und unterhielten sich weiter mit Henry Finch. Niemand schenkte Benjamin besondere Beachtung. Ich sah angestrengt zu Oliver und John Adams und tat, als würde mich ihr Gespräch brennend interessieren.

Aber es half nicht.

»Na, Emily«, begann Benjamin plötzlich. »Alles klar zu Hause?«

»Bitte?« Ich sah ihn widerwillig an.

»Du wohnst doch noch bei Mama und Papa, oder etwa nicht?«

»Wenn ich nicht gerade in London bin«, gab ich hochmütig zurück.

»Und der Herr Gemeinderat? Hat seine Frau ihn wieder in Gnaden aufgenommen?«

Ich fragte mich, wie er davon erfahren hatte. In diesem Moment kam Gerald mit den Getränken von der Theke. Benjamin war nüchtern schon unausstehlich. Gerald ging zurück an die Bar, wo er sich mit Alicia unterhielt.

Der *Herr Gemeinderat* war mein Bruder. Nach seinem Betriebswirtschaftsstudium hatte Oliver sich nicht um eine Karriere in der Wirtschaft bemüht. Dank der überaus guten Beziehungen zu seinen betagten Freundinnen in Jolly Clover, die wiederum Schwiegersöhne, Neffen, Kinder von Freunden und Bekannten in Dillings hatten, bekleidete Oliver einen gut bezahlten Posten in der Stadtverwaltung von Dillings, mit weiteren Aufstiegschancen. Da er Versammlungen aller Art liebte, egal, ob es sich um Seniorenvereine oder diverse Bürgerinitiativen handelte, hatte er schnell einen riesigen Bekanntenkreis in Dillings aufgebaut und war bei den letzten Wahlen sogar in den Gemeinderat gewählt worden. Er überlegte schon, ob ihm das Bürgermeisteramt gut stehen würde.

Tiffany, mit der er seit vier Jahren verheiratet war, arbeitete als Krankenschwester auf der Säuglingsstation im Krankenhaus von Dillings. Hin und wieder hing der Haussegen schief, und vor Kurzem fand Oliver sich in seinem alten Kinderzimmer wieder, bis Tiffany ihn großmütig zurückkommen ließ. Oliver war das schrecklich peinlich, und er hatte Angst, dass es sich in Dillings rumsprach. Er hatte Glück, dass unsere Eltern sein Zimmer noch nicht renoviert hatten. Papa wollte es für seine Basteleien haben und Mutter für ihre Kosmetik. Bevor sie sich auf eine gemeinschaftliche Nutzung einigen konnten, war ihr Stammhalter wieder daheim. Und das hatte jedenfalls in Jolly Clover die Runde gemacht.

»Von Gnade verstehst du viel, nicht wahr? Besonders von der Gnade anderer.« Wenn Benjamin Streit haben wollte, kein Problem.

»Ja.« Er tat nachdenklich. »Dabei bin ich selbst eigentlich nicht der gnädige Typ. Was deinen heiß geliebten alten Gladstone betrifft, zum Beispiel. Ich könnte mir vorstellen, dass er im Pferdehimmel besser aufgehoben ist.«

Ich sah ihn hasserfüllt an, was ihn noch mehr anspornte.

»Bring ihm lieber noch schnell ein paar Möhren vorbei. Kann ja sein, dass er während Geralds nächster Reise das Zeitliche segnet. Ist eh längst überfällig.«

»Du mieses Stück!«, fauchte ich ihn an.

Die anderen hörten uns mittlerweile zu. Onkel Mortimer und Großmutter versuchten vergeblich, uns zu beschwichtigen. Benjamin nahm einen großen Schluck und sah mich spöttisch an.

»Wenn Gladstone etwas zustößt«, sprach ich weiter, »dann bist du für alle Zeiten derjenige, der ihn auf dem Gewissen hat. Und alle wissen das.«

Gerald Easterbrook brachte die nächste Runde und setzte sich mit Alicia zu uns. Einen Moment war Ruhe.

Benjamin trank die Hälfte seines Biers in einem Zug, kippte einen Schluck Scotch hinterher und sah dann herablassend in die Runde. »Ich weiß, dass ihr alle kein Gewissen habt«, nahm er den Faden wieder auf. »Sitzt hier so, als könntet ihr kein Wässerchen trüben. Aber ihr seid alle nicht besser. Im Gegenteil. Eigentlich solltet ihr euch geehrt fühlen, dass ihr mit mir an einem Tisch sitzen dürft.«

»Benjamin, das reicht jetzt!«, mahnte ihn sein Onkel.

»Ach, komm, Onkel Morty. Hier sitzt doch kaum einer, der eine weiße Weste hat. Alles Heuchler und Betrüger. Und nicht nur hier am Tisch.«

Mein Bruder sah ihn eiskalt an. »Dann erstatte doch einfach Anzeige.«

»Ja, die eine oder andere Anzeige wäre durchaus denkbar. Aber es macht auch Spaß, hier im Ort ein bisschen zu plaudern.«

Während ich ihn noch anfunkelte und fragte: »Wer würde schon freiwillig mit dir plaudern?«, steuerte ein etwa vierzigjähriger Mann, den ich nur vom Sehen kannte, auf Henry Finch zu.

»Hallo Mike«, wurde er von Henry begrüßt.

»Das kannst du dir sparen.« Mike war offensichtlich wütend. Er hielt Henry Finch ein Handy unter die Nase und fragte drohend: »Was ist das hier?«

»Ein Handy.«

»Und das Foto?«

»Irgendein Hund.«

»Nicht irgendein Hund. Das ist Homer. Der ist aus dem Frühjahrswurf von meiner Dolly. Und der Vater sollte eigentlich dein Alfie sein. Auf jeden Fall habe ich genug dafür gezahlt. Ich hatte alle Welpen verkauft, aber den hier haben sie mir zurückgebracht. Meinten, das würde wohl kein Border Collie mehr werden. Seht euch das an.«

Mike reichte das Handy herum. Der halbstarke Nachwuchs war schwarz und langhaarig.

»Weder meine Dolly noch dein Alfie sehen so aus«, fuhr Mike fort. »Deshalb frage ich dich, Henry Finch, wer ist der Vater von Homer?«

Henry Finch wies alle Schuld von sich. Mike behauptete, der ganze Wurf wäre sicher nicht von Alfie und forderte das Geld fürs Decken zurück. Henry Finch bezichtigte Dolly der Umtriebigkeit, was Mike noch mehr erboste. Die beiden Männer hatten bald die Aufmerksamkeit der meisten Pubbesucher auf sich gezogen.

Jeder beharrte auf seiner Meinung und Dennis Pringle, der irgendwann aufgetaucht war und bei seinem Onkel an der Bar stand, feixte: »Warum lasst ihr nicht einfach einen Vaterschaftstest machen?« Alle grölten.

»Ja, genau, Vaterschaftstests für Hunde könnte ein ganz neuer Geschäftszweig sein.« Tony Pringle lachte. »Ich werde im Hinterraum ein Labor einrichten.«

»Ja, ich mache einen!«, stimmte Mike zu. »Und dann wird die Wahrheit über Alfie herauskommen!« Er wies anklagend mit dem Handy auf Henry Finch und rief theatralisch: »Der ist gar nicht von ihm!«

Während wir noch alle lachten, fühlte ich eine kalte Flüssigkeit durch meine Jeans sickern. Benjamin Easterbrook war anscheinend jedes Mittel recht, die Aufmerksamkeit wieder auf sich zu ziehen. Er hatte sein Glas umgeworfen, dessen Inhalt mir auf den Oberschenkel tropfte. Ich sprang auf. »Du Idiot! Wenn du nicht mal ein Glas halten kannst, dann bring dir gefälligst eine Schnabeltasse mit. Oder trink keinen Alkohol, du bist auch so schon benebelt genug.«

Jetzt, wo er die allgemeine Aufmerksamkeit zurückhatte, schien er sich wieder wohlzufühlen. Und betrunken war er außerdem. Er sah mich mit verschleiertem Blick an und kicherte. Es war richtig unheimlich.

Onkel Mortimer befürchtete wohl erneuten Ärger und drängte zum Aufbruch.

Benjamin sträubte sich nicht mal. Er hatte sich bestens unterhalten und setzte zum Abschied noch eins drauf. Schon im Stehen griff er nach seinem Scotchglas, hielt es uns prostend entgegen und sagte: »Wo immer das Zeug auch herkommt.« Als er Alicias verärgerten Gesichtsausdruck bemerkte, fügte er hinzu: »Und du auch.«

Henry Finch und Mike beruhigten sich und einigten sich darauf, dass Mike anteilig etwas Deckgeld zurückbekommen sollte. Auf den Vaterschaftstest wurde verzichtet und Mike würde Homer behalten, weil seine Tochter ihn so süß fand.

Mit dem Brief vor Augen und der Erinnerung an diesen letzten Samstag dachte ich an Benjamin Easterbrook. Wahrscheinlich hatte er das sogar beabsichtigt. Der Inhalt des Briefes und das Bild der Flasche Dimple konnten sich nur auf den *Unfall* vor zwanzig Jahren beziehen.

Aber wie hatte Benjamin Easterbrook davon erfahren? Hatte er mich damals gesehen? Und dann zwanzig Jahre lang dichtgehalten, um mich jetzt in die Mangel zu nehmen? Das sah ihm gar nicht ähnlich. Also konnte er nicht genau wissen, was ich damals angestellt hatte. Wenn doch, würde es für meine Familie sehr unangenehm werden. Für Olivers Karriere war es bestimmt wenig zuträglich, wenn bekannt würde, dass seine Schwester bereits im Alter von zehn Jahren am Unfalltod eines Menschen beteiligt war, indem sie einen Alkoholiker mit seinem Suchtmittel ausstattete. Moralisch verwerflich war das sicher. Und wenn dann noch herauskäme, dass der angehende Herr Bürgermeister an der Beschaffung des Alkohols beteiligt gewesen war, natürlich von seiner schlimmen Schwester dazu verleitet, das würde ihm die letzten Chancen rauben. Man würde sogar meine im ganzen Dorf angesehene Großmutter schief ansehen. Vielleicht auch überlegen, ob sie ihre Buchhaltung die ganzen Jahre über einwandfrei gehandhabt hatte. Meinen Eltern würde es auch nicht viel besser gehen.

Ich sah auf die Uhr. Es war viel zu spät. So lange würde Benjamin nicht warten. Sonst wäre ich tatsächlich hingegangen, einfach um herauszufinden, was er überhaupt wusste. Und was er von mir wollte.

Ich blieb noch lange auf und überlegte, was und unter welchen Umständen Benjamin über den Vorfall erfahren haben könnte. Weit nach Mitternacht hatte ich es geschafft, mich damit zu trösten, dass es ganz gut war, nicht zu dem Treffen gegangen zu sein. Hoffentlich würde er es so auffassen, dass ich seine Drohung, denn etwas anderes war es nicht, nicht ernst nahm.


Am Freitagmorgen wachte ich spät auf. Erstaunlicherweise hatte ich gut geschlafen, aber mir fiel sofort wieder der Brief ein. Aber eigentlich konnte ich nichts machen außer abwarten.

Ich beschloss, mir zum Trost etwas Leckeres aus der Bäckerei zu holen. Da konnte ich auch gleich ausprobieren, ob mein Ruf bereits gelitten hatte.

Als ich am Anfang unseres Wäldchens vorbeikam, sah ich von Weitem eine Menschentraube, die immer größer wurde. Einige kamen von der Straße gegenüber dem Dorfplatz direkt durchs Unterholz und hielten Kaffee- oder Teebecher in der Hand.

Ich erkannte eine Gestalt, die auf mich zukam. Mrs Tucker hielt eine Gebäcktüte in der Hand und schien ganz aufgekratzt. »Emily!«, rief sie mir entgegen. »Du kannst es dir nicht vorstellen. Benjamin Easterbrook ist erschossen worden. In den Rücken.«

Jetzt war sie bei mir angekommen, und ich starrte sie mit offenem Mund an. »Was?«, brachte ich hervor.

»Ja. Lag mitten auf dem Weg.« Sie sah mich etwas bedauernd an und erklärte: »Sie haben ihn aber schon weggebracht. Die Polizei ist noch da und spricht mit den Leuten. Und die Spurensicherung ist auch noch zugange. Und sogar ein Reporter. Ich will nur schnell nach Hause, mir eine wärmere Jacke anziehen. Ist doch ganz schön kalt, wenn man länger steht. Wir sehen uns sicher gleich noch.« Damit rauschte sie eilig an mir vorbei.

Ich war wirklich erschrocken. So einen richtigen, lupenreinen Mord hatten wir hier noch nicht gehabt. Neugierig war ich natürlich auch, aber rein gefühlsmäßig zog es mich nicht zur Polizei. Ich ging also planmäßig zur Bäckerei. Diejenigen, die sich etwas aufwärmen wollten, hatten hier Stellung bezogen und erzählten mir bereitwillig, was sie wussten:

Kurz nach acht hatte sich Henry Finch mit seinem Alfie im Schlepptau einen Weg durch das Gebüsch gebahnt und war, so schnell es mit dem betagten Alfie an der Leine möglich war, auf die Bäckerei zugeeilt. Dabei hatte er gerufen: »Mord! Mord! Der junge Easterbrook ist tot! Schnell! Ruft die Polizei! Er liegt im Wald!«

Da für uns die Polizei in Dillings zuständig war und sich auch gerade keine Streife in der Nähe befand, hatte die Spurensicherung nicht den Hauch einer Chance. Als die Polizei eintraf, waren die nicht berufstätigen Bewohner des Dorfkerns bereits komplett vertreten. Sie hatten die erste Scheu schnell überwunden und standen dicht gedrängt um Benjamin Easterbrook herum.

Ich schämte mich ein bisschen dafür, dass mir so nach und nach ein Stein vom Herzen fiel. Aber nur kurz. Die Erleichterung, dass Benjamin Easterbrook mir nichts mehr anhaben konnte, war zu groß und meine Stimmung schlagartig gestiegen. Ich deckte mich mit süßen Bagels ein und musste aufpassen, auf dem Nachhauseweg nicht zu pfeifen. Wahrscheinlich sollte ich meine Eltern in

Norwich anrufen. Meine Mutter würde es mir nie verzeihen, wenn sie bei ihrer Rückkehr von den Nachbarn auf den Mord angesprochen würde und zugeben müsste, dass sie nicht informiert wäre, während garantiert die Verwandtschaft aller Dorfbewohner im gesamten Vereinigten Königreich Bescheid wusste. Ich konnte sie nicht ins offene Messer rennen lassen.

Nach einem ausgiebigen Frühstück machte ich mich auf den Weg nach Dillings. Ich wollte Debbie besuchen, die dort eine Boutique führte. In meiner gehobenen Stimmung hatte ich Lust, mir irgendetwas zu kaufen. Vorher noch ein Besuch beim Friseur. Ich kam sofort an die Reihe, und es dauerte auch nicht lange, meinem modischen Kurzhaarschnitt wieder den letzten Schliff zu verpassen.

Debbie saß an einem kleinen Schreibtisch in ihrer Boutique und kam mir sofort entgegen. »Das ist ja irre, oder?«, begrüßte sie mich.

»Woher weißt du es denn schon?«

»Mutter. Jetzt wünschte ich, ich würde noch zu Hause wohnen. Da muss ja richtig was los sein. Warst du beim Friseur?«

»Ja. Gerade. Bei uns geht es zu wie bei einem Rockkonzert, wo die Fans die Bühne stürmen. Kommst du heute Abend vorbei oder hat Steven andere Pläne?«

Debbie drehte sich eine lange braune Locke um den Finger und grinste süffisant. »Mag sein, dass er Pläne hat. Die haben aber auf jeden Fall nichts mit mir zu tun.«

»Ach, sind die sieben Monate schon um?« So lange dauerten Debbies Beziehungen im Durchschnitt. Beneidenswert lange, fand ich und dachte an Luke. Wir hatten uns im Sommer in London kennengelernt, waren mehrmals ins Kino gegangen und hatten diverse romantische Restaurants entdeckt. Es hörte sich erst gut an. Luke hatte eine eigene Wohnung in Croydon. Dass die Wohnung im Haus seiner Eltern lag, erfuhr ich erst, als ich ihn das erste Mal besuchte. Selbst, wenn ich seine Eltern etwas sympathischer gefunden hätte, ich brachte es einfach nicht fertig, bei ihm zu übernachten und zu wissen, dass seine Eltern vielleicht im Erdgeschoss vor dem Fernseher saßen. Und mit meinem möblierten Zimmer war es nicht besser, obwohl ich Mrs Emeralds Tochter keine Schuld geben konnte.

Kurz nachdem ich bei ihr eingezogen war, sprach sie mich auf das Thema *Herrenbesuch* an. »Liebes Kind, wenn Sie einen netten jungen Mann kennenlernen, bringen Sie ihn ruhig mit. Sie sind sicher auf der Suche nach einem guten Ehemann. Er kann auch gern über Nacht bleiben. Sie sind ja nun auch schon dreißig.«

Das mit der Dreißig hatte ich nicht ganz genau verstanden. Meinte sie, mit dreißig sei man vertrauensvoll und reif genug für Herrenbesuch, oder meinte sie, ich wäre dreißig Jahre alt, unverheiratet, und verzweifelte Situationen erforderten verzweifelte Maßnahmen? Ich unterließ es nachzufragen. Lukes und meine Chance kam, als Mrs Emerald ihrer Mutter einen einwöchigen Besuch abstattete. Es war sozusagen der romantische abschließende Höhepunkt unserer Beziehung. Luke ärgerte sich zunehmend über meine angebliche Überempfindlichkeit in Sachen Liebesnest. Bald fand er eine völlig unsensible Partnerin, der es nicht das Geringste ausmachte, dass Luke im Haus seiner Eltern wohnte.

Debbie grinste über die sieben Monate und meinte, es wären eher siebeneinhalb gewesen, wobei sie den überzähligen halben Monat dann beim Nächsten in Abzug bringen würde.

Während unserer Unterhaltung war mein Blick an einem hellblauen Strickpullover hängen geblieben. Der würde gut zu meinen graublauen Augen passen. Ich nahm ihn aus dem Regal. »Der sieht schön kuschelig aus und schick außerdem.«

»Was meinst du, wer's war?«, fragte Debbie.

»Keine Ahnung. Ich probiere ihn mal an.« Damit verschwand ich in der Umkleidekabine.

»Was glaubst du denn, wer's war?«, beharrte Debbie. »Nicht, dass ich Benjamin sonderlich vermissen werde. Ich meine nur so aus Neugier.«

Ich kam mit dem Pullover in der Hand aus der Kabine. »Habe ich noch gar nicht drüber nachgedacht. Irgendein Wohltäter.«

»Emily!« Debbie tat entrüstet.

»Ach du Schreck!«, rief ich. »Ich habe ganz vergessen, meine Mutter in Norwich anzurufen.

»Wenn's nicht zu lange dauert, kannst du von hier aus anrufen.«

»Könnte länger dauern.« Ich bezahlte meinen Pulli und Debbie sagte zu, am nächsten Abend in den *Banditen* zu kommen.

Zu Hause rief ich sofort bei meinen Großeltern in Norwich an und bekam Großmutter Walker an den Apparat. Sie wollte natürlich wissen, ob etwas passiert sei, und so musste ich ihr erst alles in groben Zügen erklären, bevor sie meine Mutter rief: »Anne! Telefon! Emily sagt, bei euch ist Benjamin Easterbrook ermordet worden.«

Sie hatte kaum ausgesprochen, als meine Mutter schon den Hörer in der Hand hatte. Sie meldete sich mit den Worten: »Emily, du hast doch nichts damit zu tun, oder?«

Ich war entrüstet. »Mama, also wirklich!«

»Ich dachte ja nur. Du konntest ihn doch noch nie leiden.«

»Nein, und keiner, den ich kenne, konnte ihn leiden.«

Nun war ich gezwungen, alles, was ich erfahren hatte, genauestens weiterzugeben. Mama war ehrlich enttäuscht, dass sie ausgerechnet jetzt nicht zu Hause war.

Um sie zu trösten, erzählte ich ihr, dass ich ziemlich wahrscheinlich einen guten Arbeitsplatz ab Anfang nächsten Jahres haben würde. Aber was es genau war, würde ich erst sagen, wenn es hundertprozentig sicher wäre. Im Moment interessierte sich Mama aber ausschließlich für die Geschehnisse in Jolly Clover.

Als ich ihren Wissensdurst, so gut ich konnte, gestillt hatte, machte ich mir erst mal einen schönen Zimt-Schokoladentee. Ich beschloss, am Nachmittag zu meiner Großmutter zu gehen, um festzustellen, ob es weitere Neuigkeiten gab. Zwischendurch rief noch Oliver an und wollte Neues von mir wissen.

»Im Fall Easterbrook weiß ich nichts Neues. Aber ich gehe nachher zu Großmutter. Übrigens ist ein Brief von Mrs Lipman und Mrs Emerald für dich gekommen.«

Oliver wollte heute Abend zu einer Versammlung des Gemeinderats und deshalb erst morgen ins Pub kommen und dabei den Brief abholen.

Seine betagten Freundinnen waren jetzt Anfang neunzig und hatten im letzten Frühjahr beschlossen, mithilfe von guter Seeluft den hundertsten Geburtstag feiern zu können. Mrs Lipman hatte Verwandte in Portsmouth, und die beiden alten Damen hatten dort zusammen ein Haus gefunden, das auch groß genug war, Übernachtungsgäste aufzunehmen. Ich war im Sommer schon in den Genuss ihrer Gastfreundschaft gekommen, anstelle von Tiffany zusammen mit meinem Bruder. Denn natürlich hatte ihr lieber Oliver eine der ersten Einladungen bekommen, aber Tiffany hatte sich geweigert, bei Olivers ältesten Freundinnen zu wohnen. Urlaub in Portsmouth wäre ja okay, hatte sie gemeint. Und ein- oder zweimal zum Tee bei den alten Damen auch. Aber mehr wäre nicht drin.

Es gab einen mittelgroßen Streit zwischen Oliver und Tiffany, denn auch wenn Tiffany bereits in jungen Jahren eine Vorliebe für Oliver entwickelt hatte, konnte von Selbstaufgabe nicht die Rede sein.

Sie und Oliver witzelten einmal, für eine Zwangsheirat gehe es bei ihnen recht harmonisch zu. Zwangsheirat deshalb, weil Oliver, als er sein Studium beendet hatte und nach Meinung seiner älteren Freundinnen im heiratsfähigen Alter war, von diesen überschüttet wurde mit Einladungen, bei denen Großnichten und Urenkelinnen in nicht zu unterschätzender Anzahl auftauchten.

Mrs Lipman und die anderen hatten dann aber durchaus Verständnis dafür gezeigt, dass Oliver seine Jugendliebe geheiratet hatte. Sie schickten Briefe an ihn nach Jolly Clover, weil sie diese Adresse auswendig kannten.

## Kapitel 4

Großmutter gehörte noch zur Generation von Dorfbewohnern, die ihre Haustür nicht abschließen, wenn sie zu Hause sind. Ich fand sie oben im Arbeitszimmer vor ihrem Computer, auch ein nützliches Geschenk von Mortimer und Gilbert Easterbrook. So konnte sie mit Gerald Easterbrook auch dann in Verbindung bleiben, wenn sich dieser für längere Zeit in Südamerika aufhielt.

Da Großmutter Zahlenspiele jeder Art liebte, konnte sie ihrem Hobby auch online frönen und traf Gleichgesinnte in den Internetforen. Wenn ich sie an ihrem schönen altmodischen Schreibtisch aus dunklem Holz sitzen sah, kam sie mir gar nicht großmütterlich vor, eher wie eine reifere, elegante Chefsekretärin. Sie tippte hoch konzentriert Zahlen in irgendwelche Bildschirmfelder und schien im Moment kein großes Interesse an Mord und Totschlag zu haben.

»Bist du erst heute Vormittag von Ethel zurückgekommen?«, fragte ich sie.

»Mhm.« Sie tippte eifrig weiter.

»Und, hatte es sich heute Morgen in Dillings schon rumgesprochen?«

»Ich habe erst hier davon erfahren. Aber seit heute Vormittag auch nichts Neues. Vielleicht erfahren wir morgen Abend im Pub schon Näheres.«

Ich bemerkte ein Holzkästchen mit winzigen bunten Lämpchen ungefähr in der Größe, dass eine Brille hineinpasste, auf ihrem Schreibtisch.

»Das ist aber niedlich. Ein verziertes Brillenetui?«

»Ja, so ähnlich.«

Auf dem Computerbildschirm erschien ein neues Feld. Es sah aus wie ein Memoryspiel mit Zahlen. Ich sah Großmutters verzücktes Gesicht und verabschiedete mich. Während ich die Treppe schon wieder hinunterging, rief ich nach oben: »Willst du nicht besser die Haustür abschließen?«

»Warum?«, kam es zurück. »Mir wird schon niemand etwas tun, ich habe ja keine Feinde.«

»Wenn du meinst.«


Auf dem Heimweg dachte ich spontan an Chubby, Micky und Floyd. Kurz nachdem ich mich gezwungenermaßen von Luke getrennt hatte – er selbst hatte es nicht so eilig mit einer endgültigen Trennung und meinte, Mrs Smart würde ja vielleicht mal wieder in den Urlaub fahren – hatte ich Großmutter zu einer Feier ihres Schützenvereins begleitet. Mortimer Easterbrook war auch anwesend und ebenfalls viele jüngere Leute, von denen ich einige seit meiner Schulzeit kannte.

Als wir gut gelaunt in Großmutters Wagen nach Hause fuhren, sahen wir am Straßenrand in regelmäßigen Abständen umgekippte und halb ausgeleerte Mülltonnen. Großmutter zeterte und sagte: »Das habe ich hier schon mal gesehen. Wenn ich die in die Finger kriegen würde.«

Ich stimmte ihr zu.

Dann sagte Großmutter: »Sieh mal, da hinten sind sie!« Sie trat leicht auf die Bremse.

»Was willst du denn machen?«, fragte ich. »Hast du dein Handy mit? Dann ruf doch am besten die Polizei.«

»Es kommen nur noch zwei Häuser«, entgegnete Großmutter. Wenn sie sich die Mülltonnen da auch noch vorgenommen haben, sind sie längst weg, bevor die Polizei hier ist. Nein, Emily, wir müssen uns selbst darum kümmern.«

»Großmutter!«, rief ich entsetzt. »Du willst dich doch nicht mit den Dreien dort anlegen!«

»Lass mich nur machen.« Mit diesen Worten fuhr sie an den Straßenrand und hielt den Wagen direkt vor drei Jungen im fortgeschrittenen Teenageralter an. Ich rutschte so tief in meinen Sitz, wie es nur möglich war. Großmutter ließ das Fenster herunter.

»Sieh mal, Chubby«, sagte einer. »Wir bekommen Zuschauer.«

»Dann macht es gleich doppelt so viel Spaß.« Chubby packte die bereits umgeworfene Mülltonne und rüttelte noch einen Stoß Papier heraus.

»Und jetzt wollen wir alles wieder hübsch aufräumen«, sagte Großmutter ganz ruhig.

»Micky, hast du was gehört?« Chubby stieß seinen Kumpel an.

»Nee«, kam die Antwort. »Oder hast du was gesagt, Floyd?«

»Ich doch nicht.«

Sie machten sich daran, die Mülltonne bis auf den letzten Rest zu leeren.

»Emily, gibst du mir bitte mal meine Handtasche«, bat Großmutter.

Ich griff nach hinten und dachte, sie würde nach ihrem Handy suchen und die Polizei anrufen. Sie wühlte auch in ihrer Handtasche, holte dann aber die Pistole heraus und setzte in aller Ruhe einen Schalldämpfer darauf. Der Schuss, den sie auf eine Stelle etwa dreißig Zentimeter vor Chubbys Füßen entfernt feuerte, war immer noch laut genug, dass alle drei Jungen vor Schreck erstarrten.

Ich erschrak mindestens genauso. »Großmutter«, flüsterte ich. »Das kannst du doch nicht machen. Hör doch auf. Schnell, steck die Pistole ein und lass uns wegfahren. Bevor sie darauf kommen, sich deine Autonummer zu merken.«

»Sollen sie doch«, antwortete sie in gut hörbarer Lautstärke. »Ich habe einen Waffenschein, komme vom Schützenverein und werde von drei Kleinkriminellen angegriffen, die Vandalismus betreiben. Eigentlich könnte ich sie sogar erschießen. Die Polizei wird sicher keine ältere Dame verhaften, die ihr Leben verteidigt.« Sie fügte missbilligend hinzu: »Und das ihrer furchtsamen jungen Enkelin. Los, aufräumen!« Das ging energisch in Richtung der jungen Vandalen.

Chubby, Micky und Floyd schienen zu keiner Bewegung fähig.

Großmutter probierte es mit persönlichem Zuspruch: »Chubby, du stellst die Mülltonne wieder auf.«

Chubby schien aus seiner Bewegungsstarre zu erwachen und tat, wie ihm geheißen.

»Micky und Floyd, ihr helft ihm, alles wieder einzuräumen.«

Die beiden bewegten sich vorsichtig und begannen, die Mülltonne zu füllen, nicht ohne zwischendurch ängstliche Blicke auf Großmutter zu werfen.

»Das macht ihr sehr schön«, lobte sie. »So, und jetzt noch die Papierfetzen, Chubby.«

Chubby klaubte einige Papierschnitzel auf und sagte dann schüchtern: »Fertig.«

Ich atmete erleichtert aus und dachte, jetzt bloß schnell nach Hause, bevor noch ein anderer Wagen anhält.

»Ja, mit dieser hier«, stimmte Großmutter Chubby zu. »Aber wir haben noch ein wenig Arbeit vor uns, nicht wahr, Jungs?«

Es endete damit, dass genau siebzehn Mülltonnen wieder ordentlich gefüllt und aufgestellt wurden. Nach Mülltonne Nummer sieben oder acht waren die Jungen nicht mehr so verkrampft und unterhielten sich darüber, was die Leute so alles wegwarfen und ob Papier nicht gesondert entsorgt werden müsse.

Großmutter verabschiedete sich mit den Worten: »Vielleicht sehen wir uns ja bald wieder. Ältere Leute schlafen oft schlecht, und ich fahre dann gerne etwas durch die Gegend. Gute Nacht, zusammen.«

»Gute Nacht«, antworteten sie artig im Chor.

»Ist deine Pistole immer geladen?«, fragte ich auf der Rückfahrt. »Und hast du immer einen Schalldämpfer dabei? Ich kann das einfach nicht glauben.«

»Bereit sein ist alles.« Großmutter hatte mich nur nachsichtig angelächelt. Als sie einige Tage später im Pub von Chubby und seinen Gesellen erzählte, bekundeten alle ohne Ausnahme, dass sie vollkommen richtig gehandelt hätte. Manchmal müsse man Probleme einfach selbst lösen.

Mein Problem hatte bereits jemand für mich gelöst, und ich wollte gar nicht unbedingt wissen, wer. Meine Hochstimmung hatte im Laufe des Nachmittags nachgelassen. Aber das war ja normal, Hochstimmungen dauern sonst auch nicht ewig.

Die Frage, wer Benjamin Easterbrook erschossen hat, ließ sich nicht ganz verdrängen, ich hatte aber eine beruhigende Antwort für mich parat. Er war in Jolly Clover bei den meisten unbeliebt und hatte am vergangenen Samstag einige Leute vor den Kopf gestoßen. Warum sollte es woanders nicht genauso sein. Er hatte ja auch eine Wohnung in London. Bestimmt gab es in dem riesigen London Unmengen von Menschen, die nicht gut auf ihn zu sprechen waren. Und einer von ihnen war ihm sicher nach Jolly Clover gefolgt, hatte ihn belauert und dann erschossen. Damit konnte ich gut leben.

Als ich am Samstagmorgen aufwachte und mich so nach und nach daran erinnerte, was ich geträumt hatte, bekam ich ein wirklich schlechtes Gewissen. Ich schämte mich sogar ein wenig. Ich hatte geträumt, Großmutter ginge mit zwei Freundinnen im Wald spazieren. Vor ihnen schlenderte gemächlich ein junger Mann. Als sie ihn fast eingeholt hatten, erkannte ich in ihm Benjamin Easterbrook. Mein erster Gedanke im Traum war: Dann habe ich alles nur geträumt. Er lebt, und es ist gar nichts passiert. Kein Mord.

Ich hatte kaum Zeit, die Erleichterung zu empfinden, als sich ein ganz anderes Gefühl einstellte. Wenn er nicht ermordet wurde, hat er mich immer noch in der Hand. Er kann mich erpressen und vor allen Leuten bloßstellen.

Ich sah, wie er eine Hand in seine Jackentasche steckte und ein Kaugummi herausnahm. Er wickelte den Kaugummi aus, steckte ihn in den Mund und ließ das Kaugummipapier auf den Boden fallen.

Dann hörte ich, wie Großmutter zu ihm sagte: »Benjamin, heb das sofort wieder auf.« Ihre beiden Freundinnen nickten zustimmend und sahen Benjamin auffordernd an. Der ging langsam weiter. »Na gut«, sagte Großmutter und öffnete ihre Handtasche. Sie holte einen großen Schlapphut heraus und setzte ihn auf. Nach einem erneuten Griff in die Handtasche hielt sie ihre Pistole in der Hand. »Das ist deine letzte Chance, Benjamin.« Sie zielte auf ihn.

»Genau«, stimmten ihre beiden Freundinnen zu. Benjamin kam die wenigen Schritte zurück, blieb vor dem Kaugummipapier stehen und bückte sich zur Hälfte.

Ich dachte, nein, nicht, heb es nicht auf.

Er hielt inne und richtete sich hämisch grinsend wieder auf.

Großmutter hielt ihm die Waffe direkt ans Herz und drückte ab.

Dies war die Stelle, an der ich eigentlich schweißgebadet und mit einem gellenden Schrei hätte aufwachen sollen. Stattdessen war ich beruhigt und träumte davon, wie ich auf Gladstone über die Felder ritt. Als Erwachsene hatte ich nie auf Gladstone gesessen, es fühlte sich aber trotzdem so echt an.

Während ich im Traum glücklich und zufrieden über unsere Felder ritt, war ich aufgewacht und erinnerte mich nun an alles. Ich war ja so ein schlechter Mensch.

Bald nach dem Aufstehen holte ich den Dillings Daily von draußen aus dem Zeitungskasten. Vielleicht stand da drin ja etwas über Menschen, die noch schlechter waren als ich. Ich wurde gleich fröhlicher, als ich das Titelbild sah. Eine große Aufnahme von Alfie. Darüber stand *Kennt Alfie den Mörder? Ein Exklusiv-Interview mit dem Besitzer Henry Finch.*

Entweder Henry Finch selbst oder der Reporter hatten das Auffinden von Benjamin Easterbrook leicht dramatisiert. Jetzt hieß es, Alfie und sein Begleiter seien die Landstraße entlanggegangen, als Alfie schon mindestens hundert Schritte vor dem Tatort unruhig wurde und begonnen hatte, an der Leine zu ziehen. Er hatte die Nase in die Luft gehalten und die Witterung aufgenommen, um anschließend Henry Finch von der Landstraße aus quer durch das Gebüsch zu schleusen, und unmittelbar vor dem Toten zu stehen. Alfie hatte den Boden um Benjamin Easterbrook beschnüffelt und sich dann laut heulend neben ihn gesetzt und ihn bewacht, bis Henry Finch mit anderen Dorfbewohnern zurückkam.

*Der Ermordete wurde aus kurzer Entfernung in den Rücken geschossen. Die Polizei ermittelt.* Dann folgte noch eine Lobeshymne auf Alfie samt Abstammung und einer Aufzählung aller seiner Pokale. Wahrscheinlich hatte Henry Finch dem Exklusiv-Interview nur unter dieser Bedingung zugestimmt. Alfie befand sich jetzt dank des Zeitungsartikels mindestens in der gleichen Liga wie Lassie.

Ich überlegte, was ich nach dem Frühstück machen könnte. Zum Beispiel meine Schulfreundin Katy besuchen oder Amy, die Tochter des jetzigen Gutsverwalters Sam Holden.

Sam Holden war kurz nach Peter Andersons Unfall eingestellt worden. Er war verheiratet und hatte zwei Kinder. Amy, die ein Jahr älter ist als ich, schon verheiratet und selbst Mutter einer Tochter war, und den etwas älteren Daniel. Ich bin Patentante von Amys Tochter Alison, vor der ich ein wenig Angst hatte.

Sam Holden wohnte in seinem eigenen Cottage in unserem Nachbardorf Scott's Corner und übernachtete nur gelegentlich auf dem Gut, seit dem Tod von Gilbert Easterbrook vor allem dann, wenn Gerald in Südamerika war. Normalerweise freute ich mich, Sam zu sehen, wenn ich Gladstone besuchen ging. Wen immer ich jetzt aber treffen würde, das Gesprächsthema wäre unweigerlich der Mord. Und ich würde mich schuldig fühlen, weil mich das Ableben von Benjamin Easterbrook eher beruhigte. Ganz zu schweigen von meinem Traum, in dem ich einen Moment Angst hatte, dass Großmutter nicht schießen würde. Abends im Pub würde es anders sein, da gab es sicher einige, denen es genauso ging wie mir. Nach Benjamins Stänkerei am vergangenen Samstag würde dort nicht jeder allzu sehr um ihn trauern.

Ich beschloss, eine kleine Radtour über unsere Feldwege zu machen, solange die Sonne noch schien. Von Weitem sah ich die ersten dunklen Wolken aufkommen, und auf kalten Novemberregen hatte ich keine Lust. Während ich durch die Gegend radelte, dachte ich an meinen wahrscheinlich neuen Arbeitsplatz. Wenn alles klappen würde, wäre ich ab nächstem Jahr die neue Leiterin der Stadtbibliothek in Dillings. Oliver hatte den Vorschlag gemacht.

»Braucht man da nicht ein anderes Studium als Geschichte?«, hatte ich ihn gefragt.

»An sich schon«, meinte er. »Aber ich denke, mit Geschichte geht es auch. Und die Stadtbibliothek von Dillings hat eine große Abteilung für Geschichte. Ich weiß zufällig, dass die jetzige Leiterin bald aufhören möchte. Sie ist Anfang vierzig und bekommt ihr erstes Baby, nachdem sie dachte, es würde nie klappen. Jetzt ist sie ganz aus dem Häuschen, will sich in der Schwangerschaft schonen und sich danach ausschließlich um ihr Baby kümmern.«

»Kennst du sie denn?«, fragte ich.

Oliver grinste. »Nicht sie persönlich, aber ihre Mutter ist in einem Seniorenverein, den ich manchmal besuche, und wir verstehen uns gut. Außerdem kenne ich noch ein paar Leute, die dafür verantwortlich sind, die Stelle neu zu besetzen.«

Es lässt sich nicht von der Hand weisen, dachte ich. Mein kleiner Bruder ist der Pate von Dillings und Umgebung.

Ich trat heftig in die Pedalen und schaffte es, mit den ersten Regentropfen zu Hause anzukommen. Ich beschloss, mir einen Tee zu kochen und mein Buch über den russischen Zaren Nikolaus II. weiterzulesen. Der war nach seiner Heirat mit Prinzessin Alix sogar mit unserem König George V. verwandt gewesen. In der Küche untersuchte ich die Teebestände. Die Experimentierfreudigkeit meiner Mutter habe ich nur in ganz vorsichtigem Maße geerbt und nur auf Tee bezogen. Ich mixte eine Himbeer-Vanille-Mischung mit Kirsch-Karamell. Dazu etwas Zitronengras und Honig. Lecker.

Am frühen Abend zog ich mich um. Ich wollte meinen neuen blauen Pullover einweihen. Oliver hatte angerufen, dass er etwas später kommen würde, und ich steckte seinen Brief ein.

Zwischen zwei Regengüssen schaffte ich es, den *Banditen* zu erreichen. Ich setzte mich zu John Adams und Dennis Pringle, die sich über Dennis' neuestes Motorrad unterhielten.

Dennis besaß eine kleine Motorradwerkstatt kurz vor Dillings. Er hatte Debbie mal gefragt, ob sie eine Runde mit ihm fahren wollte, aber Debbie hatte nur gelacht. »Der Motorradhelm würde nur meine Locken platt drücken.«

Meine Haare würden ganz gut unter den Helm passen, aber nachdem ich vor etlichen Jahren auf Dennis' Mofa mitfahren durfte und mich über seinen wilden Fahrstil beschwert hatte, kamen keine Mitfahrangebote mehr.

Kaum, dass ich mit meinem Ginger Beer am Tisch saß, kam Alicia und setzte sich neben mich. Sie hielt mir eine Porträtzeichnung unter die Nase und fragte gespannt: »Wie findest du sie?«

»Wer soll das sein? Nein, warte. Ist das Wallis Simpson?«

Alicia nickte begeistert.

»Ist die Zeichnung richtig alt?«, wollte ich wissen.

»So ganz alt nicht, ich schätze mal so zwanzig Jahre vielleicht. Sie wurde nach einem Foto angefertigt.«

»Und wo hast du die her?«

»Vom Flohmarkt in London. Portobello Market. Und ich wollte dich mal etwas fragen.«

Ich sah sie gespannt an.

»Ich würde die Zeichnung gern hier aufhängen, aber ich weiß nicht. Meinst du, die Leute fühlen sich vor den Kopf gestoßen, weil doch euer Edward VIII. wegen Mrs Simpson abgedankt hat?«

»Was sagt denn Tony dazu?«

»Er hat nur geheimnisvoll gelächelt und gemeint, ich könne es ja riskieren.«

»Pass auf, wir machen den Test«, schlug ich vor. Ich schob die Zeichnung zu John Adams und Dennis und fragte: »Wer ist das?« Sie sahen ratlos auf das Papier.

»Siehst du«, sagte ich zu Alicia. »Niemand wird wissen, wer sie ist und höchstens denken, es handelt sich um irgendein weitläufiges Mitglied unserer Königsfamilie. Und sie war ja auch die Herzogin von Windsor nach ihrer Heirat. Häng sie ruhig auf.«

Großmutter war gleichzeitig mit Henry Finch hereingekommen. Henry half ihr galant aus dem Mantel und besorgte an der Theke Getränke für sie beide. Kurz darauf traf Oliver ein und ich holte schnell seinen Brief von Mrs Lipman aus meiner Tasche, bevor ich ihn vergessen würde.

»Wo hast du die schönste Krankenschwester von Dillings gelassen?«, fragte Dennis zur Begrüßung.

»Das war vielleicht ein Theater.« Oliver stöhnte. »Eigentlich hätte Tiffany an diesem Wochenende frei, aber dann kam ein Anruf aus dem Krankenhaus. Eine Mrs Stevens ist völlig panisch im Krankenhaus aufgetaucht, begleitet von einem noch heftiger aufgelösten Mr Stevens. Sie ist erst im achten Monat, aber die Wehen haben schon eingesetzt.«

»Das ist sicher die Enkelin meiner Freundin Ethel«, sagte Großmutter. »Natürlich heißen viele Leute *Stevens*, aber Ethels Enkelin ist auch im achten Monat.«

»Dann ist sie es wahrscheinlich«, sagte Oliver. »Und weil Tiffy sie immer bei den Voruntersuchungen betreut hat, wollte Mrs Stevens sie unbedingt dabeihaben. Dann hätte sie ein besseres Gefühl, dass das Baby trotz allem gesund auf die Welt kommen würde. Tiffy meinte, die einzige Gefahr für das Baby wäre der nervöse Zustand der Mutter und hat mit einer Kollegin den Dienst getauscht.« Oliver seufzte.

Ich wusste, dass er sehr gerne ein Kind hätte, aber Tiffany wollte noch nicht. Sie hatte irgendwo eine Statistik ausgegraben, aus der hervorging, dass die Erstgeburten durchschnittlich im Alter von 29,4 Jahren stattfanden. Also hatte sie noch Zeit. Und Oliver dachte, dass jeder komplizierte Schwangerschaftsverlauf, den Tiffany berufsbedingt miterlebte, ihren Wunsch nach einem Kind weiter hinauszögern würde.

Henry Finch brachte das Thema Geburt geschickt auf Hundegeburten und behauptete, alle Hündinnen, die von Alfie je gedeckt worden waren, hätten eine leichte Geburt gehabt. Großmutter lachte. »Jetzt hör aber auf, Henry,« und fragte: »Alfies Geschichte im Dillings Daily, hast du es dem Reporter so erzählt oder hat er sie selbst ein bisschen aufbereitet?«

Henry schmunzelte. »Ich habe der Zeitung die Arbeit abgenommen.«

Wir waren eine fröhliche Runde. Sechs von uns hatten auch am vergangenen Samstag hier gesessen, zusammen mit den Easterbrooks. Keiner von uns tat so, als wäre er besonders betrübt. Die Stimmung war eher angehoben, wahrscheinlich, weil jeder ein kleines Geheimnis hatte und erleichtert war, dass nicht zufällig Benjamin Easterbrook davon erfahren hatte oder es ausplaudern würde.

»Weiß eigentlich jemand etwas Neues über den Mord?«, fragte Dennis. »Ob es einen Verdächtigen gibt?« Wir sahen uns fragend an, aber niemand wusste mehr.

»So ein kleiner Schnüffler wie Benjamin ist sicher bei vielen unbeliebt«, vermutete Großmutter.

»Genau«, stimmte John Adams zu. »Da hat die Polizei einiges zu untersuchen.«

Als Großmutter *Schnüffler* sagte, stieg eine vage Erinnerung in mir hoch. Hatte sie nicht damals vor zwanzig Jahren Peter Anderson genauso genannt? Schnüffeln scheint ein gefährliches Hobby zu sein, dachte ich. Diese Leute werden nicht sehr alt. So oder so. Ob Unfall oder Mord.

In diesem Moment ging die Tür auf. Alicia und ich starrten gebannt zum Eingang, und die anderen folgten neugierig unseren Blicken. Ein dunkelhaariger, gut aussehender Mann in meinem Alter trug Debbie auf seinen Armen herein. Einen Moment lang hatte ich den Gedanken, Debbie hätte den Fremden soeben geheiratet und er würde sie gerade über die Schwelle tragen. Dann sahen wir, dass Debbies Hosen an den Knien schmutzig und feucht waren, und Alicia und ich gingen gleichzeitig auf die beiden zu.

»Sie ist mir vor den Wagen gelaufen. Haben Sie Verbandszeug?«, fragte er.

Ich sah Debbies Gesicht. Sie war sichtlich bemüht, nicht zu grinsen und eine leidende Miene aufzusetzen. Alicia lotste Debbie und ihren Träger in ein Hinterzimmer. Als der Debbie behutsam auf einen Stuhl gesetzt hatte, scheuchte Alicia ihn aus dem Raum. »Wer ist das?«, fragte ich Debbie, die in aller Seelenruhe ihre Hosenbeine bis zu den Knien aufrollte, um ihre Verletzungen zu betrachten.

»Keine Ahnung. Er kam gerade um die Ecke gefahren, als ich meinem Schirm hinterhergejagt bin. Der Wind hat ihn mir aus der Hand gerissen und auf die Straße geweht. Eigentlich bin ich mehr vor Schreck hingefallen. Der Wagen hat mich nur ganz leicht berührt.«

Die kaum sichtbaren Kratzer auf ihren Knien schienen das Letzte zu bestätigen. Debbie wollte aber trotzdem für ein Knie einen dicken Verband haben. Alicia grinste und holte den Erste-Hilfe-Koffer.

»Willst du eine Hose von mir?«, fragte sie Debbie.

»Nein, so macht es mehr her.« Debbie lächelte genüsslich. »Ist der nicht niedlich?«

»Ja«, bestätigte ich. »Ob er ein Bed-and-Breakfast-Gast ist? Aber um diese Jahreszeit?«

Zwei unserer älteren Damen vermieteten gelegentlich ein Zimmer, aber im November waren Gäste eher selten.

»Vielleicht wird seine Wohnung gerade renoviert und er braucht so lange ein schönes, ruhiges Plätzchen. Oder seine Freundin hat ihn rausgeschmissen.« Debbie ließ ihrer Fantasie freien Lauf. Dabei bemühte sie sich, das Hosenbein über den dicken Verband zu ziehen. Sie stand auf. »Ich wäre dann so weit.«

Alicia öffnete die Tür. Der junge Mann stand immer noch da und sah Debbie besorgt entgegen.

»Können Sie denn alleine laufen? Ich kann Sie auch an einen Tisch tragen.« Das klang hoffnungsvoll.

Debbie schenkte ihm ein tapferes Lächeln. »Es geht schon.«

»Darf ich Ihnen etwas zu trinken bringen?«

»Ach ja, bitte. Eine Cola Light.« Debbie stützte sich auf mich, und wir gingen mit Alicia zurück an unseren Tisch. Debbie erklärte noch mal kurz, was ihr passiert war.

Bevor jemand sie nach dem Unbekannten fragen konnte, kam dieser schon mit zwei Gläsern Cola zu uns und erkundigte sich: »Darf ich mich zu Ihnen setzen?«

Wir stimmten alle zu und sahen ihn neugierig an. Auch die anderen Gäste sahen interessiert auf den jungen Mann, der Debbie hereingetragen hatte, und kamen näher an unseren Tisch.

»Sind Sie zu Besuch in Jolly Clover?«, fragte Debbie.

»Ja und nein. Erlauben Sie, dass ich mich vorstelle: Detective Sergeant Charles Rossini von der Polizeistation Mayfield in Dillings.«

Wir starrten ihn an, bis Debbie unbefangen fragte: »Oh, Sie müssen auch samstags arbeiten?«

»Heute nicht. Ich ermittle in dem Mordfall Easterbrook und war einfach neugierig, wie es hier so ist.«

»Ermitteln Sie ganz alleine?«, wollte Debbie wissen.

»Nein, Inspektor Chandler leitet die Ermittlungen.«

Ich sah, dass Oliver für einen ganz kurzen Moment erstarrte.

»Warum sind Sie neugierig auf unser Pub? Benjamin Easterbrook war nicht oft hier in letzter Zeit«, wandte John Adams ein.

»Hier wurde er das letzte Mal außerhalb seiner Familie gesehen. Ich wollte gern die Menschen kennenlernen, mit denen er zuletzt Kontakt hatte. Am vergangenen Samstag.«

»Ich war leider nicht dabei«, bedauerte Debbie. »Übrigens, ich habe mich noch gar nicht vorgestellt, ich bin Deborah Tucker.«

Sergeant Rossini lächelte entzückt.

Jetzt waren wir anderen auch gezwungen, uns vorzustellen.

»Einige von Ihnen waren am vergangenen Samstag auch hier und saßen zusammen mit Benjamin Easterbrook an einem Tisch.«

Er war anscheinend gut unterrichtet.

Henry Finch mischte sich ein. »Es war bestimmt jemand aus London. Dort hat Mr Easterbrook ja eine Wohnung, und er hat sich in den letzten Jahren mehr in London aufgehalten als hier.«

Wir anderen nickten und bejahten. Das war wohl nicht nur meine Lieblingstheorie.

»An den Tagen vor seinem Tod war er nicht in London. Lediglich bei der Familie seines Onkels oder bei seinem Bruder. Und wie gesagt, die Letzten, zu denen er Kontakt hatte, abgesehen von seinen Verwandten, waren Sie. Und er wurde hier getötet und nicht in London.« DS Rossini ließ sich nicht so schnell umstimmen.

»Es kann aber jemand gewesen sein, den er aus London kannte«, überlegte Alicia.

»Das könnte natürlich sein«, gab der Sergeant zu. »Wir ermitteln auch in London. Ich persönlich glaube aber nicht, dass wir den Fall in London lösen werden.« Er lächelte freundlich in die Runde.

»Warum sollte ihn hier jemand umbringen wollen?«, fragte Oliver.

»Das versuchen wir ja gerade herauszufinden«, antwortete Sergeant Rossini. »Wie ich hörte, war er nicht bei allen im Ort beliebt. Gab es nicht auch am letzten Samstag einen Streit hier?«

Jemand hatte offensichtlich geplaudert, aber bestimmt niemand von uns, die wir jetzt hier saßen.

»Er war einfach wie immer, kein angenehmer Umgang.« Das kam von Großmutter.

»Mhm.« DS Rossini begnügte sich fürs Erste damit. »Wie gesagt, ich bin nicht im Dienst. Aber ich würde in der kommenden Woche gerne Einzelgespräche führen. Vielleicht fällt einem von Ihnen ja noch etwas ein, das uns weiterhelfen könnte. Jeder Hinweis kann wertvoll sein. Würden Sie mir bitte sagen, wo und zu welchen Zeiten wir Sie in der nächsten Woche erreichen können?« Er holte ein Notizbuch heraus.

»Brauchen Sie auch unsere Alibis?« Debbie sah dem Sergeant tief in die dunklen Augen.

»Um welche Zeit wurde er eigentlich ermordet?«, fragte Dennis Pringle. »Ich meine, man kann so etwas ja ziemlich genau feststellen, nicht wahr?«

»Richtig. Vielleicht wollen Sie mir jetzt schon sagen, wo Sie sich am Abend des Mordes in der Zeit zwischen acht Uhr und neun Uhr aufgehalten haben.«

Ich bekam ein komisches Gefühl. Um acht Uhr hätte ich laut dem Brief im Wald sein sollen. Was hatte das alles zu bedeuten?

»Ach, da war ich bei der Familie meiner Tante«, sagte Debbie gerade. DC Rossini sah für einen Moment richtig glücklich darüber aus, dass Debbie offensichtlich nicht zum Kreis der Verdächtigen gehörte.

»Ich war zu Hause«, sagte Oliver.

»Ich ebenfalls«, erklärte meine Großmutter. Ich sah sie erstaunt an. Warum sagte sie dem Sergeant nicht, dass sie bei ihrer Freundin in Dillings zum Scrabblespielen war? Das war doch ein hieb- und stichfestes Alibi.

»Ich glaube, ich war auch zu Hause oder mit Alfie auf seiner Abendrunde«, überlegte Henry Finch.

»Das können wir ja in den nächsten Tagen noch feststellen, wo jeder einzelne von Ihnen war. Ich möchte nur noch schnell notieren, wann und wo ich Sie erreichen kann.«

Debbie sagte ihre Anschrift auf, und DC Rossini fragte wie ganz nebenbei: »Wohnen Sie bei der Familie Ihrer Tante?«

Debbie verneinte lächelnd. »Ich habe eine eigene Wohnung in Dillings.«

Ich gab meine Adresse in Jolly Clover an und war ganz erstaunt, als Oliver ebenfalls die Anschrift unserer Eltern nannte. Dem Sergeant musste aufgefallen sein, dass Oliver und ich dieselbe Anschrift hatten, er zuckte aber nicht mit der Wimper. Er deutete an, dass er Alicias hiesigen Wohnort schon kannte.

Als Nächster nannte Dennis Pringle Straße und Hausnummer und fügte hinzu: »Ich kann mir aber wirklich nicht vorstellen, dass hier ein Mord geschehen ist. Nicht in unserem verschlafenen Nest.«

»Hier ist noch nie etwas Aufregendes passiert«, bestätigte Debbie.

»Genau«, stimmte Dennis zu. »Mehr als irgendeinen tödlichen Unfall vor ewigen Zeiten haben wir nicht zu bieten.«

Ich fand es völlig unnötig, diesen gewissen Vorfall zu erwähnen, aber Sergeant Rossini wirkte ganz interessiert. »Ach, was ist denn damals passiert?«

»Ich kann mich kaum noch daran erinnern.« Dennis dachte angestrengt nach. »Irgendjemand ist im Dunkeln durch den Wald gelaufen und unglücklich gefallen oder so. Oder ist er vom Rad gefallen?«

Jetzt konnte Henry Finch sich nicht länger zurückhalten. »Ihr wart ja noch Kinder damals, aber ich habe ihn schließlich gefunden.«

Das war mir auch neu. Die Frage, wer Peter Anderson damals gefunden hatte, hatte ich mir nie gestellt.

Dennis feixte: »Zusammen mit Alfie?«

»Nein, mit Alfies Vater«, entgegnete Henry würdevoll. »War genauso eine Supernase wie Alfie. Auf jeden Fall lag der Mann mitten auf dem Weg und war mit der Stirn auf einen dicken Ast gefallen. Er ist sicher gestolpert. Und hinterher hat sich auch noch herausgestellt, dass irgendetwas mit seinem Herzen nicht in Ordnung war. Eigentlich erstaunlich, er war ja noch jung, aber das war sicher auf seinen Alkoholkonsum zurückzuführen. Der hatte auch wieder reichlich getankt an diesem Abend.«

»Ist er nicht damals mit dem Rad gefahren?«, wandte John Adams ein. »Er kam doch immer mit dem Rad zum Pub, wenn ich mich recht erinnere.«

»Ich meine, sein Rad hatte einen defekten Reifen, ich bin mir aber nicht mehr ganz sicher.«

Mehr wusste Henry auch nicht, oder zumindest erzählte er nicht mehr.

Die einzige Frage, die ich gerne stellen wollte, war die, ob bei Peter Anderson eine Flasche Dimple gefunden wurde, und wenn ja, ob diese voll oder leer war. Ob das überhaupt jemand aus dieser Runde hier wusste?

Alle außer mir plauderten ganz entspannt über den Unfall, und Sergeant Rossini warf nur hin und wieder eine Frage ein, wahrscheinlich, um das Gespräch in Gang zu halten. Irgendwann verkündete Debbie, dass sie ihr angeschlagenes Knie lieber hochlegen und deshalb nach Hause wolle. Charles Rossini bot sich sofort an, sie zu fahren, was Debbie gerne annahm.

»Da hat aber jemand Feuer gefangen.« Großmutter sah den beiden lächelnd hinterher.

Ich wusste nicht, ob sie den Sergeant oder Debbie oder beide meinte.

John Adams grinste. »Ein hübsches Pärchen, die beiden.«

»Das ist ein sehr eifriger Polizist«, war Dennis´ Meinung. »Nicht nur in Bezug auf Debbie. Auch dass er an seinem freien Samstag hierherkommt.«

Oliver nickte gedankenverloren. »Er war sich wohl ziemlich sicher, ein paar von uns hier anzutreffen.«

Alicia erklärte, dass die Polizei schon am Freitag im Pub war und mit einigen gesprochen hatte.

»Als ob sie hier den Mörder finden«, ereiferte sich Henry Finch. »Die sollen mal lieber nachforschen, was der junge Mr Easterbrook so in London getrieben hat. Nur weil er bei uns nicht so beliebt war, heißt das nicht, dass es in London anders war.«

»Ach. Mit einigen von hier kam er wohl durchaus klar«, berichtete John Adams.

Ich sah ihn erstaunt an.

»Ja«, erzählte er weiter. »Mit der Ponyfraktion. Die Eltern und Großeltern der Kinder in der Gegend, die an kleinen Turnieren teilnehmen, haben ihn manchmal um Rat gefragt, wenn er auf seinen Ausritten hier durchkam.«

»Das muss ihm ja geschmeichelt haben«, sagte ich und stand auf. Ich wollte nach Hause und in Ruhe über all das nachdenken, vor allem darüber, dass Benjamin Easterbrook ziemlich genau zu der Zeit erschossen worden war, als ich ihn hätte treffen sollen.

»Gehst du schon?«, fragte Oliver. Ich nickte. »Ich komme mit.«

Auch Großmutter stand auf und meinte: »Es muss ja nicht immer so spät werden.«

Als ich neben ihr zur Tür ging, flüsterte ich ihr zu: »Warum hast du dem Sergeant denn nicht gesagt, dass du bei Ethel zum Scrabblespielen warst?«

»Ach, wozu die gute Ethel mit hineinziehen.« Sie winkte ab.

Sobald Oliver und ich in seinem Wagen saßen, fragte ich ihn: »Warum hast du denn die Anschrift von hier angegeben?«

»Ganz einfach, weil ich hier zu erreichen sein werde, zumindest so lange, bis die Befragungen durch sind. Stell dir vor, wenn die Polizei in Dillings an meine Tür klopfen würde, was das für ein Gerede gäbe. Ist dir eigentlich klar, dass unsere kleine Runde von heute Abend die Hauptverdächtigen sind, oder was glaubst du, warum dieser Sergeant zum Pub kam? Er wollte sein Wild in freier Bahn beobachten.«

Wir hielten vor unserem Elternhaus, ich stieg aber noch nicht aus.

»Nur weil wir vor einer Woche mit Benjamin Easterbrook an einem Tisch gesessen haben?«, fragte ich.

»Irgendjemand scheint ausgeplaudert zu haben, dass wir nicht seine besten Freunde waren. Und ausgerechnet Inspektor Chandler leitet die Ermittlungen. Sein Bruder ist im Gemeinderat.«

»Was sagst du denn der Polizei, wenn sie dich fragen, warum du wieder hier wohnst?«

»Dass ich in schweren und gefährlichen Zeiten meiner Familie und meinem Dorf beistehen werde.« Oliver grinste.

»Und deine arme Frau lässt du in Dillings zurück?«

»Da läuft ja kein Mörder frei herum, oder zumindest geht er da nicht seinem Gewerbe nach. Ich hoffe, die beeilen sich, den Mörder zu finden. Denn selbst bis nach Dillings wird sich innerhalb kurzer Zeit herumgesprochen haben, wer die Hauptverdächtigen sind, ganz zu schweigen von der Verbindung des Inspektors zu seinem Bruder.«

»Machst du dir nicht ein bisschen viele Gedanken um deinen guten Ruf?«, fragte ich.

»Meinst du, die wählen einen Hauptverdächtigen im nächsten Jahr zum Bürgermeister? Und denk du auch mal an deinen neuen Job. Für dich steht ebenfalls einiges auf dem Spiel. Solange du zum Kreis der Verdächtigen gehörst und der Mörder nicht gefasst ist, wird man dir nicht die endgültige Zusage geben. Überleg bloß mal, allein drei Personen aus unserer Familie gehören zu den Verdächtigen, du, ich und Großmutter.«

»Das heißt, wenn sie den Mörder nicht schnell genug finden oder vielleicht überhaupt nicht, bekomme ich den Posten in der Bibliothek nicht?«

Oliver nickte. »Keine Bibliothek, kein Bürgermeister, nichts. Und alles wegen dieses dämlichen Kerls, der sich lieber in London hätte umbringen lassen sollen.«

»Du hast aber wenigstens Tiffany als Alibi«, sagte ich.

»Tiffany war arbeiten. Wie ist es mit dir?«

»Ich muss mal genau nachdenken, wann ich in London abgefahren und hier angekommen bin. Es dürfte aber knapp werden. Die Abfahrt könnte Mrs Smart bestätigen, aber meine Ankunft hier niemand. Geraten denn nicht die Verwandten zuerst unter Verdacht?«, überlegte ich laut.

»Klar«, stimmte Oliver zu. »Die Easterbrooks werden sie bestimmt auch ganz genau unter die Lupe nehmen.

Aber das Motiv Geld wird wohl kaum infrage kommen, bei Benjamin gibt es nicht viel zu erben.«

»Und du meinst, es könnte einer von den anderen gewesen sein, die letzten Samstag mit uns im Pub waren?«

»Er hatte ja angedeutet, dass er über jeden irgendetwas Unangenehmes weiß. Was sicher gelogen war. Aber falls jemand dabei war, der wirklich etwas zu verbergen hat oder Benjamin tatsächlich über jemanden etwas erfahren hat, dann hat er sich damit sein eigenes Grab geschaufelt.«

Mir wurde langsam kalt, und ich fragte Oliver: »Kommst du noch mit rein auf einen Tee?«

Kurz darauf saßen wir mit unseren Teebechern am Küchentisch.

»Wie konnte Benjamin überhaupt an Informationen über einen oder mehrere von uns kommen, die so gravierend sind, dass man dafür töten würde? Er mag vielleicht einmal zufällig etwas über eine Person erfahren haben, aber an mehr als einen Zufall glaube ich nicht.«

»Ich auch nicht«, stimmte Oliver zu. »Aber eine Person reicht völlig aus. Er wurde ja wohl nur von einer Person getötet.«

»Wer kann so ein dunkles Geheimnis haben, dass er dafür töten würde?«, überlegte ich.

»Die Frage ist auch, wer würde wofür töten?«, fragte Oliver nachdenklich. »Das kann bei jedem unterschiedlich sein.«

»Mag sein«, gab ich zu. »Aber ich habe ihn nicht getötet und du auch nicht. Bleibt die Frage, wer von den anderen, die letzten Samstag dabei waren, einen Grund hatte. Komisch ist auch, dass Henry Finch ihn gefunden hat, genau wie er vor zwanzig Jahren Peter Anderson gefunden hat.«

»Das damals war doch ein Unfall«, wandte Oliver ein.

»Ja schon. Irgendwie. Auf jeden Fall war Henry Finch auch als Erster zur Stelle.«

»Weil er mit seinen Hunden die Morgenrunde gedreht hat.«

»Andere haben auch Hunde.«

»Was willst du jetzt damit sagen, Emily? Dass Henry der Hauptverdächtige ist?«

»Ach, ich will gar nichts damit sagen. Ich weiß auch nicht. Ich überlege nur laut.«

»Wäre natürlich geschickt gemacht«, meinte Oliver. »Das ganze Dorf zusammentrommeln, bevor die Polizei eintrifft. Falls er irgendwelche verdächtigen Spuren hinterlassen hat, findet sie so niemand mehr.«

»Und wenn es um Alfie geht, versteht er auch keinen Spaß.«

»Meinst du, dieser Mike hatte Recht und Alfie deckt gar nicht mehr selbst?«

»Kann ich mir nicht vorstellen«, antwortete ich. »Vor allem, weil wir hier ja keinen anderen Border Collie haben. Nur wie kann es sein, dass in einem Wurf eine offensichtlich ganz andere Rasse oder ein Mischling dabei ist und der Rest der Welpen einwandfrei wie Border Collies aussieht?«

»Bei Hunden und ich glaube auch bei Katzen geht das.« Oliver dachte nach. »Ich meine, ein Neffe von Mrs Emerald war oder ist auch Hundezüchter, und da habe ich früher mal gehört, dass, wenn eine Hündin von zwei verschiedenen Rüden gedeckt wird, ein Wurf Welpen durchaus unterschiedliche Väter haben kann.«

»Was du so alles bei deinen älteren Damen gelernt hast«, staunte ich. »Aber glaubst du denn, dass Henry, wenn er eine Hündin zum Decken hier hat, nicht auf sie aufpasst?«

»Sollte man meinen. Auf jeden Fall ist die Sache mit Mikes Homer doch recht seltsam. Wir sollten die Augen aufhalten, wenn die nächste Hundedame bei Alfie eintrifft. Also, wen haben wir noch? John Adams zum Beispiel. Was könnte der auf dem Kerbholz haben?«

»Keine Ahnung.« Ich zuckte mit den Schultern. »Irgendetwas mit seiner Firma vielleicht. Ein vertuschter Unfall auf einer Baustelle oder Arbeiter, die nicht ordentlich angemeldet sind? Sonst fällt mir nichts zu ihm ein. Er hat eine langjährige Freundin, die er oft besucht. Sie ist aber nicht verheiratet. Also kann man ihn schon mal nicht als heimlichen Liebhaber erpressen. Und sie auch nicht.«

»Was auf Johns Baustellen los ist, kann Benjamin einfach nicht gewusst haben. Falls John Adams da etwas Krummes laufen hat, wird er bestimmt nicht Benjamin ins Vertrauen gezogen haben. Da kann ich mir auch nichts vorstellen, was Benjamin durch Zufall herausgefunden haben könnte.«

»Vielleicht hat John Adams ja noch eine andere Freundin«, wandte ich ein. »Die könnte verheiratet sein. Und wenn Benjamin die beiden zusammen gesehen hat und die Frau vielleicht sogar flüchtig kennt, das würde Ärger bedeuten.«

»Also, du traust John Adams zu, dass er aus Liebe oder Leidenschaft jemanden ermordet?«, wollte Oliver wissen. »So heißblütig kommt er mir gar nicht vor.«

»Ich weiß nicht, ob du dich noch daran erinnern kannst«, sagte ich. »Aber er war damals ganz schön verschossen in Davids Mutter. Nur war die ja leider mit Peter Anderson zusammen.«

»Nur weil man in jemanden verschossen ist, bringt man nicht gleich die gesamte Konkurrenz um«, behauptete Oliver. »Und Peter Anderson hatte ja einen Unfall. Daran war John Adams doch überhaupt nicht beteiligt.«

»Stimmt«, sagte ich. »Und nach Peter Andersons Tod ist Davids Mutter sofort weggezogen, sodass John Adams nicht mal eine Chance hatte, sich ranzuschmeißen.«

»Wir wissen nicht besonders viel über John Adams. Aber ich könnte meine Quellen mal anzapfen«, bot Oliver an.

»Deine weiblichen Fans von mittleren Jahren an aufwärts?«, spottete ich.

»Ja. Aber weißt du, über wen wir eigentlich auch kaum etwas wissen? Über Alicia.«

»Als ob Alicia je ein privates Gespräch mit Benjamin Easterbrook geführt hätte«, widersprach ich. Ich mochte Alicia.

»Benjamin kann ja durch Zufall etwas über sie erfahren haben«, sagte Oliver.

»Da wird Alicia aber aufgepasst haben, dass es solche Zufälle nicht gibt.«

»Zufälle kann man nicht verhindern«, sinnierte Oliver. »Und bei Alicia ist alles geheimnisvoll, wenn ich so recht überlege. Wo kommt sie her? Was hat sie gemacht, bevor sie Tony kennengelernt und oft in London unterrichtet hat? Wie ist sie in unserem abgelegenen Teil der Welt gelandet, und warum ist eine Geschichtsprofessorin mit einem Pubbesitzer liiert? Wo hat sie ihn überhaupt kennengelernt? Und wie?«

»Du tust gerade so, als hätte Alicia tausend Gründe, Benjamin zu ermorden.« Ich ärgerte mich. »Zufällig weiß ich ein bisschen was über sie. Also, sie kommt aus Amerika, aber das weißt du ja selbst.«

»Amerika ist groß. Aus welcher Stadt oder wenigstens aus welchem Staat kommt sie denn?«

»Aus Lynn.«

»Nie gehört. Klingt wie ein Mädchenname.«

»Deshalb habe ich es auch behalten.«

»Und wo liegt das, dieses Lynn? In welchem Staat?«

»Das weiß ich auch nicht.«

»Siehst du. Vermutlich weiß es niemand. Falls dieser Ort wirklich existiert. Oder es gibt gleich mehrere, die so heißen, dann kann sie ihre Spuren umso besser verwischen.«

»Tony wird bestimmt wissen, wo der Ort liegt. Vielleicht auch Dennis.«

»Vorausgesetzt, Tony unterhält sich mit seinem Neffen über seine Freundin. Weiter, was weißt du noch über sie? Wo hat sie Tony kennengelernt?«

»In London«, sagte ich mit Genugtuung. Das hatte sie mir selbst mal erzählt.

»Und wo in London oder besser, bei welcher Gelegenheit?«

»In einem Reisebüro. Tony wollte seinen *Banditen* anpreisen und Touristen herlocken, und Alicia wollte eine Stadtrundfahrt buchen, als sie gerade neu in London eingetrudelt war. Und da kamen sie eben ins Gespräch.«

»Ach und da hat es gleich zwischen der Frau Professorin und unserem guten Tony gefunkt?«, spottete Oliver.

»Muss ja wohl«, antwortete ich verärgert. »Außerdem kann sie geistige Überflieger den ganzen Tag in der Universität genießen. Da ist es für sie bestimmt angenehm, sich mit einem normalen, intelligenten Mann zu unterhalten, der nicht in jedem Satz herauskehren muss, wie brillant er ist.«

»Weißt du denn, wie alt sie ist?«, fragte Oliver weiter.

»Du bist ja schlimmer als unsere Mutter!«, empörte ich mich. »Was hat ihr Alter mit dem Mord zu tun? Meinst du, wenn Benjamin zufällig ihr Alter herausbekommen hätte, dass sie ihn dafür erschossen hätte?«

»Für manche Frauen wäre so etwas bestimmt ein Grund.«

»Oliver!«

»Ist ja schon gut«, lenkte er ein. »Also, Alicia Bennister ist unschuldig wie ein Baby. Lass uns weiter überlegen. Wie wäre es mit Onkel Mortimer? Oder auch Gerald Easterbrook? Welchen Grund könnte einer der beiden haben?«

»Es reicht schon, über längere Zeit mit Benjamin Easterbrook zusammenzuleben«, behauptete ich. »Das ist Grund genug.«

»Wir könnten ja Großmutter fragen, sie kennt sich bei den Easterbrooks ganz gut aus«, schlug Oliver vor.

»Ja, nur meistens ist sie recht diskret. Aber wir werden unser Glück probieren. Tja, das wären dann die Hauptverdächtigen vom vergangenen Samstag.«

»Ja, bis auf uns beide und Großmutter«, sagte Oliver. »Welche Motive werden sie bei uns vermuten? Hast du in letzter Zeit etwas angestellt?«

»Nein«, sagte ich wahrheitsgemäß und überlegte, dass ich in den letzten zwanzig Jahren nichts wirklich gravierend Schlimmes angestellt hatte. »Wie ist es denn bei dir? Irgendeine Klüngelei im Gemeinderat, das nicht an die große Glocke gehängt werden soll?«

»Nicht mehr als sonst auch.« Oliver ging darüber hinweg.

»Also sind wir beide auch so unschuldig wie Neugeborene.«

»Klar«, behauptete Oliver. »Und Großmutter sicher auch. Was soll sie schon groß angestellt haben? An Großmutter ist auch nichts Geheimnisvolles, oder?«

»Ich weiß nicht«, grübelte ich. »Ist es nicht komisch, dass Großmutter in all den Jahren, nachdem Großvater gestorben war, keinen Freund mehr hatte?«

»Sie hat ihn eben sehr geliebt und wollte niemand anderen. Oder denkst du an etwas Bestimmtes?«

Ich überlegte. »Ist dir vielleicht auch aufgefallen, dass sie sehr vertraut mit Henry Finch ist?«

Oliver sah mich fassungslos an. »Unsere Großmutter und Henry Finch? Wie kommst du bloß auf so was?«

»Nur so ein Gedanke. Wie sie miteinander umgehen. So locker.«

»Sie kennen sich ja auch seit zig Jahren.«

»War nur so eine Idee. Denn selbst wenn, sie ist Witwe, er Junggeselle. Da gibt es nichts zu erpressen. Mit ein bisschen Klatsch und Tratsch käme Großmutter schon klar. Aber wahrscheinlich steckt nichts dahinter.«

»Meine ich doch«, bekräftigte Oliver.

»Glaubst du, die Polizei wird eine Hausdurchsuchung bei den Verdächtigen durchführen?«, fragte ich.

»Keine Ahnung, vielleicht suchen sie ja die Mordwaffe, obwohl ich mir nicht vorstellen kann, dass der Mörder so blöde ist und sie behalten hat.«

»Was würdest du denn mit einer Mordwaffe tun?«, fragte ich.

Oliver dachte nach. »In den Fluss werfen oder in einem großen Müllcontainer in Dillings entsorgen. Oder die Pistole jemandem unterjubeln, den ich belasten will. Wenn sich jemand anbietet, also auch kein Alibi hat und ich sie leicht bei ihm verstecken könnte. Jemand, der zu den Verdächtigen gehört, sodass mit einer Hausdurchsuchung bei ihm gerechnet werden muss.« Oliver gähnte. »Ich mache mich jetzt aber mal langsam auf den Weg. Vielleicht ist Tiffany schon wieder zu Hause. Ich werde ihr noch schonend beibringen müssen, dass ich für eine kurze Zeit wieder hier wohne. Also, bis morgen.«

Als Oliver nach Hause fuhr, war es schon fast Mitternacht, aber ich konnte trotzdem noch nicht schlafen. Ich ging in mein Zimmer und holte den Brief von meinem *Banditen* aus der Schreibtischschublade. Ich las ihn immer wieder neu, in der Hoffnung, dass ich wenigstens das ganze Drumherum begreifen würde.

Ich war für acht Uhr abends in den Wald bestellt worden. Das war etwa die Zeit, zu der Benjamin ermordet wurde. Hatte der *Bandit* noch ein Opfer dorthin beordert? Und das hatte sich gewehrt? Aber warum zwei Leute gleichzeitig bestellen, wenn man jeden mit einer anderen Sache erpressen oder einschüchtern will? Oder ging es um dieselbe Sache? An Peter Andersons Unfall war außer mir doch niemand sonst beteiligt gewesen.

Ich überlegte, was Henry Finch und John Adams heute Abend im Pub alles darüber erzählt hatten. Ich versuchte, mich genau zu erinnern. Ein Reifen von Peter Andersons Fahrrad sollte einen Platten gehabt haben. War das von Bedeutung? Doch höchstens für mich. Denn wenn Peter Anderson anstatt zu fahren zu Fuß gehen musste und frustriert war, war die Möglichkeit weitaus größer, dass er zwischendurch etwas getrunken hatte. Es könnte auch so gewesen sein, dass Benjamin jemand anderen zu einer früheren Zeit bestellt hatte. Und derjenige hatte vielleicht eine Waffe mitgebracht.

Dann fiel mir ein, was Oliver über das Entsorgen der Waffe gesagt hatte. Jemand Verdächtigem unterjubeln. Ich war verdächtig, und ich hatte mich letzten Samstag am meisten mit Benjamin gestritten. Wurden Hausdurchsuchungen auch am Sonntag durchgeführt? Wenn Sergeant Rossini nach seinem Besuch im Pub den Eindruck hatte, dass es notwendig war? Allerdings war außer Oliver niemand hier gewesen, und ich schloss die Haustür immer ab. Nein, hier konnte niemand etwas versteckt haben, höchstens ein ganz geschickter Einbrecher. Und außerdem hatte der Täter sich der Waffe bestimmt längst entledigt.

Ich wusste nicht, wohin mit meinem Brief. Der Polizei wollte ich ihn nicht zeigen, allein schon wegen des Verweises auf das mitgesandte Souvenir. Aber ich konnte mich ebenfalls nicht überwinden, ihn zu vernichten. Ich wusste, dass dies strafbar wäre. Das Zurückhalten natürlich auch, aber das Vernichten war bestimmt noch schlimmer. Also, wo konnte ich den Brief verstecken? Ich beschloss, ihn wieder in meine Schreibtischschublade zu legen und tagsüber in meinen Kopfkissenbezug zu stecken. Ich hoffte, ich würde nun endlich einschlafen können. Plötzlich fiel mir siedend heiß unsere Mülltonne ein. Bei einer Hausdurchsuchung wurde bestimmt auch der Abfall durchwühlt. Was, wenn die Pistole bereits in unserer Mülltonne lag und morgen eine Hausdurchsuchung stattfand?

Es half alles nichts. Ich stand wieder auf und zog mich an. Es regnete immer noch. Also nahm ich eine Regenjacke und Einmalhandschuhe und begann, weit nach Mitternacht bei kaltem Nieselwetter in unserem Garten die Mülltonne zu leeren. Und wieder zu füllen. Es war schon fast zwei Uhr morgens, als ich endlich ins Bett fiel und dann aber auch sofort einschlief.

# *Kapitel 5*

Mir kam es vor, als hätte ich mich gerade erst hingelegt, da wurde ich durch das Telefonklingeln geweckt. Wenn ich so tief geschlafen hätte wie sonst, wäre ich vielleicht gar nicht davon aufgewacht. Während ich mich hochrappelte, warf ich einen Blick auf meinen Wecker. Kurz vor sechs. Ich bekam sofort Herzklopfen, weil ich Angst hatte, dass etwas mit jemandem aus meiner Familie passiert sein könnte.

Am Telefon meldete sich meine Freundin Amy. Ein mittlerer Notfall. Ihr Mann Steven hatte sich gestern ein Regal gebaut und dabei etwas ins Auge bekommen. Jetzt war er aufgewacht und alles war feuerrot und geschwollen und sie wollten zum Krankenhaus fahren. Ob ich nicht so lange herkommen und auf Alison aufpassen würde. Das ginge schneller, als Alison jetzt zu wecken und zu warten, bis sie angezogen wäre und eine Kleinigkeit gegessen hätte, um sie dann mitzunehmen. Amys Eltern waren auswärts zu einem Geburtstag eingeladen. Und sie hatte einfach gehofft, dass ich da wäre.

Ich sagte natürlich zu. Nach einer Katzenwäsche zog ich mich schnell an und sprang in meinen alten Toyota, um nach Scott's Corner zu fahren.

Auf meine neunjährige Patentochter aufpassen zu müssen, bedeutete, dass dieser Tag nicht viel besser begann, als der vergangene aufgehört hatte. Ich war nicht Alisons Lieblingstante. Das zeigte sich schon kurz nach ihrer Geburt. Sie war eigentlich ein fröhliches Baby, aber sobald ich sie auf dem Arm hielt, verzog sie das Gesicht. Wenn ich sie nicht schnell genug jemand anderem übergeben konnte, begann sie zu schreien. Wenn ich alleine mit ihr im Zimmer war, weil Amy kurz etwas aus einem anderen Zimmer holen wollte, schrie sie ebenfalls. Alison liebte es, wenn man ihren Kinderwagen leicht schaukelte, aber sobald sie erkannte, dass ich es war, schrie sie wieder.

Amy versuchte, mich zu trösten. »Das hat gar nichts zu sagen. Sie spürt einfach, dass du keine Erfahrung mit Kindern hast und daher unsicher bist.«

Alison ihrerseits war nicht die Spur unsicher. Als sie durch die Wohnung tippeln konnte, änderte sie ihre Einschüchterungstaktik. Sie merkte, dass ich unsicher wurde, wenn sie in meine Nähe kam. Wie Katzen oder Hunde, die spüren, dass jemand Angst vor ihnen hat, zog es sie dann gerade zu mir. Sie kletterte auf meinen Schoß, sah mich nachdenklich an und drückte ein paar Tränchen, die, wenn ihre Mutter sie nicht schnell genug nahm, in Geschrei ausuferten.

Mir war das peinlich, und ich sah mich gezwungen, mich bei diesem Kleinkind anzubiedern. Das war wahrscheinlich ein großer Fehler. Aber gnädig nahm Alison die Spielzeuggeschenke von mir entgegen. Sie fühlte ihre Macht und kostete sie schamlos aus. Sie lernte früh und gut sprechen, aber »Tante Emily« oder auch nur »Emily« kam ihr erst sehr spät über die Lippen, lange nachdem sie ihre Nachbarin Mrs Thuckleberry-Stetson einwandfrei namentlich begrüßt hatte. Es war eine Erleichterung, als Alison eingeschult wurde und ich Amy besuchen konnte, ohne von meiner Patentochter gepiesackt zu werden.

Der letzte, von Amy angeregte Annäherungsversuch hatte im vergangenen Sommer stattgefunden. »Warum fährst du mit Alison nicht mal nach Dillings und ihr geht in die Eisdiele?« Wenn Alison nicht so gewesen wäre, wie sie nun mal war, hätte es sicher Spaß gemacht. Sie war ein hübsches Mädchen mit langen blonden Haaren und braunen Augen, und ich hätte gerne ein wenig mit meiner äußerlich so makellosen Patentochter angegeben. Doch Alison hatte sich zielsicher den teuersten und größten Eisbecher ausgesucht, einige Löffel davon gegessen und sich dann überlegt, dass sie doch lieber ein anderes Eis haben wollte. Die Bedienung lächelte mich an. »Sie haben aber eine hübsche Tochter.«

»Ich bin ihre Tante«, musste ich ehrlicherweise gestehen.

»Sie ist nur meine Patentante«, stellte Alison klar.

Als ich bei Amy und Steven ankam, standen beide schon in der Tür. »Schön, dass du so schnell kommen konntest«, begrüßte mich Amy. »Wir sind dir wirklich dankbar. Alison schläft noch. Mach dir doch schon mal Frühstück, du musst nicht warten, bis Alison wach ist. Sie will meistens nur Honig- oder Schokoflocken. Bedien dich einfach und mach's dir gemütlich.«

Steven hielt sich ein feuchtes Taschentuch vor das entzündete Auge und versuchte, mich mit dem anderen anzulächeln. »Danke dir, Emily. Bis später.«

Damit eilten sie zu ihrem Auto.

Ich schloss leise die Haustür. Ja nicht den Tiger wecken. Jede Minute, in der Alison noch schlief, war kostbar. Je später sie aufwachen würde, desto besser. Die Zeit würde für mich arbeiten.

Ich begab mich in die Küche, fand schwarzen Tee und füllte den Wasserkocher. Das Radio ließ ich lieber aus, und für das Frühstück war ich noch nicht bereit. Auf einer Kommode im Hausflur fand ich die Sonntagszeitung. Die könnte ich später lesen, sobald ich richtig wach war. Jetzt stützte ich nur den Kopf in beide Hände, schloss die Augen und döste vor mich hin, bis das Wasser kochte.

Bald hatte ich meinen Teebecher vor mir stehen und schlürfte ein bisschen. Mit starrem Blick auf die Uhr begann ich zu rechnen. Ich war gegen halb sieben hier angekommen, und Amy und Steven waren sofort losgefahren.

Wenn man je eine halbe Stunde Fahrt hin und zurück brauchte und Steven vielleicht sofort zur Behandlung kam, war er möglicherweise nach fünfzehn Minuten schon fertig. Sie könnten theoretisch gegen Viertel vor acht wieder zurück sein. Jetzt war es beinahe sieben. Wenn Alison noch ein Stündchen schlafen würde, wäre ich fein raus.

Ich trank meinen Tee und döste weiter. Dann hörte ich das erste Geräusch von oben. Ich versuchte, es zu ignorieren. Es half nichts. Ein Blick auf die Küchenuhr. Sieben Uhr und elf Minuten. Alison war aufgestanden.

Nach einigen Minuten hörte ich sie die Treppe herunterkommen. Sie öffnete die Küchentür und sah mich ungläubig an.

Ich erklärte ihr schnell, warum ich da war.

»Ich habe Papa gestern Abend schon gesagt, dass er zum Krankenhaus fahren soll, dann wäre er jetzt längst wieder gesund«, war ihr Kommentar. Dann erhellte sich ihr Gesicht. »Das heißt, du bist hier, weil du auf mich aufpassen musst.« Ich war ihr in die Falle geraten, ohne, dass sie irgendetwas dafür hatte tun müssen. So wie der böse Wolf, der zufällig über Rotkäppchen stolpert.

»Ich ziehe mich an, und du kannst mir schon mal Frühstück machen.« Sie überlegte kurz. »Ich möchte zwei Rühreier und eine halbe Scheibe Schinken in kleinen Stückchen. Und eine Scheibe Toast. Goldbraun.« Damit verschwand sie aus der Küche. Von wegen Honig- oder Schokokringel. Da ich aber mittlerweile auch Hunger bekommen hatte, machte ich mich an die Zubereitung.

Nach kurzer Zeit kam sie zurück und bemerkte zu meinem Erstaunen gut gelaunt: »Das duftet aber gut.«

Auf meine Frage, was sie trinken wolle, hatte ich mit Kaffee oder schwarzem Tee als Antwort gerechnet, irgendetwas auf jeden Fall, was sie von ihren Eltern nicht bekommen würde und das Anlass zu Diskussionen wäre. Aber nein, ein ganz artiges »Früchtetee, bitte« steigerte mein Misstrauen. Während des Frühstücks herrschte

Schweigen, ein freundliches Schweigen, wie ich hoffte. Außerdem lief das Radio, sodass es nicht unangenehm war. Als wir das Frühstück beendet hatten und nur noch die Teebecher vor uns auf dem Tisch standen, sah Alison mich unverwandt an und sagte: »Du fragst dich sicher, was du mir zu Weihnachten schenken kannst.«

»Also, wenn ich ehrlich bin …«

»Schon gut, du brauchst dir keine Gedanken zu machen. Ich weiß schon, was ich von dir möchte«, unterbrach sie mich. »Einen Reithelm.«

»Ach!«

»Ja, einen ganz besonderen, ein Mädchen aus meiner Klasse hat mir davon erzählt. Den gibt es nur für eine Weile, steht im Prospekt. Und er ist rosa, mit Samt von innen, und außen ist ein buckelndes Pony aufgedruckt. Man kann sogar den Schirm verstellen. Und in den Samt innen kann man die Initialen eindrucken lassen. Das ist sogar im Preis drin.«

»Wozu brauchst du denn einen Reithelm, bekommst du denn Reitunterricht?«

Ein tiefes Seufzen. »Nein, Mama hat gesagt, erst wenn ich älter bin, damit ich zur Not auch alleine zum Reitstall fahren kann.«

»Da hat deine Mutter recht.«

»Immer gibst du Mama recht, dabei bist du doch *meine* Patentante.« Das klang ein wenig vorwurfsvoll.

»Weißt du, im Herbst und im Winter wird es früh dunkel. Da solltest du nicht alleine unterwegs sein.«

»Pah, ich habe keine Angst im Dunkeln. Ich bin sogar schon mal im Dunkeln von zu Hause weggelaufen.« Sie sah mich abwartend an und bemerkte meinen zweifelnden Blick. »Ja, als Mama gesagt hat, dass ich noch keinen Reitunterricht bekomme, da war ich so enttäuscht, dass ich mein Rad genommen habe und abgehauen bin. Aber Mama und Papa haben nichts gemerkt, weil ich wieder nach Hause musste.«

Wahrscheinlich war sie nur eine Runde durch ihre Nachbarschaft gefahren, überlegte ich und fragte: »Und warum musstest du wieder nach Hause? Hat dich jemand gesehen und zurückgeschickt?«

»Nein«, erwiderte sie triumphierend. »Ich wollte zu dir, aber auf dem Weg ist mir eingefallen, dass Mama gesagt hat, du bist in London. Also musste ich wieder nach Hause.«

»Warum wolltest du denn zu mir?«

»Na, hier im Dorf, das ist ja kein richtiges Weglaufen. Und alle anderen, die ich kenne, wohnen weiter weg. Bei dir, das wäre genau richtig gewesen.«

»Ich hätte doch sofort deine Eltern angerufen, wenn du bei mir aufgetaucht wärst.«

»Ja, aber erst mal wäre ich weggelaufen.«

»Hast du keine Angst, dass ich deinen Eltern davon erzähle?«

»Nein, ist doch nichts passiert, und ich kam ja gar nicht dazu, richtig wegzulaufen.«

»Na gut, dann können wir das Thema ja abhaken. Aber wozu brauchst du jetzt schon einen Reithelm, wenn du noch gar nicht reitest?«

»Ein bisschen kann ich vielleicht doch reiten, wenn ich nur erst eine Reitkappe habe. Am Mittwoch ist Mama nach Dillings gefahren, und ich durfte so lange bei Großvater auf dem Gut bleiben. Und Tilly und Kim waren da und kamen mit Isabel und Gladstone vom Ausritt zurück.«

Isabel war ein Pony, das Gerald Easterbrook zu Gladstones Gesellschaft angeschafft hatte. Für den Fall, dass er und sein Bruder mal gleichzeitig ausritten, sollte Gladstone nicht alleine im Stall oder auf der Weide sein. Gladstone wurde nur noch leicht von den jungen Mädchen Tilly und Kim bewegt, die dann auf ihm und Isabel ausritten.

»Tilly hätte mich auf Isabel über die Weide geführt, aber ohne Reitkappe darf ich nicht, sagt Großvater, weil sich auch brave Pferde erschrecken und zur Seite springen können. Aber Kims und Tillys Reitkappen sind mir zu groß. Wenn ich erst eine eigene habe, dann geht das.«

»Lohnt sich das denn?«, fragte ich. »So oft bist du doch gar nicht auf dem Gutshof, und dann sind auch nicht immer unbedingt Kim und Tilly da.«

»Tilly wohnt in unserer Straße, und wenn ich sehe, dass sie auf ihrem Rad bei uns vorbeifährt und Reitsachen anhat, dann kann Mama mich doch zum Gutshof fahren, wenn Großvater dort arbeitet.«

»Hast du mal deine Eltern gefragt, ob sie dir diese Reitkappe schenken?«, erkundigte ich mich.

Jetzt druckste sie etwas herum: »Schon, aber Mama will mir lieber etwas anderes schenken. Sie hat gesagt, wenn ich erst einen Reithelm habe, dann laufe ich den ganzen Tag damit herum und mache ein vorwurfsvolles Gesicht.« Dann fügte sie noch schnell hinzu: »Sie ist aber auch nicht richtig dagegen. Weißt du, ich denke, es ist schon in Ordnung, wenn du mir einen schenkst.«

»Wie viel kostet denn dein ganz besonderer Helm?«, fragte ich vorsichtig.

»Ach, ich weiß nicht so genau. Aber nicht so viel wie Reitstiefel aus echtem Leder.«

»Dir ist aber klar, dass ich nicht deine Erbtante bin, sondern deine Patentante und dass da ein kleiner Unterschied besteht?«, gab ich zu bedenken.

»Ja sicher. Von einer Erbtante bekommt man erst etwas, wenn sie verstorben ist und man sie beerben kann. Und von einer Patentante bekommt man etwas, solange sie noch lebt.«

»Wenn der Helm aber zu teuer ist, dann kann ich ihn dir auf keinen Fall schenken.«

»Aber du wolltest mich doch als Patentochter haben. Sonst hätte mich bestimmt jemand anderes als Patenkind genommen. Und der würde mir vielleicht sogar eine ganze Menge Reitzeug kaufen. Und noch viele andere Sachen.«

Jetzt wurde es mir bald zu bunt. »Eine Patentante ist doch nicht dazu da, um dich mit Geld und Geschenken zu versorgen. Zumindest nicht in erster Linie.«

Sie sah mich ehrlich erstaunt an. »Wozu denn dann?«

Jetzt hatte sie mich kalt erwischt. Ich konnte ihr doch nicht sagen, dass ich für den Notfall da war, zum Beispiel falls ihre gesamte Familie durch ein Unglück ums Leben kommen würde. Solche Horrorvisionen wollte ich vor ihr nicht heraufbeschwören.

»Weißt du, ich bin einfach eine Tante für besondere Gelegenheiten. Für Ausnahmen sozusagen.«

Sie sah mich interessiert an. »Für welche besonderen Gelegenheiten?«

Ich überlegte kurz. »Na, so wie jetzt zum Beispiel, wenn deine Eltern schnell zum Krankenhaus wollen.«

»So besonders ist das aber auch nicht. Ich hätte auch alleine bleiben können.«

»Es war aber noch dunkel, als ich gekommen bin.«

»Aber ich habe doch wirklich keine Angst im Dunkeln. Schon gar nicht im Haus. Für welche besonderen Gelegenheiten bist du denn noch da? Sag doch noch eine.«

»Na, für solch besondere Anlässe eben, die einem gar nicht so aus dem Stegreif einfallen.«

»Und für die Mama und Papa nicht da sind?«

»Mhm, ja, kann man so sagen.«

Sie zögerte ein Weilchen und fragte dann: »Kennst du dich mit wertvollen Taschentüchern aus?«

»Mit handgesticktem Spitzenrand oder was meinst du?«

»Taschentücher mit goldenem Rand und goldenen Buchstaben.« Ihre Augen leuchteten. »So ein Taschentuch muss sehr wertvoll sein, aber wie wertvoll genau?«

»Ich kann mir nicht vorstellen, dass es überhaupt wertvoll ist. Wahrscheinlich ist es teurer als ganz normale Taschentücher im Dreierpack oder so, aber nicht richtig wertvoll. Und der Rand und die Buchstaben sind nur goldfarben und nicht aus echtem Gold.«

»Doch, ganz bestimmt. Kennst du dich denn mit Gold aus?«

»Nein, aber zum Sticken nimmt man kein echtes Gold.«

»Wenn du dich mit Gold gar nicht auskennst und mit Taschentüchern auch nicht, woher weißt du es dann?«

Ehrlich gesagt, wusste ich es auch nicht genau, es schien mir nur logisch. »Wo hast du denn so ein Taschentuch gesehen?«, fragte ich. »Oder wie kommst du darauf?«

»Ich habe eins gefunden«, sagte Alison langsam.

»Dann zeig es mir doch mal.«

»Es ist aber nicht hier.«

»Wo ist es dann?«

Jetzt zögerte sie. »Wenn ich es dir sage, sagst du es aber Mama und Papa nicht weiter? Weil das ja etwas Besonderes ist, und du hast gesagt, dass du für besondere Gelegenheiten zuständig bist.«

»Wenn du nichts angestellt hast, werde ich es ihnen nicht sagen«, versprach ich.

Daraufhin begann Alison mit einer langen Einleitung. In den vergangenen Herbstferien war sie auf dem Gutshof gewesen und im Stall ist eine Kammer, in der alte Reitsachen und Sattelzeug aufbewahrt werden. Darin hatte sie gespielt, aber ihr Großvater wollte das nicht. Schließlich gehörten die Sachen den Easterbrooks, und auch wenn es alte Sachen waren, wollte er nicht, dass Gerald Easterbrook den Eindruck bekam, dass die Enkelin des Gutsverwalters darin herumwühlte.

Als Alison dann am vergangenen Mittwoch wieder auf dem Gutshof war und nicht reiten durfte, weil sie keine Reitkappe hatte, war ihr eingefallen, dass in der Kammer alte Reitkappen lagen.

Sie wollte auch gar nicht in allen Sachen dort herumschnüffeln, sondern nur nach einem Reithelm Ausschau halten. Wenn sie einen passenden gefunden hätte, könnte Großvater ja Mr Easterbrook fragen. Drei Reitkappen hatte sie gefunden, in einer war B.E. in den Innenrand gestanzt und in die anderen beiden G.E. Sie wusste natürlich, dass es Gerald und Benjamin Easterbrook hieß.

Gepasst hatte ihr aber keine der Kappen. Und in der Kappe von Benjamin Easterbrook war das Futter eingerissen und darin war das Taschentuch versteckt.

»Und wenn es jemand versteckt hat, dann muss es ja wertvoll sein«, trumpfte sie auf. »Sonst braucht man es nicht zu verstecken.«

»Warum sollte Benjamin Easterbrook überhaupt sein Taschentuch verstecken?«, fragte ich.

»Es ist gar nicht seins. Die echten goldenen Buchstaben sind M.E. Kennst du jemanden, der so heißt?«

Mir fiel natürlich sofort Onkel Mortimer ein. Daraufhin wollte Alison alles über ihn wissen.

Ich erzählte ihr, dass er der ältere Bruder von Geralds und Benjamins Vater sei und die Tochter eines Gutsbesitzers geheiratet hatte. So hatte sein jüngerer Bruder Glück gehabt und das väterliche Gut übernehmen können.

»Ist er sehr reich?«, wollte Alison wissen.

»Schon recht wohlhabend, denke ich.«

»Ob er mir Finderlohn für das Taschentuch geben würde?«

»Nein, aber er würde sich freundlich bedanken.«

»Das sagst du nur, weil du keine Ahnung von Gold hast. Blöd ist nur, dass ich das Tuch gar nicht hätte finden dürfen, da ich ja nicht in die Kammer sollte. Wenn Großvater erfährt, dass ich wieder dort war und auch noch etwas gefunden habe, dann lässt er mich sicher gar nicht mehr auf den Gutshof.«

»Vergiss das Tuch einfach«, empfahl ich ihr.

Sie sah mich entrüstet an, sagte aber nichts mehr und brütete einige Minuten nachdenklich über ihrem Teebecher.

Ich schloss dankbar die Augen und überlegte, ob ich nachher noch ein bisschen schlafen könnte. Ich hatte den Kopf in beide Hände gestützt und döste vor mich hin, als ich von Alisons Aufschrei hochgeschreckt wurde.

»Dieser Onkel Mortimer hat Benjamin Easterbrook umgebracht!«, rief sie.

»Was?« Ich dachte, ich hätte etwas falsch verstanden.

»Ja, weil der ihm sein Taschentuch gestohlen hat.«

»Alison, das ist verrückt. Wahrscheinlich hat Benjamin Easterbrook es nicht richtig gestohlen. Wer weiß, wie lange das Tuch schon in der Reitkappe steckte. Vielleicht schon seit Ewigkeiten. Es war sicher nur ein Jugendstreich, und dann hat er das Tuch vergessen.«

»Warum ist Benjamin denn sonst umgebracht worden?«, fragte Alison.

»Das wird die Polizei sicher noch herausfinden.«

»Ich wette, Benjamin hat es gestohlen und wollte Lösegeld dafür haben«, beharrte Alison. »Aber sein Onkel wollte es nicht zahlen und hat ihn umgebracht.«

Ich bin eigentlich nicht der Typ, der zu Kopfschmerzen neigt, aber Alison hatte mich jetzt so weit.

»Lösegeld für Taschentücher gibt es nicht, Alison.«

»Kennst du dich denn mit Lösegeld aus?«, fragte sie.

Jetzt ging das schon wieder los. Wenn ich »ja« sagen würde, kämen weitere bohrende Fragen, wenn ich verneinte, würde sie mich mit ihren Theorien bombardieren. Während ich das Für und Wider abwog, spann sie ihre Geschichte längst weiter.

»Und die Übergabe sollte am Freitag in eurem Wald sein«, fuhr sie fort. »Aber da hat etwas nicht geklappt, und so hat sein Onkel ihn erschossen.«

Mir fiel nichts Besseres mehr dazu ein, als sie zu berichtigen: »Benjamin Easterbrook wurde nicht am Freitag erschossen, sondern am Donnerstagabend. Wie kommst du auf Freitag?«

»Gestern stand in der Zeitung, dass Benjamin Easterbrook am Freitag tot aufgefunden wurde.«

»Das heißt aber nicht, dass es erst am Freitag passiert ist. Mittlerweile hat die Polizei schon herausbekommen, dass es am Donnerstagabend gegen acht war. Aber seit wann liest du denn die Tageszeitung?« Ein Blick aus dem Fenster zeigte, dass Amy und Steven zurückkamen.

Alison hatte gerade noch Zeit zu erklären: »Eigentlich gar nicht, aber die lag da so rum, und es war der schöne Hund vorne drauf, Alfie. Und dann habe ich alles über Alfie und den Mord gelesen.«

Amy und Steven kamen in die Küche. Steven hatte immer noch ein knallrotes Auge, behauptete aber, es sei eine Erleichterung, seit der Splitter entfernt worden war.

Amy grinste. »Er war so tapfer.«

»Ist jetzt wieder alles mit dir in Ordnung, Papa?«, fragte Alison.

»Ja, und habt ihr beide schön gefrühstückt?«

»Oh ja.« Alison warf mir einen verschwörerischen Blick zu. Ich hatte ja versprochen, ihren Eltern von ihrem Treiben auf dem Gutshof nichts zu erzählen. Das war wohl das Mindeste, was ich für sie tun konnte, wo ich doch sonst eine Enttäuschung auf der ganzen Linie war. Zuerst hatte ich sie, als sie noch ein unschuldiges Baby war, als Patentochter weggeschnappt, anstatt sie einem Millionär zu überlassen, der ihr ein Leben in Reichtum ermöglichen würde. Und wenn sie schon mal von zu Hause weglaufen wollte, war ich nicht zur Stelle. Auch das hatte ich ihr verdorben. Dann hatte ich nicht mal Ahnung von einfachen Gebrauchsgegenständen wie Taschentüchern. Eine fachgerechte Auskunft über Wert und Verwendung von Edelmetallen konnte sie von mir auch nicht bekommen. Und mein lückenhaftes Wissen über Lösegeld war ihr sicher auch aufgefallen.

Amy und Steven bedankten sich bei mir, und ich wünschte Steven weiterhin gute Besserung. Dann machte ich mich schleunigst auf den Heimweg.

Zu Hause angekommen brauchte ich irgendetwas zur Beruhigung, um mich von den Strapazen mit Alison zu erholen. Ich war auch hundemüde, wollte aber nicht noch mal ins Bett. Also machte ich mir einen Becher heiße Milch mit Honig, zog einen Jogginganzug an und legte

mich im Wohnzimmer auf die Couch. Einfach ein Stündchen ausruhen, das würde mir guttun.

## Kapitel 6

Als ich wieder aufwachte, war es bereits Nachmittag. Ich rappelte mich auf und hörte Stimmen aus der Küche. Meine Eltern waren schon aus Norwich zurück.

Ich ging in dicken Strümpfen zur Küche. Die Küchentür stand halb offen, und beide saßen nebeneinander mit dem Rücken zu mir am Küchentisch. Ich wollte sie gerade begrüßen, als ich verstand, worüber sie sprachen. »Wir können ja noch warten, bis Emily ausgezogen ist, dann machen wir beide Kinderzimmer zusammen«, schlug meine Mutter vor.

»Ich würde mich so für sie freuen, wenn es mit diesem guten Job etwas wird«, sagte mein Vater.

Beide beugten sich über einen Prospekt, der von meinem Blickwinkel aus verdächtig nach Baumarkt aussah, und Papa meinte: »Hier, diese Farbmischung, die gefällt mir schon.«

Ich öffnete die Küchentür ganz, sodass sie mich bemerkten und sich zu mir umdrehten.

Sie wollten wohl gerade zu einer Begrüßung ansetzen, aber dazu war ich nun nicht mehr in der Stimmung. »Was habt ihr da?«, fragte ich streng und deutete auf den Prospekt.

Sie rückten hilfesuchend einen Hauch näher zusammen. Mama war mutiger als Papa. »Wir dachten, wenn du diesen schönen Job bekommst, dann nimmst du dir sicher eine eigene Wohnung dort in der Nähe. Du hast uns ja noch nicht gesagt, wo das wäre.« Papa wagte ein leichtes, zustimmendes Nicken.

»Ihr wollt mich loswerden!«, warf ich ihnen vor. Beide verneinten hastig. »Obwohl ich freiwillig Kostgeld zahle«, fuhr ich fort.

»Ja, Liebes, das wissen wir doch zu würdigen«, sagte Papa. »Wir dachten einfach nur, dass es für dich angenehmer wäre, wenn du nahe bei deiner Arbeitsstelle wohnst.«

Das hatten sie sich schön ausgedacht, aber ich würde ihnen einen Strich durch die Rechnung machen. So einfach ließ ich mich nicht vertreiben. »Der Job wäre in Dillings. Das ist ja nicht gerade weit, dafür brauche ich mir nicht extra eine Wohnung dort zu nehmen. Da kann ich schön hier wohnen bleiben.« Und dann fiel mir noch etwas ein. »Und Oliver kommt auch wieder zurück«, sagte ich gehässig. Und nach einem Blick auf die Küchenuhr ergänzte ich: »Er kommt sicher jeden Moment.«

»Hat Tiffy ihn rausgeworfen?«, hauchte meine Mutter entsetzt.

»Er hat seine Gründe.« Mehr Auskunft konnten sie von einer Tochter nicht erwarten, die sie praktisch auf die Straße setzen wollten.

Ich ging in mein Zimmer, saß eine Weile schmollend auf dem Bett und beschloss dann zu duschen.

Nachdem ich wieder angezogen war, trat ich in den Flur, um zu erlauschen, ob Oliver schon gekommen war. Doch es war nur Großmutter auszumachen. Als ich zu ihr und meinen Eltern in die Küche trat, drehte sich natürlich alles um den Mord.

Großmutter begrüßte mich arglos und meine Mutter fragte vorsichtig: »Möchtest du ein paar selbst gebackene Plätzchen von Großmutter Walker?«

Ich nickte gnädig und fragte, wie es den Großeltern Walker ginge. Mutter erzählte ein bisschen, soweit war bei ihnen alles in Ordnung, und dann kamen wir wieder auf den Mord zu sprechen. Meine Eltern wurden auf den allgemeinen Wissensstand gebracht.

Sobald Mama durch das Fenster einen Wagen vorbeifahren sah oder hörte, warf sie Papa nervöse Blicke zu. Ich freute mich schon auf den Moment, wenn Oliver mit einem Koffer oder einer Reisetasche in der Tür stehen würde.

Leider kam er erst spät am Nachmittag und die Tatsache, dass Tiffany ihn begleitete, nahm seiner Ankunft die gewünschte Dramatik. Er hatte zwar eine Reisetasche dabei, aber Tiffys freundlich spöttische Bemerkung: »Hallo Schwiegereltern, ich bringe euren Sprössling zurück, er möchte lieber bei Mama und Papa wohnen«, ließ Mama erst mal erleichtert aufatmen. Offensichtlich waren Tiffany und Oliver nicht zerstritten.

Oliver erklärte, warum er kurzzeitig in Jolly Clover wohnen wollte, und fragte ganz erstaunt: »Hat Emily es euch denn nicht gesagt?«

»Ich bin noch nicht dazu gekommen«, sagte ich.

»Meint ihr, wir werden alle nur einmal befragt?«, überlegte Oliver. »Dann könnte ich ja wieder nach Hause, sobald sie mich interviewt haben.«

»Wahrscheinlich werden sie so lange bohren, bis sie eine Spur haben«, sagte Tiffany und fügte grinsend hinzu: »Wenn es länger dauern sollte, kann ich ja auch wieder bei meinen Eltern einziehen, dann wohnen Oliver und ich wenigstens in der Nähe.«

»Sei froh, wenn du noch bei deinen Eltern wohnen darfst«, sagte ich, und alle bis auf Mama und Papa sahen mich verständnislos an.

Bevor jemand nachfragen konnte, wandte Mama sich an Tiffany und fragte eilig: »Wie läuft's denn so bei euch auf der Säuglingsstation?«

»Ach, das wisst ihr noch gar nicht, ihr seid ja heute erst zurückgekommen«, sagte Oliver.

»Ja, genau, wie geht es Mrs Stevens und ihrem Achtmonatsbaby?«, fragte ich.

Tiffany verdrehte die Augen und meinte: »Letztendlich verlief die Geburt doch ganz gut, aber Mrs Stevens war natürlich mit den Nerven am Ende. Ich habe fast die ganze Zeit, bis es so weit war, bei ihr gesessen. Wir haben über Gott und die Welt geplaudert, und von dem Mord hier hat sie auch schon gehört. Das hat sie zumindest etwas abgelenkt. Auf jeden Fall hat sie jetzt einen hübschen kleinen Sohn, der auch fast schon so groß ist wie ein Neunmonatsbaby.«

»Dann braucht sie sich ja nun keine Sorgen mehr zu machen«, sagte Mama.

»Ach, sie hat schon noch etwas Angst und hofft, dass der Kleine sich auch geistig normal entwickelt, obwohl ich noch nie von einem Kind gehört habe, dass geistig nicht in Ordnung war, nur weil es einen Monat zu früh kam.«

»Ja, manche Frauen sind so nervös«, sagte Großmutter und wechselte dann etwas gelangweilt das Thema. »Hast du schon mit deiner Freundin Debbie gesprochen, nachdem der nette Sergeant sie nach Hause gebracht hat?«, fragte sie mich.

»Dazu hatte ich noch keine Zeit.«

»Ach, da fällt mir noch ein«, wandte Tiffany sich an Großmutter, »ich soll noch schöne Grüße ausrichten von deiner alten Schulfreundin Ethel Brooks. Bald kannst du wieder zu ihr zum Frühstück kommen. Seit Mittwoch, als du sie besuchen warst, geht es ihr schon um einiges besser. Bald kann sie wieder nach Hause. Sie war sogar schon bei ihrer Enkelin im Zimmer, soll aber im Moment noch nicht für längere Zeit das Bett verlassen.«

»Danke«, hauchte Großmutter.

»Ach, Ethel ist im Krankenhaus?«, fragte ich Großmutter. »Seit wann denn?«

Großmutter sah schweigend an mir vorbei und Tiffany sagte: »Ich glaube, seit vergangenem Montag. Blinddarmentzündung.«

»Dann war sie also vor drei Tagen auch schon im Krankenhaus«, stellte ich fest.

Alle bis auf Großmutter sahen mich irritiert an. »Ja, sicher«, sagte Tiffany. »Wie gesagt, seit Montag.«

Also hatte Großmutter gelogen. Eine frisch am Blinddarm operierte, ältere Dame wird wohl kaum einen Ausflug aus dem Krankenhaus gemacht haben, um mal eben eine Runde Scrabble zu spielen. Und von Scrabble hatte Ethel anscheinend auch jetzt nichts gesagt, nur von dem gemeinsamen Frühstück, das alle paar Wochen stattfand. Ich wollte gerade den Mund aufmachen, um Großmutter zur Rede zu stellen, als sie mir zuvorkam und auf einmal Achtmonatsbabys für das interessanteste Thema überhaupt zu halten schien.

»Also, deine Mrs Stevens wird schnell merken, dass ihr Kleiner sich ganz normal entwickelt«, sagte sie an Tiffany gewandt.

»Wie war denn euer Scrabble am Donnerstag?«, fragte ich einfach drauflos.

Großmutter ging überhaupt nicht darauf ein und fragte Tiffany: »Weißt du schon, wie der Kleine heißen soll?«

»Hast du beim Scrabble wieder gewonnen?«, erkundigte ich mich weiter.

»Jeremy soll er heißen«, sagte Tiffy und blickte fragend zwischen Großmutter und mir hin und her.

Papa, der neben mir saß, stieß mich an und sagte: »Jetzt lass deine Großmutter doch mal mit dem Scrabble in Ruhe.«

»Kennst du dich denn mit Achtmonatsbabys aus?«, fragte ich listig. »Kennst du überhaupt welche?«

Papa verschaffte ihr eine kurze Bedenkzeit, als er grinste. »Meine Anne ist doch wohl kein Achtmonatsbaby gewesen?«

Großmutter verneinte lächelnd, überlegte kurz und sagte mit einem triumphierenden Seitenblick auf mich: »Soviel ich weiß, kenne ich nur ein Achtmonatsbaby, Mortimer Easterbrook. Das hat mir damals seine Mutter erzählt, als ich mit Anne schwanger war. Mortimer ist ja offensichtlich ein gutes Beispiel dafür, dass Mrs Stevens sich keine Sorgen machen muss.«

Mama war nicht sonderlich an Onkel Mortimers Eintritt in diese Welt interessiert. Was Klatsch und Tratsch über die Familie Easterbrook betraf, war Lucinda, die schöne Mutter von Gilbert und Benjamin, ihre Favoritin. »Hat sich Lucinda Easterbrook schon gemeldet?«

Das wusste Großmutter nicht.

»Zur Beerdigung muss sie ja kommen«, befand Mama. »Hatte sie nach der Scheidung noch Kontakt zu ihren Kindern?«

Großmutter antwortete: »In den ersten Jahren haben die Jungen sich noch regelmäßig mit ihr getroffen. Das wurde dann aber auch immer seltener. Ab und zu noch ein Besuch oder mal ein Brief oder eine Postkarte, wenn sie mit ihrem Freund verreist war.«

»Hat sie wieder geheiratet?«, fragte meine Mutter.

»Nein, und Mr Easterbrook hat großzügig für ihren Unterhalt gesorgt.

»Wie war sie denn so?«, wollte Oliver wissen.

»Ach, sie war wirklich ein besonders schönes junges Mädchen, viel jünger als Mr Easterbrook. Und eigentlich war sie auch ganz nett. Am Anfang gefiel es ihr auch, die Gutsherrin zu spielen. Aber sie begann sich zu langweilen und verbrachte im Laufe der Jahre auch immer mehr Zeit in London. Das Beste, was sie für die Jungen tun konnte, war wirklich, die beiden nach der Scheidung bei ihrem Vater zu lassen.«

»Gerald ist wie sein Vater geworden«, bemerkte Papa. »Er hat sich schon von Kindheit an für Landwirtschaft begeistert. Benjamin haben lediglich seine Pferde interessiert. Das war wohl das Einzige, was die Brüder gemeinsam hatten.«

»Und die Vorliebe für eine gewisse junge Dame, die sich dann leider für Benjamin entschieden hat.« Großmutter lächelte bedauernd. »Aber die Beziehung hat nicht lange gehalten. Bevor ihr jetzt aber überlegt, ob Gerald seinen Bruder aus Eifersucht getötet hat, also diese Angelegenheit ist schon über ein Jahr zu Ende. Diese Miss Charlene Pitts ist von der Bildfläche verschwunden.«

»Wenn es nach meiner Patentochter ginge, wäre der Mord praktisch schon geklärt«, sagte ich und begann, von Alisons Fund zu berichten. Solange lediglich ihre Eltern nichts davon erfahren würden, müsste sie auch nicht mit Besuchsverbot auf dem Gut rechnen. »Also«, schloss ich, »laut Alison hat Onkel Mortimer Benjamin umgebracht, weil der ihm sein Taschentuch gestohlen hat.«

Alle bis auf Großmutter sahen mich erst sprachlos an und begannen dann zu lachen.

Großmutter sagte nur: »So ein Blödsinn. Ich hoffe, das Kind behält seine Fantasien für sich.«

»Aber einer muss es ja gewesen sein, warum nicht Onkel Mortimer?«, meinte Oliver.

»Und aus welchem Grund sollte er das getan haben?«, fragte Großmutter.

»Na, du kennst dich bei den Easterbrooks doch am besten von uns aus. Was meinst du denn, welchen Grund er haben könnte?«

»Gar keinen. Und außerdem, wo ist dieses Taschentuch jetzt eigentlich? Hat deine Patentochter es mit nach Hause genommen?«

»Nein, wahrscheinlich ist es noch in der alten Reitkappe. Außer Benjamin hat es kurz vor seinem Tod noch herausgeholt.«

»Komische Geschichte«, befand Tiffany.

»Ach, Jungen haben manchmal irgendeinen Unfug vor, und dann fällt ihnen etwas Neues ein und sie vergessen es wieder«, sagte Papa. »Stimmt's nicht, Oliver?«

»Weiß ich nicht.« Oliver kaute mit Unschuldsmiene das letzte Plätzchen. »Tiffy, ob deine Mutter auch gebacken hat?«

»Bestimmt«, meinte Tiffany. »Wo doch Mikey kommt.«

Carol Tuckers jüngere Schwester und ihr Mann wollten für zwei Wochen nach Ägypten und solange ihren elfjährigen Spross Mikey und die Hündin Cindy bei den Tuckers unterbringen, damit Mikey während dieser Zeit von hier aus zur Schule nach Dillings fahren konnte.

Mama fragte mich: »Wirst du der Polizei von diesem Taschentuch erzählen?«

»Ach, dann gibt es nur Aufregung bei Amy und Steven. Muss ja nicht sein.«

Oliver überlegte kurz und grinste dann durchtrieben. »Höchstens vielleicht zur Not.«

»Was soll das denn heißen?«, fragte Großmutter.

»Na, wenn die Polizei sich zu sehr auf einen von uns, also dich, Emily oder mich konzentrieren sollte, könnte man sie mit diesem Taschentuch ein bisschen verwirren und ablenken. Ist doch besser, sie beschäftigen sich mit den Easterbrooks, als dass sie sich zu sehr an einem von uns festbeißen.«

Großmutter sah ihn ärgerlich an.

Doch Olivers Gedanken waren schon zum nächsten Tag gewandert. »Meint ihr, die Polizei fängt morgen früh an mit den Einzelbefragungen? Noch bevor ich zur Arbeit fahre?«

Wir sahen uns an, aber keiner wusste genau, ab welcher Uhrzeit damit zu rechnen war.

»Na, egal, ich gehe jetzt mit Tiffy zu ihren Eltern. Dann fahren wir nach Hause, und ich komme später wieder zurück.« Oliver und Tiffy verabschiedeten sich, und Großmutter machte sich fast gleichzeitig auf den Heimweg.

Als ich später mit Papa alleine war, sagte er freundlich: »Du hast Großmutter zwischendurch ganz schön aus dem Konzept gebracht. Das darfst du nicht machen, jetzt, wo sie ein bisschen vergesslich wird. Das ist bestimmt nicht gut für sie.«

Ich sah ihn erstaunt an. »Wie kommst du darauf, dass sie vergesslich wird?«

»Das hat sie mir selbst gesagt. Ich habe ihr sogar ein Hilfsgerät gebaut, weil sie manchmal die Passwörter für ihre Internetforen vergisst oder durcheinanderbringt.«

»Meine Güte, in wie vielen Foren ist sie denn angemeldet?«

»Weiß ich nicht, aber du kennst ja ihre Vorliebe für Zahlenspiele aller Art.«

»Ja. Komisch, dabei hat sie keine Schwierigkeiten, aber die Passwörter vergisst sie. Und außerdem könnte sie sich auch selbst eine Liste anlegen. Als Buchhalterin dürfte sie keine Probleme damit haben, eine einfache Übersicht zu erstellen.«

»Ach, lass sie doch. Wenn das Gedächtnis nachlässt, heißt das ja nicht, dass sie gleich auf allen Gebieten vergesslich wird.«

Ja, dachte ich. Und rein zufällig hatte sie dann wohl vergessen, dass sie am Abend des Mordes, also vor drei Tagen, gar nicht bei Ethel zum Scrabble war, weil diese im Krankenhaus lag. Was hatte sie wohl angestellt, dass sie lieber behauptete, zu Hause gewesen zu sein, anstatt anzugeben, wo sie wirklich war und ein Alibi zu haben. Was wäre, wenn die Polizei mich fragen würde, ob ich wüsste, ob meine Großmutter am Donnerstagabend zu Hause war?

Dann könnte ich entweder sagen, ich wüsste es nicht oder dass ihr Wagen nicht vor ihrem Haus gestanden hatte. Aber vor allem interessierte mich, wo sie wirklich hingefahren war. Sie konnte sich ja vorstellen, dass ich sie früher oder später sowieso darauf ansprechen würde.

Jetzt wollte ich erst mal Debbie anrufen und ging in mein Zimmer. Debbie meldete sich gut gelaunt. »Na, war es noch nett mit deinem Sergeant Rossini?«, neckte ich sie.

Debbie lachte. »Sehr nett. So ein fürsorglicher Mann ist wirklich eine Seltenheit.«

»Wieso fürsorglich?«, fragte ich. »Hat er dich etwa noch die Treppe hochgetragen?«

»Er hat es mir angeboten. Aber ich bin ja nicht völlig schamlos. Also brauchte er mich nur zu stützen.«

»Worüber habt ihr geredet? Hat er noch etwas über den Fall gesagt?«

»Nichts Besonderes. Ihm ist schon klar, dass ich mit der Hälfte der Hauptverdächtigen verwandt oder befreundet bin.«

»Also hat er gesagt, dass wir die Hauptverdächtigen sind!«

»Nein. Aber es war ja offensichtlich, dass er im Pub in erster Linie mit euch reden wollte.«

»Hat er dich denn noch etwas über uns gefragt?«

»Nur so allgemein, wie lange ich in Jolly Clover gewohnt habe und so.«

»Hast du dich mit ihm verabredet? Hat er gefragt, ob er dich wiedersehen kann?«

»Nicht so direkt. Geht ja auch schlecht unter diesen Umständen. Allerdings hat er sich die Anschrift von der Boutique aufgeschrieben und gesagt, er wolle sich in den nächsten Tagen erkundigen, wie es mir geht.«

»Dann hat er entweder Feuer gefangen oder er will dich unauffällig aushorchen.«

»Das Erstere hoffe ich doch sehr. Als dienstlichen Vorwand kann er mich aber auch gerne etwas aushorchen. Aber erst mal abwarten, ob er wirklich auftaucht.«

»Wenn er auftaucht, vielleicht erzählt er dir etwas über die Ermittlungen. Natürlich nichts total Geheimes.«

»Bestimmt nichts Geheimes. So blöd ist er sicher nicht.«

»Aber falls er irgendetwas sagt, ruf mich sofort an, ja?«

»Ja, klar. Emily, du hast doch diesen kleinen Angeber nicht wirklich um die Ecke gebracht, oder?«, fragte Debbie leichthin.

»Also, Debbie, wirklich!«

»Es wäre nur lästig, wenn ich jedes Mal zu einem abgelegenen Gefängnis fahren müsste, um dich zu besuchen.«

»Sehr witzig«, sagte ich ironisch. »Übrigens, vielleicht sehe ich morgen deinen Sergeant. Er will uns ja noch einzeln in die Mangel nehmen.«

»Du hast es gut.« Debbie seufzte.

Nach dem Telefonat ging ich wieder hinunter zu meinen Eltern.

Mama putzte die Küche. »Weißt du«, sagte sie. »Wenn wir morgen Besuch bekommen, wollen wir doch einen guten Eindruck machen.«

»Besuch? Wen denn?«

»Na, du erwartest doch die Polizei. Oliver natürlich auch. Und es kann ja auch sein, dass sie erst am Dienstag kommen. Ich vermute aber doch eher morgen, schließlich wollen sie ja mit ihren Ermittlungen weiterkommen. Ich überlege, ob ich noch schnell einen Kuchen backen soll. Schließlich hat man die Polizei nicht alle Tage im Haus. Aber jetzt habe ich die Küche gerade gewischt. Na, egal, ich kann ja hinterher noch mal schnell durchwischen. Und du könntest im Wohnzimmer mit dem Staubwedel drüber gehen.«

Ich war so sprachlos, dass ich mir tatsächlich ein Staubtuch schnappte. Ich dachte an eine Hausdurchsuchung, Mama anscheinend an eine Hausbesichtigung. Es hätte mich nicht gewundert, wenn sie von mir verlangt hätte, mein Zimmer aufzuräumen.

Ich saß allein im Wohnzimmer vor dem Fernseher und sah mir eine Quiz-Show an, als Oliver zurückkam. Meine Eltern waren in der Küche. Wahrscheinlich blätterten sie wieder heimlich Prospekte aus dem Baumarkt durch.

Oliver überlegte sich gleich Verhaltensmaßregeln für die bevorstehende Befragung. »Alles, was nichts mit dem Mord zu tun hat oder mit dem Donnerstagabend, können wir ganz offen beantworten, aber natürlich nicht auffällig offen, sonst fällt der Unterschied zu sehr auf, wenn wir mit irgendetwas nicht herausrücken wollen.«

»Womit willst du denn nicht herausrücken?«, fragte ich.

»Ach, ich weiß noch nicht, kommt darauf an, was sie fragen. Also, an deiner Stelle würde ich nicht sagen, dass du Benjamin absolut nicht ausstehen konntest, sondern es ein bisschen abschwächen.«

»Er war einfach ein nerviger Typ, der mich bei seinem letzten Besuch im *Banditen* auf die Palme gebracht hat. So war es ja auch. Und ich war nicht die Einzige.«

»Aber du warst diejenige, die sich an dem Samstag hauptsächlich mit ihm angelegt hat.«

»Mag ja sein, aber er hat uns allen, die wir da waren, gedroht, etwas über uns ans Tageslicht zu bringen. Welche finsteren Geheimnisse könntest du denn haben, Oliver?«

Oliver grinste spöttisch und sagte: »Die sind so finster, die kann ich nicht mal dir erzählen.«

»Hauptsache, der schöne Charlie bringt sie nicht ans Tageslicht«, ging ich darauf ein.

Oliver überlegte kurz. »Vielleicht kommt Sergeant Rossini gar nicht zu uns, sondern kann es unauffällig so drehen, dass ein anderer Kollege vorbeischaut.«

Ich sah ihn fragend an.

»Ja, denn wenn der gute Mann sich tatsächlich in Debbie verguckt hat, will er es sich bestimmt nicht unnötigerweise mit ihrer besten Freundin verscherzen. So etwas könnte sich ja später rächen. Stell dir vor, er muss dir richtig unangenehm auf den Zahn fühlen, und es stellt sich heraus, dass du unschuldig bist. Dann hat er schlechte Karten bei dir, und du würdest Debbie gegenüber kein gutes Haar an ihm lassen. Und ich bin immerhin Debbies lieber Schwager. Vielleicht haben sie ja noch einen anderen gut aussehenden Detective, den Mama mit Kuchen versorgen kann.«

Jetzt musste ich lachen. »Oh, wollte der kleine Oliver Mamas frischen Kuchen essen und hat ihn nicht bekommen, weil er für den lieben Onkel von der Polizei ist.«

Oliver lachte ebenfalls. »Ja, so ähnlich.« Dann sagte er: »Ich überlege, ob ich mir einige Tage Urlaub nehmen soll.«

»Glaubst du denn, die tauchen bei dir in der Verwaltung auf?«

»Nein, das wohl nicht. Aber irgendwie möchte ich lieber an Ort und Stelle sein. Wir sollten unbedingt versuchen, selbst etwas über die anderen Verdächtigen herauszubekommen.«

»Wie willst du das denn anstellen?«, fragte ich. »Die werden uns nicht ihre finsteren Geheimnisse anvertrauen. Und bei allem anderen hat die Polizei doch viel bessere Möglichkeiten. Nimm allein nur mal Alicias Vergangenheit. Wir wissen wirklich nicht viel über sie. Für die Polizei sind das aber nur ein paar Telefonate, und schon wissen sie alles. Wir können auch keine Alibis überprüfen oder so.«

»Zum Teil stimmt das schon. Aber soviel ich weiß, hat doch keiner ein richtiges Alibi. Da hat die Polizei schon mal keinen Vorteil. Und ich hoffe ja auch, dass sie den Mord schleunigst aufklären. Ich meine einfach nur, uns fallen vielleicht ein paar Kleinigkeiten auf, die der Polizei entgehen. Wenn jemand zum Beispiel etwas macht, was er sonst nie macht, oder sich anders verhält als sonst. So etwas würde der Polizei gar nicht auffallen, weil sie die Leute hier nicht kennt.«

»Wir können doch nicht den ganzen Tag die anderen Verdächtigen verfolgen. Das bringt ja auch gar nichts. Sie sind bei sich zu Hause oder bei Nachbarn und Freunden, und was da gemacht oder gesprochen wird, bekommen wir nicht mit. Und selbst wenn, möchtest du denn zum Beispiel Alicia oder Henry Finch bei der Polizei anschwärzen?«

»Von *möchten* kann keine Rede sein, aber zur Not rette ich lieber meine eigene Haut. Oder möchtest du auf deinen guten Job verzichten und ewig unter Verdacht stehen, nur weil vielleicht Henry Finch oder John Adams etwas auf dem Kerbholz haben?«

»Nicht unbedingt.«

»Na siehst du. Im Moment finden alle Unbeteiligten den Mord in erster Linie aufregend. Aber wenn die Polizei den Täter nicht findet, bleibt es an uns haften.«

## Kapitel 7

Als ich am nächsten Morgen in die Küche kam, waren Papa und Oliver schon zur Arbeit gefahren. Oliver hatte Mama gesagt, dass er nur kurz ein paar Sachen erledigen wolle und sein Chef ihm dann bestimmt ein paar Tage Urlaub geben würde. »Um seinen Angehörigen und seinem Heimatdorf in diesen schweren Zeiten beizustehen«, wie er Mama grinsend gesagt hatte.

Mama sah das ganze recht locker. »Natürlich darf man niemanden über den Haufen schießen. Auch nicht Benjamin Easterbrook. Aber du und Oliver, ihr habt doch nichts getan. Und eure Großmutter schon gar nicht. Also braucht ihr euch keine Sorgen machen.«

Ich erklärte ihr Olivers Theorie, dass es uns allen schaden würde, wenn der Täter nicht gefasst würde, aber auch das beunruhigte sie nicht weiter.

»Sieh mal, die Polizei hat schon ganz andere Verbrechen aufgeklärt. Das hier ist für sie doch nur ein Klacks. Hast du eigentlich dein Zimmer aufgeräumt?«

Oliver kam bald zurück. »Habe ich sie verpasst?«, fragte er zur Begrüßung und setzte sich zu uns an den Küchentisch. Ich schüttelte den Kopf.

»Ein fremder Wagen steht bei den Tuckers«, berichtete er. »Dann kommen sie sicher bald zu uns.«

»Jack ist doch sicher zur Arbeit«, sagte Mama. »Also können sie höchstens Carol befragen. Ich hätte nicht gedacht, dass sie auch zu den Nachbarn gehen, die am letzten Samstag gar nicht im Pub waren.« Dann fügte sie verdrießlich hinzu: »Wenn Papa und ich nicht in Norwich gewesen wären, würde ich sicher auch befragt werden. Ich wollte schon eher fahren, aber Papa hat nicht freibekommen, weil ein Kollege krank war.«

»Vielleicht sind sie nur bei Carol, weil die Tuckers an der Zufahrtsstraße zum Ort wohnen und sie wissen wollen, ob Carol einen fremden Wagen gesehen hat«, überlegte Oliver laut.

»Oder Sergeant Rossini will seine zukünftigen Schwiegereltern kennenlernen«, spottete ich.

Oliver schielte auf Mamas Kuchen, der duftend auf dem Eckregal stand. »Kann ich nicht doch schon mal ein Stück haben?«

»Später«, vertröstete ihn Mama. »Der Sergeant wird sicher noch etwas übrig lassen.«

»Mama, weißt du, ich glaube, so ein Sergeant ist eher zurückhaltend. Eventuell wird er eine Tasse Tee oder Kaffee annehmen. Vielleicht hat er bei unseren Nachbarn schon etwas bekommen. Und ganz sicher wird er nicht wollen, dass du seinetwegen extra den frischen Kuchen anschneidest.«

Mama sah Oliver misstrauisch an. Dann sagte sie: »Ich weiß, du willst mich überlisten. Aber rate mal, was ich machen werde? Ich schneide einfach ein Stück ab und stelle es in den Schrank. Was sagst du jetzt?«

Oliver musste tatsächlich einige Sekunden nachdenken, bevor er langsam antwortete: »Das könntest du natürlich tun, aber bedenke, wie unwohl sich der gute Sergeant fühlt, wenn er als einziger hier aufgefordert wird, etwas zu essen. Er greift wahrscheinlich eher zu, wenn er sieht, dass zumindest eine Person, und die könnte ich ja sein, auch Kuchen isst.«

Mama gab auf, und Oliver bekam seine hart umkämpfte Beute. Ich wollte keinen Kuchen. Mir war etwas flau im Magen. Oliver ließ absichtlich ein Stückchen Kuchen auf seinem Teller übrig, das den Sergeant verlocken sollte.

Als Oliver einige Minuten später aus dem Fenster sah, verkündete er: »Da hinten kommt derselbe Wagen, der bei den Tuckers stand«, und zog sich vom Fenster zurück. Oliver und ich blieben in der Küche, und Mama eilte an die Tür, noch bevor es geklingelt hatte.

»Wir haben schon auf Sie gewartet«, wurde ein großer Mann mit graublondem Haar in den Vierzigern herzlich von ihr begrüßt. Dann fragte sie schnell sicherheitshalber: »Sie sind doch von der Polizei?«

Er war es. Inspektor Chandler höchst persönlich gab sich die Ehre. Mama bugsierte ihn in die Küche. Während er sich bei Oliver und mir vorstellte, schwirrte Mama um ihn herum. »Geben Sie mir Ihren Mantel. Sie bleiben doch sicher länger, da Sie ja meine beiden Kinder verhören wollen.«

»Das ist kein Verhör, nur eine Befragung«, wandte der Inspektor ein und setzte sich auf den angebotenen Stuhl.

»Möchten Sie Tee oder Kaffee?« Mama stellte ihm, ohne ein eventuelles »Danke, gar nichts« zu riskieren, eine Tasse hin.

»Tee, bitte.«

Noch bevor er seinen Tee bekam, setzte Mama ihm ein Stück Kuchen vor die Nase. »Ist ganz frisch gebacken. Greifen Sie zu.«

Der Inspektor sah wegen Mamas Überrumpelungstaktik leicht verärgert aus, aber als er den Duft des Kuchens unter seiner Nase hatte, lehnte er doch nicht ab.

»Danke«, erwiderte er trocken. Er probierte ein Stück, nickte Mama anerkennend zu, sodass sie vor Freude errötete, und holte dann ein Notizbuch samt Kugelschreiber aus seiner Jackentasche. Es schien ganz harmlos zu sein. Er verglich unsere Personalien, während ihm Mama bedauernd mitteilte, dass sie und Papa dummerweise gerade an dem besagten Abend bei den Schwiegereltern in Norwich waren.

Dann wurde es leider ernst. »Ich würde Sie gerne einzeln befragen, wenn Sie nichts dagegen haben«, wandte er sich an Oliver und mich. »Meist ist dann die Konzentration größer, und man kann sich besser an Details erinnern, die einem zwar unwichtig erscheinen, uns aber dennoch weiterhelfen können. Mit wem von Ihnen darf ich zuerst reden?«

Oliver opferte sich freiwillig. Eigentlich hätte ich es auch gerne so schnell wie möglich hinter mich gebracht, aber so verließ ich die Küche, und Mama folgte mir widerstrebend ins Wohnzimmer.

»Der ist ja ganz nett«, sagte Mama. »Ein bisschen zurückhaltend zwar, aber das muss er ja auch sein, wenn er nie weiß, ob er einem Mörder gegenübersitzt.«

»Mama, bitte. Mir ist gar nicht gut.«

»Soll ich dir einen Kamillentee machen?« Mama war schon halb aufgestanden.

»Nein, jetzt lass die beiden besser alleine, umso schneller haben wir es hinter uns.«

»Na, wenn du meinst«, antwortete sie bedauernd. Wir starrten ein paar Minuten vor uns hin. »Hast du schon gehört? Mrs Emerald und Mrs Lipman möchten ihre Cottages hier vermieten. Sie fühlen sich in Portsmouth so wohl, dass sie wahrscheinlich dort wohnen bleiben wollen. Und wenn sie zu Besuch hier sind, können sie bei ihren Freundinnen wohnen.«

»Warum verkaufen sie dann nicht gleich?«, fragte ich.

»Vielleicht werden sie das später tun. Für Mrs Lipmans Haus gibt es schon einen Interessenten, ich weiß aber noch nichts Genaues.« Sie wechselte das Thema und fügte hinzu: »Nachher fahre ich nach Dillings einkaufen. Ich schreibe schon mal ein paar Sachen auf.« Sie holte Block und Stift aus einer Schublade und machte sich an ihre Einkaufsliste.

Ich starrte vor mich hin und lauschte, ob jemand die Küchentür öffnete. Dabei überlegte ich zum wiederholten Mal, welche Fragen mich erwarteten.

Die Befragung hatte bestimmt zwanzig Minuten gedauert, bis es so weit war und Oliver in der Wohnzimmertür erschien. »Der Nächste, bitte.«

Mama stand mit mir zusammen auf und begleitete mich. »Möchten Sie vielleicht noch Tee oder ein Stück Kuchen?«, fragte sie den Inspektor und warf einen Blick auf seinen Teller, auf dem auch nicht mehr der kleinste Krümel lag.

»Nein. Aber danke. Auch für den ganz besonders köstlichen Kuchen.«

Mama zog sich einigermaßen getröstet zurück. Oliver verkündete ganz offen: »Ich gehe mal rüber zu Großmutter. Vielleicht war die Polizei ja auch schon bei ihr. Dann braucht sie sicher meinen Beistand. Für eine ältere Dame ist so eine Befragung natürlich besonders unangenehm.«

Inspektor Chandler nickte kurz und sagte: »Verständlich. Aber ganz sicher wird der Beamte Ihre Frau Großmutter mit dem nötigen Respekt behandeln. Machen Sie sich darüber keine Sorgen.«

Ich war mir auch absolut sicher, dass Großmutter mit dem nötigen Respekt behandelt wurde. Dafür würde sie schon sorgen.

Dann war ich allein mit dem Inspektor. Es begann recht harmlos. Er fragte, wie lange ich Benjamin Easterbrook gekannt und ob ich ihn oft gesehen hatte.

Ich sagte: »Ich kannte ihn eigentlich schon immer, hatte aber nie besonders viel mit ihm zu tun.«

Wann ich ihn vor dem bestimmten Samstag im Pub zuletzt gesehen oder gesprochen hatte, wollte er wissen.

Da musste ich wirklich überlegen. »Das kann ich gar nicht genau sagen, also gesprochen hatte ich schon lange nicht mehr mit ihm. Wir waren nicht gerade gute Bekannte. Mehr als eine kurze Begrüßung, wenn wir uns begegnet sind, sprachen wir eigentlich kaum.«

»Also haben Sie außer einer Begrüßung nie mit ihm geredet?«

»Wahrscheinlich schon, aber es war so belanglos, dass ich gar nicht mehr weiß, wann. Er war meistens in London.« Dass ich vor mindestens einem halben Jahr schon mal mit Benjamin im Pub aneinandergeraten war, spielte ja wohl keine Rolle.

»Sie arbeiten auch in London und wohnen zwischendurch dort. Sind Sie Mr Easterbrook jemals in London begegnet?«

Das konnte ich aufrichtig verneinen.

»Also hatten Sie praktisch keinen persönlichen Kontakt zu ihm?«

»Genau.«

»Und obwohl Sie kaum je ein Wort mit ihm gewechselt hatten, sind Sie an dem Samstag vor seiner Ermordung aneinandergeraten?«

»Ja.«

»Wie kam es dazu?«

»Er hat angefangen.«

Inspektor Chandlers Mundwinkel zuckten. »Erzählen Sie mir doch, wie der Abend aus Ihrer Sicht verlaufen ist.«

Hier konnte ich eigentlich keinen Fehler machen. Bereits Sergeant Rossini schien am vergangenen Samstag bestens informiert, also brauchte ich gar nicht erst zu versuchen, etwas zurückzuhalten, und erzählte dem Inspektor, was er hören wollte.

Er machte sich zwischendurch kurze Notizen. Dann kam er auf den Tag des Verbrechens zu sprechen. Auch hier hatte er schon Informationen eingeholt, denn er fragte: »Um welche Uhrzeit sind Sie aus London zurückgekehrt?«

Mit dieser Frage hatte ich natürlich gerechnet und antwortete ehrlich: »Das habe ich auch schon überlegt, aber so genau weiß ich es nicht mehr. Es könnte so kurz vor halb neun am Abend gewesen sein.«

Er sah in sein Notizbuch. »Und Sie sind mit dem Auto gefahren?«

»Ja.«

»Auf direktem Weg?«

»Ja.«

»Können Sie sich daran erinnern, ob Ihnen jemand auf der Straße entgegengekommen ist, als Sie nach Jolly Clover abgebogen sind? Zu Fuß oder im Auto?«

Ich dachte einen Moment nach. »Das weiß ich nicht mehr. Es kann sein, dass mir ein oder mehrere Wagen entgegengekommen sind. Ich habe nicht darauf geachtet. Zu Fuß aber eher niemand. Das wäre mir bestimmt aufgefallen, wenn ich jemanden erkannt hätte. Allerdings war es schon dunkel.«

»Und sind Sie auch hier im Ort auf direktem Weg zu Ihrem Haus gefahren, oder waren Sie vielleicht erst noch im Pub oder bei einem Nachbarn?« Ich überlegte ganz kurz. Dass ich noch schnell zum Dorfplatz gefahren war, konnte ich ihm ja sagen. Ich wollte nur nicht darauf zu sprechen kommen, dass ich gesehen hatte, dass Großmutters Wagen nicht da war.

»Also«, begann ich und tat, als müsse ich nachdenken. »Ich bin wohl noch kurz zum Dorfplatz gefahren und habe überlegt, ob ich noch ins Pub gehen sollte.«

»Das haben Sie erst überlegt, als Sie schon hier waren? Auf dem Weg zurück aus London hatten Sie nicht daran gedacht?«

»Wohl nicht.« Ich verstand nicht, warum das so wichtig war. »Ich war einfach unschlüssig.«

»Hat etwas ihre Entscheidung beeinflusst, dass sie dann doch nicht in den Pub gegangen sind?«

»Nein, ich hatte mich ja gar nicht entschieden.«

Inspektor Chandler sah mich zweifelnd an. Da hatte ich die reine Wahrheit gesagt, und es passte ihm anscheinend trotzdem nicht. Langsam war ich mehr verärgert als nervös.

»In welchem Moment haben Sie denn angefangen zu überlegen, ob Sie noch ins Pub wollten? Eventuell ins

Pub wollten«, fügte er mit einem gewissen Unterton hinzu.

»Weiß ich nicht mehr, wahrscheinlich, als ich an unserem Haus war.«

»Als Sie am vorletzten Samstag im Pub waren und Mr Benjamin Easterbrook angedeutet hatte, über jeden von Ihnen etwas für Sie Unangenehmes zu wissen, haben Sie ihm das geglaubt?«

Ich dachte, den Verlauf des besagten Samstags hätten wir schon erledigt. Diese Art von Befragung gefiel mir gar nicht. Wenn ich dachte, ich hätte ein Thema überstanden, einfach wieder darauf zurückzukommen, fand ich wirklich unfair. »Ich weiß nicht mehr, was ich geglaubt habe«, beantwortete ich seine Frage. »Da er aber mit keinem der Anwesenden näheren Kontakt hatte, hielt ich es sicher nicht für sehr wahrscheinlich. Schon gar nicht, dass er über jeden etwas wusste.«

»Er könnte aber zufällig etwas über eine Person erfahren haben.«

»Möglich.«

»Am vergangenen Donnerstag, als Sie abends auf den Dorfplatz gefahren sind, haben Sie dort jemanden gesehen oder können Sie sich erinnern, welche Autos vor dem Pub standen?«

»Nein.« Jetzt waren wir also wieder bei Donnerstagabend angelangt.

»Es hat Ihre Entscheidung, nicht ins Pub zu gehen, also nicht beeinflusst, dass Sie ein bestimmtes Fahrzeug gesehen oder nicht gesehen haben?«

Ich dachte, meine Güte, geht es noch komplizierter, und antwortete brummig mit Nein. Dass ich Dennis Pringles Motorrad nicht vor dem Pub gesehen hatte, war das Einzige, an das ich mich erinnern konnte, aber das ging den Inspektor meiner Meinung nach nichts an. Er würde sich nur unnötig daran festhalten.

»Ist Ihnen sonst etwas aufgefallen? Vielleicht an den Wohnhäusern um den Dorfplatz herum. Ein unbekanntes Fahrzeug?«

Ich tat, als würde ich überlegen. Er sollte ruhig sehen, dass ich mir Mühe gab, bevor ich zögernd antwortete: »Also, mir ist nichts weiter aufgefallen. Es wäre durchaus möglich, dass ein fremdes Fahrzeug vor einem Haus stand. Ich habe nur nicht darauf geachtet.« Mir wäre ein fremdes Fahrzeug, am besten aus London, schon recht gewesen. Jemand hätte sich an das Kennzeichen erinnern können, und es würde sich herausstellen, dass es Benjamins schlimmstem Feind gehörte.

Während ich meinem Wunschgedanken nachhing, hörte ich Stimmen vor dem Haus und anschließend, wie die Haustür geöffnet wurde. Inspektor Chandler hatte gerade gesagt: »Kommen wir auf Ihren Weg zurück vom Dorfplatz nach Hause zu sprechen«, als die Küchentür von meiner Großmutter geöffnet wurde.

Bevor Inspektor Chandler sich umdrehen und den Störenfried sehen konnte, rief sie erfreut in seine Richtung: »Wenn das nicht der kleine Percy ist!«

Inspektor Chandler zuckte zusammen und wandte sich um. »Mrs Huntley«, stellte er ungläubig fest. »Was machen Sie denn hier?«

»Mein Enkel hat mir erzählt, dass ein Inspektor Chandler ihn besucht hat.«

Mama und Oliver standen in der Küchentür. Oliver grinste schadenfroh.

Großmutter setzte sich an den Küchentisch. »Ja, und da habe ich mir gedacht, das kann doch nur der kleine Percy sein. Ich habe dich ja ewig nicht mehr gesehen, aber ich wusste natürlich, dass du bei der Polizei bist. Von deinem großen Bruder aus dem Gemeinderat hört man ja öfter etwas.«

»Ihr kennt euch?«, fragte Mama erfreut.

»Ja, sicher, ich kenne Percy schon seit seiner Kindheit. Seit ich für seine Eltern die Buchhaltung gemacht habe.

Die Chandlers hatten doch einen Eisenwarenladen.« Und dann sagte sie, wieder an den Inspektor gewandt: »Ich habe deine Mutter letztens beim Einkaufen in Dillings getroffen. War schön zu hören, dass es deinen Eltern gut geht. Siehst du, Percy, jetzt ist aus dir doch noch etwas geworden.«

Inspektor Chandlers Gesichtsfarbe war jetzt viel frischer als bei seiner Ankunft.

Großmutter war nicht wiederzuerkennen. Normalerweise brachte sie nicht ohne Weiteres jemanden in Verlegenheit, und plumpe Vertraulichkeiten waren schon gar nicht ihre Art. Aber hier zog sie eine richtige Schau ab. »Da hat sich mein Nachhilfeunterricht in Mathematik doch noch bezahlt gemacht, nicht wahr, Percy? Wahrscheinlich müsst ihr bei der Polizei nicht viel rechnen, aber ohne einen guten Schulabschluss wird man auch nicht Inspektor, richtig?«

Inspektor Chandler nickte ergeben.

»War Per…, äh ich meine, Inspektor Chandler nicht gut in der Schule?«, fragte Mama interessiert.

Oliver feixte von der Küchentür aus vergnügt zu mir herüber.

»Er hatte zwischendurch seine Schwierigkeiten«, beantwortete Großmutter Mamas Frage. »Aber die haben wir überwunden und dann lief es wie am Schnürchen, stimmt's?«

Inspektor Chandler räusperte sich. »Ja, Mrs Huntley. Sie haben mir damals sehr geholfen.«

»Keine Ursache.« Großmutter lächelte freundlich.

»Mrs Huntley, ich möchte nicht unhöflich sein, nur ich– «

Großmutter unterbrach ihn. »Ich verstehe schon, bei mir war gerade auch so ein netter Sergeant. Du musst sicher deine Befragungen weiterführen.«

»Ja«, sagte ich eifrig. »Wir waren gerade bei meinem Nachhauseweg vom Dorfplatz am letzten Donnerstagabend. Wahrscheinlich will der Inspektor wissen, ob mir auf dem Rückweg etwas aufgefallen ist.«

»Und, ist dir etwas aufgefallen?«, fragte Großmutter leichthin. »Oder hast du vielleicht jemanden aus dem Wald herauskommen sehen?« Sie sah mich interessiert an.

»Nein, da war nichts«, antwortete ich wahrheitsgemäß.

Großmutter verabschiedete sich: »Ich lasse euch jetzt in Ruhe weitermachen. Percy, vielleicht möchtest du in einigen Tagen noch mal bei mir vorbeischauen. Ich habe natürlich deinem Sergeant alle Fragen beantwortet. Aber es war schon ein bisschen viel für mich. Weißt du, in meinem Alter funktioniert das Gedächtnis oft nicht immer so, wie es sollte. Da bringt man leicht mal die Tage durcheinander. An lange zurückliegende Dinge kann ich mich meist viel besser erinnern. Die Zeit zum Beispiel, als ich für deine Eltern die Buchhaltung gemacht habe, da weiß ich noch alles ganz genau. Aber mit dem Kurzzeitgedächtnis ist es schwieriger. Wenn ich noch mal in Ruhe über die letzten Tage nachdenke, kann es gut sein, dass mir noch etwas einfällt.«

»Das verstehe ich doch, Mrs Huntley«, sagte Inspektor Chandler brav. »Bis bald und einen schönen Tag noch.«

»Danke Percy, und grüß deine Eltern von mir.«

Mama widerstand dem Drang, dem Inspektor weiteren Tee oder Kuchen anzubieten, und zog sich ebenfalls mit Oliver aus der Küche zurück. Ich merkte, wie der Inspektor erleichtert aufatmete. Jetzt war ich mit dem »kleinen Percy« wieder alleine, aber ich sah seinen weiteren Fragen gelassener entgegen.

Sein Ton war merklich milder geworden, als er sagte: »Wissen Sie, wir sind auf Ihre Mithilfe und die Ihrer Nachbarn angewiesen. Ihnen ist vielleicht etwas aufgefallen, das für die Polizei auf den ersten Blick keine Bedeutung hat.«

Ich dachte, so etwas Ähnliches hat er doch schon am Anfang gefragt, fragte aber freundlich: »Was könnte das denn sein?«

»Nun, sagen wir zum Beispiel, zwei Dorfbewohner haben normalerweise keinen Kontakt zueinander, aber auf einmal besuchen sie sich gegenseitig. Oder jemand verhält sich anders als sonst. Etwas in der Art.«

»Der Mord liegt ja noch nicht lange zurück, bis jetzt ist mir nichts Verdächtiges aufgefallen.« Und nun, da durch Großmutter bekanntschaftliche Bande geknüpft waren, traute ich mich zu fragen: »Haben Sie denn schon eine Spur?«

Inspektor Chandler verzog schmerzlich das Gesicht. »Eine? Die Spurensicherung hat jede Menge Spuren. Aber es ist noch zu früh, um etwas zu sagen.«

Ich dachte an den Menschenauflauf am Tatort und konnte mir vorstellen, dass die Spurensicherung Unmengen zu untersuchen hatte, was allerdings kaum zu etwas führen dürfte. Wahrscheinlich hatten sie von der Hälfte der Dorfbewohner abgerissene Knöpfe, Haare oder Fasern von Kleidungsstücken rund um den Tatort und im Gebüsch gefunden. So viele Spuren hatten sie bestimmt noch nie gehabt.

»Dann habe ich eigentlich nur noch eine Frage an Sie, Miss Walker.«

»Ja, Inspektor?«

»Abgesehen von dem vorletzten Samstag, hatten Sie nachher noch Kontakt zu Benjamin Easterbrook?«

»Nein, Inspektor.«

»Das wäre erst mal alles. Wenn Ihnen noch irgendetwas einfällt, zögern Sie nicht, uns anzurufen, auch wenn es Ihnen noch so unwichtig vorkommt.«

»Das werde ich.«

Inspektor Chandler stand auf und verabschiedete sich auch von Mama und Oliver, nicht ohne noch mal Mamas hervorragende Backkünste zu loben. Wir sahen aus dem Küchenfenster zu, wie er sich in seinen Wagen setzte und losfuhr.

»Der kleine Percy!«, prustete Oliver los, und Mama und ich lachten mit.

»Ihr hättet sein Gesicht sehen sollen, als er Großmutters Stimme gehört hat«, sagte ich. »Und anschließend war er sehr viel zahmer. Hast du Großmutter gesagt, dass sie herkommen soll, Oliver?«

»Nein, sie hat sich ganz spontan dazu entschlossen, als ich ihr sagte, dass wir einen Inspektor Chandler bei uns haben.« Oliver sah herüber zu dem Kuchentablett. »Ist ja nett, dass der kleine Percy noch etwas übrig gelassen hat.« Er nahm sich ein Stück.

»Es hat dem Inspektor auf jeden Fall geschmeckt«, sagte Mama. »Er hat alles bis auf den letzten Krümel aufgegessen. Sicher hätte er gerne noch mehr gehabt, war aber zu schüchtern.«

»Nachdem Großmutter aufgetaucht ist, war er sicher zu schüchtern, aber vielleicht hätte ein zweites Stück auch schon als Bestechung gegolten«, sagte Oliver.

»So, ihr beiden, jetzt erzählt mal«, forderte Mama uns auf.

Von mir bekam sie eine abgeschwächte Version zu hören, und auch Olivers Bericht hörte sich auffällig harmlos an, wenn ich daran dachte, wie der Inspektor mir zugesetzt hatte, bevor Großmutter eingetroffen war.

»Na, seht ihr«, sagte Mama. »War doch alles halb so wild. Ich wusste gar nicht, dass eure Großmutter einen Inspektor in ihrem Bekanntenkreis hat.«

»Er hatte es wohl auch verdrängt«, lästerte Oliver.

»Ja«, stimmte ich ihm zu. »Und dann brach die Erinnerung über ihn herein.«

Nach der Befragung konnte Mama getrost das Haus verlassen, ohne Angst zu haben, etwas zu verpassen, und machte sich auf den Weg nach Dillings. Wir sahen ihrem Wagen hinterher, dem ein anderer, fremder Wagen entgegenkam. Ein aufgeregter Border Collie tapste auf dessen Rückbank hin und her.

»Sieh mal. Das ist sicher Übernachtungsbesuch für Alfie«, sagte ich. Alfie war nämlich ein sensibler Liebhaber und musste sich immer an die jeweilige Hundedame gewöhnen, bevor er bereit war, seine kostbaren Gene herzugeben. »Nachdem der ›Dillings Daily‹ die Reklametrommel für ihn gerührt hat, wird Alfie sich vor netten Hundedamen kaum retten können. Obwohl Henry Finch total überhöhte Deckgebühren fordern soll.«

»Ach, hast du das auch gehört?«, fragte Oliver. »Als Mrs Lipmans Großnichte letztes Jahr hier zu Besuch war und ihre Daisy mitbrachte, hatte sie ganz spontan überlegt, ob sie Daisy nicht decken lassen sollte, wo sie doch schon mal hier war und Alfie so ein Champion ist. Aber Henrys Preise sollen absolut übertrieben sein.«

»So ähnlich war es mit Carol Tuckers Schwester«, sagte ich. »Das ist zwar jetzt bestimmt fast drei Jahre her, aber ihre Schwester hat ja auch eine Border Collie-Hündin. Weißt du noch, sie hatten sich für einige Tage bei den Tuckers einquartiert, als ihr Haus renoviert wurde, und kamen auf die Idee, sich bei dieser Gelegenheit Alfies Dienste auszuleihen. Aber Henry soll einen absolut unverschämt hohen Betrag gefordert haben. Der kleine Mikey hatte sich schon darauf gefreut, mit den Welpen zu spielen, und war so enttäuscht. Bei Henrys Preisen darf man sich nicht wundern, dass in unserem Ort kein Nachwuchs von Alfie zu sehen ist.«

»Natürlich hat auch nicht jeder eine Border Collie-Hündin«, wandte Oliver ein. »Und wenn jemand eine hat, will er nicht unbedingt Welpen.«

»Schon richtig«, stimmte ich zu. Und dass Alfie in seinem Alter überhaupt noch Nachwuchs produziert, ist schon erstaunlich.«

»Mhm«, meinte Oliver nur und sagte: »Aber mal etwas anderes. Warum hat Großmutter eigentlich so eine Schau bei dem Inspektor abgezogen? Ist sonst gar nicht ihre Art. Und dann noch die Sache mit ihrem Gedächtnis, was das wohl sollte?«

»Sie ist gerade zur rechten Zeit aufgetaucht«, sagte ich und klärte Oliver über Großmutters Abwesenheit am Donnerstag auf.

»Ach deshalb bist du gestern so auf dem Scrabbleabend bei Ethel Brooks herumgeritten. Ich hatte mich schon gewundert.«

»Ja, und falls es doch jemandem aufgefallen sein sollte, dass Großmutter am Donnerstagabend nicht zu Hause war, kann sie immerhin versuchen, sich damit herauszureden, dass ihr Gedächtnis Aussetzer hat.«

»Und ihr gutes Langzeitgedächtnis ist sicher nicht so angenehm für den kleinen Percy.« Oliver grinste. »Stell dir vor, sie erzählt einem seiner Untergebenen, die jetzt überall hier im Dorf sind, von seinen Jugendsünden. Er möchte bestimmt nicht, dass solche Anekdoten die Runde auf seiner Polizeistation machen.«

»Nein, und dementsprechend nachsichtig wird er Großmutter behandeln«, vermutete ich.

»Es war ja fast schon eine Drohung, als sie ihr gutes Langzeitgedächtnis ins Spiel brachte.«

Dann erzählten wir uns gegenseitig, wie der Inspektor uns in die Mangel genommen hatte.

»Dass er immer wieder darauf zu sprechen kam, was ich am Donnerstagabend gemacht habe«, meinte Oliver verärgert. »Wenn ich ihm sage, dass ich zu Hause war, aber keine Zeugen dafür habe, wieso kann er sich nicht damit zufriedengeben? Wenn ich ihm ein Alibi liefern könnte, hätte ich es ja wohl getan. Er meinte, ich hätte doch sicher Geräusche in der Wohnung gemacht, vielleicht im Badezimmer, und das hätten die Nachbarn hören können. Ich habe ihm gesagt, dass die Wohnungen sehr gut isoliert sind und man kaum etwas hört. Ich hoffe, er kommt nicht auf die Idee, unsere Nachbarn trotzdem auszuhorchen. Das wäre vielleicht peinlich.«

Ich nickte verständnisvoll.

Oliver fragte: »Was glaubst du denn, wo Großmutter am Donnerstagabend war?«

Ich erinnerte ihn an die drei jungen Männer, die sie mit den Mülltonnen erwischt hatte und sagte: »Vielleicht hat sie Freude an solchen Aktivitäten gefunden und mit ihren Freundinnen, die auch im Schützenverein sind, ein Aufräumkommando im wahrsten Sinne des Wortes gebildet. Stell dir vor, eine Gruppe netter älterer Damen, die mit gezückter Pistole außer Kontrolle geratene Jugendliche wieder auf den rechten Weg zurückführt.«

»Du meinst, sie hilft der Polizei ohne deren Wissen, für Recht und Ordnung zu sorgen?«, fragte Oliver ungläubig.

»Was weiß ich. Oder sie hat sich einer Einbrecherbande angeschlossen und ist für die Tresorcodes zuständig, weil die Zahlenspiele im Internet keine echte Herausforderung mehr für sie sind.«

»Das glaube ich nicht«, sagte Oliver nicht ganz überzeugend.

»Na, wenn sie bei einem netten Seniorenkränzchen gewesen wäre, hätte sie das doch sagen können.«

»Puh«, stöhnte Oliver. »Gut, dass Mama und Papa in Norwich waren. Wenigstens zwei aus unserer Familie mit reiner Weste.«

»Was sollen wir jetzt eigentlich machen?«, fragte ich. »Wie willst du es anstellen, herumzuschnüffeln und etwas herauszubekommen? Wir können uns ja schlecht bei John Adams oder Henry Finch zum Tee einladen.«

Oliver dachte nach. »Das wohl nicht. Aber wir können nach dem Mittagessen zur Einkaufsmeile gehen. Vielleicht treffen wir jemanden, der zum Plaudern aufgelegt ist. Und dann anschließend kurz in den *Banditen*.«

Unsere Einkaufsmeile bestand aus dem Pub, der Bäckerei und unserem Dorfladen. Dort bekam man eine kleine Auswahl an Lebensmitteln und Dingen für den alltäglichen Gebrauch. Manchmal gab es auch einige, ganz unterschiedliche Sonderposten, wie Handschuhe, Salatschüsseln oder Duftkerzen. Außerdem eine Pinnwand, auf der jeder eine Notiz hinterlassen konnte, wie »Suche Babysitter für Samstag« oder »Verkaufe gebrauchten

Kühlschrank«. Und natürlich waren die Bäckerei und der Laden genauso wie der *Bandit* ein Umschlagplatz für Klatsch und Tratsch.

Während wir überlegten, was wir bis dahin machen sollten, klingelte das Telefon. Debbie meldete sich in Hochstimmung: »Rate!«, forderte sie mich zur Begrüßung auf.

»Sag nicht, der schöne Charlie war bei dir.«

»Und ob, er ist gerade wieder weg.«

»Da hat er aber nicht lange gewartet. Ich dachte eigentlich, er ist hier im Dorf und tut seine Pflicht.«

»Er wird ganz sicher gleich seine Kollegen tatkräftig unterstützen. Stell dir vor, er hat mir sogar Pralinen mitgebracht, zum Trost für meinen Unfall am Samstag.«

»Wie altmodisch«, sagte ich neidisch.

»Ja. Süß, nicht wahr?«

»Mhm. Hast du etwas aus ihm herausbekommen? Was hat er dich gefragt? Ich meine jetzt in erster Linie in Sachen Benjamin.«

»Ja doch. Viel war es natürlich nicht. Ich weiß nicht, ob das so interessant ist.«

»Jetzt mach's nicht so spannend, schieß los. Oliver ist auch hier, und wir wollen jede Kleinigkeit hören.«

»Also, das Einzige, das ich herausbekommen habe, war eigentlich, dass Benjamin seine Mutter besuchen wollte, die er ewig nicht gesehen hatte. Und was ich über Benjamin wisse, hat er mich gefragt.«

»Das ist wirklich nicht gerade viel.«

»Sag ich doch. Ach ja, und er hat gefragt, ob ich schon in Jolly Clover gewohnt hätte, als der Unfall vor zwanzig Jahren passiert ist und ob ich darüber mal etwas gehört hätte.«

»Warum interessiert ihn das denn?«, fragte ich unbehaglich.

»Weiß ich auch nicht. Vielleicht weil Henry Finch so spannend davon erzählt hat.«

»Hast du ihn nicht gefragt, warum ihn der Unfall interessiert?«

»Natürlich. Ich glaube, er weiß es selbst nicht so genau. Vielleicht, weil der Typ damals auch im Wald gefunden wurde. Und ebenfalls von Henry Finch. Gab es denn damals Gerüchte, dass bei diesem Unfall irgendwie nachgeholfen wurde? Falls du dich überhaupt noch daran erinnern kannst?«

Selbstverständlich konnte ich mich sehr gut daran erinnern. Was sind schon zwanzig Jahre, wenn man an so etwas beteiligt war. Aber selbst Debbie hatte ich nichts von meinem düsteren Geheimnis erzählt und so sagte ich nur: »Das weiß ich nicht mehr. Ist doch ewig her. Aber so viel ich damals gehört habe, war es einfach nur ein Unfall. Der Inspektor hat uns heute zumindest nicht danach gefragt.« Ich erzählte Debbie von Inspektor Chandlers Besuch. Danach wollte Debbie wieder auf die persönlichen Vorzüge von Sergeant Rossini zurückkommen, während ich vorrangig an seiner Ermittlungsarbeit interessiert war. »Denk doch noch mal nach!«, forderte ich Debbie auf.

»Als ich ihn gefragt habe, ob er schon eine Spur habe, hat er nur gesagt, die Spurensicherung hätte am Tatort so viel zusammengetragen, dass sie gar nicht wüssten, wo sie anfangen sollen«, fiel ihr noch ein. »Außerdem hat keiner der Verdächtigen ein echtes Alibi. Ach ja, und er hat mich gefragt, ob ich Mrs Easterbrook je begegnet wäre. Das heißt dann wohl, dass Benjamins Mutter nicht wieder geheiratet hat. Das ist aber wirklich alles.«

»Das wusste ich schon von Großmutter. Hat er gesagt, ob er noch mal bei dir vorbeischauen will?«

»Nicht direkt, aber vorstellen kann ich es mir schon.«

Zum Ende des Telefonats musste Debbie mir versprechen, sofort anzurufen, falls ihr doch noch etwas einfallen sollte oder Sergeant Rossini bei ihr auftauchen würde.

Ich erzählte Oliver, was er nicht aus dem Telefonat hatte heraushören können, und er sagte: »Also nicht viel Neues, außer, dass Debbies Verehrer sich irgendetwas zusammenzureimen scheint, was den Unfall von früher betrifft. Glaubt er etwa, ein Psychopath schaut alle zwanzig Jahre mal bei uns vorbei und lauert dann abends im Wald, in der Hoffnung, dass jemand da entlanggeht? Vor zwanzig Jahren war doch angeblich keine Waffe im Spiel. Ich dachte, solche Typen machen immer genau das Gleiche.«

»Ach was.« Ich winkte ab. »Sergeant Rossini ist wohl ein bisschen übereifrig. Ich wette, die anderen Polizisten haben niemanden nach Peter Anderson gefragt. Hat Inspektor Chandler ja auch nicht.«

Oliver sah mich erstaunt an. »So hieß der Mann damals, ja? Dass du dich nach der langen Zeit noch an seinen Namen erinnerst.«

»Nicht nur Großmutter hat ein gutes Langzeitgedächtnis.«

Oliver überlegte kurz und fragte: »War denn letzten Donnerstag der zwanzigste Jahrestag des sogenannten Unfalls?«

»Jetzt reitest du auf derselben Schiene wie Sergeant Rossini«, warf ich ihm vor. »Ich weiß das genaue Datum von früher nicht mehr, wahrscheinlich kann selbst Großmutter nicht damit dienen. Die Jahreszeit kommt aber hin. Nur, was soll das alles? Sieh mal, da steckt doch nicht die geringste Logik hinter. Wir gehören zu den Verdächtigen im Mordfall Easterbrook. Wenn Sergeant Rossini Zusammenhänge mit Peter Anderson sieht, wie können wir da jetzt verdächtig sein? Wir waren zehn und acht Jahre damals. Er kann doch nicht allen Ernstes glauben, dass einer von uns als Kind einen erwachsenen Mann erschlagen hat.«

»Eigentlich nicht«, räumte Oliver ein. »Und welches Kind hält sich zu dieser Jahreszeit schon abends im Wald auf? Oder ist überhaupt alleine draußen? Das würden doch die Eltern gar nicht zulassen.«

»Genau«, sagte ich, dachte aber, dass es durchaus möglich war. Wie bei mir zum Beispiel.

»Wenn Sergeant Rossini Langeweile hat, kann er ja versuchen, unsere Alibis von früher zu überprüfen«, spottete Oliver. »Vielleicht wissen Mama und Papa noch, was wir beide an dem Abend damals gemacht haben, denn es war ja schon ein besonderes Ereignis für unsere Verhältnisse hier. Ich allerdings kann mich absolut nicht daran erinnern, was ich gemacht habe. Wahrscheinlich schon geschlafen, oder falls es am Wochenende war, vor dem Fernseher gesessen. Weißt du noch, was wir damals gemacht haben?«

Ich tat, als würde ich angestrengt überlegen: »Ich glaube, ich hatte eine schwere Erkältung und habe deshalb ohnehin nicht viel davon mitbekommen. Aber lass uns lieber überlegen, wie wir Benjamins Mörder auf die Schliche kommen können.«

»Sergeant Rossini scheint eine Verbindung nicht vollkommen auszuschließen«, sagte Oliver.

»Da ist er aber der Einzige.«

»Vielleicht ist er ein kriminalistisches Genie.« Oliver grinste.

»Er ist in Debbie verknallt, und das hat sein Gehirn vernebelt«, sagte ich. »Wahrscheinlich kommt ihm bald die Eingebung, dass die Statue des *Banditen* auf dem Dorfplatz alle zwanzig Jahre zum Leben erwacht und einen von uns niederstreckt, weil unsere Vorfahren ihn aus Jolly Clover vertrieben haben.« Erst wusste ich selbst nicht, warum ich jetzt an den *Banditen* denken musste, bis mir wieder bewusst wurde, wie lange ich an diesem Abend vor zwanzig Jahren auf die Statue geblickt hatte. »Und wenn der *Bandit*, ein Psychopath oder wer auch immer alle zwanzig Jahre zuschlägt«, fügte ich hinzu, »dann könnte ja vor vierzig Jahren auch etwas passiert sein, falls er alt genug war.«

»Wäre doch gut für uns, wenn sich etwas in der Art herausstellen würde«, sagte Oliver. »Dann würden zumindest wir beide aus der Reihe der Verdächtigen verschwinden, da wir vor vierzig Jahren noch gar nicht auf der Welt waren.« Oliver fand sichtbar Gefallen an dem Gedanken und sagte: »Lass mal überlegen. Vielleicht fällt mir noch etwas ein zu Peter Anderson. Kannte ich ihn überhaupt persönlich?«

»Du wirst ihm ab und zu begegnet sein, mehr aber auch nicht.«

»Mit wem war er denn befreundet? Wer gehörte zu seinem Bekanntenkreis?«

»Das weiß ich doch heute nicht mehr, falls ich es überhaupt je wusste.«

»Moment mal.« Oliver verzog nachdenklich die Stirn. »Vielleicht mit John Adams?«

»Wie kommst du darauf?«

»Ich weiß auch nicht. Vielleicht durch Mrs Lipman. Sie hatte sich bestimmt mit Mrs Emerald und ihren anderen Freundinnen unterhalten, und ich habe etwas mitbekommen. Ach, und eine Witwe war da auch noch.«

Bevor Oliver sich an den hübschen Sohn der Witwe erinnerte und mir David unter die Nase hielt, klärte ich ihn schnell auf: »Peter Anderson war mit dieser Witwe befreundet, und John Adams hatte ebenfalls ein Auge auf sie geworfen. Sie ist aber nach dem Unfall sofort weggezogen, sodass John Adams gar nicht dazu kam, den Witwentröster zu spielen. Wer in wen vor zwanzig Jahren verliebt war, das hat heute keine Bedeutung mehr.«

»Wohl nicht«, musste Oliver zugeben.

Eine Weile grübelten wir schweigend vor uns hin, bis Oliver meinte: »Okay, was ich jetzt sage, hört sich natürlich fantastisch an, aber etwas Besseres fällt mir im Moment nicht ein, bis wir etwas anderes herausgefunden haben. Stell dir vor, Sergeant Rossinis Ahnung, dass der Mord heute etwas mit der Vergangenheit zu tun hat, ist gar nicht so komplett falsch, und dann stell dir noch vor, jemand, der hier wohnt, hat vielleicht irgendwann herausgefunden, dass er ein Nachkomme dieses *Banditen* ist.«

»Und daraufhin ist *Bandit Junior* dann los und hat beschlossen, alle zwanzig Jahre jemanden umzubringen?«, spottete ich. »Aus Rache für den Vertriebenen oder einfach nur als nettes Ritual zum Gedenktag?«

»Emily!«, sagte Oliver ein bisschen verärgert.

»Ist doch wahr, zufällig findet jemand heraus, dass er ein Nachfahre des *Banditen* ist, dann ist er noch zufällig Psychopath und beschließt auch wieder rein zufällig, alle zwanzig Jahre einen Mord zu begehen. Das hört sich mehr als abwegig an.«

»Wenn du mich mal ausreden lässt, wirst du feststellen, dass es nicht ganz so weit hergeholt ist.«

»Da bin ich aber mal gespannt.«

»Ganz einfach«, sagte Oliver. »Jemand hat herausgefunden, dass er ein Nachkomme unseres *Banditen* ist, sein Enkel vielleicht oder sein Sohn, und Benjamin Easterbrook hat es ebenfalls herausgefunden und hat versucht, ihn damit zu erpressen. Was sagst du dazu?«

Ich starrte Oliver an. »Wieso erpressen? Was wäre daran so tragisch?«

Jetzt starrte Oliver zurück. »Du hast wohl schon zu lange in London gearbeitet. Denk doch mal nach, wie es in so kleinen Orten wie unserem zugeht. Wer hier von jemandem abstammt, der aus dem Dorf vertrieben wurde, der ist praktisch unten durch, was sein Ansehen betrifft. Vor allem bei den älteren Leuten. Und wenn sich dann noch herausstellt, dass er gar nicht von dem Mann abstammt, der mit seiner Mutter verheiratet war, sondern seine Mutter ein Verhältnis mit dem *Banditen* hatte und er aus diesem Verhältnis stammt, der bekommt hier kein Bein mehr auf den Boden.«

»Ja, schon«, gab ich zu. »Aber er hätte doch einfach wegziehen können.«

»Jemand, der hier seit vielleicht sechzig Jahren wohnt, angesehen ist und seine Freunde hier hat, für den ist der Gedanke sicher schrecklich, von hier fortzumüssen und irgendwo in einer fremden Stadt für sich allein zu sein. Vielleicht weiß er von seiner Mutter, von wem er abstammt, oder der *Bandit* selbst wusste es auch und hat einen Brief bei einem Anwalt oder so hinterlassen, der bei seinem Tod an seinen Nachkommen weitergegeben werden sollte.«

»Mag ja alles möglich sein, aber wie hätte Benjamin Easterbrook dahinterkommen können?«

»Vielleicht ein geschwätziger Anwalt, durch den es in Umlauf gebracht wurde.«

»Oder«, sagte ich aufgeregt. »Benjamin Easterbrook wusste es überhaupt nicht, aber durch seine Drohung im Pub hat jemand angenommen, er wäre gemeint, weil er solche Angst davor hatte, dass sein Geheimnis herauskommt und er hier nicht weiterleben könnte. Dieser Nachkomme müsste doch ganz schön vermögend sein. Der *Bandit* ist doch richtig reich geworden.«

»Den *Banditen* beerben konnte er ja nur, wenn dieser ihn als sein Kind anerkannt hatte. Das wissen wir leider nicht.«

»Vom Alter her käme John Adams hin«, sagte ich. »Und Tony Pringle auch. Das waren die Einzigen mit dem richtigen Alter, die Benjamin gehört haben.«

»Tony Pringle saß doch gar nicht bei uns«, sagte Oliver.

»Stimmt. Er kam zwischendurch aber an unseren Tisch, und ob er die Drohung selbst gehört hat, ist schlecht zu sagen, aber Alicia war die meiste Zeit dabei. Sie wird es ihm bestimmt gesagt haben.«

Unsere Mutter kam vom Einkaufen zurück, und wir berichteten von Sergeant Rossinis Interesse an dem Unfall von Peter Anderson und auch unseren eigenen Theorien.

Mama fand es sehr spannend und beteiligte sich an den Überlegungen. Wir kamen aber keinen Schritt weiter. Es lief darauf hinaus, dass wir beschlossen, Großmutter nach dem *Banditen* zu fragen, da sie die Einzige aus unserer Familie war, die ihn gekannt haben konnte und eventuell auch die Geburtsjahre von Tony Pringle und John Adams wusste. Mama kam auf den Samstag im Pub zurück und schlug vor, dass wir uns zuerst mit Tony Pringle und Alicia beschäftigen sollten, da Benjamin bei den beiden ja wenigstens genauere Andeutungen gemacht hatte. In Tonys Richtung ging die Bemerkung mit dem Glas Scotch »wo immer das Zeug auch herkommt« und zu Alicia gewandt »und du auch«. Mama meinte, Benjamin könne ja einen verdächtigen Lieferwagen gesehen haben, der Alkohol von fragwürdiger Herkunft geliefert hatte.

»Wie kann sich ein Lastwagen verdächtig machen?«, fragte Oliver.

»Ganz einfach«, sagte Mama. »Wenn er spät nachts oder in den frühen Morgenstunden kommt. Oder keine Firmenaufschrift hat. Oder sogar beides. Und wenn Benjamin von einer nächtlichen Spritztour zurückgekommen ist und den Wagen gesehen hat, kann ihm diese Idee schon gekommen sein. Aber Alicia ist natürlich viel interessanter.«

»Warum?«, fragte Oliver.

Ich antwortete für Mama: »Weil Mama Alicia immer interessant findet. Und weil Alicia nicht so geschwätzig ist und alles über sich erzählt.«

Mama lächelte, und Oliver fragte sie: »Kannst du Alicia nicht leiden?«

»Doch. Ich bin nur neugierig. Die Polizei weiß bestimmt längst alles über sie.«

Da war durchaus ein gewisser Neid herauszuhören.

Zu Mittag gab es Hähnchenflügel und Pommes frites aus dem Backofen und dazu gemischten Salat. Nach dem Essen ging Mama zu Carol Tucker, und Oliver und ich schlenderten Richtung Dorfkern. Wir wollten zuerst zu unserer Großmutter, die in einer der kleinen Straßen hinter dem Dorfplatz wohnte.

Als wir an dem Weg vorbeikamen, der in den Wald führte, sahen wir von Weitem Henry Finch mit zwei Border Collies. Einer davon war natürlich Alfie, der andere musste die Hündin sein, die heute Vormittag gebracht wurde.

»Komm, reden wir mit ihm«, schlug Oliver vor, und wir gingen Henry Finch und den Hunden entgegen. Die Hündin kam freundlich schwanzwedelnd auf uns zu, während Alfie ihr gemächlich folgte.

»Das ist Bonnie!«, rief Henry Finch uns entgegen. »Sie hört aufs Wort. Ich brauche sie nicht mal an der Leine zu halten. Eine erstklassige Hündin ist das.« Henry Finch und Alfie waren bei uns angekommen. Wir streichelten Alfie, und Henry Finch tätschelte Bonnies Kopf.

»Na, verstehen sich die beiden schon?«, fragte ich.

»Ein Herz und eine Seele«, behauptete Henry. Bonnie leckte über Alfies Nase, was dieser scheinbar freundlich zur Kenntnis nahm, ihn aber zu keiner weiteren Reaktion veranlasste. Henry sah unsere Blicke und erklärte: »Mein Alfie ist ja eher der Gentlemantyp, nicht so ein rauer Klotz, der sich sofort auf jede Hündin stürzt. Ist bei seiner Abstammung ganz natürlich.«

Dann kamen wir auf die polizeilichen Befragungen zu sprechen. Henry Finch hatte Besuch von Sergeant Rossini bekommen. Wir erstatteten gegenseitig Bericht und Oliver fragte: »Hat er wieder nach dem Unfall von Peter Anderson gefragt?«

Henry grinste und sagte: »Hat er. Ich habe ihn am Samstag im Pub wohl neugierig gemacht mit meiner Erzählung. Allerdings finde ich, er sollte sich lieber mit Benjamin Easterbrook beschäftigen und schleunigst den Mord aufklären. Und das kann er meiner Meinung nach nur in London. Da hat der Kerl sich doch die meiste Zeit herumgetrieben, und wer weiß, welche Gestalten er dort kennengelernt hat. Aber nein, die schnüffeln den ganzen Tag hier herum und stecken ihre Nase in Dinge, die ihnen auch nicht weiterhelfen. Reine Zeitverschwendung.«

Oliver fragte Henry Finch, ob dieser nach einem Alibi für die Tatzeit gefragt worden war.

»Klar«, sagte Henry. »Das müssen sie doch. Da ich aber Junggeselle bin, konnte ich damit nicht dienen. Da habt ihr beide es schon besser. Ihr lebt nicht alleine.«

Ich überlegte einen Augenblick, dann sagte ich: »Ich habe auch kein Alibi. Meine Eltern waren verreist, und ich bin an diesem Abend aus London zurückgekommen.« Das war kein Geheimnis, also konnte ich mich mit dieser Auskunft revanchieren.

Auch Oliver gab zu: »Tiffany hatte am Donnerstagabend Dienst, also war ich auch alleine.«

»Macht euch nichts daraus«, sagte Henry. »Bei Ehepartnern oder auch anderen Familienmitgliedern werden die Alibis ohnehin angezweifelt. Sie könnten ja für ihre Angehörigen lügen.«

»Könnten Freunde aber auch«, sagte ich.

»Klar«, meinte Henry. »Gelogen wird überall.« Wir verabschiedeten uns und gingen zu Großmutter.

Als wir ihr erzählten, dass wir einen eventuellen Nachkommen des *Banditen* aufspüren wollten, lachte sie, erzählte aber bereitwillig von früher. »Sehr lange hat er hier nicht gelebt, höchstens zwei Jahre. Und an Gerüchte, dass er eine Freundin oder ein Verhältnis mit einer verheirateten Frau hatte, kann ich mich zumindest nicht erinnern. Ich war aber auch noch sehr jung, meine Eltern hätten mit mir sicher nicht darüber geredet. Er sah gut aus und konnte sehr barsch sein. Ihr wisst ja, dass im Pub eine Fotografie hängt, die könnt ihr euch mal genauer ansehen, wenn er euch so interessiert.«

»Kannst du dich noch an seinen Namen erinnern?«, fragte ich.

»Sein Vorname war James, aber sein Nachname fällt mir im Moment tatsächlich nicht ein. Das wird daran liegen, dass es kein englischer Name war.«

»War er Ausländer?«, fragte Oliver.

»Nein, glaube ich nicht«, sagte Großmutter. »Ich wüsste nicht, dass mir ein ausländischer Akzent aufgefallen wäre. Vielleicht waren seine Eltern oder Großeltern eingewandert. Er war ein recht dunkler Typ, womöglich stammten seine Vorfahren aus dem Süden oder Osten. Ihr beide wollt jetzt also Detektiv spielen?«

»Ein bisschen schon«, gab ich zu.

»Und habt ihr schon Verdächtige ausgemacht?« Sie schmunzelte.

»Ach, alle sind ein bisschen verdächtig«, sagte ich. »Sagst du uns, was die Polizei dich gefragt hat?«

»Warum nicht? Ich denke aber, es war das Übliche. Sie werden überall die gleichen Fragen stellen und dann ihre Antworten vergleichen.«

»Haben sie dich auch nach deinem Alibi gefragt?«, fragte ich, so unschuldig wie möglich.

»Selbstverständlich«, antwortete sie gelassen. »Und wie gesagt, ich habe keines.«

»Ich überlege gerade«, sagte Oliver, »ob es noch Unterlagen von dem Unfall von früher gibt. Die Polizei hebt so etwas bestimmt auf.«

»Glaube ich kaum«, sagte ich schnell. »Und wenn, dann ist die Akte so tief in einem Archiv vergraben, dass sie ohnehin niemand wiederfindet.«

»Was wollt ihr denn damit?«, fragte Großmutter.

»Könnte doch sein, dass es die eine oder andere Sache gab, die der Polizei etwas sonderbar vorkam, aber weil sie nichts weiter herausbekommen haben, mussten sie es als Unfall abhaken.«

»Soweit ich mich erinnern kann, war damals nichts Besonderes dabei. Ich wurde allerdings auch nicht befragt und habe nur gehört, was allgemein darüber geredet wurde. Von Mord war aber nicht die Rede, das hätte ich nicht vergessen.«

»Kanntest du die Freundin von Peter Anderson, diese junge Witwe?«, fragte Oliver.

»Nicht besonders gut, nur vom Grüßen. Sie hatte doch einen Sohn in Emilys Alter, David. Du fandest ihn damals recht nett, nicht wahr, Emily?«

Ich hoffte, dass ich nicht allzu rot anlief. Nicht mal aus Verlegenheit für meine damaligen Gefühle für David, sondern vielmehr wegen meiner daraus entstandenen Beteiligung an dem Unfall. Jetzt grinste mich auch Oliver an und sagte neckend: »Ach ja, David. Jetzt erinnere ich mich langsam wieder.«

»Und was hat das mit deiner Theorie zu tun, dass ein Nachkomme des *Banditen* Benjamin Easterbrook erschossen hat?«, fragte ich Oliver verärgert.

»Das ist nur eine von mehreren Möglichkeiten«, sagte er. »Falls Benjamin einen Nachkommen des *Banditen* entdeckt hat, vielleicht hat Peter Anderson dieselbe Entdeckung gemacht.«

Großmutter fand das anscheinend unterhaltsam und stachelte Oliver noch an: »Ein Schnüffler war dieser Peter Anderson allemal. Er hat gerne gelauscht. Das lag einfach in seiner Natur.«

»Na siehst du«, sagte Oliver an mich gewandt. »Selbst Großmutter hält es nicht für völlig ausgeschlossen.«

Solche Fantastereien sahen Großmutter gar nicht ähnlich. »Da fällt mir ein«, sagte sie, »an die Unterlagen von früher kommt ihr sicher nicht heran, aber einer der Polizisten, die damals hier den Fall untersucht haben, war irgendwie mit meiner Freundin Ethel bekannt oder verwandt. Ich fahre sie nachher im Krankenhaus besuchen und werde sie fragen.«

»Dann ruf uns doch bitte sofort an, wenn du wieder zurück bist«, bat Oliver. »Vielleicht können wir mit diesem Polizisten reden, wenn wir uns auf deine Freundin berufen.«

»Oliver, das geht jetzt aber wirklich zu weit«, widersprach ich. »Und vielleicht ist dieser Polizist längst in einer Polizeistation weit außerhalb von Dillings eingesetzt, oder er ist schon im Ruhestand.«

»Das werden wir dann ja sehen«, sagte Oliver.

Großmutter versprach, uns nach ihrem Besuch bei Ethel anzurufen und erklärte dann: »Ich habe noch eine Bitte an euch, vielleicht eher an dich, Emily, weil du ja gerne dieses Pferd Gladstone besuchst. Kannst du nicht bei Gelegenheit mal feststellen, ob sich das Taschentuch von Mortimer Easterbrook, von dem deine Patentochter erzählt hat, noch in dieser Reitkappe befindet? Und wenn ja, wäre es nett, wenn du es mitnehmen könntest. Ich würde es dann Mortimer zurückgeben.«

Ich sah sie erstaunt an. »Warum das denn? Ganz davon abgesehen, dass es für mich schwierig sein dürfte, da heranzukommen. Wenn Sam Holden es schon nicht gerne sieht, dass Alison in den alten Sachen herumstöbert, wird er auch nicht wollen, dass ich es tue.«

»Ich will nur nicht, dass Mortimer Schwierigkeiten bekommt«, sagte Großmutter.

»Warum sollte er dadurch Schwierigkeiten bekommen? Außerdem wird Alison nichts verraten, weil sie befürchtet, dann nicht mehr zum Gut zu dürfen, und sonst interessiert sich doch niemand für Benjamins alte Reitkappe. Wahrscheinlich wird das Taschentuch dort stecken, bis jemand mal diese Kammer entrümpelt und damit auch die Reitkappe samt Taschentuch. Oder ist es doch ein kostbares Stück?«

Großmutter zögerte und sagte dann schließlich: »Das wohl nicht. Er hat seit Jahren mehrere davon, vielleicht waren sie ein Geschenk. Ich meine nur, man weiß nicht, wo die Polizei noch überall herumschnüffelt, und die Easterbrooks haben genug Kummer, da möchte ich nicht, dass Mortimer noch Rede und Antwort stehen muss, wie sein Taschentuch in Benjamins Reitkappe gekommen ist. Was deine Patentochter sich da ausgedacht hat, ist natürlich nur eine Räubergeschichte.«

»Wenn sich mal die Gelegenheit bietet, kann ich es ja versuchen«, versprach ich vage.

»Schön«, sagte Großmutter. »Jetzt gebe ich euch noch ein Buch für eure Mutter mit.« Sie ging an ihr Bücherregal und holte einen dicken abgegriffenen Wälzer heraus, den sie mir in die Hand drückte. »Schönheitsrezepte von früher«, erklärte sie. »Eure Mutter wollte ein bisschen darin herumstöbern und vielleicht etwas davon ausprobieren oder abwandeln.«

# Kapitel 8

Nach dem Gespräch mit Großmutter wollten wir ins Pub und machten uns auf den Weg. Ich hielt Oliver das dicke Buch hin und sagte: »Hier, du bist stärker.«

»Ich bin doch nur dein kleiner Bruder«, frotzelte Oliver. »Ich finde, meine große Schwester sollte die schweren Lasten tragen.« Er nahm das Buch trotzdem gönnerhaft entgegen. Plötzlich blieb er stehen.

»Ist es doch zu schwer für den Kleinen?«, spottete ich.

»Da«, er deutete auf einen Kombi, der ein Stück vor uns aus einer Seitenstraße kam.

»Na und. Das ist Henry Finch.« Auf der Ladefläche sah man einen aufgeregten Border Collie.

»Ja«, sagte Oliver. »Aber der Hund, das ist nicht Alfie. Der macht nicht so ein Theater. Los, komm.« Er beschleunigte seine Schritte.

»Und was ist so spannend daran?«, fragte ich. »Er wird Bonnie wieder zu ihrem Besitzer bringen. Alfie hat seine Pflicht und Schuldigkeit getan, und Bonnie fährt nach Hause.«

»Ich glaube, weder noch«, sagte Oliver. »Henry Finch lässt die Hündinnen immer über Nacht bleiben, da Alfie sich sonst nicht herantraut. Ich habe gerade meine Zweifel, ob Alfie überhaupt noch in Aktion tritt. Kann doch gut sein, dass Henry Finch die Hündin irgendwo anders hinbringt zum Decken. Lass uns herausfinden, wo er mit ihr hinfährt.«

»Willst du etwa hinterherlaufen? Sobald er durchs Dorf ist, können wir nicht mehr mithalten.«

Oliver rannte los, und ich bemühte mich hinterherzukommen.

»Wir laufen nach Hause und nehmen meinen Wagen«, schlug Oliver vor. »Mein Autoschlüssel müsste noch im Flur liegen.«

Wir rannten an zwei älteren Damen vorbei, die uns neugierig entgegenlächelten, und grüßten sie hastig.

»Das wäre ja wirklich ein Ding, wenn sich herausstellen würde, dass Henry Finch woanders decken lässt«, keuchte Oliver.

»Er wird uns entwischen«, befürchtete ich. Oliver und ich waren gerade erst wieder an unserer Straße angelangt, und Henry Finch hatte fast die Landstraße erreicht.

»Lauf du so weit hinterher, dass du wenigstens sehen kannst, in welche Richtung er abbiegt.«

Wir kamen in etwa gleichzeitig zu Hause an, ich rannte weiter. Während Oliver die Haustür aufschloss, rief er mir hinterher: »Pass auf, dass er dich nicht sieht!«

Wie denn?, dachte ich. Die vereinzelten Häuser hier lagen in großen Abständen voneinander entfernt, und viele Bäume gab es am Straßenrand auch nicht. Ich hatte mich gerade bis zum Haus der Tuckers vorgepirscht, als Oliver mich mit seinem Wagen einholte. Ich stieg eilig hinein und berichtete: »Er ist nach links abgebogen.«

Oliver raste los, und als wir an der Landstraße ankamen, konnten wir Henry Finchs Wagen noch von Weitem erkennen. »Oliver, nicht ganz so schnell«, mahnte ich. »Wenn uns die Polizei erwischt, bist du deinen Führerschein los.«

»Dann muss eben Großmutter ein ernstes Wörtchen mit dem kleinen Percy reden.«

»So einfach geht das wohl nicht.«

Felder und Häuser rauschten an uns vorbei, Olivers Jagdtrieb war ausgebrochen.

Ich versuchte etwas anderes, um ihn zu bremsen: »Stell dir vor, die Polizei nimmt dir den Führerschein ab und deine Nachbarn und Leute aus dem Gemeinderat denken, es wäre wegen Alkohol am Steuer.«

Das wirkte. Oliver nahm den Fuß etwas vom Gaspedal und sah mich mit einem Ausdruck an, der nur »Spielverderberin« bedeuten konnte.

Wir hatten jetzt den richtigen Abstand zu Henry Finchs Wagen. Er lag weit genug vor uns, um uns nicht erkennen zu können. Eine ganze Weile blieben wir ihm auf den Fersen und fuhren an Ortszufahrten vorbei, die uns beiden fremd waren. Die Straße lag zwischen Feldern, die zum Straßenrand hin gelegentlich von Bäumen verdeckt waren.

»Meinst du wirklich, ich sollte mich um Onkel Mortimers Taschentuch kümmern?«, fragte ich. »Ich kann mir nämlich gar nicht vorstellen, dass die Polizei sich an dieser alten Kammer zu schaffen macht. Und selbst wenn, ich sehe das nicht so tragisch wie Großmutter, falls sie es finden.«

»Sicher hat die Polizei längst Benjamins Sachen durchsucht«, sagte Oliver. »Und offensichtlich diese alte Reitkappe samt Onkel Mortys Taschentuch nicht gefunden. Aber warum sollten sie auch in den alten Reitsachen herumstöbern? Wahrscheinlich ist das ein zusammengewürfelter Haufen von ausrangiertem Zeug, das sämtliche Easterbrooks, die dort je gelebt haben, im Laufe der Jahrzehnte angesammelt haben.«

Das war genau die Antwort, die ich hören wollte, denn ich hatte wenig Lust zu versuchen, mich unauffällig in dieser Stallkammer umzusehen und am Ende von Sam Holden erwischt zu werden. Oder schlimmer noch, von Gerald Easterbrook.

Plötzlich war der Wagen von Henry Finch aus unserem Blickfeld verschwunden. »Oh nein«, stöhnte ich. »Das gibt's doch nicht! Er kann doch nicht einfach irgendwo abgebogen sein. Ich hatte ihn die ganze Zeit im Blick.«

Oliver gab wieder mehr Gas, bis er merkte, dass eine Abbiegung folgte, und meinte dann: »Wenn wir die Kurve hinter uns haben, werden wir ihn bestimmt wieder sehen. Er ist doch ein ganz normales Tempo gefahren und kann uns gar nicht entwischt sein.«

Dann ging alles ganz schnell. Ein kleines Stück hinter der Kurve lag eine Art Café-Restaurant an der rechten Straßenseite und ein Stück weiter auf der linken Seite, etwas zurückgesetzt, ein altes, gut erhaltenes kleines Landhaus. Hier fuhr Henry Finch gerade auf den Vorhof.

Das Lokal hatten wir bereits hinter uns, und so blieb keine andere Möglichkeit, als schnell an dem Haus vorbeizufahren und zu hoffen, dass Henry Finch uns nicht gesehen hatte. Als wir außer Sichtweite waren, hielt Oliver am Straßenrand. Wir sahen uns an.

»Und jetzt?«, fragte ich. »Wir wissen lediglich, dass Henry dort im Haus zu Besuch ist und Bonnie dabeihat. Mehr auch nicht.«

»Und warum sollte er einen fremden Hund mitnehmen, wenn er jemanden besucht, außer wenn er das vorhat, was wir denken?«, fragte Oliver. »Wir müssen herausfinden, ob es dort Hunde gibt. Oder besser gesagt, ob es dort einen Border Collie gibt. Denn dann wäre es so gut wie sicher, dass wir recht haben.«

»Schön«, sagte ich. »Dann schleich du dich mal da heran und finde es heraus. Ich habe für so etwas nicht die Nerven. Mir würde keine Ausrede einfallen, falls er mich entdecken sollte. Was würdest du denn dann sagen?«

»Mal überlegen.« Oliver brauchte natürlich nicht lange. »Wir sagen, wir haben einen Ausflug gemacht und unser Wagen ist stehen geblieben. Und da wir keine Handys dabeihaben, wollten wir fragen, ob wir mal kurz telefonieren dürfen.«

»Was für einen Ausflug? Und warum? Außerdem kennen wir hier nichts in der Gegend.«

»Also«, überlegte Oliver. »Wir haben beide Urlaub, das stimmt ja sogar. Und weil du dich für Geschichte interessierst und gehört hast, dass hier in der Gegend einige alte Landhäuser noch aus der vorletzten Jahrhundertwende stehen, haben wir beschlossen, danach Ausschau zu halten. Na, wie findest du das?«

»Das ginge zur Not. Außerdem, wenn Henry Finch wirklich der Mörder ist, wird ihm ohnehin alles verdächtig vorkommen, selbst wenn das mit dem Ausflug stimmen würde.«

Oliver wendete und fuhr den Wagen näher an das Landhaus heran, aber nicht so nah, dass er von dort aus gesehen werden könnte. »Na, dann los«, sagte er, und wir stiegen aus. »Wir können ja trotzdem versuchen, möglichst hinter den Bäumen versteckt zu bleiben«, schlug Oliver vor. »Denn besser wäre es auf jeden Fall, wenn er uns nicht sieht.«

Wir waren ein Stück gegangen, als mir etwas einfiel. Ich hielt Olivers Arm fest. »Wir haben aber keine Ausrede für den Rückweg«, wandte ich ein. Oliver sah mich verständnislos an. »Wenn wir am Haus waren, nicht aufgefallen sind, Bonnie idealerweise draußen in kompromittierender Situation erwischt haben und wieder zum Auto wollen. Wenn er uns dann sieht, dann können wir nicht mehr sagen, dass wir eine Autopanne haben und telefonieren wollten.«

Oliver seufzte ergeben. »Na gut. Ich gebe zu, meine Ausrede ist nicht wasserdicht. Dann lass du dir etwas Besseres einfallen.«

»Wieso ich? Du wolltest die Verfolgungsjagd starten.«

»Ach, und du würdest lieber zu Hause sitzen und zusehen, wie der kleine Percy die falschen Leute belästigt? Und Fragen stellt, die ihn nichts angehen und gar nichts mit dem Mord zu tun haben?«

»Hat er dir so zugesetzt?«

»Also mir hat es gereicht.«

»Na gut, warte mal. Ich habe eine Idee«, sagte ich. Oliver sah mich erwartungsvoll an. »Ein Stück hinter dem Landhaus liegt dieses Lokal«, begann ich. »Stellen wir uns vor, dass unser Wagen wirklich liegen geblieben ist. Ich bleibe im Wagen und du willst zu dem Lokal gehen, um zu telefonieren. Dabei gehst du auf der Straßenseite entlang, an der das Haus liegt, und sperrst Ohren und Augen auf. Wenn sie dich dort erwischen, erzählst du denen die Geschichte mit der Autopanne, wenn nicht, gehst du einfach weiter auf das Lokal zu. Ich habe es in der Zwischenzeit geschafft, dass der Wagen wieder anspringt, und hole dich ein, wenn du ungesehen an dem Haus vorbeigegangen bist. Ich fahre natürlich erst los, wenn ich sehe, dass du den Rückzug antrittst.«

»Du bist doch weitaus durchtriebener als ich«, sagte Oliver bewundernd. »Ja, so machen wir das.«

Ich ging wieder zurück zum Wagen und Oliver weiter auf das Landhaus zu. Ich fuhr etwas näher heran, sodass ich von Weitem das Haus im Auge behalten konnte. Im Moment sah nur Oliver sehr verdächtig aus. Ein großer, blond gelockter Mann, der sich von Baum zu Baum pirschte, war sicher nichts Alltägliches für die vorbeifahrenden Autofahrer. Oliver hatte vermutlich seinen Spaß daran. Ich fühlte mich im Wagen weitaus wohler.

Oliver verschwand schließlich von der Straße und inspizierte anscheinend die Rückseite des Hauses und den dahinterliegenden Garten. Er war nur etwa fünf Minuten nicht zu sehen, aber mir kam es wie eine Ewigkeit vor. Wenn Henry Finch wirklich der Mörder war und Oliver erwischen würde, wäre mein Bruder dann das nächste Opfer? Unsere Ausrede diente nur dazu, überhaupt etwas sagen zu können. Glauben würde Henry Finch uns auf keinen Fall. Und wenn dort im Haus jemand war, der mit ihm unter einer Decke steckte, würden sich dann die beiden Komplizen zusammen auf Oliver stürzen? Womöglich wohnte im Haus sogar der Mörder von Benjamin Easterbrook.

Endlich sah ich Oliver wieder auftauchen und mit zügigen Schritten an dem Landhaus vorbeigehen. Ich wartete, bis er fast auf der Höhe des Lokals war und fuhr an seine Seite. Oliver stieg eilig ins Auto. »Volltreffer«, sagte er. »Oder zumindest so gut wie. Komm, wir gehen hier ins Café. Ich brauche unbedingt ein Stück Kuchen.«

Ich fuhr über die Straße auf den Parkplatz des Cafés und drängelte: »Was hast du gesehen? Hast du Bonnie in flagranti erwischt?«

»Sagen wir mal so, es war kurz davor. Henry Finch und sein Bekannter sind mit den Hunden im Garten. Bonnie, ein anderer Border Collie, und wahrscheinlich Homers Vater.«

»Wer ist Homer?«

»Da war doch dieser Typ im Pub, der sich mit Henry Finch angelegt hat.«

»Ach ja, genau, der sich beschwert hat, dass Homer nicht von Alfie ist.«

»Ja, und ein Hund, der aussieht, als könnte er Homers Vater sein, ist in einem Zwinger eingesperrt und jault, weil er nicht zu Bonnie darf. Der andere Border Collie ist ganz begeistert von ihr, was auf Gegenseitigkeit beruht. Würde mich nicht wundern, wenn jetzt in diesem Augenblick gerade der Nachwuchs gezeugt wird. Ich wollte nur nicht länger dort in den Sträuchern stehen bleiben. Ich wusste ja nicht, wie lange Homers Vater durch Bonnie abgelenkt sein würde, da er ja ohnehin keine Chance auf eine nähere Bekanntschaft mit ihr hat.«

Wir stiegen aus und betraten das Lokal. Es war gemütlich rustikal gehalten und in große Nischen einteilt, in denen jeweils mehrere Tische standen. Große Pflanzen waren als Raumteiler verwendet worden. Das Lokal war gut besucht, aber nicht überfüllt, sodass Oliver und ich einen freien Tisch fanden.

»Dann haben wir Henry Finch also überführt. Zumindest, was das Motiv angeht«, sagte Oliver.

»Ja, obwohl es irgendwie unvorstellbar ist, dass jemand einen Mord begeht, nur weil sein Hund nicht mehr selbst deckt und dies jemand mitbekommen hat.«

»Wenn man aber Henry Finch kennt, und das ist bei der Polizei natürlich nicht der Fall«, sagte Oliver, »dann ist dieses Motiv wahrscheinlich das Einzige, was Henry zu einem Mord veranlassen würde. Stell dir vor, er fliegt auf, wird als Betrüger entlarvt und Alfie zum Gespött der Leute. Das ist sogar ein besonders starkes Motiv für Henry.«

»Ich würde nicht über Alfie spotten«, sagte ich. »Er ist ein netter Hund, und man kann nicht verlangen, dass er in seinem Alter noch für Nachwuchs sorgt.«

»Schon richtig, aber du weißt selbst, wie Henry mit Alfie angibt.«

»Ja, er könnte seine Sachen packen und wegziehen, er wäre im Dorf unten durch, und vielleicht würde er noch die eine oder andere Anzeige wegen Betruges bekommen. Da fällt mir noch ein, vielleicht hat er bei uns so hohe Beträge für Alfies Dienste gefordert, um die Leute abzuwimmeln. Normalerweise interessiert es niemanden, wenn Henry mit einer Hündin im Wagen wegfährt. Aber wenn der Besitzer im Dorf wohnt und es mitbekommt, der würde doch sofort wissen wollen, was Henry mit seinem Hund vorhat.«

»Klingt einleuchtend, auf jeden Fall können wir Henry Finch jetzt abhaken«, entschied Oliver.

Die Bedienung kam an unseren Tisch, und wir bestellten beide Apfelkuchen und Milchkaffee.

»Wollen wir diese Sache hier für uns behalten?«, fragte ich. »Natürlich ist es nicht richtig, was Henry treibt, aber wenn wir zu Hause erzählen, was wir entdeckt haben, was passiert dann? Ich meine, selbst, wenn wir es nur unserer Familie erzählen.«

»Ich weiß auch nicht. Lass uns erst mal nicht darüber reden. Konzentrieren wir uns auf die anderen Verdächtigen. Was könnten zum Beispiel Alicia oder Tony Pringle auf dem Kerbholz haben?«

»Zu Alicia fällt mir eigentlich nichts ein. Vielleicht war sie mal verheiratet und hat ihren Mann vergiftet oder so. Und sie kam gerade frisch aus dem Gefängnis, als sie bei uns auftauchte. Ist aber nicht sehr wahrscheinlich, dass sie schon mal mit dem Gesetz in Konflikt geraten ist, denn dann hätte man sie sicher nicht eingeladen, in London zu unterrichten.«

»Und Tony?«, fragte Oliver. »Ob er wirklich Getränke verkauft, die irgendwo vom Lastwagen gefallen sind, wie man so sagt? Ist dir mal aufgefallen, dass nachts mysteriöse Lieferungen eingetroffen sind?«

»Nachts schlafe ich, wie soll mir da etwas auffallen? Außerdem bin ich oft in London.«

»Weißt du denn, an welchen Tagen er seine Ware bekommt und ob es immer bestimmte Tage sind?«

»Alle zwei Wochen mittwochs«, antwortete ich automatisch. »Am kommenden Mittwoch auch.«

»Du bist im Dorf ja besser auf dem Laufenden als Mama«, staunte Oliver.

»Na ja, ich vermute es zumindest. Ich weiß, dass Dennis Pringle mittwochvormittags bei seinem Onkel ist und ihm beim Einräumen hilft. Also müssen die Lieferungen jeweils Mittwochvormittag erfolgen.«

»Sieh an, du weißt, wann Dennis Pringle bei seinem Onkel ist«, neckte mich Oliver.

Ich ging gar nicht darauf ein und dachte noch einen Augenblick an Dennis. Seine braunen Augen und dichten braunen Haare. In diesem Moment bekamen wir unseren Kaffee und Kuchen.

Während wir mit dem Kuchen beschäftigt waren, meinte Oliver: »Und wenn die Lieferung nicht am Mittwochvormittag erfolgt, dann in den frühen Morgenstunden oder mitten in der Nacht.«

»Wie willst du das herausfinden?«

»Wir müssen einfach Nachtwache halten. Wenn ein Wagen von der Zufahrtsstraße aus ins Dorf fährt, muss er an unserem Haus vorbei. Ich glaube nicht, dass er durch die Nachbardörfer fährt.«

»Willst du dir etwa eine ganze Nacht um die Ohren schlagen, um auf einen Lkw zu lauern? Was ist, wenn Tony gar keine illegale Lieferung bekommt oder nur ab und zu mal? Und meinst du nicht, es wäre den Leuten, die am Dorfplatz wohnen, nicht längst aufgefallen, wenn Tony regelmäßig nächtliche Lieferungen bekommt?«

»Die meisten haben ihre Schlafzimmer nach hinten raus«, sagte Oliver. »Außerdem hat es sicher niemanden interessiert. Mir wäre es ja auch egal, wenn nicht meine halbe Familie unter Mordverdacht stehen würde.«

»Nur wir beide und eventuell Großmutter«, wandte ich ein.

»Das reicht ja wohl.«

Mir war gerade eingefallen, dass Olivers Zimmer nicht zur Straße hin lag, meines aber schon. Er kam hoffentlich nicht auf die Idee, dass ich eine Nacht lang nach verdächtigen Fahrzeugen Ausschau halten sollte. Während ich überlegte, wie ich ihn davon abbringen konnte, sah ich zwischen den großen Pflanzen auf die dahinterliegenden Tische.

»Wo wir gerade bei Verdächtigen sind«, sagte ich. »Da hinten sitzt John Adams.«

»Ah, was der wohl hier macht?« Oliver kaute seinen letzten Bissen Kuchen. »Ist er alleine?«

»Nein, er sitzt zusammen mit einem anderen Mann, aber den kenne ich nicht. Vielleicht war er gerade auf einer seiner Baustellen und will etwas essen.«

»Lass mal sehen.« Oliver stand halb auf, verrenkte sich und spähte kurz durch die Pflanzen. »Den kenne ich auch nicht«, sagte er und setzte sich wieder. Nach einem Moment stand er noch mal auf und schob vorsichtig einige Blätter auseinander. »Irgendwie kommt mir der andere doch bekannt vor.« Als er sich erneut hinsetzte, bemerkten wir, dass der Mann und die Frau vom Nebentisch uns misstrauische Blicke zuwarfen. Oliver lächelte die beiden herzlich an, und sie lächelten unsicher zurück. Als Oliver ein drittes Mal nach John Adams Begleiter Ausschau hielt, sah das Paar von nebenan nicht mehr hin.

»Ich habe den Typ schon mal gesehen«, sagte Oliver nachdenklich. »Bestimmt sogar mehr als einmal. Mir fällt aber absolut nicht ein, wo und wann.«

»Vielleicht kommst du später noch darauf. Aber ist ja eigentlich auch egal. Wahrscheinlich ist es jemand, mit dem er Geschäfte macht. Kann auch sein, dass er ihn schon mal mit in den *Banditen* gebracht hat. Auf jeden Fall sieht er nicht aus wie ein Berufskiller. Er hat auch keinen Geigenkasten dabei.«

Oliver grinste. »Vielleicht arbeitet er mit Pfeilgift. Sieh dich vor, falls ein Geschoss durch die Botanik kommt.« Dann versank Oliver wieder in Gedanken und ich sah weiter zu John Adams hinüber.

»Jetzt schiebt er ihm übrigens einen Umschlag über den Tisch zu«, teilte ich Oliver mit und mutmaßte: »Bestimmt einen Vertrag oder so.«

»Wer schiebt wem etwas zu?«, flüsterte Oliver aufgeregt.

»John Adams dem anderen Mann.«

»Und was macht der andere damit?«

»Er hat den Umschlag bereits in der Innentasche seines Jacketts verstaut.«

»Na, ob das ein Vertrag ist?« Oliver zweifelte. »Verträge liest man doch erst mal durch oder verstaut sie in einer Aktentasche.«

»Er kann es ja zu Hause in Ruhe durchlesen. Dir kommt im Moment auch wirklich alles verdächtig vor.«

»Ja, und zu Recht. Benjamin Easterbrook wurde sicher nicht zum Spaß erschossen. Wenn mir doch nur einfallen würde, wo ich den Kerl schon mal gesehen habe.« Oliver überlegte kurz. »Ob die beiden mit zwei Autos hier sind?«

»Das werden wir erst erfahren, wenn sie aufbrechen. Aber warum ist das jetzt wieder wichtig? Sind zwei Autos verdächtiger als eines oder worauf willst du hinaus?«

»Ganz einfach.« Oliver strahlte mich an. »Wenn jeder für sich fährt, können wir den anderen verfolgen. Denn sobald ich weiß, wo der andere wohnt und einen Blick auf das Namensschild an seiner Haustür geworfen habe, wird mir bestimmt einfallen, woher ich ihn kenne.«

»Oliver, nicht noch eine Verfolgungsjagd!«

»Warum nicht? Unsere erste war doch ein voller Erfolg. Und bei diesem Mann hier brauchen wir auch nicht so vorsichtig zu sein, denn wenn ich ihn kaum kenne, kann er sich bestimmt auch nicht an mich erinnern. Schon gar nicht, wenn er mich nur undeutlich durch seinen Rückspiegel im Auto sieht.«

»Du bist aber nicht gerade eine unauffällige Erscheinung. Und außerdem ist es mir wirklich zu dumm, einem Geschäftspartner von John Adams zu seinem Haus zu folgen.«

»Hängt davon ab, welche Geschäfte die beiden zusammen machen«, sagte Oliver.

»Eben das wirst du nicht herausfinden, selbst wenn wir hinter ihm herfahren. Da müsstest du schon den Umschlag aus seinem Jackett stehlen.«

Oliver schien halb überzeugt von meinen Gegenargumenten. Aber es tat ihm sichtlich leid. Er wollte wenigstens noch warten, bis John Adams und sein Begleiter aufbrachen, und da sie nicht an unserem Tisch vorbeimussten, willigte ich ein. Sonst wäre es mir zu peinlich gewesen.

Als wir etwa zwanzig Minuten später herausfanden, dass sie mit zwei Autos unterwegs waren, sah Oliver mich noch einmal vorwurfsvoll an. Wir hatten schon gezahlt und konnten uns sofort auf den Rückweg begeben.

Oliver fuhr John Adams Geschäftspartner immer wieder etwas schneller als erlaubt hinterher, und ich sah ihn strafend an. »Hör auf, wir waren uns doch einig«, sagte ich.

»Wir fahren ja auch auf direktem Weg nach Hause, aber wir können wenigstens sehen, wie lange der Verdächtige vor uns fährt.«

Ich seufzte ergeben.

Als Oliver einen sicheren Abstand zu dem Wagen des Unbekannten hatte, fuhr er artig mit der vorgeschriebenen Geschwindigkeit weiter. Irgendwann bog der Verfolgte links ab in Richtung Dillings. John Adams sahen wir nicht mehr. Als auch wir fast die Abzweigung nach Dillings erreicht hatten, konnten wir noch aus großer Entfernung den Wagen von John Adams Bekanntem sehen.

Oliver setzte den Blinker nach links.

»Oliver!«, warnte ich.

»Es tut mir wirklich leid, Emily, aber ich kann nicht anders.« Oliver bog links ab und versuchte, den anderen Wagen einzuholen.

Ich begann, ihn wüst zu beschimpfen. Er entschuldigte sich immer wieder, holte aber weiter auf, bis er den anderen Wagen in guter Sichtweite hatte.

»Dann lass mich sofort aussteigen!«, verlangte ich. »Ich laufe nach Hause.«

»Emily, es sind bestimmt noch sechs Meilen zu uns.«

»Halte an und lass mich raus!«

Widerstrebend fuhr Oliver an den Straßenrand. Während ich ausstieg, bedachte ich ihn mit weiteren Verwünschungen und machte mich wütend auf den Heimweg.

Ich hatte etwa zwei Meilen hinter mir, als ich ein Motorrad heranfahren hörte. Dennis Pringle hielt neben mir. »Was treibst du denn hier?«, fragte er. »Machst du einen längeren Spaziergang?«

»So ähnlich.« Ich sagte ihm, dass ich mit Oliver unterwegs gewesen war, Oliver aber eilig nach Dillings wollte und ich nach Hause.

»Du hast ja leider Angst vorm Motorradfahren, nicht wahr?«, sagte Dennis.

»Keine Ahnung, ich habe noch nie hinten drauf gesessen.«

»Jetzt haben wir natürlich keinen Helm für dich und entsprechende Kleidung, aber wenn du willst, gebe ich dir meinen Helm und fahre ganz langsam. Traust du dich?«

Ich brauchte nicht allzu lange darüber nachdenken. Vier Meilen Fußweg oder hinter Dennis zu sitzen und vorsichtig nach Hause gefahren zu werden, da fiel die Entscheidung leicht. Ich bekam Dennis' Helm und setzte mich hinter ihn.

»Halte dich an mir fest.«

Gerne, dachte ich, und sagte: »Okay.«

Meine Stimmung besserte sich schlagartig. Dennis fuhr tatsächlich so langsam wie möglich, und Motorradfahren schien mir das Sicherste auf der Welt. Auf der Zufahrtsstraße zu Jolly Clover überholte uns Oliver. Ich sah, wie er vor unserem Haus ausstieg und wartete.

Als Dennis und ich ebenfalls angekommen waren, begrüßten sich die beiden. Dann fragte Dennis mich: »Wie hat es dir gefallen?«

»Eigentlich ganz gut. Vielen Dank fürs Mitnehmen.«

»Wenn du magst, leihe ich dir mal die passende Ausrüstung und wir machen eine kleine Spritztour. Was hältst du davon?«

»Würde ich gerne mal machen.«

Er verabschiedete sich und fuhr wieder zur Landstraße zurück.

Oliver sah mich zerknirscht an und sagte: »Er ist mir übrigens entwischt. Kurz vor Dillings war der Verkehr zu stark, und ich musste an einer Ampel halten.«

»Warum bist du nicht bei Rot weitergefahren?«, fragte ich schnippisch und öffnete die Haustür.

»Hallo ihr beiden«, begrüßte uns Mama. »Wo wart ihr denn?«

»Sind nur so durch die Gegend gefahren«, sagte Oliver unsicher.

»Großmutter hat angerufen wegen des Polizisten von früher. Ach ja, und Alison hat auch angerufen, Emily. Du sollst sie aber nicht zurückrufen, sie meldet sich ein andermal.«

»Ich rufe Großmutter gleich zurück.« Oliver ging zum Telefon.

Alison hatte bestimmt entweder angerufen, um in Sachen rosafarbener Reithelm weiterzubohren oder um weitere Mordtheorien zu verkünden. Ich war froh, dass ich nicht zurückrufen sollte. Wahrscheinlich hatte sie mich heimlich angerufen, als Amy kurz außer Haus war. Ich hatte keine große Lust, weiter über Mortimer Easterbrooks Taschentuch nachzudenken, beschloss aber, die Sache mit der Reitkappe für Alison in Angriff zu nehmen.

Ich setzte mich zu Mama in die Küche, wo sie eifrig in Großmutters altem Buch blätterte.

Oliver kam zu uns und berichtete aufgekratzt: »Der Polizist von früher ist der Bruder von Ethels Nachbarin. Er ist gerade pensioniert worden und wohnt mit seiner Frau in Nelly's Market, einem Ort kurz hinter Dillings. Ethel geht es schon wieder ganz gut, und sie ruft vom Krankenhaus aus ihre Nachbarin an und versucht, dass wir mit dem Polizisten reden können.«

»Du kannst mit ihm reden«, bremste ich seine Begeisterung und sah ihn finster an.

»Habt ihr euch gestritten?« Mama merkte so etwas ganz schnell.

Ich zuckte mit beleidigtem Blick in Olivers Richtung die Schultern und Oliver murmelte nur: »Ach.« Und sagte dann deutlicher: »Ich könnte eigentlich einmal zu Hause übernachten. Heute Nacht verpasse ich hier bestimmt nichts.«

»Weg von deiner bösen Schwester, um in den Armen deiner liebenden Frau Trost zu finden«, spottete ich.

»Genau. Ich bin morgen zum Frühstück wieder hier.«

Als Oliver die Haustür hinter sich geschlossen hatte, suchte ich aus dem Telefonbuch die Rufnummer des Reitsportbedarfs in Dillings hervor und erkundigte mich nach dem Preis. Alisons Weihnachtswunsch war nicht gerade preiswert, aber noch machbar. Außerdem in der Größe verstellbar, sodass sie ihn noch eine Weile tragen konnte. Dann beschloss ich, am nächsten Vormittag, wenn Alison in der Schule sein würde, mit Amy zu sprechen. Ich musste sie zumindest fragen, ob Alison einen Reithelm haben durfte.

Gut anderthalb Stunden später saß ich mit meinen Eltern beim Abendessen. Die beiden vergnügten sich damit zu überlegen, wer altersmäßig noch ein Kind des vertriebenen *Banditen* sein könnte. Papa bot an zu versuchen, einen so kleinen Lügendetektor herzustellen, dass er sich als Fingerring tarnen ließe.

Mama fragte: »Und wie willst du jemanden dazu bekommen, den Ring zu tragen, während du ihn ausfragst, Frank?« Papa überlegte und Mama meinte: »Oliver würde bestimmt etwas einfallen.«

Dann hörten wir, wie die Haustür geöffnet wurde, und wenige Sekunden später trat Oliver in die Küche.

»Bis zum Frühstück ist noch Zeit«, sagte ich giftig. »Wir sind nicht mal mit dem Abendessen fertig.«

»Ach Emily, sei doch nicht so biestig«, versuchte Mama zu beschwichtigen.

»Hat Tiffany dich wieder rausgeworfen?«, setzte ich noch eins drauf.

Als Oliver nicht sofort verneinte, wurde Mama unruhig: »Hattet ihr Streit?«

»Nicht direkt«, wich Oliver aus. »Aber stellt euch mal vor, irgendein Constable war heute Nachmittag bei unseren Nachbarn und hat sie gefragt, ob sie wüssten, ob ich am Donnerstagabend zu Hause gewesen bin. Das hat unsere Nachbarin Tiffy erzählt. Und außerdem hat sie ihr gesagt, dass sie und ihr Mann mitbekommen hätten, wie ich abends das Haus verlassen habe. Diesem Constable haben sie es natürlich ebenfalls mitgeteilt.«

»Wie können deine Nachbarn nur so etwas sagen.« Mama war empört.

»Wahrscheinlich, weil es stimmt«, sagte ich. »Und ich wette, Tiffany ist stinksauer, weil sie es nicht wusste.«

»Warst du nun zu Hause oder nicht?«, mischte Papa sich ein.

»Die meiste Zeit schon.«

»Und die übrige Zeit?«, bohrte ich.

»Ich war nur kurz bei einem Kollegen.«

»Das hättest du der Polizei doch sagen können«, sagte Mama.

»Ich wollte ihn nicht mit hineinziehen.«

Diese Ausrede kam mir bekannt vor. So ähnlich hatte sich auch Großmutter angehört, als sie erklärte, dass sie Ethel schonen wollte. Wobei diese sich anscheinend ganz gerne an den Aufregungen beteiligte.

»Warum hast du denn nicht wenigstens Tiffany gesagt, dass du am Donnerstagabend bei diesem Kollegen warst?« Ich trieb ihn genüsslich in die Enge. Sechs Meilen Fußweg hätte ich vor mir gehabt, wenn Dennis Pringle mich nicht mitgenommen hätte.

Ich sah zufrieden zu, wie sich mein durchtriebener kleiner Bruder wand und schließlich sagte: »Erst schien es mir nicht von Bedeutung, und dann dachte ich, sie setzt mir sicher zu, meinen Kollegen als Alibi anzugeben.«

Ich glaubte kein Wort davon. »Wenn ich ein hieb- und stichfestes Alibi für die Tatzeit hätte, würde ich doch lieber einen Kollegen als Zeugen angeben, als weiterhin auf der Liste der Tatverdächtigen zu stehen.«

»Ich bin aber nicht du«, sagte Oliver verärgert.

»Und, hat Tiffany dich nun rausgeworfen?«, hakte Mama nach.

»Nicht richtig rausgeworfen. Sie hat nur gemeint, ich kann ruhig noch einige Tage bei euch bleiben. Ist noch etwas vom Abendessen übrig?«

»Nicht viel«, sagte Mama, woraufhin Oliver begann, den Kühlschrank zu plündern. Mamas Gedanken wanderten wieder zu den Verdächtigen. »Papa und ich haben gestern Nachmittag Alicia getroffen, als wir aus Norwich zurückgekommen sind. Wir haben gerade den Wagen ausgeladen, als sie von einem Spaziergang zurückkam, und sie hat uns begrüßt. Ihr habt sie ja schon im Pub gesehen, ist euch an ihr nichts aufgefallen?«

Ich dachte kurz nach. »Nein, eigentlich nicht. Sie hat sich nicht verändert.«

»Eben«, stellte Mama zufrieden fest. »Das ist ja gerade das Verdächtige.«

»Verstehe ich nicht«, sagte Oliver.

»Ja wisst ihr, als sie hier auftauchte vor zwanzig Jahren, übrigens in dem Herbst, als der Unfall passierte, da hatte ich den Eindruck, dass sie etwas älter ist als ich. Aber mittlerweile sieht sie jünger aus. Ist doch komisch, oder?«

»Das sagst ausgerechnet du, die sich täglich mit Kosmetik beschäftigt«, wunderte ich mich.

Papa lästerte: »Das ist eben das Amerikanische an ihr.«

»Genau, es gibt schon gute Rezepte für die Haut, aber warum sieht sie jünger aus, obwohl sie älter ist?«

»Vielleicht hat sie etwas nachhelfen lassen«, meinte Oliver gleichgültig. »Das machen doch viele, gerade in Amerika, aber in England ja auch, wenn auch nicht unbedingt unsere Nachbarn.«

»Mama, du willst doch nicht allen Ernstes behaupten, Alicia hätte Benjamin Easterbrook umgebracht, weil ihm aufgefallen ist, dass sie um einiges jünger aussieht als sie ist«, sagte ich. »Dir ist es ja auch aufgefallen und andere könnten es ebenfalls bemerken.«

»Ich will gar nichts behaupten«, verteidigte sich Mama. »Mir ist es einfach nur aufgefallen. Außerdem färbt sie ihre Haare. Gerade so dunkelhaarige Typen bekommen doch sehr schnell graue Haare.«

»Das ist natürlich höchst verdächtig«, sagte ich ironisch. »Dann steckt sie bestimmt mit dir und Großmutter unter einer Decke, weil ihr eure Haare ja auch färbt.«

Mama war noch nicht fertig. »Und sie hat kein Gramm zugenommen in den letzten zwanzig Jahren. Das ist doch unnatürlich.«

»Du hast auch nicht zugenommen«, sagte Oliver artig.

»Doch, etwas schon, nicht wahr, Frank?«

Eine Fangfrage für Papa. Er sah Mama misstrauisch an, grinste dann listig und sagte: »Weißt du Anne, jetzt wo du es erwähnst, ich dachte erst letztens …« Weiter kam er nicht, weil Mama ihn in die Seite stieß. Er lachte. »Kein Kommentar.«

Etwas später saßen wir alle im Wohnzimmer vor dem Fernseher und sahen uns einen Actionfilm an. Als eine ausführliche Verfolgungsjagd gezeigt wurde, wandte ich mich an Oliver, der neben Mama auf der Couch saß und fragte: »Neidisch?«

»Sei bloß ruhig.« Oliver schmollte.

»Du hast es schon schwer«, erklärte ihm Papa. »Eine giftige ältere Schwester und eine unnachgiebige Ehefrau.«

Mama strich zärtlich durch Olivers blonde Locken. »Lasst den Jungen doch mal in Ruhe.«

Papa lachte, und als ich Olivers zufriedenes, verschmitztes Grinsen sah, hätte ich auch beinahe gelacht. »Na gut, für den Moment«, sagte ich gnädig.

Als unsere Eltern am späten Abend nach oben gingen, wollte Oliver ihnen folgen.

»Setz dich ruhig wieder hin«, sagte ich zu ihm.

Mama, die dies mitbekommen hatte, fragte: »Ihr wollt doch nicht wieder streiten?«

»Nein, Mama, wir wollen uns nur unterhalten«, sagte ich, woraufhin Mama uns eine gute Nacht wünschte und Papa ihr folgte. Oliver hatte sich ergeben und wieder hingesetzt.

»Wo warst du am Donnerstagabend?«, fragte ich ohne Vorankündigung. »Und komm mir nicht wieder mit dem Kollegen, auf den du Rücksicht nehmen willst.«

»Puh.« Oliver stöhnte.

»Was hast du angestellt?«

»Gar nichts.«

»Raus damit!«

Nach kurzem Zögern begann Oliver zu berichten: »Also, ich war bei jemandem aus dem Gemeinderat.«

»Das ist doch nicht weiter tragisch, warum wolltest du der Polizei das nicht sagen?«

»Ja, weißt du, wir hatten am Freitag darauf eine Abstimmung, und ich wollte mich mit jemandem beraten, der eigentlich nicht zu der Gruppe gehört, mit der ich meistens einer Meinung bin. Dieses Mitglied aus dem Gemeinderat und ich, wir wollten nicht, dass die anderen davon erfahren. Und als ich gehört habe, dass der Bruder von Mr Chandler, der auch im Gemeinderat ist und nicht gerade zu meinen besten Freunden gehört, der leitende Inspektor ist, dachte ich, es sei besser, dass dieses Treffen am Donnerstagabend der Polizei nicht bekannt wird. Wenn ein anderer als Inspektor Chandler hier ermitteln würde, hätte ich längst gesagt, wo ich war. Aber so? Ich weiß doch nicht, worüber die Brüder untereinander reden. Verstehst du jetzt, warum ich auch dem kleinsten Anhaltspunkt hinterherjage? Das einzig Gute ist, dass praktisch keiner der Verdächtigen ein Alibi hat, sonst hätte die Polizei sich bestimmt längst auf mich konzentriert.«

»Ihr habt geheime Absprachen getroffen, du und der andere aus dem Gemeinderat?«

»So kann man das nicht sagen.«

»Aber so ähnlich.«

»Wenn du meinst.«

»Ja, außerdem hättest du es mir längst sagen können. Das wäre doch besser als diese Geheimniskrämerei.«

Wir gingen einigermaßen versöhnt nach oben. Der Tag war aufregend gewesen und ich schlief schnell ein.

Ich hatte das Gefühl, gerade erst eingeschlafen zu sein, als ich eine Hand auf meiner Schulter spürte und eine Stimme hörte, die »Emily, Emily« flüsterte. Während ich aufwachte, hatte ich die finstere Befürchtung, dass Benjamin Easterbrooks Geist mir einen Besuch abstattete, aber es war nur Oliver, der auf meiner Bettkante saß.

»Na, endlich«, sagte er, als ich die Augen öffnete. Ich blinzelte ihn verschlafen an. »Ich glaube, ich weiß, was Benjamin Easterbrook mit dem Taschentuch von Onkel Mortimer vorhatte.« Oliver war hellwach.

»Nicht schon wieder das Taschentuch.« Ich gähnte. »Hast du überhaupt nicht geschlafen?« Ich sah auf meinen Wecker. »Halb drei. Hättest du nicht bis morgen warten können?«

»Wollte ich erst, aber es ließ mir keine Ruhe. Pass auf, deine Patentochter hatte vielleicht sogar die richtige Idee. Kinder haben ja manchmal solche Eingebungen.«

Ich setzte mich auf. »Du bringst da irgendetwas durcheinander. Dass Kinder besondere Ahnungen haben, ist mir fremd. Tiere vielleicht. Ich habe mal gehört, dass Tiere spüren können, wenn ein Erdbeben droht.«

Oliver sah mich irritiert an. »Wie auch immer. Jetzt hör zu, du wirst staunen.«

Daran zweifelte ich keinen Augenblick.

»Benjamin hatte sein Erbe ja bereits durchgebracht, brauchte also dringend Geld«, begann Oliver. »Und Onkel Mortimer hat reichlich davon und ist außerdem mit einer Frau verheiratet, die nicht gerade sehr umgänglich ist. Benjamin hat bei seinem Lebenswandel bestimmt einige Frauen kennengelernt, die nichts dagegen hatten, ihm einen kleinen Dienst zu erweisen, wenn es sich für sie bezahlt machte. Verstehst du?«

Ich nickte zögernd. Dass ich bis jetzt noch keine logischen Zusammenhänge erkennen konnte, lag sicher an meiner Müdigkeit.

»Wenn Benjamin seinem Onkel gedroht hat, dass eine seiner Bekannten bei ihm zu Hause auftauchen und im Beisein von Onkel Mortys Frau das Taschentuch zurückgeben würde, dass der angeblich bei ihr vergessen hat, kannst du dir vorstellen, was dann los ist? Ich würde mich nicht wundern, wenn seine Frau Onkel Mortimer vor die Tür setzt und die Scheidung einreicht. Dann ist er nicht mehr lange Gutsbesitzer. Im günstigsten Fall wird der gesamte Besitz verkauft und Onkel Mortimer erhält die Hälfte. Aber da seine Frau das Gut mit in die Ehe gebracht hat, ist selbst das nicht sicher.« Oliver sah mich Zustimmung heischend an. Ich musste erst mal meine Gedanken sortieren. »Jetzt sag doch etwas dazu«, forderte mein Bruder mich auf. »Das passt doch alles zusammen, oder?«

Nach einiger Überlegung fragte ich: »Und warum hätte Benjamin das Taschentuch in seiner alten Reitkappe verstecken sollen? Er hätte es auch in seinem Zimmer oder seinem Wagen aufbewahren können.«

Jetzt musste Oliver nachdenken. Dann sagte er: »Ist doch klar. Onkel Mortimer könnte sich an Gerald wenden und ihn bitten, nach dem Taschentuch zu suchen. Gerald würde in Benjamins Zimmer oder seinem Wagen danach zu suchen. Aber an diese Abstellkammer im Stall, daran denkt doch niemand.«

»Dann glaubst du also, Onkel Mortimer ist der Mörder von Benjamin, weil er Angst hatte, immer wieder von ihm erpresst zu werden?«

»Wäre doch möglich. Und Benjamin war an den Tagen kurz vor seinem Tod viel auf dem Gut seines Onkels. Bestimmt wollte er ihn verunsichern und hat schon mal einige Bemerkungen fallengelassen, die Onkel Mortys Frau zu denken geben könnten.«

»Und im Wald sollte dann der Tausch stattfinden?«, fragte ich ungläubig.

»Ja, das hätte auch irgendwo anders sein können, aber der Wald war für Benjamin bequem in der Nähe. Er wird

Onkel Mortimer mit dem geforderten Geld dorthin bestellt haben. Aber Onkel Mortimer hatte gar nicht vor, sich erpressen zu lassen, und hat eine Pistole mitgebracht. Den Rest kennen wir. Also, was meinst du?«

»Hört sich ganz schön abenteuerlich an.«

»Ja, alleine die Tatsache, dass Benjamin erschossen wurde, ist schon abenteuerlich. Vielleicht solltest du dir dieses denkwürdige Taschentuch bald mal ansehen. Es wäre auch interessant zu wissen, ob es überhaupt noch in dieser Reitkappe steckt.«

»Würde es denn einen Unterschied in deiner Theorie ausmachen, ob es noch da ist oder nicht?«

»Wenn Alison das gute Stück am Mittwoch vor dem Mord gesehen hat und es jetzt nicht mehr da ist, würde das bedeuten, dass Benjamin sich kurz vor seiner Ermordung damit beschäftigt hat. Das wäre doch sehr verdächtig.«

»Mir ist es aber unangenehm, dort herumzuschnüffeln. Kannst du das nicht machen?«

»Das würde noch viel mehr auffallen. Ich war zuletzt als Kind die Pferde besuchen.«

»Vielleicht kann Großmutter dir helfen. Du bringst sie zum Gut und holst sie wieder ab, weil ihr Wagen nicht anspringt. Und während du noch auf sie wartest, schlenderst du durch den Stall. Wenn du Glück hast, ist Sam Holden auch nicht in der Nähe.«

»Großmutter kannst du in diesem Fall vergessen. Sie will ja, dass das Taschentuch dort verschwindet. Was meinst du, was sie mir erzählt, wenn ich ihr sage, dass ich nur einen Blick darauf werfen möchte, es aber nicht mitnehme. Und mitnehmen können wir es nicht, falls es wirklich etwas mit dem Mord zu tun hat.«

Mir hatte schon die Aktion mit Henry Finch gereicht. Allein die Vorstellung, beim Schnüffeln in der alten Kammer erwischt zu werden, machte mich nervös.

Oliver dachte schon einen Schritt weiter. »Natürlich musst du Handschuhe tragen, wenn du die Reitkappe und das Taschentuch anfasst. Denn sollte die Polizei sich damit befassen, werden sie nach Fingerabdrücken suchen.«

Ich sah ihn entsetzt an. Das Unternehmen »Taschentuch« wurde immer beängstigender.

»Du brauchst aber keine Angst zu haben, dass es jemandem auffällt«, sagte Oliver in beruhigendem Ton. »Es ist ja recht kalt draußen und deshalb ganz natürlich, wenn du Handschuhe trägst. So, und jetzt schlaf noch ein bisschen, damit du morgen wieder fit bist, wenn wir weiter ermitteln.« Oliver ging mit zufriedenem Gesichtsausdruck aus dem Zimmer. Ich war überzeugt, dass er jetzt wie ein Baby schlafen konnte, nachdem er mir seine wilden Überlegungen mitgeteilt hatte.

Mit meinem Schlaf war es nicht weit her. In meinen Gedanken spielten sich die verschiedensten Szenen ab: Jedes Mal kniete ich in der Rumpelkammer vor der Reitkappe und zog das Taschentuch hervor. Dann spürte ich eine Hand auf meiner Schulter und eine Stimme sagte: »Erwischt.« Diese Stimme gehörte abwechselnd Sam Holden, Gerald Easterbrook und Inspektor Chandler.

Kurz bevor ich wieder einschlief, kam noch eine weitere Variante hinzu. Die Stimme gehörte jetzt Benjamin Easterbrook, der auf die Reitkappe deutete und vorwurfsvoll sagte: »Das ist meine.«

Am Dienstagmorgen scheuchte uns Mama nach dem Frühstück aus der Küche. Sie wollte eine Lieferung Gesichtscreme fertigstellen. Ein großer Behälter stand im Kühlschrank, und auf dem Küchentisch warteten mehrere kleine Plastikdosen auf ihre Füllung. Mama hatte sich ein Haarnetz aufgesetzt und Einweghandschuhe an. »Kommt ja nicht herein, bis ich fertig bin. Ich will kein Härchen in meiner Creme haben.« Ich ging mit Oliver ins Wohnzimmer. Von Olivers nächtlichen Eingebungen hatten wir Mama nichts erzählt. »Was hast du dir für heute ausgedacht?«, fragte ich.

»Ich weiß noch nicht. Aber möchtest du nicht heute Gladstone besuchen?«

»Oh nein, oder höchstens, wenn er auf der Weide ist. Das wäre aber reine Glückssache, da die Pferde bei diesem Wetter nicht den ganzen Tag über draußen stehen.«

»Umso besser, wenn er nicht auf der Weide ist. Dann hättest du einen Grund, in den Stall zu gehen.«

»Oliver, ich mag da nicht herumschnüffeln.«

»Es ist aber wichtig.«

»Das weißt du gar nicht. Wenn sich herausstellt, dass Mortimer Easterbrook nichts verbrochen hat, ist es völlig unwichtig.«

»Und wenn er etwas verbrochen hat und es mit seinem Taschentuch zu tun hat, wird die Polizei nie dahinterkommen, weil sie nichts von dem Versteck wissen. Irgendwann wirst du doch danach suchen müssen.«

»Jetzt auf dem Gut aufzutauchen, wo gerade Geralds Bruder ermordet wurde, das gehört sich doch nicht. Besser, ich warte noch ein paar Tage.«

Oliver wollte gerade etwas entgegnen, als das Telefon klingelte.

»Geht einer von euch ran?«, hörten wir Mama aus der Küche rufen.

Oliver ging in den Flur. Ich hörte, wie er Großmutter begrüßte. Nach wenigen Minuten kam er hoch erfreut zurück und hielt einen Zettel in der Hand. »Wir können heute Vormittag den Polizisten besuchen, der damals vor Ort war, als Peter Anderson den Unfall hatte. Ich habe seine Anschrift und seine Telefonnummer und werde ihn gleich anrufen und fragen, um welche Zeit es ihm passt.«

»Da könntest du eigentlich alleine hinfahren«, schlug ich vor.

»Wie, das willst du dir entgehen lassen? Informationen aus erster Hand?«

»Du kannst mir ja hinterher genau Bericht erstatten. Ich wollte eigentlich zu Amy fahren.«

Den pensionierten Polizeibeamten hätte ich schon gerne etwas gefragt. Nämlich, ob er damals eine Flasche Dimple am Unfallort gesehen hatte, und vor allem, ob sie bereits angebrochen war. Aber in Olivers Beisein ging das schlecht. Er war zwar damals erst acht Jahre alt gewesen, aber wenn ich so gezielt nach dieser Flasche fragen würde, könnte es passieren, dass er sich wieder an unsere Einkaufsaktion bei Mrs Lasky erinnern und beides in Zusammenhang bringen würde. Auch dem ehemaligen Polizisten würde mein offensichtliches Interesse an der Flasche Dimple auffallen, auch wenn er vielleicht andere Schlüsse ziehen würde. Nein, besser, ich fuhr zu Amy und nahm die Sache mit Alisons Weihnachtswunsch in Angriff. Ein Vormittag ohne größere Aufregungen würde mir guttun.

Oliver wählte die Nummer, die ihm Großmutter gegeben hatte, und berichtete kurze Zeit später: »Ich kann sofort losfahren.« Dann rief er durch die Küchentür: »Mama, ich fahre zu dem Polizisten. Soll ich etwas Bestimmtes aus Dillings mitbringen, ich fahre sowieso durch die Stadt?«

»Ich war doch gestern erst einkaufen«, hörte ich Mama antworten.

»Na gut«, sagte Oliver. »Dann packe ich einfach den Einkaufswagen voll mit Sachen, die lecker aussehen.« Dann fragte er an mich gewandt: »Und du willst wirklich nicht mit?«

»Nein, du machst das schon. Bis später.«

# Kapitel 9

Nachdem Oliver losgefahren war, rief ich bei Amy an und fuhr anschließend auch sofort zu ihr.

Wir tranken Tee, und ich erzählte ihr von Alisons sehnlichem Wunsch nach der rosafarbenen Reitkappe. Amy überlegte hin und her und sagte dann: »Na gut, aber Alison muss versprechen, dass sie nur Weihnachten damit im Haus herumläuft. Ansonsten bleibt der Helm in ihrem Zimmer, bis sie wieder zum Gutshof darf.« Sie schrieb mir Alisons Größe für Kopfbedeckungen auf.

Nach meiner kurzen Nachfrage, wie es Stevens Auge ging, drehte sich das Gespräch natürlich wieder um den Mord. »Weißt du vielleicht etwas Neues von deinem Vater?«, fragte ich.

»Die Polizei war mehrere Male dort und hat auch Benjamins Zimmer durchsucht. Aber mitgenommen haben sie nichts, soweit mein Vater mitbekommen hat. Gerald Easterbrook ist natürlich sehr niedergeschlagen. Sein Onkel Mortimer ist aber jeden Tag da und steht ihm bei.«

Ich berichtete ihr, dass die Polizei auch bei uns und den anderen war, die Benjamin zuletzt im Pub gesehen hatten.

»Hört sich ja aufregend an«, meinte Amy. »Da fällt mir noch ein, Alison würde sich bald gerne wieder mit dir treffen. Ihr scheint euch ja wirklich gut verstanden zu haben am Sonntag.«

»Ja, es war ganz in Ordnung«, sagte ich und grinste. »Aber wahrscheinlich möchte sie mich weiter bearbeiten, damit ich ihr diese Reitkappe kaufe. Ich werde heute oder morgen nach Dillings fahren und zusehen, dass ich noch eins dieser besonderen Exemplare erwische. Dann rufe ich dich an.«

Als ich wieder zurück in Jolly Clover war, fuhr ich erst langsam die Straße entlang, die am Dorfplatz vorbei und dann zu unserem Haus führte. Ich überlegte einen Moment, ob ich einen kurzen Stopp im *Banditen* einlegen sollte, um festzustellen, ob neue Gerüchte oder Erkenntnisse über die Ermittlungen in Umlauf waren. Da am späten Vormittag aber nicht mit vielen Gästen zu rechnen war, fuhr ich weiter zu unserem Haus. Weder Olivers noch Mamas Wagen waren zu sehen, und so beschloss ich, gleich nach Dillings zu fahren. Ich dachte, für Inspektor Chandler wäre es natürlich wieder höchst verdächtig gewesen, dass ich erst das Tempo vor dem Dorfplatz und dann zu Hause verringert hatte, um dann doch weiterzufahren. Spontane Entschlüsse schienen für ihn grundsätzlich einen kriminellen Ursprung zu haben.

In Dillings musste ich erst einige Zeit nach einem freien Parkplatz suchen und fand schließlich einen, der ein Stück von dem Geschäft für Reitsportbedarf entfernt lag. Auf meinem Fußweg kam ich an einem Teeladen vorbei, den ich noch nicht kannte, und deckte mich mit einigen Sorten ein, die ich zu Hause miteinander mischen wollte.

In dem Schaufenster des Ladens für Reitzubehör sah ich schon das Objekt von Alisons Begierde. Ich betrat das Geschäft und bemerkte einen angenehmen Duft nach Leder. Die kleine Verkaufsfläche war vollgestellt mit allem, was das Reiterherz begehrt. Es gab eine Umkleidekabine, und vor den Regalen mit Reitstiefeln standen Stühle. Auf einem saß eine junge Frau, die schwarze Reitstiefel anprobierte, während ein kleines Mädchen mit den Führstricken spielte, die an einem Ständer hinter ihrer Mutter hingen. Eine Verkäuferin stand auf einer Leiter und suchte die Regale nach weiteren Stiefeln durch. Sie fragte die junge Frau, ob sie auch ein Paar braune anprobieren wolle. Ich ging in die Ecke mit den Reitkappen und hörte, wie das kleine Mädchen sagte: »Sieh mal, Mama, ich kann schon Knoten machen.«

»Fein, Liebes.« Die junge Mutter war jetzt mit einem Paar brauner Reitstiefel beschäftigt.

Ich fand die rosafarbenen Reitkappen und suchte nach der richtigen Größe. Dabei hörte ich, wie das kleine Mädchen rief: »Fertig!« Und gleich daraufhin die Mutter und die Verkäuferin zusammen: »Oh nein!«

Ich sah zu der Kleinen hinüber, die mit zufriedenem Gesicht vor der Reihe Führstricke stand, die sie miteinander verknotet hatte. »Was soll ich jetzt machen?«, fragte sie einsatzbereit.

»Ich bringe das gleich wieder in Ordnung«, versprach die Mutter der Verkäuferin und sagte zu ihrer Tochter: »Komm, setz dich zu mir und sieh dir die schönen Stiefel an.«

Während das Mädchen zu ihrer Mutter ging, bot ich an: »Ich kann ja schon mal anfangen.« Die Mutter und die Verkäuferin beteuerten, das sei wirklich nicht nötig, nahmen aber doch dankbar mein Angebot an. Bis die Verkäuferin Zeit für mich haben würde, konnte ich mich genauso gut damit beschäftigen, die Stricke zu entwirren. Während ich mich an meine Aufgabe machte, hörte ich, wie die Mutter ihrer kleinen Tochter zu erklären versuchte, warum ihre emsige Arbeit zunichtegemacht werden musste.

Nach einigen Minuten sprach mich eine Frau von hinten an, die während meiner Aufräumaktion das Geschäft betreten haben musste. »Entschuldigen Sie, aber vielleicht könnten Sie später aufräumen und mir zuerst mal ein paar Reithosen zeigen.« Ich drehte mich um und sah eine hübsche junge Frau in meinem Alter mit langen rotbraunen Haaren. Ihre Stimme war leicht ungeduldig, aber nicht unfreundlich, als sie fortfuhr: »Vielleicht in sandfarben oder so, damit man nicht jedes Staubkörnchen darauf sehen kann.«

Ich erklärte ihr, dass ich mir nur die Zeit vertrieb, bis ich an der Reihe mit meinen Wünschen wäre. Sie lachte, entschuldigte sich und sah sich nach den Reithosen um.

Nach einer ganzen Weile hatte die Mutter des kleinen Mädchens sich für die braunen Reitstiefel entschieden, und die Verkäuferin konnte sich mit mir beschäftigen. Die andere junge Frau war zwischenzeitlich mit einigen Reithosen in der Umkleidekabine verschwunden. Ich machte eine Anzahlung und verabredete, dass ich die Reitkappe am nächsten Tag, mit Alisons Initialen versehen, abholen könnte. Dann bot die Verkäuferin an, dass ich mir für meine Mithilfe einen Führstrick aussuchen dürfe. Erst wollte ich dankend ablehnen, da ich keine Verwendung dafür hatte. Aber Alison würde sich bestimmt darüber freuen, auch wenn sie ihn ebenfalls vorerst nicht gebrauchen konnte. Hauptsache, es hatte etwas mit Pferden zu tun. Als ich wieder vor dem Ständer mit Führstricken stand, hatte die junge Frau mit den rotbraunen Haaren bereits ihre Wahl getroffen und war an die Kasse getreten.

Rosafarbene Führstricke gab es leider nicht, und während ich überlegte, ob Alison lieber einen roten oder einen blauen haben wollte, hörte ich, wie die Ladentür geöffnet wurde und eine bekannte Stimme in Richtung Kasse rief: »Charlene, bist du so weit? Ich stehe im absoluten Halteverbot.«

Ich drehte mich vorsichtig halb zur Tür um, und die junge Frau mit den Reithosen antwortete: »Ich bin in einer Minute bei dir.« Daraufhin schloss Gerald Easterbrook die Ladentür und verschwand. Er hatte mich nicht gesehen, und ich atmete erst mal tief durch. Wenn das keine Neuigkeiten waren!

Auf dem Rückweg nach Jolly Clover dachte ich, gut, dass ich nicht mit Oliver zu dem ehemaligen Polizeibeamten gefahren bin. Meine Neuigkeiten waren bestimmt aufregender als das, was mein Bruder zu berichten hatte.

Als ich an unserem Haus vorfuhr, sah ich Mamas und Olivers Wagen. Ich fand Mama im Wohnzimmer, wo sie anscheinend mit einer Freundin telefonierte. Sie sagte: »Sekunde, Liz«, und dann zu mir: »Oliver wollte sich Cindy ausleihen und spazieren gehen.«

Dann war sie wieder mit Liz beschäftigt. Da hatte ich etwas wirklich Interessantes zu berichten und niemand war da, der mir zu meinem Zufallstreffer gratulieren konnte oder wollte. Und außerdem, seit wann ging Oliver spazieren? Er war nicht der Typ, der einfach nur so und ohne ein Ziel oder ohne einen bestimmten Grund durch die Gegend lief, weder mit noch ohne Hund.

Ich ging in die Küche und beschäftigte mich mit meinen neuen Teesorten. Nach wenigen Minuten steckte Mama den Kopf durch die Tür und teilte mir mit, dass sie mal kurz zu Liz gehen wolle. Hätte sie noch einige Minuten Zeit für mich gehabt, könnte sie gleich schon mit ihrer Freundin die Diskussion über Gerald Easterbrooks Liebesleben eröffnen. Aber so beschloss ich frustriert, ihr erst mal nichts darüber zu sagen und Oliver zu bitten, es auch für sich zu behalten. Wenn ich nur endlich Gelegenheit hätte, ihm von meiner Entdeckung zu berichten.

Ich trat ans Fenster und hielt Ausschau nach ihm. Endlich sah ich, wie er auf unser Haus zukam. Cindy hatte er bereits bei den Tuckers abgeliefert. Als er auf die Haustür zutrat und mich am Fenster stehen sah, warf er mir einen finsteren Blick zu. Mir wurde etwas unbehaglich, und ich setzte mich wieder an den Küchentisch vor meinen Teebecher.

Oliver kam direkt zu mir in die Küche, ließ sich auf einen Stuhl sinken und starrte mich grimmig an, bevor er herausfordernd sagte: »Dimple.«

»Dimple?«, wiederholte ich unsicher, während mir durchaus klar wurde, wovon er sprach, aber nicht, an wie viel er sich noch erinnern konnte.

»Stell dir vor«, begann Oliver ironisch zu berichten, »neben dem toten Peter Anderson wurde eine Flasche Dimple gefunden.«

»War die voll oder leer?«, fragte ich vorsichtig.

»Komm mir bloß nicht mit dummen Sprüchen. Vor zwanzig Jahren hast du deinen kleinen, unschuldigen Bruder dazu angestiftet, eine Flasche Dimple zu kaufen.«

»Klein, aber nicht unschuldig.«

Darauf ging Oliver nicht ein. »Und einen Tag, nachdem du den Alkohol hattest, wurde Peter Anderson tot aufgefunden und du hattest eine schwere Erkältung.«

»Die hatte ich auch wirklich. Ich habe das Zeug nicht getrunken.«

»Nein, hast du nicht, aber erst dachte ich es. Ich kann mich daran erinnern, dass ich erst glaubte, du seist von dem Alkohol krank geworden, bis Mama mich davon überzeugt hat, dass du eine Grippe hattest. An dem Morgen, als Mama gemerkt hatte, wie krank du warst, da kamen Polizei und Krankenwagen wegen Peter Anderson. Was hattest du mit dem Kerl zu tun?«

»Gar nichts.«

»Und wie kam die Flasche zu ihm in den Wald? Aus dem *Banditen* war die nämlich nicht, und er wird bestimmt von zu Hause nichts mitgebracht haben, wenn er vorhatte, im Pub etwas zu trinken. Gib's doch zu, er hatte sie von dir.«

Ich starrte trotzig auf meinen Teebecher.

»Warst du in den Typ verknallt, oder warum hast du ihm so ein teures Geschenk gemacht? Und wann und wo hast du es ihm gegeben? Im Wald? Warst du dabei, als der Unfall passiert ist?«

»Nein! Bist du verrückt? Ich habe von dem Unfall bestimmt erst eine Woche danach erfahren, als es mir wieder besser ging. Und verknallt war ich ganz bestimmt nicht in Peter Anderson. Ich konnte ihn überhaupt nicht leiden.«

»Und trotzdem hast du dein ganzes Taschengeld für ihn ausgegeben. Die Flasche hatte er von dir. Du sagst mir jetzt, was du mit dieser ganzen Angelegenheit zu tun hattest.«

»Du sagst mir ja auch nicht immer alles.«

»Bei mir geht es auch nicht um einen Unfall mit tödlichem Ausgang.« Dann fügte er eindringlich hinzu: »Emily, es ist wichtig zu wissen, was damals passiert ist. Ich bin davon überzeugt, dass du etwas richtig Dummes getan hast, aber das hat heute sicher keine Bedeutung mehr. Es geht nur darum, möglichst viel darüber zu erfahren, was sich damals abgespielt hat. Denn so ein ganz glatter Unfall war es anscheinend doch nicht.«

»Hat der Polizist dir das gesagt?«, fragte ich. »Was ist denn überhaupt dabei herausgekommen?«

»Erst redest du.«

Ich überlegte. Oliver würde nie von alleine darauf kommen, was genau ich angestellt hatte, aber die Vermutungen, die er hatte, waren fast noch schlimmer.

»Wenn ich es dir sage«, erklärte ich, »musst du mir vorher versprechen, dass du es für dich behältst. Du wirst weder Mama und Papa noch Tiffany oder sonst wem davon erzählen.«

Oliver sah mich misstrauisch an. »Ist es doch etwas so Schlimmes?«

»Das weiß ich eben nicht. Das ist es ja gerade. Also, versprichst du es?«

»Ja«, sagte er ohne weiteres Zögern.

»Kannst du dich noch an David erinnern, den Sohn der jungen Witwe, die mit Peter Anderson befreundet war?«, begann ich mein Geständnis.

Oliver lauschte gebannt und unterbrach mich nicht ein Mal. Von meiner größten Sorge, dass ich an dem Tod von Peter Anderson schuld war oder zumindest mitschuldig, sagte ich nichts, und Oliver kam von alleine nicht darauf. »Der Plan war nicht mal schlecht für ein Kind«, sagte er anerkennend. »Und dich hat offenbar niemand mit der Flasche gesehen. Denn das hätte ein Gerede hier im Dorf gegeben. Stell dir vor, ein zehnjähriges Mädchen wird mit einer Flasche Scotch erwischt.«

»Es hat ja kein Gerede gegeben«, sagte ich und fragte wie nebenher: »Und, weißt du, ob Peter Anderson davon getrunken hat?«

»Keine Ahnung, danach habe ich nicht gefragt. Aber das spielt ja wohl keine Rolle. Warum fragst du?«

»Ach nur so. Was ist denn bei deinem Besuch heute Morgen sonst noch herausgekommen? Es war also doch kein eindeutiger Unfall?«

»Doch, schon. Aber der Polizist, Sergeant Fuller, konnte sich daran erinnern, dass das Fahrrad von Peter Anderson einen Platten hatte, was Henry Finch ja auch gesagt hat. Und eben dieses Fahrrad lag ein ganzes Stück vor Peter Andersons Leiche mitten auf dem Weg. Und neben dem Fahrrad lag die Flasche. Wahrscheinlich ist sie vom Gepäckträger gerutscht, aber nicht zerbrochen.«

»Das mit dem Fahrrad ist seltsam«, bemerkte ich. »Also wollte er wieder zurückgehen? Aber warum? Der *Bandit* sollte an diesem Abend früh schließen.«

»Genau, und er hatte dort auch nichts vergessen. Das hatte Sergeant Fuller nachgeprüft. Und selbst, wenn er zurückgehen wollte, er hätte das Fahrrad sicher nicht mitten auf dem Weg liegen lassen. Egal, wie betrunken er gewesen sein mag.«

»Was war mit seinem Herzen? Hatte er nun einen Herzinfarkt oder ist er nur gestolpert und gefallen?«

»Sein Herz war nicht ganz in Ordnung, aber einen Herzinfarkt hatte er nicht. Es sah so aus, als hätte er einfach sein Rad fallen lassen und sei dann einige Meter zurückgegangen. Dabei ist er gestolpert und mit dem Kopf auf einen dicken Ast aufgeschlagen. Er war sofort tot. Warum er aber wieder zurückwollte, ob er sich erschrocken oder vor etwas Angst hatte, konnte Sergeant Fuller nicht sagen. Fußspuren waren auch keine zu sehen, denn es war schon seit Tagen ungewöhnlich kalt und der Boden hart. Und natürlich fragte der Sergeant sich, was es mit dieser Flasche Dimple auf sich hatte, da er wusste, dass sie nicht aus dem Pub war.«

»Meint denn Sergeant Fuller, dass bei diesem Unfall etwas nachgeholfen wurde?«, fragte ich.

»Nicht direkt. Es gab ja auch nicht den kleinsten Beweis dafür, und trotzdem kam ihm die Angelegenheit etwas sonderbar vor.«

»Ganz bestimmt«, sagte ich. »Sonst würde er sich nach all den Jahren nicht mehr so gut daran erinnern.«

Oliver grinste. »Oh, er hatte bereits Gelegenheit, seine Erinnerungen aufzufrischen. Denn gestern Nachmittag war Sergeant Rossini bei ihm und hat die gleichen Fragen wie ich gestellt.«

Jetzt staunte ich und mir fiel ein, dass ich noch etwas zu beichten hatte. »Ich dachte ja eigentlich, dass mich damals niemand bei meiner Aktion gesehen hat«, erzählte ich. »Aber irgendwie muss Benjamin Easterbrook davon erfahren haben, oder er hat mich gesehen.«

»Wie kommst du darauf?« Oliver war beunruhigt.

»Komm mit nach oben, ich muss dir etwas zeigen. Kann sein, dass du dich aufregst, aber du hättest es bestimmt auch nicht Inspektor Chandler unter die Nase gehalten. Ich bringe es aber auch nicht über mich, es zu vernichten. Ich weiß einfach nicht, was ich damit machen soll.«

»Wovon redest du?« Oliver stieg hinter mir die Treppen hoch. Ich setzte mich auf mein Bett und griff nach meinem Kopfkissen. Ich zog den Brief von *meinem Banditen* hervor und drückte ihn Oliver schweigend in die Hand. Während er sich damit an meinen Schreibtisch setzte, wurden wir von Mamas Stimme überrascht, die vom Flur aus rief, ob wir etwas zu essen wollten.

Ich ging an die Tür und sagte, dass wir später im *Banditen* essen würden. Dann setzte ich mich wieder und wartete auf Olivers Reaktion.

Er las den Brief mehrere Male und meinte: »Den hätte ich Inspektor Chandler auch nicht gezeigt. Auf gar keinen Fall. Damit würdest du auf der Liste der Verdächtigen aber wirklich ganz oben stehen.«

»Was glaubst du, wie kann Benjamin mich damals erwischt haben? Ich habe ihn zumindest nicht gesehen. Nur die Leute, die aus dem Pub kamen, und die haben mich nicht gesehen. Dachte ich zumindest.«

»Ich weiß nicht, nur kann ich mir bei Benjamin nicht vorstellen, dass er etwas gegen dich in der Hand hatte und zwanzig Jahre damit gewartet hat, um es dir unter die Nase zu reiben.«

»Vielleicht fand er es damals nicht so aufregend, und erst letztens im Pub, als ich ihn gereizt habe, ist es ihm wieder eingefallen. Es kann auch sein, dass er Schweigegeld erpressen wollte, und bis vor einer Weile war er ja noch nicht pleite.«

»Du hast doch aber nicht so viel Geld, dass sich eine Erpressung lohnen würde«, wandte Oliver ein.

»Aber ich hätte mir etwas von dir oder Mama und Papa leihen können. Und wenn er wirklich keinen Penny mehr hatte, wäre es immerhin etwas gewesen. Warum hätte er mich denn sonst in den Wald bestellen sollen, wenn er kein Geld wollte? Einfach nur aus purer Gemeinheit?«

»Wundern würde mich das nicht«, sagte Oliver. »Du bist doch nicht hingegangen, oder?«

»Nein, ich habe den Brief viel zu spät gelesen, ich war ja an dem Abend erst aus London zurückgekommen. Er hat vielleicht mitbekommen, dass ich Urlaub habe, wusste aber nicht, dass ich für zwei Tage in London Vertretung machen musste und seinen Brief nicht rechtzeitig lesen würde.«

»Gut, dass du in London warst. Nicht auszudenken, wenn die Polizei irgendwelche Spuren von dir am Tatort finden würde.«

170

»Das wäre gar nicht aufgefallen bei dem Andrang, der am Freitagmorgen dort herrschte. Aber auf jeden Fall ist es besser, dass meine Rückkehr nach Jolly Clover am äußersten Ende der möglichen Tatzeit liegt. Inspektor Chandlers Verdächtigungen reichen mir auch so.«

»Mir auch«, murmelte Oliver und las den Brief zum wiederholten Mal.

»Du kennst ihn doch jetzt auswendig«, sagte ich. »Gib her, ich verstecke ihn wieder in meinem Kopfkissen.«

»Moment noch.«

Oliver starrte auf den Brief, dann auf mich und kniff nachdenklich die Augen zusammen.

»Was ist«, begann er langsam zu sprechen, »wenn dieser Brief gar nicht von Benjamin Easterbrook kommt?«

»Von wem denn sonst?«

Oliver wartete einen Moment, bevor er antwortete: »Von seinem Mörder.«

»Oliver«, sagte ich erschrocken. »Glaubst du, jemand wollte eigentlich mich umbringen?« Mir stockte der Atem.

»Nein, nein, keine Angst«, versuchte mein Bruder mich zu beruhigen. »Ich glaube nicht, dass dich jemand umbringen wollte.«

»Aber?«

»Den Verdacht auf dich lenken. Wenn Benjamin kurz vor acht erschossen wurde und du um acht am Tatort gewesen wärst, vielleicht hätte derjenige dafür gesorgt, dass dich dort jemand sieht. Aber da du nicht aufgetaucht bist, hat die Polizei mehrere Verdächtige, bei denen sie nach Motiven suchen muss. Bei dir wäre es einfacher gewesen. Es gibt etliche Zeugen für deinen Streit mit Benjamin im Pub. Wenn du dann noch neben seiner Leiche gestanden hättest, wäre die Polizei eine ganze Weile ausschließlich mit dir beschäftigt.«

»Stell dir vor, dann hätten sie mich bestimmt in Untersuchungshaft gesteckt«, sagte ich entsetzt.

Bis jetzt hatte ich durchaus etwas Verständnis für den Mörder von Benjamin Easterbrook gehabt, aber das hatte sich schlagartig geändert. Wer auch immer es war, wenn ich dahinterkommen sollte, würde ich nicht eine Sekunde zögern, es der Polizei zu sagen. »Jeder im Pub, der den Streit mitbekommen hat oder auch nur davon gehört hat, kann der Verfasser von diesem Brief hier sein«, sagte ich. »Kennst du nicht jemanden, der ihn auf Fingerabdrücke und so untersuchen kann?«

»Nicht auf Anhieb. Aber ich glaube auch nicht, dass der Mörder so dumm war, Fingerabdrücke zu hinterlassen. Und diesen Brief hat er auch bestimmt nicht bei sich zu Hause auf seinem heimischen Computer und Drucker geschrieben. Vielleicht in einer Bücherei oder einem Internetcafé in Dillings oder einer anderen größeren Stadt. Selbst London ist ja nicht so weit.«

»Müssen wir den Brief jetzt doch der Polizei geben, damit sie nachforschen kann, wo er ausgedruckt worden ist?«, fragte ich ängstlich.

»Da hätte die Polizei aber eine riesige Untersuchung vor sich. Vielleicht, wenn es um eine Berühmtheit ginge oder einen Politiker. Aber ich kann mir nicht vorstellen, dass sie wegen Benjamin Easterbrook einen dermaßen großen Aufwand betreiben. Da würden sie die Nadel im Heuhaufen suchen müssen.«

»Ich kann mir gar nicht vorstellen, dass Henry Finch einen Computer hat oder auch nur weiß, wie man mit einem umgeht«, sagte ich.

»Eine Schreibmaschine reicht ja auch, aber es kann ebenfalls gut sein, dass er für Alfie im Internet Reklame macht und sich da auch gerne über Hundeshows und die Konkurrenz informiert.«

»Wenn der Brief nicht von Benjamin, sondern von seinem Mörder ist«, sagte ich, »bedeutet das, dass es immer noch jemanden gibt, der weiß, was ich damals mit dem Dimple gemacht habe.«

»Er kann ja durchaus von Benjamin sein«, sagte Oliver. »Ob von seinem Mörder oder Benjamin selbst, beides ist möglich. Pass auf, so könnte es sich abgespielt haben: Als es damals passiert ist, war es Samstagabend. Benjamin war zwölf Jahre alt und hat sich zu Hause gelangweilt. Er hat sich aus dem Haus geschlichen, einfach um zu sehen, ob er nicht irgendeinen Blödsinn veranstalten kann. Und dabei hat er gesehen, dass du dich an der Straßenecke herumgedrückt hast. Er wird sich darüber gewundert haben, als er gesehen hat, was du getan hast, konnte sich aber keinen Reim darauf machen, warum du Peter Anderson heimlich eine Flasche Scotch auf den Gepäckträger legst. Er hatte schon bemerkt, dass du nicht entdeckt werden wolltest, aber als Peter Anderson dann den Unfall hatte, fand er die Sache mit dem Dimple nicht mehr so interessant. Und letztens im Pub ist es ihm aus irgendwelchen Gründen wieder eingefallen. Das ist doch manchmal so. Er hatte doch auch sein Glas Scotch zerbrochen. Und du hattest ihn verärgert. In diesem Zusammenhang kam die Erinnerung wieder hoch. So könnte es doch gewesen sein.«

»Und dann hat er sich überlegt, wie er mir eins auswischen oder etwas Geld erpressen kann«, ergänzte ich Olivers Überlegungen. »Doch wie kann jemand gewusst haben, dass Benjamin am Donnerstagabend im Wald sein würde?«

»Ich glaube, niemand hat gewusst, dass er vorhatte, in den Wald zu gehen, aber jemand kann ihn gesehen haben.«

»Aber wenn er vom Gutshaus aus in den Wald ging, ist er bestimmt niemandem aufgefallen.«

Oliver dachte kurz nach und sagte: »Höchstens jemandem, der gerade spazieren ging. Vielleicht auch durch den Wald oder am Feldweg entlang. Oder sein Bruder hat gesehen, wie er das Haus verlassen hat.«

»Dann käme also Gerald infrage«, sagte ich und überlegte weiter. »Oder vielleicht auch Henry Finch auf seinem Abendspaziergang mit Alfie.«

»Nicht zu vergessen Alicia, wenn sie ihre Gewohnheit beibehalten hat, jeden Abend noch eine Runde zu laufen. Und bei dem Wetter und der Dunkelheit wartet sie damit auch nicht, bis der *Bandit* geschlossen hat.«

»Als ob Alicia mit einer Pistole spazieren geht«, widersprach ich.

»Sie hat es ja nicht weit nach Hause«, sagte Oliver. »Und Henry Finch auch nicht. Wenn einer von ihnen gesehen hat, dass Benjamin im Wald auf etwas oder jemanden wartet, hätte er schnell eine Pistole von zu Hause holen können. Ebenso Gerald. Trotz allem kann ihn natürlich auch ein anderer gesehen haben, nicht nur ein regelmäßiger Spaziergänger.«

»Und falls der Brief nicht von Benjamin ist, hat sein Mörder ihn irgendwie dazu gebracht, dort im Wald auf ihn zu warten«, sagte ich.

Oliver nickte und gab mir den Brief zurück. Ich verstaute ihn wieder in meinem Kopfkissen.

»Sollen wir jetzt ins Pub gehen?«, fragte Oliver. »Ich habe Hunger.«

»Ja, aber lass uns vorher bei Großmutter vorbeischauen. Sie hat schließlich die Verbindung zu Sergeant Fuller hergestellt.«

Auf dem Weg zu Großmutter überlegte ich, welche Variante mir lieber wäre. Ich hatte mich daran gewöhnt, in Benjamin den Verfasser meines Briefes zu sehen. Ich hatte ihn nie leiden können, und mit seinem Tod wäre mein Geheimnis von früher nicht in den Händen von jemandem, der mir und meiner Familie schaden wollte. Der Haken an dieser Version war nur, dass ich Großmutter in Gedanken nicht vollkommen als Verdächtige ausschließen konnte. Was hatte sie am Donnerstagabend gemacht, und wenn es nichts Verbotenes war, warum weigerte sie sich, darüber zu reden? Die Version, dass der Brief von

Benjamins Mörder stammte, behagte mir gar nicht, sie hatte allerdings den Vorteil, dass ich Großmutter dann nicht mehr zu den Verdächtigen zählen würde, denn sie hätte niemals versucht, mich irgendwie zu belasten.

Großmutter hatte ihre Haustür wieder nicht abgeschlossen, und nachdem wir angeklopft hatten, betraten wir den Flur. »Großmutter, Emily und ich sind's!«, rief Oliver durch den Flur.

»Ich bin gleich fertig!«, rief Großmutter zurück. Ihre Stimme kam aus dem Badezimmer im ersten Stock. Wir stiegen die Treppe hinauf. Die Tür zu ihrem Arbeitszimmer stand offen. Als wir gerade hineingehen wollten, ging die Badezimmertür auf und Großmutter trat mit einem Handtuch um ihre frisch gewaschenen Haare auf uns zu. »Hallo, ihr beiden«, begrüßte sie uns. »Kommt mit nach unten.«

Von irgendetwas angezogen, warf ich einen Blick in ihr Arbeitszimmer und blieb stehen. Oliver sah meine Reaktion und folgte meinem Blick. Das hübsche Kästchen, das mir schon einmal aufgefallen war und das aussah wie ein hölzernes Brillenetui mit zierenden kleinen Glaskugeln, war mit einem Kabel an den Rechner ihres Computers angeschlossen. Über den Monitor ihres PCs rasten in nicht zu lesender Geschwindigkeit Zahlen- und Buchstabenkombinationen. Bevor Großmutter sich eilig vor den Bildschirm stellte, konnte ich gerade noch die Wörter »Banco di … « auf der eingeblendeten Internetseite erkennen. Die Glaskugeln des kleinen Kästchens blinkten wie wild.

Ich zeigte anklagend auf das Kästchen und hauchte: »Papa.«

Großmutter drückte eine Tastenkombination, und auf dem Monitor erschien der Bildschirmschoner: flauschige weiße Schafe auf einer grünen Wiese mit sanften Hügeln im Hintergrund.

»Das hat Papa für dich gemacht.«

»Ja wirklich?« Oliver war interessiert. »Ist das so ein Teil für Computerhacker, das eigentlich verboten ist?«

Ich ließ mich in den Ohrensessel neben ihrem Beistelltisch sinken. Waren alle in meiner Familie kriminell? Plünderte Großmutter ausländische Banken? Welche geheimen Absprachen traf mein Bruder im Gemeinderat? Und vielleicht waren Mamas kosmetische Cremes gar nicht so harmlos. Eine Prise Kontaktgift und man war seinen lästigen Gatten los. Und war Papa nur das harmlose Werkzeug seiner gefährlichen Schwiegermutter oder bastelte er auch Zubehör für Attentate aller Art, Hauptsache, sie würden hübsch blinken, bevor sie losgingen? Dagegen war ich ja sogar recht harmlos. Nur ein Unfall mit tödlichem Ausgang vor zwanzig Jahren und die ganze Zeit danach ein mustergültiges Mitglied unserer Gesellschaft. Bei meinen Genen gar nicht mal so übel.

Oliver setzte sich auf die Sessellehne und tätschelte meinen Arm. »Emily, ist dir nicht gut?«

Großmutter ging auf die Tür zu. »Ich mache dir schnell einen Kamillentee.«

»Halt!«, rief ich. »Du willst nur Zeit gewinnen.«

Großmutter blieb ergeben stehen und drehte sich langsam zu mir um.

»Wie hast du Papa dazu gekriegt, so etwas Verbotenes für dich herzustellen?«

»Vor Jahren war das gar nicht verboten«, versuchte Großmutter, sich herauszureden.

»Dieses Teil ist aber nicht so viele Jahre alt. Du hast es noch nicht lange. Und dieses Geblinke, das kann nur von Papa sein.«

Großmutter seufzte. »Er hat sich so gefreut, als ich es genommen habe, ohne ihm zu sagen, dass es mich stört.« Sie setzte sich vor ihren Schreibtisch.

Ich beobachtete sie misstrauisch und dachte nach. »Ich hab's!«, rief ich triumphierend. »Du hast Papa erzählt, dein Gedächtnis lässt nach und du vergisst deine Passwörter für die Internetforen.« Ich ärgerte mich über den bewundernden Blick, mit dem Oliver unsere Großmutter ansah. Sicher überlegte er bereits, was er alles mit Großmutters Hilfe und dieser kleinen Höllenmaschine über die anderen Gemeinderatsmitglieder ausspionieren könnte.

»Du findest das wohl vollkommen in Ordnung, was?«, fuhr ich ihn an.

»Nein, nein, natürlich nicht«, versicherte er schnell. »Vielleicht ist es ja auch ganz harmlos. Man darf nicht immer bei allem das Schlimmste annehmen, Emily.«

»Ich fasse es nicht!«

»Tatsächlich«, mischte Großmutter sich jetzt ein, »ist wirklich nichts Verbotenes dabei. Es ist eigentlich nur ein Spiel.«

»Dann zeig mir die Spielanleitung.«

»Es ist einfach ein Spiel, das ich für mich erfunden habe.«

»Ach, und was für ein Spiel soll das sein? Konten plündern oder Banken ausrauben oder was sonst? Und wo wir gerade bei Spielen sind. Wo warst du am vergangenen Donnerstag? Auf jeden Fall nicht Scrabble spielen.«

Aber Großmutter war bereits wieder Herrin der Lage und erklärte in sachlichem Ton: »Dies hier ist wirklich nur ein Spiel für mich. Ich wollte sehen, ob es mir gelingt, auf verschlüsselte Internetseiten zu gelangen. Ich habe keine Konten geplündert und auch nicht vor, eine Bank zu überfallen. Und wo ich am Donnerstag war, geht dich nichts an. Aber wenn es dich beruhigt, ich habe Benjamin Easterbrook nicht erschossen. Mehr werde ich dazu nicht sagen. Du hast doch sicher auch deine kleinen Geheimnisse, die hat doch jeder, oder etwa nicht?«

War das eine Anspielung? Hatte etwa Großmutter mich an jenem verhängnisvollen Abend in meiner Kindheit auch gesehen?

Mein Bruder grinste mich an. »Jetzt reg dich wieder ab.«

»Genau«, stimmte Großmutter ihm zu. »Geht schon mal in die Küche. Ich koche uns gleich einen Tee.«

Sie stand auf, und Oliver folgte ihr. Notgedrungen schloss ich mich an. Großmutter verschwand kurz im Badezimmer und kam ohne Handtuch um den Kopf und mit frisch gekämmten Haaren zu uns in die Küche. »Seid ihr nur so vorbeigekommen oder gibt es einen bestimmten Grund?«, fragte sie und setzte Teewasser auf.

Oliver berichtete von seinem Besuch bei Sergeant Fuller und dass DS Rossini diesen ebenfalls aufgesucht hatte. Großmutter zeigte sich überrascht und interessiert. Aber wahrscheinlich würde sie jetzt selbst über die Farbe von Staubsaugerbeuteln angeregt diskutieren, nur damit ich das Gespräch nicht wieder auf ihr kleines Spielzeug im Arbeitszimmer bringen konnte, dachte ich grimmig.

»Ja, wenn man wüsste, welcher Weg der richtige bei den Ermittlungen ist«, meinte sie. »Hat alles etwas mit der Vergangenheit zu tun oder sind es zwei verschiedene Paar Schuhe?«

»Wenn die beiden Todesfälle zusammenhängen, könnte es eben doch etwas mit diesem James zu tun haben, dem *Banditen* aus alten Zeiten.« Das war anscheinend eine von Olivers liebsten Theorien. »Schade, dass man kaum etwas über ihn weiß.«

»Frag doch mal deine alte Freundin, Mrs Lipman«, schlug Großmutter vor.

Oliver zögerte. »Ich kann doch so eine betagte Dame nicht danach fragen, welche Nachbarin ihrer Meinung nach früher ein Verhältnis mit dem *Banditen* hätte haben können.«

Großmutter schmunzelte. »Das vielleicht nicht so direkt. Aber immerhin war ihr Mann damals Mitglied des Gemeinderats, als es um das Testament des *Banditen* ging und die Aufstellung seiner Statue auf unserem Dorfplatz. Bestimmt hat ihr Mann mit ihr darüber geredet.«

»Ich werde sie anrufen«, versprach Oliver. »Sie und Mrs Emerald haben mir gerade geschrieben. Das passt ganz gut.«

Endlich kam ich nun dazu, meine Neuigkeiten zu verkünden und meinte geheimnisvoll: »Großmutter, diese ehemalige Freundin von Gerald und Benjamin, die heißt doch Charlene, nicht wahr?« Großmutter sah mich erstaunt an, und ich fuhr fort: »Hat sie zufällig lange rotbraune Haare und reitet?«

Großmutter nickte, und meine beiden Zuhörer sahen mich gespannt an.

»Hast du sie gesehen?«, fragte Oliver aufgeregt.

»So ist es, und von *ehemalig* kann nicht mehr die Rede sein«, sagte ich bedeutungsvoll und schilderte meine Erlebnisse im Reitsportbedarf.

Großmutter war wirklich erstaunt. »Und ich dachte, diese junge Dame hätte anderweitig ihre Fühler ausgestreckt. Ich weiß, dass Benjamin sie mehrere Male zum Gutshof mitgebracht hatte. Es machte ihm Spaß, mit dem Familienbesitz anzugeben. Und da sie eine begeisterte Reiterin war, gefiel es ihr auch. Dann bemerkte ich, dass auch Gerald begann, sich für sie zu interessieren. Aber sie fand Benjamin wohl aufregender und Gerald zu solide.«

»Und Benjamin war sicher noch nicht pleite«, vermutete Oliver.

»Die Frau muss verrückt sein«, warf ich ein. »Benjamin ging einem auf die Nerven, das war schon alles. Und Gerald ist wirklich nett.«

»Das war sein Vater auch«, sagte Großmutter. »Und er hatte eine Frau, von der ich annahm, dass sie ihn letztendlich nur des Geldes wegen geheiratet hat. Hoffentlich teilt Gerald nicht dasselbe Schicksal mit seinem Vater, da sich diese Miss Pitts ja nun doch für ihn interessiert.«

»Damit hätten wir ein Tatmotiv für Gerald«, stellte mein Bruder fest und spann seine Geschichte aus. »Charlene trennt sich von Benjamin, weil man diesen Giftzwerg auf die Dauer nicht ertragen konnte. Dann trifft sie irgendwann Gerald wieder, und er ergreift seine Chance. Seinem kleinen Bruder erzählt er nichts davon, damit die gute Charlene nicht wieder rückfällig wird. Aber Benjamin entdeckt das junge Glück und macht sich einen Spaß daraus, den Kontakt zu Charlene zu erneuern. Gerald will sie nicht wieder an seinen Bruder abtreten müssen, und er schaltet die Konkurrenz aus. Na, was meint ihr?«

»Ich weiß nicht«, sagte ich zögernd.

»Also, falls es Gerald war, kann das Motiv auf jeden Fall nichts mit Geld zu tun haben«, entgegnete Oliver. »Da wären Liebe oder Eifersucht schon wahrscheinlicher, nicht wahr, Großmutter?«

»Zu vererben hatte Benjamin sicher nichts«, bestätigte sie.

»Ich kann mir Gerald gar nicht als einen wild entschlossenen Liebhaber vorstellen. Er ist so ruhig und freundlich«, sagte ich.

»Gerade deswegen«, erklärte mein Bruder, der große Menschenkenner. »Diesen richtig netten, zurückhaltenden Männern fällt es gar nicht leicht, eine Freundin zu finden. Und als er es geschafft hatte, eine Frau, in die er seit Langem verliebt ist, für sich zu interessieren, pfuscht ihm sein böser kleiner Bruder dazwischen.«

Die Diskussion ging noch eine Weile hin und her, bis Oliver sagte: »Mir knurrt jetzt wirklich der Magen. Eigentlich wollte ich längst mit Emily zum *Banditen*.«

»Ich kann euch etwas kochen, wenn ihr wollt«, bot Großmutter an. »Was hättet ihr denn gerne?«

»Eigentlich habe ich gar keinen Hunger, ich wollte nur schnell etwas trinken und hören, ob es neue Gerüchte gibt«, sagte ich und stand auf. Oliver hatte sich ebenfalls halb erhoben. Ich sah ihn an und bemerkte einen ganz kleinen Moment diesen Ausdruck auf seinem Gesicht, den er schon immer hatte, wenn er einen seiner nicht ganz lupenreinen Pläne schmiedete.

Er setzte sich wieder hin und sagte: »Wenn du ohnehin nur kurz im Pub vorbeischauen willst, dann geh doch ruhig alleine, und ich lasse mich hier ganz gemütlich von Großmutter bekochen.«

Großmutter erlaubte sich ebenfalls ein ganz kurzes, amüsiertes Lächeln. Zum Abschied sagte sie: »Du könntest ja auch bei deinem Gladstone vorbeischauen und bei dieser Gelegenheit Mr Easterbrooks Taschentuch mitnehmen.«

Ich kann es auch lassen, dachte ich, und machte mich auf den Weg zum Pub. Mir war schon klar, warum Oliver noch alleine bei Großmutter bleiben wollte. Erst würde er ihre Nahrungsvorräte plündern, und dann würden sich die beiden genüsslich vor den Computer setzen. Und die kleinen Glaskugeln an ihrem Kästchen würden blinken wie nie zuvor.

## Kapitel 10

Ich ging zum Dorfplatz und blieb an der Ecke stehen, an der ich vor zwanzig Jahren auf den Augenblick gewartet hatte, meine Flasche Dimple auf Peter Andersons Gepäckträger legen zu können. Die Häuser waren in einem unregelmäßigen Halbkreis um den Dorfplatz gebaut. Gegenüber verlief die Landstraße, und dahinter lag der Wald.

Ich sah von Haus zu Haus und dachte darüber nach, dass die meisten Bewohner wohl auch damals schon hier gelebt hatten. War vielleicht Benjamin bei einem anderen Jungen, der hier wohnte, zu Besuch und hatte aus dem Fenster gesehen? Es war ja schon dunkel gewesen, aber es gab die Laternenbeleuchtung und die Lichter des Pubs. Von den Häusern aus, die näher an meiner Ecke standen, hätte man eventuell die Flasche erkennen können, aber auch die Marke? Möglicherweise war jemand neugierig geworden, als er mich gesehen hatte, und hatte ein Fernglas zu Hilfe genommen. Ich schaute auf die Statue des *Banditen* und hatte ein unangenehmes Gefühl. Sie war seit meiner Kindheit ein vertrauter Anblick für mich, doch jetzt bekam ich eine Gänsehaut.

Während ich auf die Statue starrte, hörte ich von Weitem ein Motorrad heranfahren. Dennis Pringle fuhr um die Ecke und auf das Pub seines Onkels zu. Als er mich sah, ließ er sein Motorrad bis zu mir rollen. Er nahm seinen Helm ab und sagte belustigt: »Was drückst du dich denn hier an der Ecke herum? Wenn es schon dunkel wäre, würde ich ja das Schlimmste vermuten.«

»Ja, was denn?«, fragte ich verlegen.

»Lass mal überlegen. Ja, genau. Du würdest mit deiner Gang planen, unsere Statue zu rauben, weil ihr in Erfahrung gebracht habt, dass der Sockel innen aus purem Gold ist.«

Jetzt musste ich lachen. »Ich habe keine Gang, aber du könntest mir beim Tragen helfen.«

Während wir zusammen in den Pub gingen, überlegte ich einen Moment, ob der Sockel wirklich aus Gold war. Oliver hatte mich mit seinem Jagdfieber angesteckt, überall nach Motiven und Verwicklungen zu suchen. Aber es war natürlich Blödsinn, so ohne Weiteres ließ sich unsere Dorfberühmtheit nicht fortbewegen. Doch wer wusste das schon, man könnte vielleicht mit einem Bohrer ein schönes Stück herausbekommen. Ich nahm mir vor, Oliver von meiner Theorie zu erzählen, falls er mich nachts wieder aus dem Schlaf reißen sollte. Dann könnte er sich ein Gästezimmer über dem Pub mieten und so lange Nachtwache halten, bis die Polizei den Mörder gefasst hätte.

Ich bekam jetzt doch Hunger und bestellte mir ein Sandwich. Danach spielte ich mit Dennis eine Runde Dart, bevor er wieder zu seiner Werkstatt fuhr. Er hatte mich gefragt, wann ich denn eine Runde mit ihm fahren wollte, und wir hatten einen Tag in der nächsten Woche vereinbart. Bis dahin wollte er passende Motorradkleidung für mich leihen.

Ich war gar nicht so versessen auf eine Motorradtour. Es würde mir vollkommen ausreichen, ein Weilchen hinter Dennis auf seinem Motorrad zu sitzen.

Als ich aus dem Pub trat, bellte einige Schritte weiter ein Border Collie. Ich war erstaunt, denn Alfie war unser einziger Hund dieser Rasse und bellte kaum. Schon gar nicht, wenn er vor unserem Dorfladen angebunden war.

Dann erkannte ich, dass es eine Hündin war und mir fiel ein, dass Cindy ja bei den Tuckers zu Besuch war.

Ich hatte sie einige Zeit nicht gesehen und hielt ihr meine Hand zum Schnuppern hin. Sie schien mich wiederzuerkennen, wedelte freundlich mit dem Schwanz und ließ sich von mir streicheln. Carol Tucker trat mit einer Tragetasche aus dem Laden. »Na, auf den Hund gekommen?«, begrüßte ich sie.

»Cindy ist ja eine ganz Liebe«, sagte Carol. »Aber sie will immer beschäftigt werden.«

»Ich kann ja noch eine Runde mit ihr gehen«, bot ich an.

»Ach, gerne«, sagte Carol. »Mikey kommt ja erst später aus der Schule und ich muss mich noch um das Essen kümmern. Wie schön, dass Oliver und du so gerne mit ihr spazieren geht.«

Ich machte mich mit Cindy auf den Weg. Als Kinder hätten Oliver und ich gerne einen Hund oder eine Katze gehabt. Mama mochte Hunde ebenfalls, hatte aber Angst, dass Tierhaare in ihren Cremes landen würden. Unsere Familie hielt sich tagsüber oft in der Küche auf, wo Mama ihre Cremes herstellte, und es war ihr zu umständlich, immer darauf zu achten, die Küchentür geschlossen zu halten. Außerdem konnte man einen Familienhund ja nicht ständig ausschließen. Immerhin hatten wir manchmal Henry Finchs Hunde ausführen dürfen.

Ich promenierte mit Cindy erst eine Runde durch unser Dorf und beschloss, den Rückweg durch den Wald zu gehen. Da ich vergessen hatte, Carol zu fragen, ob ich Cindy frei laufen lassen könnte, traute ich mich nicht, sie von der Leine zu lassen. Dafür ließ ich diese so lang wie möglich und Cindy an jedem Grasbüschel und Baumstamm schnüffeln, bis es ihr zu langweilig wurde und sie von alleine weiterwollte.

Wir näherten uns der Stelle, an der Benjamin Easterbrook tot aufgefunden worden war. Meine Schritte wurden langsamer, obwohl Cindy vorwärts wollte. Dann bellte sie einige Male, und jemand trat aus dem Gebüsch. Es war Sergeant Rossini. Er wartete, bis wir bei ihm ankamen und begrüßte mich lächelnd: »Hallo, Miss Walker. An den Ort des Verbrechens zurückgekehrt? Und das ist Alfie, der tolle Spürhund von Mr Finch?«

Inspektor Chandler hätte bestimmt gleich vermutet, dass ich mit Henry Finch unter einer Decke stecken würde, wenn er annahm, mich mit Alfie zu sehen. Mit Sergeant Rossini hatte ich noch keine Erfahrungen.

»Weder noch«, gab ich gereizt zurück. »Ich war hier schon einige Zeit nicht mehr, und dies ist Cindy. Sie ist bei den Tuckers zu Besuch. Soll ich Ihnen erklären, wie man feststellt, ob es sich um einen Rüden oder eine Hündin handelt?«

»Vielleicht komme ich gerne einmal darauf zurück.« Der schöne Charlie lachte. »Waren Sie gar nicht dabei, als sich das halbe Dorf um den Toten und später um die Spurensicherung versammelt hatte?«

»Ich bin nicht so sensationslüstern. Ich gehe nur mit Cindy spazieren. Was machen Sie hier? Nach weiteren Spuren suchen?«

»Davon haben wir eigentlich genug.«

»Aber noch nicht die richtige?«

»Das ist momentan schwer zu sagen. Wir müssen erst alles auswerten.«

»Na dann viel Spaß dabei.« Ich zog Cindy weiter. Da es kein offizielles Verhör war, konnte ich mich ja wohl entfernen, wann ich wollte.

»Bis bald mal!«, rief DS Rossini hinter uns her.

Als ich am frühen Abend nach Hause kam, erfuhr ich von Mama, dass Alison für mich angerufen hatte. Ich nahm das Telefon mit in mein Zimmer, wählte ihre Nummer und bekam Amy an den Apparat. Sie kam gerade von einer Nachbarin und hatte nicht gewusst, dass Alison mich sprechen wollte.

185

»Sag Alison, sie braucht sich um ihre Reitkappe keine Sorgen mehr zu machen. Morgen hole ich sie ab.«

Ich hörte Alison im Hintergrund fragen, ob sie mit mir reden könnte. Amy gab ihr den Hörer.

»Hallo Tante Emily«, begrüßte Alison mich so freundlich wie selten. Nach meinem erstaunten »Hallo Alison« kam sie schnell zur Sache: »Weißt du, es war so schön am Sonntag mit dir. Kannst du nicht vorbeikommen und wir gehen eine Runde spazieren? Am besten gleich.«

Amy sagte: »Jetzt doch nicht mehr«, und ich stimmte zu.

»Alison, es wird doch schon dunkel. Heute ist es wirklich ein bisschen zu spät.«

»Mir macht das nichts aus«, erklärte Alison.

»Mir aber«, hörte ich Amys Stimme.

»Alison, die Reitkappe ist dir sicher. Falls es dir darum geht«, eröffnete ich ihr.

Der erwartete Jubelschrei blieb aus. Alison sagte nur: »Das ist aber schön. Kannst du dann nicht morgen kommen? Direkt nach der Schule? Dann ist es noch hell.«

Nach meiner Erkenntnis gab es nur zwei Dinge, die Alison an mir interessierten. Das erste war die Reitkappe, und das Thema konnte sie zufrieden abhaken. Blieb also noch das nach Alisons Meinung kostbare Taschentuch von Onkel Mortimer.

»Geht es dir wieder um dieses Taschentuch?«, fragte ich leise.

»Du bist doch meine Patentante, da können wir doch mal einfach so spazieren gehen. Mama sagt auch, dass frische Luft gesund ist.«

Ich hörte Amy im Hintergrund lachen und gab schließlich nach. »Na gut, dann morgen nach der Schule.«

Oliver ließ sich Zeit bei Großmutter. Gut gelaunt kam er zum Abendessen zurück. Von Charlene hatte ich meinen Eltern bereits erzählt, und Mama fand es sehr verdächtig, dass Gerald mit dieser jungen Dame einkaufen war, während er doch um seinen ermordeten Bruder trauern sollte.

Oliver ließ sich noch einmal ausführlich über seinen Besuch bei dem ehemaligen Sergeant Fuller aus. Freundlicherweise kam er nicht auf die Flasche Dimple zu sprechen.

Papa sagte: »Wenn es damals bei Peter Anderson auf den ersten Blick nach Unfall aussah, hat die Polizei bestimmt keinen großen Aufwand betrieben.«

»Laut Sergeant Fuller soll es einige Tage zuvor recht stürmisch gewesen sein, sodass auf den Waldwegen überall Äste herumlagen. Der Tote wurde auch nicht bewegt. Es war nicht so, dass jemand Peter Anderson den Ast vor die Stirn geschlagen und ihn dann hübsch zurechtgelegt hat. Zu dem Schluss ist Sergeant Fuller damals anhand der Untersuchungsergebnisse gekommen.«

»Auffällig ist das mit dem Fahrrad aber schon«, sagte Mama. »Ich meine, dass es ein ganzes Stück vor ihm entfernt lag.«

»Und einen Platten hatte«, ergänzte Papa. »Das kann natürlich Zufall gewesen sein. Aber wenn es tatsächlich kein Unfall war … also, wahrscheinlich ist es leichter, einen Fußgänger zu überwältigen als einen Radfahrer.«

»Einem Radfahrer könnte man aber einen Ast zwischen die Speichen stecken«, sinnierte Mama.

»Anne, was treibst du eigentlich, wenn ich zur Arbeit bin?« Papa lachte.

»Sergeant Rossini treibt sich gerne im Gebüsch herum.« Ich hatte bis jetzt noch nichts von meiner Begegnung im Wald erzählt.

Für Oliver war das natürlich wieder ein Hinweis, dass beide Todesfälle in Zusammenhang miteinander stehen könnten, und ihm fiel ein, dass er Mrs Lipman anrufen wollte. Dann kam er auf die möglicherweise bevorstehende Getränkelieferung für den *Banditen* zu sprechen.

»Also, ich mache da nicht mit«, sagte ich. »Wahrscheinlich passiert überhaupt nichts. Dafür bleibe ich nicht die ganze Nacht auf.«

»Dann lass uns die Zimmer tauschen.«

»Das können wir machen, aber was erhoffst du dir? Selbst wenn in den frühen Morgenstunden ein Lkw kommt, das sagt gar nichts aus. Lieferanten kommen oft frühmorgens. Und im Vorbeifahren kannst du nachts sicher nicht erkennen, ob ein Lkw ein Firmenzeichen hat.«

Oliver ließ sich von seinem Vorhaben nicht abbringen und Mama ging offenbar in Gedanken weiter eifrig auf Mördersuche. »Wenn der Mord etwas mit dem Pub zu tun hat, kann es auch gut sein, dass Tony und Alicia unter einer Decke stecken. Und Amerikaner sind daran gewöhnt, eine Pistole bei sich zu tragen. Das soll in den Staaten sogar erlaubt sein. Alicia geht ja regelmäßig spazieren, sogar spätabends. Bestimmt hat sie immer eine Waffe bei sich.« Jetzt war sie also wieder bei ihrer Lieblingsverdächtigen angekommen.

»Du glaubst doch wohl nicht, dass Alicia jemanden erschießt, nur damit Tony an geschmuggelten Alkohol herankommt?«, sagte ich.

»Um den Mann, den sie liebt, vor dem Gefängnis zu bewahren.« Mama ließ nicht locker. »Und ist es nicht seltsam, dass Alicia gerade in dem Jahr hier auftauchte, als Peter Anderson seinen Unfall hatte?«

»Großmutter hat doch auch mal gesagt, dass Peter Anderson ein Schnüffler war.« Oliver dachte nach. »Wenn Tony Pringle schon seit eh und je seinen Alkohol aus dunklen Kanälen bezieht, könnte dies früher wie auch jetzt das Tatmotiv gewesen sein. Damals hatte Peter Anderson etwas bemerkt und jetzt Benjamin.«

»Ich kann mir nicht vorstellen, dass Alicia über mehr kriminelle Energien verfügt als du«, sagte ich und sah Oliver grimmig an.

Er lachte nur. »Aber ich habe mit den Todesfällen nichts zu tun, also muss es jemand anderes gewesen sein.

So, und jetzt rufe ich Mrs Lipman an, das kann eine Weile dauern.« Er stand auf und ging nach oben.

Wir Übrigen setzten uns kurz darauf vor den Fernseher und mussten fast eine Dreiviertelstunde auf Olivers Rückkehr warten.

Mit breitem Lächeln betrat er das Wohnzimmer. »Ist es so gut gelaufen?«, fragte ich erstaunt. »Sag bloß, Mrs Lipman hat mit dir über Liebeleien aus vergangenen Zeiten geplaudert.«

Oliver sah mich irritiert an und sagte dann: »Ach so, ja, Mrs Lipman. Das war nicht so ergiebig. Aber ich habe Tiffany angerufen und wir gehen am Samstagabend essen.«

»Das sind ja gute Neuigkeiten«, rief Mama erfreut. »Dann hat sie dir vergeben?«

»Ja.« Oliver strahlte und fügte schnell hinzu: »Obwohl ich natürlich gar nichts verbrochen habe.«

»Na, siehst du, Junge«, sagte Papa wohlwollend. »Tiffany ist doch ein nettes Mädchen.«

»Und was ist nun mit Mrs Lipman?« Ich war anscheinend die Einzige, die sich nicht nur für Olivers Eheleben interessierte, obwohl ich zugeben musste, dass Tiffany meinen Bruder wirklich gut im Griff hatte.

»Ich habe ganz vorsichtig versucht, Mrs Lipman auf den Zahn zu fühlen«, meinte Oliver. »Wirklich sehr, sehr vorsichtig. Ob dieser *Bandit* von früher denn wirklich alleinstehend gewesen war und so. Aber in dieser Richtung habe ich leider nichts erfahren. Sie wusste nur, dass dieser Typ anscheinend zu Geld gekommen war, und vermutete, dass er jemanden beim Wetten übers Ohr gehauen hatte, wenn sie sich auch anders ausgedrückt hat. Dann ist er nach Amerika ausgewandert. Massachusetts oder so und ist dort zu noch mehr Geld gekommen.«

»Das ist schon alles?«, fragte Mama. »Denn dass er zu Geld gekommen sein musste, ist ja klar. Sonst hätte er sich das mit seiner Statue nicht leisten können.«

»Nein, mehr war nicht zu erfahren«, sagte Oliver und grinste. »Natürlich bedauern sie und Mrs Emerald im Moment, dass sie nicht mehr in Jolly Clover wohnen. So, und jetzt lege ich mich ein Weilchen hin, damit ich fit bin für die Nachtwache.«

Ich ging mit Oliver nach oben und wir tauschten unser Bettzeug. »Wenn du schlafen gehst, dann weck mich bitte auf«, bat Oliver.

Nachdem meine Eltern zu Bett gegangen waren, schlief ich vor dem Fernseher ein und wachte gegen Mitternacht auf. Der Pub war seit einer Stunde geschlossen. Hoffentlich hatte Oliver nichts verpasst.

Mein Bruder war wohl gerade erst eingeschlafen. Er lag angezogen auf meinem Bett und war sofort wach. »Willst du dir das wirklich antun?«, fragte ich.

»Klar.« Er gähnte und schob sich den Sessel vor das Fenster. »Kannst du noch kurz Wache halten, ich bin gleich wieder da. Nach einigen Minuten kehrte er mit einer Flasche Orangensaft und einer Packung Keksen zurück und setzte sich ans Fenster. »So, jetzt kann's losgehen.«

Ich wünschte ihm eine gute Nacht und ging in sein Zimmer.

In dieser Nacht weckte Oliver mich nicht so vorsichtig wie in der vergangenen, sodass ich erschrocken hochfuhr, als er mich rüttelte. Ich sah meinen Bruder nach Atem ringend an und schaffte es, meine Gedanken zu ordnen. »Hast du etwa Tony auf frischer Tat erwischt?«

»Nicht direkt, aber mir ist etwas eingefallen. Der Mann, mit dem John Adams in dieser Gaststätte war, ich glaube, ich weiß, wo ich ihn schon mal gesehen habe.«

»Oliver, das hätte doch wohl noch Zeit gehabt. Was ist mit Tony? Was meinst du mit *nicht direkt?*«

»Ich war eingenickt«, gab Oliver zu. »Und bin wach geworden, als ein Lastwagen aus dem Ort herausfuhr. Ich bin trotzdem schnell zum *Banditen* gerannt und wollte sehen, ob sich dort irgendetwas tut. Aber im Pub brannte kein Licht. Also bin ich weiter in die Seitenstraße, wo der Hintereingang liegt. Und da brannte Licht in einem Zimmer.«

»In welchem Zimmer?«

»Das weiß ich doch nicht. Irgendein Zimmer von Tony. Ich habe mich in einem Hauseingang gegenüber versteckt, und dann wurde das Licht gelöscht.«

»Dafür hast du mich geweckt?« Ich wurde wütend. »Du hast überhaupt nichts Verdächtiges gesehen und reißt mich aus dem Schlaf, weil Tony oder Alicia, falls sie da ist, mal kurz ins Badezimmer mussten?«

»Etwas verdächtig war das schon. Auch der Lkw, der so früh am Morgen aus unserem Dorf fährt.«

»Vielleicht ist der auch nur durch unser Dorf gefahren.«

»Ich habe dich ja auch geweckt, weil mir wieder eingefallen ist, wo ich den Bekannten von John Adams schon mal gesehen habe.«

Ich sah auf die Uhr. Es war kurz vor sechs. »Und das hätte keine zwei Stunden warten können?«

Oliver wand sich. »Ich dachte, du machst dir auch Gedanken über ihn.«

»Aber doch nicht, während ich schlafe.«

»Der Mann war bei uns in der Stadtverwaltung.«

»Das kannst du mir alles beim Frühstück erzählen. Und jetzt lass mich weiterschlafen. Und, Oliver, falls du mitten in der Nacht wieder irgendwelche Erkenntnisse hast, behalte sie für dich, bis ich ausgeschlafen habe. Solange kein weiterer Mord passiert, würde ich gerne mal wieder eine Nacht durchschlafen.«

»Schon gut.« Oliver trat den Rückzug an.

Ich war so aufgebracht, dass ich bestimmt nicht so schnell wieder würde einschlafen können und gönnte es meinem Bruder auch nicht. Ich erinnerte mich an mein Treffen mit Dennis Pringle auf dem Dorfplatz und sagte bedeutungsvoll zu Oliver: »Der Sockel der Statue ist aus purem Gold. Du musst dir ein Zimmer im Pub mieten und sie bewachen. Und jetzt geh schlafen.«

»Was meinst du damit?« Oliver war sofort ganz Ohr. Ich knipste das Licht der Nachttischlampe aus. »Emily!«, drängte Oliver.

»Bis später, schlaf schön«, murmelte ich unschuldig und kuschelte mich in meine Decke.

Mit einem tiefen Seufzer verließ Oliver das Zimmer.

Als ich einige Stunden später aufwachte, war es schon kurz nach neun und ich hatte das Haus für mich. Nach einem ausgedehnten Frühstück beschloss ich, mir wieder Cindy auszuleihen und eine Runde durch die Felder zu marschieren. Diesmal erfragte ich, dass ich die Hündin von der Leine lassen konnte. Es war ein sonniger Tag, und so wollte ich nicht durch den schattigen Wald spazieren. Ich erinnerte mich an den schmalen Weg, der zwischen Wald und der angrenzenden Weide entlangführte. Dieser Weg wurde selten benutzt. Früher hatte es hier auch einen Trampelpfad in den Wald gegeben. Aber vom Waldweg aus war er durch Bäume verdeckt und möglicherweise auch längst zugewachsen. Ich zog meine Gummistiefel an und holte Cindy ab. Diesmal erfuhr ich, dass ich die Hündin von der Leine lassen konnte, und so stöberte Cindy im Unterholz. Ich hielt mein Gesicht in die Sonne. Wie gerne wäre ich jetzt ein oder zwei Wochen irgendwo in einem sonnigen Land am Meer. Vielleicht mit Dennis. Ohne Motorrad. Endlich dachte ich mal nicht an den Mord.

Wir waren lange unterwegs, und bei meiner Rückkehr wurde ich bereits von Oliver erwartet.

»Der Sockel der Statue ist gar nicht aus Gold«, sagte er zur Begrüßung.

»Ach so, dann eben nicht«. Ich nahm mir ein Glas Orangensaft und setzte mich zu ihm an den Küchentisch. »Hast du den Vormittag damit verbracht, die Statue zu untersuchen?«, fragte ich scheinheilig.

»Natürlich nicht. Ich habe unsere Ermittlungen vorangetrieben.«

»Was war das noch gleich heute Nacht?«, fragte ich. »Dieser Bekannte von John Adams arbeitet auch bei der Stadtverwaltung? Also ein Kollege von dir aus einer anderen Abteilung?«

»Ach, interessiert es dich doch?« Oliver wollte mich offenbar noch ein bisschen zappeln lassen, brannte aber auch darauf, mir alles mitzuteilen.

»Also, was hast du heute Vormittag getrieben?«

»Mir ist eingefallen, dass ich diesen Kerl schon einige Male gesehen habe. Er hat eine Frau von der Arbeit abgeholt, die unten in der Verwaltung arbeitet. Also bin ich heute Morgen ins Büro gefahren, habe einige Sachen erledigt, die auf meinem Schreibtisch lagen, und mich erkundigt. Diese Frau ist eine Mrs Teale, und über ihren Schreibtisch gehen die Ausschreibungen, die die Stadt vergibt. Auch Bauvorhaben und solche Dinge.«

»Arbeitet ihr Mann denn auch bei euch?«

»Nein, aber überleg doch mal. Die Stadt nimmt normalerweise die günstigsten Angebote an. Und Mrs Teale ist bestens darüber informiert, in welcher Höhe das günstigste Angebot liegt. Wenn also John Adams sein Angebot direkt vor Ablauf der Frist abgibt und weiß, wie er knapp das bis jetzt günstigste unterbieten kann, hat er den Vertrag in der Tasche. Also habe ich mal nachgeforscht. Du glaubst gar nicht, an wie vielen Bauvorhaben der Stadt John Adams Firma in den letzten Jahren beteiligt war.«

»So, wie du das schilderst, hört es sich ganz nach Bestechung an.«

»Du sagst es.«

»Aber wie soll Benjamin davon erfahren haben?«

»Vielleicht ist ihm auch aufgefallen, an wie vielen städtischen Gebäuden Baugerüste mit John Adams Firmenschildern standen, und er hat einfach mal einen Schuss ins Blaue abgegeben. Oder Benjamin wusste überhaupt nichts davon, aber John Adams hat sich an diesem besagten Samstagabend im Pub bedroht gefühlt und dachte, Benjamin würde ihn meinen.«

»Das hört sich alles recht plausibel an, aber wie willst du das beweisen? Es ist noch kein Verbrechen, günstige Angebote abzugeben, und diese Mrs Teale und ihr Mann werden dich auch nicht auf ihr Konto sehen lassen. Falls sie ihre Bestechungsgelder überhaupt eingezahlt haben.«

»Ach, da ist mir etwas eingefallen. Ich war schon sehr fleißig heute«, sagte Oliver zufrieden mit sich. »Ich habe eine E-Mail an Mrs Teale geschrieben.«

»Oliver, bist du verrückt? Wenn John Adams ein Mörder ist und diese Teales stecken mit drin, ist das doch viel zu gefährlich, um sich da einzumischen. Wer keine Skrupel hatte, Benjamin zu erschießen, wird bei dir auch nicht lange zögern. Wir müssen überhaupt sehr vorsichtig sein, wer auch immer der Mörder ist.«

»Ich war vorsichtig«, versuchte Oliver mich zu beruhigen. »Ich habe an alles gedacht. Es ist natürlich nur ein Versuch, aber vielleicht haben wir ja Erfolg.«

»Wir?«, fragte ich entsetzt. »Hast du in dieser E-Mail etwa auch meinen Namen angegeben?«

»Natürlich nicht, für wen hältst du mich? Und meinen Namen ebenfalls nicht. Ich bin ja nicht lebensmüde.«

»Dann hast du einen anonymen Brief geschrieben? Eine anonyme E-Mail?« Ich war nicht wirklich beruhigt. »Und falls diese Leute doch unschuldig sind und dich erwischen und verklagen, was machst du dann?«

»Die werden mich erstens nicht erwischen und zweitens auch nicht verklagen, weil ich sie ja nicht bedroht habe. Ich habe nicht geschrieben, dass wir etwas gegen sie unternehmen werden, wenn sie nicht zahlen sollten.«

»Zahlen? Erpresst du jetzt etwa die Teales? Oliver, was hast du nur gemacht?«

»Ich war gerade noch in der Bücherei in Dillings. Dort habe ich mir bei einem freien Anbieter eine E-Mail-Adresse zugelegt. Natürlich nicht mit meinen richtigen

Daten, das macht ja wohl niemand mehr heutzutage. Dann habe ich ein paar nette Zeilen aufgesetzt und an Mrs Teales städtische E-Mailanschrift gesendet. Und niemand kann herausbekommen, dass ich dahinterstecke, selbst wenn die Polizei eingeschaltet wird. Denn keine Spuren werden zu meinem eigenen Computer oder einem anderen aus unserer Familie führen, sondern nur in die Bücherei.«

»Und dort war es heute Vormittag natürlich brechend voll, sodass sich niemand an dich erinnert? Auch nicht die Angestellten, die du wahrscheinlich kennst?«

»Ich habe natürlich zur Tarnung einige Bücher ausgeliehen, und in der Ecke, wo die Computer stehen, war sonst niemand.« Für Oliver war immer alles ganz einfach.

»Und was hast du geschrieben?«

Nicht ohne Stolz zog mein Bruder ein zusammengefaltetes DIN A4-Blatt aus seiner Hosentasche.

»Du hast es sogar ausgedruckt? Das musstest du doch bezahlen.«

»Ging ja nicht, dann wäre ich aufgefallen. Außerdem arbeite ich ja praktisch für die städtische Polizei und unterstütze sie bei ihren Ermittlungen. So etwas nennt man Spesen. Es sind doch auch nur ein paar Pence.«

Als er meinen missbilligenden Gesichtsausdruck sah, fügte er hinzu: »Na gut, wenn sie das nächste Mal ausrangierte Bücher verkaufen, werde ich ihnen für einige freiwillig den doppelten Betrag zahlen. Ist das jetzt in Ordnung?«

Ich nickte und griff nach dem Ausdruck. Olivers Mail hatte den Absender *Big Spender*.

*Liebe Mrs Teale,*
*in Gedenken an das Treffen Ihres Mannes mit Mr John Adams am vergangenen Montag in der Gaststätte Shepherd's Inn würden wir uns über eine einmalige Spende in Höhe von 500 Pfund an den Seniorenstift in Dillings freuen. Wir wären dankbar,*

*wenn der Betrag dem Stift zu seinem Ausflug am kommenden*
*Wochenende zur Verfügung stehen würde.*
*Mit freundlichen Grüßen*

»Du musst verrückt sein«, ich schnappte nach Luft.
»Und einen Namen hast du auch nicht daruntergesetzt.«

»Was soll ich denn schreiben? Die Schwarze Hand?«

»Es ist genau so ein anonymer Wisch wie der, den ich
von *meinem Banditen* erhalten habe.«

»Ich habe tatsächlich einen Moment überlegt, ob ich
auch mit *Ihr Bandit* abschließen sollte, aber dann würde
die Spur ja direkt zu dir führen, falls dein Brief von John
Adams kommt.«

»Danke für deine Rücksichtnahme«, sagte ich trocken.
»Und warum gerade fünfhundert Pfund, und warum
muss es so schnell gehen mit der Spende?«

»Na, wollen wir denn ewig warten, ob sie anbeißen?
Und fünfhundert Pfund sind gerade richtig. Es ist ein Betrag, den ein gut verdienender Gerüstbauer durchaus lo-
ckermachen kann, ohne, dass er noch Zeit braucht, einen
Kredit aufzunehmen. Und ich habe einmalig geschrieben,
damit sie sehen, dass es mit dieser einen Zahlung erledigt
ist.«

»Es ist Erpressung und sie werden dir nicht glauben,
dass du mit einer einmaligen Zahlung zufrieden bist. Und
außerdem, wie willst du feststellen, ob das Geld bei dem
Seniorenstift eingegangen ist?«

»Kein Problem, der stellvertretende Stiftsleiter ist der
Bruder eines ehemaligen Studienkollegen von mir. Ich
habe ihm geholfen, diesen Posten zu bekommen, und besuche auch oft einige der älteren Damen dort. Es fällt gar
nicht auf, wenn ich Anfang nächster Woche dort vorbei-
schaue und mich ein wenig mit ihm unterhalte.« Der Pate
von Dillings hatte gesprochen. Eigentlich war die Idee
nicht schlecht, obwohl ich noch einige Zweifel hatte.

»Es kann gar nichts passieren«, fuhr Oliver fort. »Gib's doch zu.«

»Mhm«, machte ich widerstrebend, »außer, dass es strafbar ist, anonyme, unterschwellige Drohungen zu verschicken.«

»Ach was, man bekommt ständig dubiose E-Mails, da ist meine nichts Besonderes«, tat Oliver meine letzten Bedenken ab. »Und eine unterschwellige Drohung wäre es ja nur in dem Fall, wenn die Teales und John Adams krumme Geschäfte machen.«

Dann kam ich noch einmal auf die vergangene Nacht zu sprechen. »Bei Tony Pringle hattest du aber keinen Erfolg«, sagte ich nicht unzufrieden. Ich hatte mir überlegt, dass, falls Tony illegalen Alkohol verkaufen sollte, nicht nur Alicia, sondern auch sein Neffe Dennis davon wissen könnte.

»Das ist noch nicht gesagt.« Oliver gab sich so leicht nicht geschlagen. »Sollte die Polizei nicht bald Erfolg haben, werde ich mich noch einmal auf die Lauer legen. Jetzt weiß ich wenigstens, zu welcher Zeit ich wach sein muss.«

»Vorausgesetzt, dieser Lastwagen, den du gesehen hast, kam wirklich vom *Banditen*.«

»Wir müssen uns alle Möglichkeiten offenhalten. Weißt du, was ich jetzt machen werde? Ich werde mir Cindy ausleihen. So ein Spaziergang hilft einem, seine Gedanken zu ordnen. Das habe ich gestern festgestellt.«

»Geht mir auch so. Ich war heute auch schon mit Cindy unterwegs«, sagte ich.

»Dann hat sie einen richtig schönen Urlaub hier bei uns und kommt viel raus.«

Ich fuhr nach Dillings, um die Reitkappe für Alison abzuholen, und machte bei dieser Gelegenheit einen Abstecher zu Debbie in die Boutique. Als ich ihr mitteilte, dass ich den schönen Charlie am Vortag im Wald getroffen hatte, war ihr Kommentar nur: »Weiß ich schon.«

197

»Von wem? Er war doch nicht etwa schon wieder hier?«

»Detective Sergeant Rossini nimmt seinen Beruf sehr ernst und befragt auch gerne mich als Insiderin, die nicht zu den Verdächtigen zählt.« Debbie lächelte.

»Offensichtlich.« Ich staunte. »Ob sein Chef, Inspektor Chandler, davon weiß?«

»Keine Ahnung, aber was sollte er dagegen haben, wenn sein Sergeant so eifrig an der Aufklärung eines Mordfalls interessiert ist?«

»Nicht nur an dem Mordfall.«

Debbie seufzte. »Ich wünschte wirklich, der Mörder würde schnell gefasst werden, vorher kann DS Rossini ja schlecht fragen, ob ich mal mit ihm ausgehen würde oder so.«

»Er wird sich alleine schon deinetwegen die allergrößte Mühe geben. Hat er dich wirklich noch nach etwas gefragt, das mit dem Mord zu tun haben könnte? Oder braucht er keinen Vorwand mehr, um mal kurz bei dir vorbeizuschauen?«

»Also meinetwegen braucht er keinen Vorwand. Aber wenn er für sich einen braucht, verstehe ich das natürlich.«

»Und welchen Vorwand hatte er diesmal?«

»Ach, ich fürchte, ihm gehen langsam die Fragen aus. Er hat nur gefragt, ob ich als Kind manchmal im Wald gespielt hätte.«

»Na, der hat Sorgen. Er sollte sich lieber erst auf seine Ermittlungen konzentrieren und dann auf dich.«

»Kannst du ihm ja sagen, wenn du ihn das nächste Mal im Wald triffst.« Debbie lachte.

# Kapitel 11

Am Nachmittag fuhr ich nach Scott's Corner zu Amy. Ich hatte die Reitkappe und den Führstrick für Alison mitgebracht, damit sie beides am Weihnachtsmorgen unter dem Tannenbaum finden konnte.

Während wir auf Alisons Rückkehr von der Schule warteten, teilte mir Amy mit, dass sie von ihrem Vater, dem Gutsverwalter, erfahren hatte, dass Benjamins Beerdigung am kommenden Montag stattfinden sollte. »Wirst du hingehen?«, fragte sie mich.

»Nicht, wenn es sich irgendwie vermeiden lässt. Gehst du denn?«

»Ich? Nein. Ich bin ja nicht aus Jolly Clover und kannte Benjamin kaum. Aber mein Vater wird natürlich hingehen müssen.«

Alison kam bald und bedachte mich mit einem erleichterten Blick. Nachdem sie ihr Essen vertilgt hatte, drängte sie zu unserem Spaziergang. Amy lachte darüber, dass Alison es so eilig hatte, und bemerkte: »Sonst geht sie gar nicht so gerne spazieren. Normalerweise ist es ihr zu langweilig.«

Alison ging zügig neben mir her, und als wir einige Meter von ihrem Haus entfernt waren, fragte ich: »Also, wo drückt der Schuh? Du hast doch einen bestimmten Grund für unseren Spaziergang.«

»Lass uns erst noch ein Stück gehen«, bat Alison. »Die Straße entlang zu den Feldwegen. Da kann man gut sehen, ob jemand in der Nähe ist.«

Schweigend gingen wir nebeneinanderher und ein ganzes Stück einen Weg zwischen den Feldern entlang. Dann blieb Alison stehen und sah sich um. »Niemand da außer uns«, bemerkte sie zufrieden. »Du bist ja meine Tante für das Besondere, hast du selbst gesagt, richtig?«, begann sie.

Mir wurde mulmig. Was hatte sie bloß wieder ausgefressen?

»Irgendwie schon«, antwortete ich vorsichtig.

»Also, bist du's nun oder nicht?«

»Ja, doch. Was hast du wieder angestellt?«

»Gar nichts. Aber meine Eltern wollten mir doch kein Pony kaufen.«

»Ich auch nicht«, beeilte ich mich zu sagen.

»Weiß ich ja«, lenkte sie ein. »Und danke noch mal, dass du die Reitkappe besorgt hast. Also, ich hatte dir doch erzählt, dass ich von zu Hause weggelaufen bin, weil ich nicht reiten und kein Pony haben darf.«

»Ja, du wolltest zu mir, aber weil ich London war, musstest du wieder umkehren.«

»Nicht nur deshalb«, antwortete sie zögernd. »Auch weil da jemand war.«

»Wo war wer? Hat dich jemand gesehen und droht jetzt damit, es deinen Eltern zu sagen?« Im Moment waren Drohungen und Unterstellungen aller Art dermaßen geläufig, dass es mich nicht gewundert hätte, wenn auch jemand im Nachbardorf, sogar ein Kind, davon betroffen wäre.

»Ich bin am letzten Donnerstagabend von zu Hause weggelaufen. Aber mit dem Fahrrad. Und als ich in Jolly Clover war, wollte ich durch den Wald fahren, damit mich niemand sieht, der aus eurem Pub kommt. Mein Fahrrad hat ja Licht und eigentlich habe ich keine Angst im Dunkeln, aber als ich da so stand, sah der Wald doch ganz komisch aus. Ganz anders als am Tag. Da habe ich einen Moment gewartet.«

»Donnerstagabend«, sagte ich fassungslos. »Weißt du, was da passiert ist?«

»Ja«, gab Alison zu. »Aber erst jetzt. Ich dachte doch, das wäre erst am Freitag passiert.«

»Das« war der Mord.

»Weil am Samstag in der Zeitung stand, dass der Mann am Freitag gefunden wurde?«

»Genau, aber als du gesagt hast, dass er schon am Donnerstag tot war, habe ich nachgefragt.«

»Und jetzt glaubst du mir?«

Alison nickte.

»Und wen hast du gesehen. Hast du die Person erkannt?«

Alison schüttelte den Kopf. »Alles sah so komisch aus im Dunkeln, und der Mann erst recht. Wie er so im Gebüsch stand.«

»Dann war es ein Mann? Weißt du das sicher?«

Alison überlegte. »Nicht richtig sicher. Ich weiß nur, da war einer. Der hatte kurz ein Licht an, und dann war das Licht aus und ich konnte ihn nicht mehr sehen.«

»Eine Taschenlampe?«

Alison zuckte die Schultern. »Ich weiß nicht.«

»Hat er dich gesehen?«

»Weiß ich auch nicht.«

»Weißt du denn, um welche Uhrzeit du am Wald warst?«

»Nein, aber als ich wieder zu Hause war, lief schon der Film nach den Nachrichten. Tante Emily, ich glaube, ich habe doch ein bisschen Angst.« Sie sah mich unsicher an.

Ich nahm ihre Hand und sagte eindringlich: »Alison, das musst du deinen Eltern erzählen.«

Jetzt flossen die Tränen. »Aber das kann ich doch nicht!«, schniefte sie. »Und du darfst es auch niemandem erzählen. Ich bekomme schrecklichen Ärger. Und Mama und Papa lassen mich nie mehr wieder alleine nach draußen, so lange, bis ich erwachsen bin. Ich darf dann nie mehr draußen spielen, wenn sie nicht dabei sind.«

»Sie werden mit dir schimpfen, sicher«, sagte ich. »Aber das hört auch wieder auf. Und wenn der Täter gefasst ist, kannst du auch wieder nach draußen zum Spielen.«

»Und wenn der überhaupt gar nicht gefasst wird?« Sie weinte. »Wenn es dieser Onkel Mortimer war und niemand bekommt das heraus, weil sich keiner um das Taschentuch kümmert? Dann werde ich jahrelang eingesperrt und kann gar nichts mehr machen.«

Ich hielt das unter diesen Umständen für gar keine schlechte Idee. »Lass mich mal einen Moment nachdenken«, sagte ich. »Komm, wir gehen noch ein Stück.«

Ich dachte angestrengt nach und spürte Alisons hoffnungsvollen Blick auf mich gerichtet. Eine Erbtante hatte es viel leichter als eine Patentante. Hätte ich ihr nur nicht so einen Unsinn erzählt, dass eine Patentante eine Tante für besondere Gelegenheiten wäre. Es war immer noch angenehmer gewesen, auf Alisons Liste ihrer Lieblingsverwandten ganz unten zu stehen, als jetzt ihre Hoffnungsträgerin Nummer eins zu sein.

»Ich glaube, vor dem Mann oder der Person, die du im Wald gesehen hast, brauchst du keine Angst zu haben«, erklärte ich. »Denn wenn er dich gesehen hätte, wäre es ein Leichtes für ihn gewesen, dir hinterherzulaufen und dich einzuholen. Du darfst nur niemandem sagen, was du gesehen hast, damit es nicht auf Umwegen zu ihm gelangen kann, verstehst du?« Alison nickte eifrig, und ich fuhr fort: »Wenn du dich aber doch dazu durchringen kannst, es deinen Eltern zu sagen, dann mach das auch. Sie können mit dir zusammen zur Polizei gehen.«

Keine Reaktion.

»Und, ich werde mit meinem Bruder darüber reden.«

»Nein. Warum denn?«

»Er hat meistens ganz gute Ideen bei kniffligen Angelegenheiten.«

»Aber wird er mich denn nicht verraten?«

»Wahrscheinlich nicht. Hör zu, mehr kann ich dir nicht versprechen. Ich werde nur mit meinem Bruder darüber reden und sonst niemanden einweihen, solange es geht.

Wenn sich aber herausstellt, dass es nötig ist, werde ich es doch tun müssen. Dann sage ich dir aber Bescheid, damit du weißt, dass etwas auf dich zukommt. Und jetzt stellen wir einige Regeln für die nächsten zwei Wochen auf, denn ich hoffe, dass sich die Sache danach erledigt hat. Wenn nicht, sehen wir dann weiter.«

»Welche Regeln?«, fragte Alison zögernd.

»Wie kommst du morgens zum Bus und nachmittags wieder vom Bus nach Hause? Alleine?«

»Morgens bringt Mama mich zur Haltestelle. Falls ich da alleine bin, wartet sie, bis der Bus kommt. Und nachmittags ist abwechselnd immer eine Mutter dabei, wenn wir aus dem Bus steigen, und die geht mit uns wieder ins Dorf.«

»Gut. Und du wirst in den nächsten zwei Wochen, falls der Täter bis dahin nicht gefasst wird, nicht alleine nach draußen gehen. Auch nicht mit anderen Kindern. Nur, wenn deine Eltern oder jemand aus deiner Familie dabei ist. Ich glaube zwar nicht, dass diese Person im Wald jemand aus eurem Ort ist, aber besser, wir gehen auf Nummer sicher. Bleib so viel wie möglich zu Hause und warte einfach ab. Und wenn deine Mutter mal kurz zu einer Nachbarin oder in euren Dorfladen will, dann gehst du mit. Klar?«

»Ja.« Alison nickte ergeben.

Hand in Hand machten wir uns auf den Heimweg. Bevor ich sie zu Hause ablieferte, bat ich sie, mich anzurufen, wenn ihr doch noch etwas zu Donnerstagabend einfallen sollte.

Ich konnte es gar nicht abwarten, Oliver von meinem Gespräch mit Alison zu berichten. Als ich die Straße an unserem Dorfplatz entlangfuhr, sah ich ihn, wie er auf den *Banditen* zuging. Ich lenkte meinen Wagen Richtung Pub. Er erkannte mich und blieb stehen.

»Ich komme gerade von Alison«, sagte ich. »Du wirst staunen. Komm, hoffentlich finden wir einen ruhigen Platz.«

Zuerst blieben wir einen Moment wie angewurzelt in der Tür stehen, als wir Gerald Easterbrook erkannten, der an der Theke mit Tony sprach. Sogar Oliver schien unsicher, wie er sich verhalten sollte, ging dann aber auf Gerald zu, und ich folgte ihm.

Gerald versuchte, uns die Verlegenheit zu nehmen. »Lange nicht gesehen. Ich bin hier, um alles für den Umtrunk nach der Beerdigung klarzumachen. Sie findet am Montag statt.«

»Ja, tut uns leid wegen Benjamin.« Oliver hatte schnell seine Sprache wiedergefunden. »Auch wenn wir nicht die besten Freunde waren«, fügte er ehrlich hinzu.

»Er war schon manchmal etwas schwierig«, gab Gerald zu. »Und wir hatten auch nicht viel gemeinsam. Aber jetzt fehlt er mir doch.«

Oliver und ich bestellten unsere Getränke.

»Hoffentlich fasst die Polizei bald den Täter«, sagte Tony. »Sie müssen doch mittlerweile mit jedem im Ort hier gesprochen haben. Waren sie bei euch auch?«

»Wir hatten das Vergnügen mit Inspektor Chandler«, gab Oliver Auskunft und ich fügte hinzu: »Dabei bin ich am Donnerstag erst spät aus London zurückgekommen. Ich konnte ihm gar nicht sagen, ob mir hier jemand aufgefallen war.«

»Ich dachte, du hättest Urlaub«, sagte Gerald.

»Habe ich auch, aber ich musste kurz für eine Kollegin einspringen.«

»Ach so.«

»Ja, sonst hätte der Inspektor sich bestimmt für mich entschieden, weil ich ja diesen Streit mit Benjamin hatte.«

»Nimm den Streit nicht so tragisch«, sagte Gerald. »Benjamin war manchmal so. Mach dir keine Vorwürfe deshalb.«

Wegen des Streits hatte ich mir nie Vorwürfe gemacht. Ich fand es aber trotzdem nett von Gerald, dass er mich vor einem schlechten Gewissen bewahren wollte.

»Ja, dann sehen wir uns hier am Montag«, sagte Oliver.

»Ich selbst werde nach der Beerdigung bei meiner Familie bleiben«, erklärte Gerald. »Aber ich hoffe, dass wir uns hier bald mal wieder unter erfreulicheren Umständen sehen.«

»Ja, bestimmt«. Oliver hatte einen frei gewordenen Tisch entdeckt und stupste mich in die Richtung. »Schieß los«, sagte er, sobald wir uns hingesetzt hatten und lachte dann. »Aber nimm es nicht wörtlich.«

»Oliver!«

»Tu nicht so entrüstet. Also, was ist mit deiner Patentochter? Hat sie Onkel Mortimer nun endgültig als den Mörder identifiziert?«

»Nein, aber sie hat ihn wahrscheinlich gesehen!«

»Onkel Mortimer?«

»Nein, den Mörder.«

Oliver verschluckte sich. »Wer ist es?«, brachte er heraus.

»Das weiß sie leider nicht.« Ich erzählte ihm alles haargenau. Dann fragte ich abschließend: »Leider bringt uns das nicht weiter, oder was meinst du? Wir müssen es doch nicht der Polizei sagen? Oder doch ihren Eltern?«

»Vielleicht ist es sogar ganz gut, wenn ihre Mutter vorerst nichts erfährt«, überlegte Oliver laut. »Sie könnte es in ihrer Aufregung einer Freundin oder Nachbarin berichten, und so geht es immer weiter, bis es irgendwann bei dem Falschen angelangt ist. Und die Polizei kann auch nichts damit anfangen, da die Kleine ja keine genauere Zeit angeben kann, als sie selbst schon haben. Wenn Alison die Person bekannt vorgekommen wäre, würde man vielleicht jemanden zu ihrem Schutz abstellen.«

»War ja leider nicht so. Ich glaube, sie denkt immer noch, dass es Onkel Mortimer war, und das auch nur wegen dieses albernen Taschentuchs.«

»So albern ist das gar nicht. Und das weißt du auch. Du solltest dich wirklich mal danach umsehen.«

»Jetzt fängst du schon wieder damit an. Was hältst du übrigens von Gerald? So traurig sieht er gar nicht aus.«

»Bis jetzt habe ich noch niemanden getroffen, der in tiefer Trauer über Benjamins Tod ist. Bevor die Polizei aufgetaucht ist, hatte ich sogar eher das Gefühl, dass Einige hier recht erleichtert sind.«

»Das Gefühl hatte ich auch«, sagte ich und gab zu: »Und ich selbst war auch erleichtert.«

»Seine gute Charlene wird ihn sicher getröstet haben. Und er heuchelt wenigstens nicht.«

»Warum war er wohl leicht erstaunt, als er erfahren hat, dass ich an dem Mordabend erst noch in London war? Meinst du, er hatte mich in Verdacht?«

»Gut möglich, aber das kann man ihm ja nicht übelnehmen. Das ging wohl den meisten so. Denn das letzte Bild, das sie von dem lebenden Benjamin im Kopf haben, ist ja, wie du mit ihm aneinandergeraten bist.«

»Na, herzlichen Dank.«

Henry Finch und John Adams kamen zusammen herein und setzten sich an unseren Tisch. Ich merkte, wie Oliver immer wieder forschend John Adams taxierte, aber er verhielt sich nicht anders als sonst. Vielleicht hatten die Teales ihn noch gar nicht informiert. Später kamen noch Alicia und Dennis Pringle dazu. Da Gerald inzwischen gegangen war, konnte wieder lauthals über den Tathergang spekuliert werden.

Henry Finch nutzte wie immer die Gelegenheit, Alfies sagenhafte Fähigkeiten ins rechte Licht zu rücken. »Alfie würde den Mörder sofort erkennen«, behauptete er. »Er kann am Geruch erkennen, wer zuletzt in der Nähe von dem jungen Easterbrook gewesen ist.«

»Und was würde er dann machen, wenn er ihn erkennt?«, fragte Alicia.

Während Henry sich etwas auszudenken versuchte, sagte Dennis: »Er würde ihn freundlich begrüßen.« Henry tat entrüstet, und Dennis fuhr fort: »Ja, sicher. Er kennt alle hier im Ort seit Jahren. Den Mörder also auch, wenn es wirklich einer von uns war. Also wäre er zu ihm genauso freundlich wie immer.«

»Mein Alfie würde sich schon bemerkbar machen.«

»Selbst wenn Alfie den Mörder am Geruch erkennen würde«, sagte ich, »er würde diese Person doch gar nicht mit dem Tod von Benjamin in Zusammenhang bringen können.«

»Unterschätz meinen Alfie nicht. So ein Tier hat ein ganz feines Gespür. Alfie merkt es, wenn etwas Böses passiert ist. Da kannst du dich drauf verlassen.«

Ich hatte starke Zweifel an Alfies übersinnlichen Fähigkeiten, aber immer weniger daran, dass Henry jemanden töten könnte, der Alfies Ruf als stets einsatzbereiten Deckrüden schädigen wollte. Und wenn Henry Finch selbst der Täter war, würde Alfie die Tat nicht zwangsläufig als etwas Böses ansehen.

Oliver und ich fuhren in meinem Wagen nach Hause. Wir wollten Mama von der bevorstehenden Beerdigung erzählen. Aber anscheinend kamen wir zu spät. Sie saß in der Küche und telefonierte mit einer ihrer Freundinnen. »Meinst du, wir müssen vollkommen in Schwarz gehen? Oder sollten das nur die nächsten Angehörigen?«

Mein Bruder und ich setzten uns zu Papa ins Wohnzimmer. Unsere Mutter sahen wir an diesem Abend nur noch, als sie kurz den Kopf ins Wohnzimmer steckte und uns eine gute Nacht wünschte. Das Beerdigungsfieber hatte sie gepackt.

Wie sich am nächsten Tag herausstellte, war unsere Mutter nicht die Einzige im Fieber. Den ganzen Tag über war das Telefon besetzt oder Mama außer Haus. Beim Bäcker und im Dorfladen wurden Verabredungen für Fahrgemeinschaften getroffen, denn der Friedhof lag etwas außerhalb und der Bus fuhr nur einmal stündlich.

Die Beerdigung war für den Moment aufregender als der Mord selbst. Irgendjemand brachte das Gerücht auf, dass die geschiedene Mrs Easterbrook auch erscheinen würde, und bei den Frauen in Mamas Alter und darüber hinaus gab es kein Halten mehr. Sie waren zu gespannt, wie die schöne Lucinda von einst jetzt aussehen würde.

Am Donnerstagnachmittag bevölkerten Mamas Freundinnen unsere Küche. Diesmal hatten sie ihre Gesichter mit einer schwarzen Paste zugekleistert und feuchte Wattepads auf den Augenlidern. »Am Montagmorgen werde ich ganz früh aufstehen und diese Maske noch mal auftragen«, nuschelte Mamas Freundin Liz, wobei sie sich bemühte, die Lippen nicht zu bewegen. »Wollen doch mal sehen, ob wir uns nicht besser gehalten haben als die schöne Lucinda.«

Mama nickte zustimmend, wobei ihr ein Wattepad vom Auge rutschte. Sie erkannte mich und sagte: »Ach, Emily. Gut, dass du da bist. Kümmerst du dich um frischen Tee? Möchte vielleicht jemand Kaffee?«

»Ja, gerne.« Ich erkannte Carol Tucker.

»Kann ich gleich mit Cindy spazieren gehen?«, fragte ich sie.

»Ja, sicher. Du musst nur warten, bis Oliver mit ihr zurück ist.«

Ich hatte mich schon gefragt, wo mein Bruder steckte. Anscheinend hatte er ein neues Hobby für sich entdeckt. Da ich weiter nichts zu tun hatte, schlenderte ich in Richtung Dorfplatz. Oliver und Cindy kamen mir entgegen. »Seit wann gehst du so gerne spazieren?«, fragte ich. »Macht es dir Spaß, mit Cindy die freie Natur zu erkunden?«

»Mit einem Hund ist es unauffälliger, wenn man ohne bestimmtes Ziel durch die Gegend spaziert. Wenn ich einfach nur so durchs Dorf schlendern würde, würden die Leute sich wundern, weil ich es sonst nie mache. Aber so kann ich immer sagen, der Hund braucht ein bisschen Bewegung.«

208

»Und, hast du neue Verdächtige ausgemacht?«

»Erst bin ich eine Runde durch den Wald bis zum Gutshof gegangen. Da war nichts los, keine Polizei und kein unbekannter Wagen zu sehen. Nur der von Onkel Mortimer. Dann bin ich zurück ins Dorf und sämtliche kleinen Wege entlanggegangen. Inspektor Chandler kam mir im Wagen aus Großmutters Richtung entgegen. Aber das hat wohl nichts zu sagen, denn sie hatte ihn ja praktisch eingeladen.«

»Hauptsache, er lässt uns in Ruhe.«

»Genau.«

»Was hattest du denn gehofft, im Dorf zu finden?«

»Ich weiß auch nicht. Aber herumsitzen und abwarten, das ist auch nichts für mich.«

»Uns bleibt jetzt aber nicht mehr viel anderes übrig. Wir können nur abwarten, ob aus der Richtung von John Adams eine Reaktion kommt. Und wenn bei Tony Pringle nicht alles mit rechten Dingen zugehen sollte, werden wir das frühestens am nächsten Mittwochmorgen erfahren, sobald die nächste Lieferung eintrifft und du dich noch mal auf die Lauer legen willst.«

Oliver wurde ungeduldig. »Die Polizei könnte sich ruhig etwas beeilen, ich kann doch nicht ewig Urlaub nehmen. Die müssen doch schon irgendetwas herausgefunden haben.«

In den nächsten Tagen passierte überhaupt nichts. Mama und ihre Gang waren in Hochstimmung und tagten in unserer Küche oder bei ihren Freundinnen. Oliver und ich gingen abwechselnd oder zusammen mit Cindy spazieren. Oliver plante, das Wochenende mit Tiffany zu verbringen, und ich durfte mir nicht mal Cindy ausleihen, da Mikey seinen Hund am Wochenende für sich haben wollte.

Bevor Oliver nach Dillings aufbrach, hatten wir einen Streit wegen der Beerdigung. Ich wollte auf keinen Fall daran teilnehmen, aber mein Bruder war der Meinung, das würde unserem Ruf schaden, und außerdem könnten wir dort die Reaktionen der Verdächtigen beobachten.

»Der Mörder ist bestimmt auch da«, sagte Oliver.

»Und was haben wir davon? Glaubst du, er wirft sich vor den Sarg und bittet um Vergebung?«

»Jetzt sei nicht albern. Aber wir müssen dahin. Alleine schon wegen Großmutter. Sie arbeitet schon so lange für die Easterbrooks.«

»Wenn der Chef von meinem Reisebüro das Zeitliche segnen würde, käme Großmutter auch nicht zu seiner Beerdigung.«

»Der wohnt ja auch nicht hier, und sie kennt ihn nicht.«

»Ich glaube, es ist Großmutter völlig egal, ob wir hingehen oder nicht.«

»Vielleicht ist sogar jemand von der Polizei da, und die denken dann, dass du Schuldgefühle hast, wenn du nicht hingehst.«

»Die wissen doch längst, dass ich Benjamin nicht leiden konnte.«

»Konnten die anderen auch nicht, und sie gehen trotzdem hin.«

So ging es hin und her, bis ich nachgab und Oliver zufrieden nach Dillings fuhr.

## Kapitel 12

In der Nacht auf Montag schlief ich schlecht und stand früh auf. Ich hörte Papa im Badezimmer. Er konnte zur Arbeit fahren und war somit aus dem Schneider. Mama war auch schon auf. Sie hatte Lockenwickler in den Haaren und summte vor sich hin, während sie das Frühstück zubereitete.

Ich ließ mich auf einen Stuhl am Küchentisch sinken und seufzte. »Ich wünschte, wir hätten es schon hinter uns.«

»Ach, Emily, es ist doch halb so schlimm. Schließlich beerdigen wir ja niemanden aus unserer Familie oder unserem Freundeskreis. Und ich bin wirklich gespannt, wie Lucinda Easterbrook aussieht. Ich habe sie seit über fünfundzwanzig Jahren nicht mehr gesehen. Damals, zu der Beerdigung von Gilbert Easterbrook, ist sie nicht gekommen, aber heute muss sie ja.«

»Mir ist Lucinda Easterbrook völlig egal. Ich weiß gar nicht mehr, ob ich sie überhaupt mal gesehen habe.«

Dann traf Oliver gut gelaunt ein.

»Hattest du ein schönes Wochenende?«, fragte Mama.

»Ja, aber jetzt ruft wieder die Pflicht.«

»Oliver rechnet damit, dass der Mörder am offenen Grab ein Geständnis abliefert«, spottete ich. »Ich weiß immer noch nicht, was ich überhaupt dort soll.«

»Emily, ich dachte, wir hätten uns geeinigt«, sagte Oliver, und Mama musterte mich mit zusammengekniffenen Augen. »Willst du etwa so wie du bist mitfahren?«

»Von *wollen* kann keine Rede sein.«

»Du kannst doch nicht in diesen ausgeblichenen Jeans auf einer Beerdigung erscheinen.«

»Darin fühle ich mich aber wohler. Es wird so schon unangenehm genug.«

»Kommt gar nicht infrage. Wie sieht das denn aus!«

Ich hegte schon die Hoffnung, dass die Kleiderordnung meine Teilnahme in letzter Minute verhindern würde, aber mein Bruder fiel mir in den Rücken. »Du hast doch auch schwarze Jeans. Das ginge doch, oder, Mama?«

Mama überlegte kurz und nickte dann gnädig. Ich ging auf mein Zimmer, um mich umzuziehen, und blieb dort, bis es Zeit wurde loszufahren.

Ich stieg zu Oliver ins Auto, während Mama noch einige ihrer Freundinnen abholte.

Die Beerdigung hinterließ bei mir einen unangenehmen Beigeschmack, was nicht auf die Beisetzung von Benjamin Easterbrook zurückzuführen war. Wir hatten Schwierigkeiten, einen Parkplatz zu finden. Man konnte grob sagen, dass die komplette weibliche Bevölkerung von Jolly Clover jenseits der vierzig angetreten war. Lediglich die berufstätigen Frauen, denen es nicht gelungen war, einen freien Tag zu ergattern, fehlten. Das starke Geschlecht hingegen wurde lediglich von einigen Ruheständlern vertreten, die es nicht geschafft hatten, sich gegen ihre bessere und entschlossenere Hälfte durchzusetzen. Die einzigen Junggesellen waren John Adams und Henry Finch.

»Die beiden sind bestimmt auch nur gekommen, um sich nicht noch verdächtiger zu machen«, bemerkte Oliver sofort.

»Das fällt bei dem Andrang doch niemandem auf«, sagte ich. »Und ich weiß gar nicht, ob sie für die Polizei wirklich so verdächtig sind.«

»Für mich auf jeden Fall. Aber von der Polizei ist wohl niemand hier.«

»Das wissen wir doch gar nicht.«

Wir hatten nur noch Stehplätze bekommen, aber die Andacht in der kleinen Kapelle dauerte zum Glück nicht lange. Man musste dem Geistlichen zugutehalten, dass er so wenig log wie möglich.

Mir fiel auf, dass während der Andacht viele Augenpaare hin und her huschten. Wahrscheinlich war Oliver nicht der Einzige, der darauf hoffte, den Täter an einem besonders tückischen Gesichtsausdruck zu erkennen. Selbst einige Schaulustige aus Scott's Corner hatten die brisanten Umstände angelockt.

Ich erkannte die Familie Easterbrook in der ersten Reihe. Onkel Mortimer mit Frau und Kindern sowie Gerald neben einer Dame in Schwarz. Das musste Lucinda Easterbrook sein. Als sie ihr Gesicht zu Gerald wandte, sah ich, dass sie einen Schleier trug, und musste beinahe auflachen. Darunter würde es für Mama und ihre Gruppe nicht leicht sein zu erkennen, ob ihre Gesichtsmasken gegen die von Mrs Easterbrook gesiegt hatten.

Hoffentlich hatte niemand gesehen, dass ich lächeln musste. Ich starrte beschämt zu Boden, bis mir einfiel, nach Charlene Pitts Ausschau zu halten. Anscheinend war sie der Familie noch nicht als offizielle Freundin vorgestellt worden, denn ich konnte sie nirgends entdecken.

Nach der Andacht ging es zu Benjamins letzter Ruhestätte. Von der eigentlichen Beisetzung wollte ich so wenig wie möglich mitbekommen und verdrückte mich hinter der letzten Reihe. Etwas abseits standen zwei junge Mädchen und ein junger Mann, alle im Alter um die zwanzig. Wahrscheinlich der mehr oder weniger freiwillige Fahrdienst.

Ich war dankbar, nicht dem Geistlichen zuhören zu müssen, und zog es stattdessen vor, die leise Unterhaltung der drei jungen Leute zu belauschen.

»Was man nicht alles für fünf Pfund tun muss«, beschwerte sich eins der Mädchen.

»Was? Du bekommst sogar Geld dafür?«, zischte die andere neidisch. »Bei mir war es glatte Erpressung. Meine Großmutter hat gedroht, mir kein Benzingeld mehr zu geben, wenn ich sie nicht fahre.«

»Unglaublich«, murmelte ihre Freundin mitfühlend. »Dabei macht sie so einen netten Eindruck.«

»Ich bin freiwillig hier«, erklärte der junge Mann.

»Erzähl uns doch nichts.« Die Stimme des Mädchens mit der erpresserischen Großmutter.

»Ha, ich weiß doch, dass du nächste Woche Geburtstag hast, Tommy.«

»Na ja. Schaden kann es nicht, dass ich Tante Margaret mitgenommen habe.«

»Siehst du. Kommt, spielen wir noch eine Runde. Tommy, du musst noch einen Beruf mit J sagen.«

»Jäger!«

»Okay, jetzt mit K.«

»Küster!«

»König!«

»Das ist doch kein Beruf.«

»Doch sicher. Ein König bekommt doch Geld dafür, dass er König ist.«

»Aber er hat keine Ausbildung.«

»Hat er doch. Seine Eltern bringen ihm schon bei, was er zu tun hat.«

»Aber das Königshaus ist keine anerkannte Ausbildungsstätte.«

»Darum geht es gar nicht. Für manche Berufe gibt es keine Ausbildung. Hauptsache, man verdient damit sein Geld.«

»Na, wenn das so ist, dann bin ich dran und ich nehme Killer.«

»Also, das geht ja überhaupt nicht. Das ist nun wirklich kein Beruf, damit sorgt man nicht für seinen Lebensunterhalt.«

»Berufskiller schon.«

»Dann hättest du ›Berufskiller‹ nehmen müssen, als wir bei B waren.«

»Hätte ich gar nicht. Man muss nicht vor jedem Beruf auch das Wort *Beruf* sagen. Man sagt ja auch nicht Berufsbäcker oder Berufsgärtner, obwohl es auch Hobbygärtner gibt. Deshalb kann ich einfach nur *Killer* nehmen, ohne *Berufs* oder *Hobby* davor.«

»Hobbykiller!« Die Mädchen begannen, leise zu kichern.

»Ist doch besser als Hobbygärtner«, setzte der Jüngling noch eins drauf. »Man muss nicht bei Wind und Wetter im Freien arbeiten.«

»Doch, wenn du an einer dunklen Ecke auf jemanden wartest, um ihn zu erschießen.«

»Ich würde lieber Gift nehmen.«

»Aber Tommy, Gift ist doch die Waffe der Frauen.«

»Umso besser. Dann werde ich wenigstens nicht sofort verdächtigt.«

»Aber um jemanden vergiften zu können, musst du näher mit ihm bekannt sein, oder besser noch, mit ihm zusammenwohnen, sonst kommst du schlecht an ihn ran.«

»Versteht sich doch von selbst, dass ich mit dem Opfer bekannt bin. Warum sollte ich es sonst umbringen wollen?«

»Weil du ein Hobbykiller bist.« Ich hörte ein ersticktes Lachen.

»Ihr seid albern, und das Spiel hier ist blöd. Wisst ihr kein Besseres?«, fragte Tommy.

Schweigen. Dann meldete sich die Neureiche mit den fünf Pfund: »Lasst uns wetten, wer der Mörder von dem Typ dort ist.«

»Wie soll das denn gehen? Wir kennen hier doch kaum jemanden.«

»Egal. Jeder sucht sich eine Person aus. Und falls er richtig geraten hat, bekommt er von den anderen beiden jeweils fünf Pfund.«

»Ja, du kannst es dir leisten, aber ich nicht«, beschwerte sich das Mädchen mit der rabiaten Großmutter.

»Dann eben nur ein Pfund.«

»Na gut. Aber wenn der Mörder gar nicht hier ist?«

»Ach, das war bestimmt jemand aus Jolly Clover. Und die scheinen alle hier zu sein.«

»Nur die Älteren und auch fast nur Frauen.«

»Ich wette, es war eine ältere Frau.« Die Großmutter dieses Mädchens hätte sich bestimmt mit meiner bestens verstanden. Vielleicht waren sie sogar enge Freundinnen.

»Ich nehme lieber den großen Blonden da vorne. Der ist noch nicht so alt.«

Aha, mein Bruder war mit im Spiel. Jetzt hatten sie mich bemerkt. Ich sah, wie sie mir verstohlene Blicke zuwarfen, und der junge Mann flüsterte schnell, aber nicht leise genug: »Die nehme ich.«

Ich tat, als hätte ich nichts mitbekommen, und ließ meine Blicke über die Menschenmenge gleiten. Jetzt fehlte nur noch, dass sich die Dritte im Bunde für meine Großmutter entschied.

»Kommt, wir pirschen uns näher ran, damit ich mir eine aussuchen kann«, sagte das Mädchen, das mit einer rücksichtslosen Großmutter gestraft war. »Wir müssen uns auch die Gesichter von unseren Verdächtigen einprägen, damit wir sie wiedererkennen, wenn ein Foto in der Zeitung erscheint.« Sie schlossen langsam zur Trauergemeinde auf, wobei der junge Mann noch ein paar Mal betont unauffällig in meine Richtung sah. Tja, ich hatte anscheinend nicht nur für Inspektor Chandler etwas Verdächtiges an mir.

Wie erwartet, ereignete sich auch nichts Auffälliges, bis auf den kleinen Stau bei Lucinda Easterbrook, als es ans Händeschütteln ging. Vorne am Grab standen nebeneinander Mortimer Easterbrook und seine Frau, Gerald und zu seiner Rechten die geschiedene Mrs Easterbrook.

Während die ersten Drei mit einem kurzen Händeschütteln und einem gemurmelten Beileidswort bedacht wurden, kam Lucinda Easterbrook nicht so leicht davon. Sie war für die meisten die Attraktion dieser ganzen Angelegenheit, und die Kondolierenden ließen nur ungern von ihr ab. Mama war nicht die Einzige, die verbissen versuchte, durch Mrs Easterbrooks Schleier zu starren und damit den ganzen Verkehr aufhielt.

Endlich hatten wir die Zeremonie hinter uns. Ich war erleichtert, dass es überstanden war und merkte, wie sich meine Laune besserte. Wir machten uns in kleinen Gruppen auf den Weg zu den Autos. Oliver und ich sahen, dass Henry Finch diesmal zwar ohne Alfie, aber dafür mit einer kleinen, flachen, silberfarbenen Flasche gekommen war, aus der er ungeniert hin und wieder einen Schluck nahm. Für Oliver ein weiterer Beweis für Henrys schlechtes Gewissen. Dann wurde mein Bruder von einer Gruppe älterer Damen umringt, und ich hielt Ausschau nach Mama.

Sie ging mit einer Bekannten aus dem Nachbardorf einige Meter vor mir her. Als ich sie beinahe eingeholt hatte, hörte ich, dass nicht Benjamin Easterbrook, sondern ich das Thema ihrer Unterhaltung war. »Wenn sie mit dreißig noch zu Hause wohnen, dann bleiben sie für immer. Glaub mir Anne«, sagte die bösartige Bekannte.

»Emily hat ein Zimmer in London«, antwortete Mama zaghaft.

»Ja, aber doch nur, weil sie gerade in London arbeitet.«

»Ich dachte ja auch, wenn sie vielleicht eine gute Anstellung findet, dann …«

»Vergiss es«, wurde Mama von dieser Schlange unterbrochen. »Wer auf eigenen Beinen stehen will, der wartet nicht so lange, bis er seinen Traumberuf gefunden hat.«

»Weißt du, Dorothy, das Häuschen von Mrs Emerald ist zu vermieten und ich dachte, das wäre doch ganz schön für Emily. Ihr fehlt nur noch ein festes Gehalt. Aber da hat sie vielleicht Glück im nächsten Jahr.«

»Anne, ich will ja nichts gegen deine Tochter sagen. Sie ist durchaus ein nettes Mädchen. Aber ein Nesthocker zieht nicht aus, selbst wenn er im Lotto gewinnt.«

»Ach, so ist Emily nicht.« Mama klang allerdings mehr hoffnungsvoll als überzeugt.

Ohne sie eines Blickes zu würdigen, rauschte ich an Mama und dieser intriganten Person vorbei.

»Emily, lange nicht gesehen«, hörte ich sie noch hinter mir her rufen. Ich drehte mich nicht um. Meine Laune hatte einen neuen Tiefpunkt erreicht. Ich entdeckte Großmutter mit einigen Nachbarn und ging den Rest des Weges neben ihr her.

Auf der Rückfahrt beschwerte ich mich bei Oliver über Mama und ihre Bekannte.

»Das Häuschen von Mrs Emerald würde dir sicher gefallen«, versuchte er, mich zu beschwichtigen. »Es ist richtig gut aufgeteilt.«

»Dir mag es ja wie ein zweites Zuhause vorkommen, aber ich will gar nicht wissen, wie es aufgeteilt ist.«

»Willst du denn wirklich für den Rest deines Lebens bei Mama und Papa wohnen?«

»Nein, natürlich nicht. Vielleicht lerne ich mal jemanden kennen und ziehe zu ihm.«

»Bis jetzt bist du aber nicht mit deinen Freunden zusammengezogen.«

»Das kann sich ja noch ändern. Und du bist doch selbst froh, dass du noch dein altes Zimmer hast, für den Fall, dass Tiffany dich mal wieder rauswirft.«

»Ein einziges Mal war das. Und sie hat mich nicht rausgeworfen. Wir hatten nur überlegt, dass wir uns vielleicht einige Tage nicht sehen sollten.«

»Ja, klar«, sagte ich ironisch. »Es gibt doch solche Generationenhäuser. Und andere Eltern wohnen auch bei ihren Kindern. Die kümmern sich dann um sie, wenn sie älter werden und Hilfe brauchen.«

»Und du sitzt schon mal da und wartest die nächsten Jahrzehnte darauf, bis es so weit ist? Emily, unsere Eltern wohnen nicht bei dir, sondern du bei ihnen. Und ein Generationenhaus hat normalerweise mindestens zwei komplette Wohnungen. Das Haus unserer Eltern hat lediglich zwei Kinderzimmer. Wenn es mit dem Job in der Bücherei klappt, warum denkst du nicht wirklich mal darüber nach, in Mrs Emeralds Haus zu ziehen? Sie würde es dir bestimmt günstig vermieten.«

Ich dachte nach. »Wenn der Mörder nicht gefasst wird und der Hauch eines Verdachts an mir hängen bleibt, bekomme ich die Stelle ohnehin nicht. Und dann hat sich das mit Mrs Emeralds Häuschen erledigt.«

Oliver sah mich mit hochgezogenen Augenbrauen an: »Wünschst du dir jetzt etwa, dass der Mörder nie gefasst wird, nur damit du bis zum Ende deiner Tage bei unseren Eltern wohnen kannst?«

»So war das nicht gemeint. Ich habe nur nachgedacht.« Aber in Wirklichkeit war ich hin und her gerissen. Eigentlich wusste ich selbst nicht, warum mich der Gedanke so erschreckte, eine eigene Bleibe zu suchen. Zumal Mrs Emeralds Haus sogar in Jolly Clover lag.

Oliver setzte mich zu Hause ab und wollte direkt zum Seniorenstift nach Dillings fahren. Ich hatte noch keine Lust auf den Umtrunk im *Banditen* anlässlich Benjamins Beerdigung. Eigentlich wollte ich überhaupt nicht auf ihn trinken. Mama jedoch stellte nur ihren Wagen ab und verschwand gleich wieder.

Gut zwei Stunden später kam Oliver zurück. »Bingo«, sagte er nur, als er sich zu mir in die Küche setzte.

»Ich hatte nicht unbedingt damit gerechnet«, meinte ich erstaunt.

»Ich auch nicht«, gab Oliver zu. »Aber du siehst, es hat sich gelohnt, seine Fühler auszustrecken.«

»So kann man es auch nennen. Und was machst du nun?«

»Wir haben bisher eine Menge herausgefunden. Am kommenden Mittwoch nehmen wir uns Tony noch mal vor.«

»Du nimmst ihn dir vor.«

»Na gut, ich. Nur für Alicia fehlt uns noch ein Motiv, außer sie hat es wirklich für Tony getan.«

»Liebe hin, Liebe her. Alicia ist keine zwanzig mehr. Ob sie für ihren Freund töten würde, ist doch sehr fraglich.«

»Es kann ja auch etwas sein, woran wir noch gar nicht gedacht haben.«

»Genauso gut kann es sein, dass sie gar nichts von Benjamin zu befürchten hatte. Das muss ja nicht für alle zutreffen, die mit uns am Tisch gesessen haben.«

»Sicher, aber erinnere dich bitte daran, was er zu ihr gesagt hat: *Wo immer du auch herkommst.*«

»Benjamin war ein Schwätzer, der gerne herumstänkerte. Und Alicia wirkt ein bisschen exotisch hier im Dorf. Das war bestimmt schon alles.«

»Vielleicht ja, vielleicht nein«, säuselte Oliver.

»Was sollen wir denn überhaupt mit unseren Entdeckungen anfangen? Willst du alles der Polizei übergeben?«

»Nicht so direkt. Ich kann ihnen ja schlecht von meiner E-Mail an Mrs Teale erzählen. Aber wenn sich in den nächsten Tagen nichts tut, kommt Debbie ins Spiel.«

»Und die befragt ihr Orakel und weiß dann, wer's war? Oliver, Debbie hat doch mit all dem hier am wenigsten zu tun.«

»Jaha, aber Debbie hat den heißen Draht zu Sergeant Rossini. Sie kann doch hier und da eine Andeutung fallen lassen.«

»Dann müssten wir ihr aber von all unseren Entdeckungen erzählen. Möchtest du das denn?«

»Wenn die Polizei nicht weiterkommt, bleibt uns gar nichts anderes übrig.«

Als wir im Pub ankamen, war es brechend voll. Die ausgelassene Menge unterhielt sich prächtig.

»Ich hätte nie gedacht, dass ich mal auf den jungen Easterbrook anstoßen werde, aber was soll's.« Henry Finch war schon ganz schön angesäuselt.

Dennis Pringle half seinem Onkel hinter der Theke. Er winkte mir zu, und ich bahnte mir einen Weg zu ihm. Aber er hatte viel zu tun und wir konnten nur kurz miteinander reden. »Denk dran, am Donnerstag ist es so weit«, sagte er. »Es wird dir sicher gefallen. Eine Ausstattung habe ich auch schon für dich organisiert.«

Ich nickte. »Aber du fährst schön vorsichtig, ja?«

»Fahre ich doch immer. Ich hatte noch nie einen Unfall.«

An diesem Abend ging ich früh zu Bett, da ich in der vergangenen Nacht schlecht geschlafen hatte. Die Beerdigung hatte ich überstanden und ich schaffte es, den Gedanken an Mrs Emeralds Haus zu verdrängen. Noch war nicht mal der Täter gefasst. Die Anstellung als Leiterin der städtischen Bibliothek von Dillings schien somit in weiter Ferne zu liegen. Also war die Gefahr erst mal gebannt und es gab keinen Grund, mich aus meinem Zimmer zu vertreiben.

Als Oliver mich in dieser Nacht aus dem Schlaf rüttelte, war ich sofort hellwach und bereit, für den nächsten unnatürlichen Todesfall in Jolly Clover zu sorgen. Er war sicherheitshalber ein paar Schritte zurückgetreten.

»Du bist doch komplett verrückt!«, schrie ich ihn an und dämpfte dann erschrocken meine Stimme, weil ich an meine Eltern dachte. Ich nahm den Wecker in die Hand. Es war gerade halb vier.

»Du brauchst gar nicht so leise zu sein«, sagte Oliver. »Mama und Papa sind schon wach. Und alle anderen sicher auch.«

»Ist noch ein Mord passiert?«, fragte ich erschrocken, denn mir fiel ein, dass ich Oliver gesagt hatte, er solle mich nie mehr wieder mitten in der Nacht wecken, außer es geschehe ein weiterer Mord.

»Kein Mord.« Oliver behielt meine Hand mit dem Wecker im Blick. Nicht zu Unrecht befürchtete er, dass ich ihn damit attackieren würde. »Aber eine Entführung.«

Ich dachte sofort an Alison. »Wer?«, fragte ich mit bebender Stimme.

»Alfie.«

Ich wusste nicht, ob ich lachen oder mich auf meinen Bruder stürzen sollte.

»Alfie wurde entführt und das ganze Dorf ist auf den Beinen?«

»Dafür hat Henry Finch gesorgt. Irgendwie hat er es sogar geschafft, die Polizei kommen zu lassen. Ein Reporter ist auch da.«

Ich sah meinen Bruder genauer an. Er war komplett angezogen und hielt seine Steppjacke in der Hand. »Ich war schon draußen und bin nur zurückgekommen, um es dir zu sagen.«

»Und was soll ich jetzt machen?«, fragte ich unschlüssig. »Ist ein Trupp unterwegs, um Alfie zu suchen?«

»Henry Finch und ein paar andere hatten sich auf die Suche gemacht. Aber es ist zu dunkel, und eine Suchmannschaft der Polizei mit Spürhunden bekommt er wegen eines verschwundenen Hundes auch nicht.«

»Dann bringt es nicht viel, wenn ich jetzt aufstehe, oder?«

»Tony hat den *Banditen* aufgemacht. Wir könnten hören, was die anderen zu sagen haben. Henry ist natürlich außer sich.«

»Wie hat er denn mitten in der Nacht festgestellt, dass Alfie nicht mehr da ist? Oder ist er schon gestern Abend verschwunden?«

»Nein, das muss heute Nacht passiert sein. Alfie wie auch sein Herrchen sind ja schon etwas älter und haben eine schwache Blase. Henry hat in seiner Küchentür eine Hundeklappe eingebaut, damit Alfie nachts in den Garten zu seiner Sandkiste kann, wenn er möchte. Manchmal geht er wohl auch nur eine Runde schnuppern und schläft dann weiter. Als Henry heute Nacht ins Badezimmer wollte, hat er gemerkt, dass Alfie nicht da ist.«

»Hunde machen sich doch manchmal selbstständig. Vielleicht kommt Alfie ganz von alleine wieder nach Hause.«

»Aber das Gartentor war zu, und Alfie ist nicht mehr so fit, dass er über den Zaun springen kann.«

»Vielleicht ist er besser in Form, als wir denken.«

Oliver sah mich zweifelnd an. »Henry ist auf jeden Fall davon überzeugt, dass sein Hund entführt wurde. Ich kann mir allerdings nicht vorstellen, was jemand mit einem so alten Tier anfangen will.«

»Ich auch nicht«, sagte ich nachdenklich. »Außer, jemand ist auf Henrys Märchen von Alfies unglaublichen Fähigkeiten hereingefallen. Nämlich, dass Alfie den Mörder erkennen und sich bemerkbar machen würde.«

»Wer daran glaubt, der glaubt auch an den Weihnachtsmann. So dämlich kann doch niemand sein.«

»Höchstens der Mörder«, sagte ich.

»Selbst die Polizei hat ihn noch nicht geschnappt, wieso sollte er sich vor einem alten Hund fürchten?«

»Weil er unsicher ist. Jeder verdächtigt doch im Grunde jeden. Und wenn nun jemand von Alfie nicht ganz so freundlich begrüßt wird wie sonst oder Alfie möchte sich nicht kraulen lassen, einfach nur, weil er seine Ruhe haben will, dann denkt doch jeder, der bei Henrys Märchenstunde anwesend war, *Aha, Alfie gibt ein Zeichen*. Selbst mir wäre es peinlich, wenn Alfie so auf mich reagieren würde, obwohl ich nichts getan habe. Aber der Mörder möchte sicher auf gar keinen Fall ins Gerede kommen. Auch wenn es nur dumme Sprüche von Henry sind.«

»Und wenn es Henry selber war?«, fragte Oliver. »Kann doch auch sein.«

»Henry soll seinen eigenen Hund entführt haben? Warum?«

»Im günstigsten Fall, damit Alfie wieder in die Zeitung kommt. Vielleicht hat Henry Blut geleckt.«

»Und im ungünstigsten Fall?«

»Will Henry für ein bisschen Theater sorgen und die Entführung mit dem Mord in Zusammenhang bringen. Also von sich als Täter ablenken. Er hat übrigens schon damit angefangen. Er behauptet, Alfie sei entführt worden, weil er ein wichtiger Zeuge in einem Mordfall ist. Spätestens am Donnerstag wird so etwas in der Art im Dillings Daily stehen. Verlass dich drauf.«

»Sind Mama und Papa auch unterwegs?«, fragte ich.

»Nein, aber sie sind von dem Suchtrupp wach geworden. Komisch, dass du nichts mitbekommen hast.«

»Wenn ich gelegentlich mal eine Nacht durchschlafen möchte, was ist daran komisch?«

»Dass es wieder nicht geklappt hat.« Oliver lachte und duckte sich, als ich mit dem Wecker ausholte.

»Jetzt verschwinde«, sagte ich freundlich. »Morgen werde ich die Suche nach Alfie unterstützen. Aber wahrscheinlich ist es wirklich so, dass Henry selbst dahintersteckt. Wir brauchen uns sicher keine Sorgen um Alfie zu machen. Bestimmt ist er irgendwo gut untergebracht.«

»Wie zum Beispiel bei Henrys Bekannten, die Homers Vater und diesen Border Collie haben.«

»Genau. Oder er ist doch irgendwie entwischt und herumspaziert. Und jetzt ruht er sich erst mal aus, bevor er sich auf den Heimweg macht.«

»Ist es nicht ein bisschen kalt für ihn, um draußen zu übernachten?«

»Ach, Alfie ist zwar alt, aber klug. Er wird sich bestimmt ein nettes Plätzchen gesucht haben.«

Als ich am Dienstagmorgen in unsere Küche kam, fand ich Oliver mit unserer Großmutter vor.

Oliver hatte nur eine Tasse Kaffee vor sich. »Habt ihr schon gefrühstückt?«, fragte ich.

Oliver schüttelte den Kopf. »Mama ist zu irgendeiner Freundin zum Frühstück. Und anschließend will sie sich Cindy ausleihen.«

»Um Alfie zu suchen? Ist er noch nicht wieder aufgetaucht?«

»Nein, Alfie wird noch vermisst. Und ob Mama bei der Suche mithelfen will, weiß ich nicht. Sie hat nur gesagt, dass sie etwas mehr Bewegung braucht. Und mit Cindy würde es ihr sicher mehr Spaß machen, damit anzufangen.«

»Mama will mit Walking anfangen?«, fragte ich erstaunt.

»Was ein Blick auf Lucinda Easterbrooks gut erhaltene Figur nicht alles bewirken kann«, lästerte Oliver und Großmutter lachte.

Dann wandte sie sich an mich.

»Ich fahre gleich weiter nach Dillings zu Ethel, und da ist mir noch etwas eingefallen.«

»Ich weiß schon, ich soll Onkel Mortimers Taschentuch besorgen«, sagte ich gereizt.

»Nein, Kind«, beschwichtigte Großmutter. »Wenn es dir so unangenehm ist, dann kümmere dich nicht weiter darum. Es ist nicht so wichtig. Was ich sagen wollte, Ethel wohnt nicht weit entfernt von der Boutique, in der Debbie arbeitet. Und bald ist ja Weihnachten. Hast du vielleicht in letzter Zeit etwas Hübsches gesehen, was du dir wünschst? Dann könnte ich es gleich mitbringen.«

»Ach.« Ich war erleichtert und überrascht. »Ja, also, ich habe mir dort gerade erst einen neuen Pullover gekauft. Aber da gibt es so viele schöne Sachen. Ich fahre in den nächsten Tagen nach Dillings und suche mir etwas aus, ja? Debbie kann es dann zurücklegen.«

Wir bestellten noch schöne Grüße an Ethel und Großmutter fuhr los.

»Denk ja nicht, dass du aus dem Schneider bist«, sagte Oliver, sobald Großmutter zur Tür hinaus war.

»Nicht aus dem Schneider?«, wiederholte ich, obwohl ich ahnte, woran Oliver dachte.

»Ja, nur weil Großmutter nicht mehr sonderlich an Onkel Mortys Taschentuch interessiert ist, heißt das nicht, dass du nicht nachsehen musst.«

»Ich muss überhaupt nichts. Und jetzt, mit Großmutters Segen, schon gar nicht.«

»Wir hatten doch besprochen, dass es mit diesem Taschentuch etwas auf sich haben könnte, vor allem, falls Benjamin es direkt vor seiner Ermordung wieder aus dieser Kappe genommen haben sollte.«

»Das hast in erster Linie du besprochen. Und mich deshalb mitten in der Nacht aus dem Schlaf gerissen.« Ich sah meinen Bruder nachtragend an und fügte hinzu: »Das erste Mal aus dem Schlaf gerissen.«

»Ja doch, tut mir leid. Aber bitte versuch, dich zu überwinden, und bring es so schnell wie möglich hinter dich. Damit hätten wir dann wirklich all unsere Möglichkeiten ausgeschöpft.«

»Jetzt sollten wir erst mal frühstücken«, erwiderte ich und lenkte das Gespräch in eine andere Richtung.

»Wir könnten uns etwas vom Bäcker holen und bei dieser Gelegenheit hören, was in Sachen Alfie unternommen wurde«, schlug Oliver vor.

Wir brauchten nur einige Schritte oder besser, bis zum ersten Baum zu gehen, um festzustellen, dass Henry Finch selbst aktiv geworden war. Mit einer Reißzwecke befestigt, prangte dort ein Anschlag mit einem Bild von Alfie, umgeben von etlichen Pokalen. Darunter stand:

50 Pfund Belohnung für gekidnappten, kostbaren Deckrüden!
Hört auf den Namen Alfie
Alfie wurde in der Nacht von Montag auf Dienstag geraubt
Hinweise an Henry Finch
Täter tot oder lebendig gesucht

Auf dem Weg zum Dorfplatz gaben wir es auf, die Anzahl der Blätter zu zählen, die wir links und rechts an den Bäumen am Straßenrand sahen. Auch die Fenster des *Banditen*, des Bäckers und des Dorfladens waren nicht verschont geblieben.

Im Vorbeigehen sahen wir, dass sich etliche Bewohner von Jolly Clover im Wald herumtrieben. Auch die Nebenstraßen lagen nicht so friedlich da wie sonst an einem Dienstagmorgen auf dem Lande. In der Bäckerei erfuhren wir, dass »Alfie suchen« zum Volkssport Nummer eins geworden war. Die Einwohner, die selbst einen Hund besaßen, gingen mit ihrem Vierbeiner zuerst zu Henry Finch, damit ihr Tier sich den Geruch von Alfie einprägen konnte. Henry saß zu Hause vor dem Telefon und wartete auf die Lösegeldforderungen. Die Nachbarn, die gerade eine Pause von der Suchaktion machten, leisteten ihm Gesellschaft.

Als Oliver und ich wieder zu Hause waren und vor unseren Bagels saßen, bemerkte ich: »Eines können wir zumindest mit ziemlicher Sicherheit sagen: Henry Finch scheint einen Computer zu besitzen.«

»Stimmt, zu diesem Text hätte er sicher keinen Nachbarn überreden können. Die müssten ja Angst haben, ins Gefängnis zu kommen, wenn sie dazu auffordern, den Täter im Zweifelsfall auch tot anzuschleppen.«

»Wenn Alfie wirklich entführt wurde, möchte ich nicht in der Haut des Ganoven stecken. Henry poliert sicher schon seine Schrotflinte.«

Am späten Vormittag kam Mama zurück.

»Na, wie war deine erste Walkingrunde?«, fragte Oliver.

»Ich bin nur einmal kurz durch den Wald gegangen. Eigentlich sollte man wohl vor dem Frühstück laufen, aber ich war ja schon verabredet. Cindy konnte ich auch nicht mitnehmen, ihr geht es nicht so gut.«

»Was fehlt ihr denn?«, fragte ich besorgt. »Muss ein Tierarzt kommen?«

»So schlimm ist es sicher nicht. Sie ist nicht ganz so lebhaft wie sonst und braucht wohl etwas Ruhe. Wir Menschen haben ja auch manchmal einen Tag, an dem wir nicht so gut zurecht sind.« Mama grinste.

»Woran denkst du?«, fragte Oliver.

»Ach, Carol hat mir erzählt, dass heute Morgen schon einige übereifrige Nachbarn, die noch nicht über Cindys Besuch informiert waren, versucht haben, den Hund gewaltsam aus ihrem Garten zu entfernen, bis ihnen der kleine Unterschied zwischen Rüde und Hündin aufgefallen war. Was habt ihr beiden heute vor?«

»Nichts Besonderes«, sagte Oliver. »Wir könnten uns auch der Suche nach Alfie anschließen.«

Mein Bruder und ich verbrachten an diesem Tag viele Stunden an der frischen Luft, was ich ganz angenehm fand. Zwischendurch kehrten wir immer wieder zu einem kleinen Imbiss bei Mama zurück und besuchten auch Henry Finch, um unsere Anteilnahme zu zeigen. Henry stieß die übelsten Drohungen aus, was er mit dem Verbrecher anstellen wollte.

Alfie blieb verschwunden.

## Kapitel 13

Als Oliver und ich am Nachmittag von unserer Suche auf den Feldwegen zurückkehrten, sahen wir Mikey, der mit einem anderen Jungen von der Haltestelle nach Hause ging. Mikey sah niedergeschlagen aus, sicher machte er sich Sorgen um seinen Hund. Der andere Junge verabschiedete sich vor dem Haus der Tuckers und ich versuchte, Mikey zu trösten. »Bestimmt geht es Cindy schon besser, und morgen ist alles wieder in Ordnung.«

Mikey warf mir einen traurigen Blick zu, und Carol Tucker öffnete die Tür.

»Wie geht es Cindy?«, fragte ich. »Schon besser?«

»Ja, etwas. Aber ich behalte sie lieber noch im Haus. Sie kann ja zwischendurch in den Garten.«

»Dann schauen wir morgen wieder vorbei.«

»Was sollen wir jetzt machen?«, fragte mich Oliver. »Durch die Gegend laufen, dazu habe ich keine Lust mehr.«

»Du könntest dir Papas Fahrrad ausleihen. Dann fahren wir in Richtung Scott's Corner. Vielleicht finden wir Alfie auf dem Weg dorthin.«

»Ich glaube zwar nicht, dass Alfie sich auf eine so weite Reise begeben hat, aber na gut, ehe wir hier nur herumsitzen.«

Als wir Mama über unsere Radtour informieren wollten, telefonierte sie. »Da kommt sie gerade«, sagte Mama in den Hörer und hielt ihn mir hin, »Für dich, es ist Alison.«

Meine Patentochter musste gerade erst aus der Schule gekommen sein. »Hallo, was gibt's?«, fragte ich sie.

»Bist du alleine?«, flüsterte Alison.

»Gleich.« Ich ging mit dem Telefon in mein Zimmer. »Alison, wo bist du?«

»In meinem Zimmer, Mama ist im Wohnzimmer. Ich muss dir etwas sagen.« Ich dachte einen Moment, sie hätte sich doch noch an etwas in Zusammenhang mit der Person im Wald erinnert, und war ein wenig enttäuscht, als sie sagte: »Ich weiß, wer den Hund hat. Alfie.«

Es wunderte mich nicht, dass die größte Entführung des Jahrhunderts schon das Nachbardorf erreicht hatte.

»Hast du Alfie gesehen?«

»Nein, aber dieser Onkel Mortimer hat ihn bestimmt.«

»Alison, weißt du es? Hast du ihn gesehen oder vermutest du es nur?«

»Aber es ist doch ganz klar, dass er ihn hat.«

»Weil ihm dieses Taschentuch gehört, oder warum?«

»Genau.«

»Alison, jetzt mach mal halblang. Du kannst jederzeit deinen Eltern von deinem Fund berichten. Vielleicht gehen sie sogar zur Polizei. Wenn du meinst, dieses Taschentuch ist so wertvoll, vielleicht bekommst du sogar Finderlohn. Erzähl es deinen Eltern und warte ab, ob sie etwas unternehmen.«

»Ich weiß, was sie unternehmen«, sagte Alison finster. »Sie reden mit Großvater, und ich darf nicht mehr zu Isabel.« Dann hörte ich, wie jemand in Alisons Zimmer kam.

»Mit wem redest du?«, fragte Amy.

»Mit Tante Emily.«

»Ach, gib sie mir auch mal.« Dann hatte ich Amy am Apparat. »Bei euch ist ja in letzter Zeit dauernd etwas los«, meinte sie. Wir unterhielten uns noch eine Weile, bis Oliver und ich uns auf die Fahrräder schwangen.

Schweigend fuhren wir das erste Stück nebeneinanderher und hielten dabei links und rechts auf den Feldwegen

Ausschau nach Alfie. Es war kalt und etwas windig, und wir mussten ordentlich in die Pedale treten, weswegen wir kaum miteinander sprachen.

Als wir auf halber Strecke nach Scott's Corner waren, sagte Oliver: »Da hinten braut sich etwas zusammen. Sollen wir lieber umkehren? Sonst werden wir vom Regen überrascht.«

»Ja, lass uns langsam zurückfahren«, willigte ich ein. »Für heute reicht es mir eigentlich. Und es bringt ja doch nichts.«

Gemächlich radelten wir wieder in Richtung Jolly Clover. Mit dem Wind im Rücken war es weitaus angenehmer.

»Ich habe eine Idee!«, rief Oliver aus heiterem Himmel.

»Ja?«, fragte ich vorsichtig. Nicht alle von Olivers Ideen waren nach meinem Geschmack.

»Wenn es bei diesen Temperaturen regnet, sind die Pferde doch auf keinen Fall auf der Weide? Gladstone und die anderen, meine ich.«

»Willst du die Weide nach Alfie absuchen? Als ob der sich bei dieser Kälte ins Gras legt.«

»Vergiss im Moment mal Alfie, obwohl wir dank ihm einen wunderbaren Vorwand haben, in die Stallungen zu gehen.«

»Oh nein!«

»Oh doch! Alle suchen nach Alfie, das haben sicher auch Sam Holden und Gerald Easterbrook, falls er zu Hause ist, mitbekommen. So fällt es nicht weiter auf, wenn ich dich zum Gut begleite. Wir sagen einfach, wir wollen mal nachsehen, ob Alfie sich nicht irgendwo im Stall versteckt hat, und du möchtest bei dieser Gelegenheit auch gerne Gladstone besuchen. Du kannst ihm ja ein paar Möhren von zu Hause mitbringen.«

»Wir haben vielleicht gar keine.«

»Aber Äpfel haben wir immer. Und du weißt, was du zu tun hast. Sei doch froh, dann hast du es hinter dir, und ich kann dich sogar begleiten, ohne dass jemand Verdacht schöpft. Lass mich nur machen. Wenn Sam Holden da ist, unterhalte ich mich mit ihm, und du suchst in dieser alten Rumpelkammer nach Mortimers Taschentuch. Dann haben wir das endlich erledigt.«

Ich fuhr so langsam, wie es möglich war, ohne, dass das Fahrrad kippte.

»Das hilft dir auch nicht«, giftete mein Bruder. »Wir fahren erst nach Hause, um Möhren oder Äpfel zu holen, und dann geht es gleich weiter. Handschuhe hast du ja schon an. Das passt gut.«

Als wir zu Hause in die Küche gingen, um uns mit Möhren einzudecken, war Mama nicht da, aber es lag ein großer Zettel auf dem Küchentisch. Sergeant Rossini hatte angerufen und wollte Oliver sprechen.

Mein Bruder sah mit unbehaglichem Blick auf die Notiz und sagte: »Das kann warten.«

Wie auf Bestellung setzte der Regen ein. Oliver und ich nahmen unsere Schirme und machten uns auf dem Weg zum Gutshof. Trotz der Kälte und des Regens war mir viel zu warm.

Wir fanden Sam Holden in den Stallungen. »Hallo, willst du deinen alten Freund besuchen?«, fragte Sam und sah auf die Möhren.

»Ja, auch«, sagte ich verlegen, und Oliver erklärte: »Wir wollten bei dieser Gelegenheit auch nachsehen, ob Alfie sich irgendwo im Stall versteckt hat. Der Hund von Henry Finch, der vermisst wird.«

»Ach ja, davon habe ich schon gehört. Aber meint ihr wirklich, das Tier hat sich hier versteckt? Das hätte ich bestimmt gemerkt.«

»Alfie kennt dich ja nicht so gut«, sagte Oliver. »Wenn man sich vorstellt, so ein armer alter Hund wird von einer ganzen Menschenmasse gejagt, wenn auch mit den besten Absichten, ist es gut möglich, dass er sich in seiner Angst irgendwo verkrochen hat und sich nicht bemerkbar macht.«

Ich dachte, gut, dass Sam Holden Alfie nicht gut kennt. Denn Alfie war von klein auf durch seine Teilnahme an unzähligen Ausstellungen an Menschenmengen gewöhnt und hatte noch nie Furcht gezeigt. Und alle, die auf der Suche nach ihm waren, kannte er seit Jahren.

»Ja, dann seht euch ruhig um.«

Ich gab den anderen Pferden ihren Anteil Möhren und begrüßte dann Gladstone, der sich von mir den Hals tätscheln ließ, während er versuchte, sich die komplette Tüte anzueignen.

Oliver blieb bei Sam Holden, der an einem kleinen Trecker herumwerkelte, und erzählte ihm ausführlich von Alfies Verschwinden. Dabei warf er mir auffordernde Blicke zu, und ich begab mich mit schlechtem Gewissen auf die angebliche Suche nach Alfie. Erst sah ich in einige Boxen, die mit verschiedenen Geräten vollgestellt waren, und arbeitete mich langsam zu der besagten Kammer hin. Es war schon dunkel. Auch als ich den Lichtschalter fand, blieb es recht düster. Die mickrige Glühbirne, die von der Decke baumelte, gab nicht allzu viel her. Hastig versuchte ich, irgendwo eine Ecke mit Reitkappen ausfindig zu machen. Das war gar nicht so einfach. Zwischen ausrangierten Satteln, Reitstiefeln und Gurten standen auch alte Werkzeugkisten und Dinge, die wohl eher etwas mit Landwirtschaft als mit Reitsport zu tun hatten.

»Da hinten ist er bestimmt nicht«, hörte ich Sam Holden rufen. »Da ist es doch viel zu ungemütlich. Sieh doch lieber nach, ob er sich im Stroh versteckt hat.«

»Das mache ich als Nächstes!«, rief ich mit unsicherer Stimme zurück und hörte, wie Oliver sagte: »Ach, so ein Tier in Panik, das kann überall sein.«

Ich verspürte jetzt schon mehr Panik, als Alfie in seinem ganzen Leben gekannt haben dürfte.

Endlich fand ich zwei übereinander gestülpte Reitkappen und griff mit zitternden Händen danach. Sie waren staubig und das Futter innen verschlissen, als Versteck dienten sie nicht. Ob meine Patentochter diese eine besondere Reitkappe woanders im Raum versteckt hatte? Ich hätte sie danach fragen sollen.

Dann entdeckte ich eine weitere Reitkappe auf der untersten Ablage eines Regals, das völlig zugestellt war. Ein Kind konnte sich leicht zwischen den Gerätschaften hindurchquetschen, aber bei mir war es schon schwieriger. Ich blieb an irgendeinem Werkzeug hängen und wäre beinahe gestolpert.

Endlich hatte ich die Reitkappe erwischt. Es war die richtige. Das Futter war offensichtlich aufgerissen worden. Es war gar nicht so leicht, mit meinen Handschuhen hineinzufühlen. Ich ertastete eine Plastiktüte und zog sie heraus. Dahinter schienen noch eine oder mehrere Tüten zu stecken, aber bereits in der ersten fand ich, wonach ich gesucht hatte. Onkel Mortimers Taschentuch. Es war wohl benutzt und zusammengeknüllt, aber ich konnte die Initialen und auch den bestickten Rand aus goldfarbenem Garn erkennen, der es Alison so angetan hatte. Während ich die Hand noch einmal in das aufgerissene Futter steckte, um die anderen Tüten zu untersuchen, krachte neben mir das Werkzeug auf den Boden, an dem ich hängen geblieben war.

»Alles in Ordnung?«, rief Sam Holden und kam mit eiligen Schritten näher.

Schnell stopfte ich das Taschentuch wieder in die Reitkappe und stellte diese zurück auf das unterste Regalbrett. »Ja«, brachte ich mühsam hervor und richtete mich hastig wieder auf, als Sam und Oliver auch schon in der Tür standen. »Hier ist er nicht.«

»Ich sehe mal im Stroh nach«, bot Oliver an, während er mich fragend anblickte.

Ich ging zu Gladstone und lehnte mich an seine Box. Hoffentlich hatte Sam Holden die Schweißperlen auf meiner Stirn nicht gesehen. Er begleitete Oliver zu den Strohballen, zwischen denen dieser bald eifrig herumstöberte und mit gedämpfter Stimme scheinheilig rief: »Alfie! Wo ist denn mein guter Junge?«

234

»So etwas mache ich nie wieder«, beschwerte ich mich auf dem Rückweg bei Oliver. »Nie, nie wieder.«

»Du stellst dich an, als hättest du gerade deinen ersten Einbruch hinter dir.«

»So fühlte es sich auch an. Ich komme mir so gemein vor, Sam gegenüber. Ihm einfach etwas vorzuspielen. Das war hinterhältig.«

»Wir haben ihm doch nicht geschadet. Und stell dir vor, Alfie hätte sich doch wirklich im Stall verstecken können.«

»Das glaubst du doch selbst nicht.«

»Und du konntest wirklich nicht erkennen, ob noch etwas in den anderen Tüten ist?«

»Ich weiß nicht einmal, ob es nur noch eine weitere oder mehrere sind. Ich glaube, die sind leer. Taschentücher sind da auf jeden Fall nicht drin. Und viel Zeit hatte ich ja nicht, um nachzusehen.«

»Weil du etwas umgestoßen hast. Sonst hättest du alle Zeit der Welt gehabt. Ich war gerade dabei, Alfies gesamte Lebensgeschichte zu erzählen, und erst da angekommen, wo er Jüngstensieger geworden ist.«

»Dann habe ich Sam ja einiges erspart. Außerdem, du hättest selbst in dieser Kammer herumwühlen können.«

»Einer musste Sam ja ablenken, und du bist viel zu nervös dafür.«

»Ja, weil ich nicht so durchtrieben bin wie du.«

»Ich bin nicht durchtrieben, nur praktisch.«

»Praktisch durchtrieben.«

»Na gut. Was meinst du, was in den anderen Tüten drin war?«

»Woher soll ich das wissen?«

»Was sind das denn für Tüten? Mit einem Aufdruck oder so?«

»Ich glaube nicht. Einfach solche kleinen durchsichtigen Plastiktüten, vielleicht zehn mal zehn Zentimeter. Ungefähr so wie die, wo Q-tips drin sind.«

»Eigentlich müssten wir uns die auch noch genauer ansehen.«

»Aber ohne mich. Das würde doch wirklich auffallen, wenn wir noch mal versuchen, uns Einlass in diesen Abstellraum zu verschaffen.«

Oliver nickte ergeben, dann hatte er eine Erleuchtung. »Du könntest Alison fragen. Vielleicht hat sie genauer nachgesehen.«

»Wenn ich Alison anrufe, wird Amy nach dem Grund fragen. Dann muss ich wieder schwindeln.«

»Du kannst doch ein bisschen mit deiner Patentochter telefonieren. Das ist doch nicht auffällig.«

»Doch, so oft wie ich mich in den letzten Tagen mit ihr beschäftigt habe, fällt das sehr wohl auf.«

»Aber es ging doch immer von Alison aus. Wenn du jetzt selbst anrufst, ist das nur natürlich.«

»Ich habe heute schon mir ihr gesprochen.«

»Dann machst du es noch mal. Lass dir etwas einfallen. Ruf sie an wegen Alfie. Der gute Hund eignet sich zurzeit doch bestens als Gesprächsthema.«

»Alison hat ihn nur einige Male von Weitem gesehen.«

»Aber sie kennt ihn. Und mag Hunde. Ruf sie an, und wenn Amy fragt, dann erzählst du, dass Alfie noch nicht gefunden wurde und wo wir schon überall gesucht haben.«

»Bevor oder nachdem du mit Sergeant Rossini gesprochen hast?«, stichelte ich.

»Sergeant Rossini kann bis morgen warten. Heute versuchen wir, etwas Licht in diese Angelegenheit von Benjamins Tütensammlung zu bringen. Meinst du, in den anderen Tüten waren auch mal Taschentücher? Ob er sich eine Masche ausgedacht hat, auch andere Ehemänner außer Onkel Mortimer zu erpressen?«

»Du weißt ja nicht mal, ob es bei Mortimer so war.«

Alfie war in der Zwischenzeit nicht aufgetaucht, und Mama hatte Neues von Henry Finch zu berichten. Erst hatte er die Polizei gedrängt, für jedes Haus im Dorf einen Durchsuchungsbefehl zu erwirken, was diese glattweg abgelehnt hatte. In seinem Glauben an Alfies überdurchschnittliche Intelligenz war Henry der Gedanke gekommen, dass Alfie, wie einst Lassie, versucht hatte, sein Herrchen an einen bestimmten Ort zu führen. Henry behauptete, dass Alfie sicher an dem Tag, bevor er gekidnappt wurde, dem Mörder von Benjamin Easterbrook begegnet wäre und diesen für sich identifiziert hätte. Als Alfie nachts wach geworden war, hatte er sich daran erinnert und sich zum Haus des Täters begeben, in der Hoffnung, dass Henry ihn dort suchen würde. Aber der Täter hatte Alfie entdeckt und eingesperrt. Fragen wie die, warum Alfie nicht gewartet hatte, bis sein Herrchen aufgestanden war, tat Henry Finch ab mit den Worten: »Alfie ist einfach seinem Instinkt gefolgt.«

Je nachdem, wie es Henry passte, behielten jeweils Alfies sagenhafte Fähigkeiten oder sein Instinkt die Oberhand. Abschließend hatte Henry Finch gedroht, mit seiner Schrotflinte selbst von Haus zu Haus zu ziehen und nach Alfie zu suchen, da die Polizei offensichtlich überfordert war. Aber selbst die gutmütigsten Nachbarn hatten sich dagegen ausgesprochen, einen bewaffneten Henry Finch in ihr Haus zu lassen. Erst, als sein Plan auf so wenig Zustimmung gestoßen war, hatte Henry Finch doch eingelenkt. Ich hoffte, er blieb auch dabei, denn wenn es sich bei Benjamin Easterbrooks Mörder um einen Verrückten handeln sollte, fiel meine erste Wahl mittlerweile auf Henry Finch. Und auch als rachsüchtigen, zuweilen gestörten Nachkommen des alten *Banditen* konnte ich ihn mir gut vorstellen.

Ich brachte das Telefonat mit Alison hinter mich, ohne Amy anschwindeln zu müssen. Leider wusste Alison auch nicht mehr, als dass außer dem Taschentuch nur ein paar gammelige Tüten in dem Versteck waren. Vom Goldrausch geblendet, hatte sie sich für den Rest nicht sonderlich interessiert. Sie wollte natürlich wissen, was ich von dem Taschentuch hielt, aber meine Kenntnisse in Sachen Edelmetall waren auf dem gleichen Stand wie vor wenigen Tagen.

»Wirklich weiter bringt uns unsere Entdeckung auch nicht«, sagte ich zu Oliver. »Kein Mensch weiß, wie lange es dort schon liegt.«

»Großmutter könnte bei Gelegenheit Onkel Mortimer fragen, wie lange er es vermisst.«

»Aber dann fängt sie am Ende wieder damit an, dass ich es besorgen soll, und ich bin froh, dass sie aufgehört hat, mich zu drängen. Und außerdem, falls Mortimer der Mörder ist und das Ganze hat etwas mit dem Taschentuch und einer Erpressung zu tun, ist es viel zu gefährlich, ihn darauf anzusprechen.«

Am Mittwochmorgen biss Oliver in den sauren Apfel und rief noch vor dem Frühstück Sergeant Rossini an. Mein Bruder hatte die Wahl, den Sergeant bei uns zu empfangen oder zur Polizeistation nach Dillings zu fahren. Oliver zog die Polizeistation vor, denn er hatte Angst vor dem Gerede im Dorf, wenn die Polizei ausgerechnet bei uns wieder auftauchen sollte. Oliver fuhr gleich los.

Fast zwei Stunden später kehrte er mit verbiestertem Gesicht zurück.

»Was wollten sie denn noch von dir?«, fragte Mama besorgt.

Oliver bemühte sich, gelassen auszusehen, und sagte: »Ach, nichts Besonderes. Ich glaube, sie sind nicht viel weitergekommen mit ihren Ermittlungen und der Auswertung der Spurensicherung und wollen alle noch einmal befragen.«

»Mich auch?«, fragte ich entsetzt.

Oliver zuckte die Schultern und sah sich nach etwas Essbarem um. Während er vor dem Toaster wartete, stopfte er sich einige Kekse in den Mund.

»Was können die denn noch von mir wollen?«, murmelte ich mehr zu mir selbst. Von mir konnten doch keine Spuren an dem toten Benjamin vorhanden sein. Ich war nicht mal am Tatort gewesen, das hatte ich Sergeant Rossini selbst gesagt.

Außer vielleicht … mir kam ein schrecklicher Gedanke. An diesem einen Samstag im Pub hatte Benjamin neben mir gesessen. Was, wenn ein Haar von mir auf seiner Jacke gelandet war? Hatte er überhaupt eine angehabt oder sie aufgehängt? Oder vielleicht nur über den Stuhl gelegt? Genauso schlimm. Und wenn er dieselbe Jacke anhatte, als er erschossen wurde, und die Spurensicherung hatte jetzt ein Haar von mir darauf entdeckt? Wo ich doch beteuert hatte, nie in der Nähe des Ermordeten gewesen zu sein. Alle Sensationslüsternen aus Jolly Clover waren fein raus, was ihre Spuren anging. Ausgerechnet bei mir wäre es ein Nachteil, dass ich mich nicht dazu gestellt hatte.

Als Mama zu Carol Tucker gegangen war, teilte ich Oliver meine Befürchtungen mit.

»Solange sie keine Haarprobe von dir haben, brauchst du dich nicht aufzuregen. Und Sergeant Rossini hat nichts davon gesagt, dass er die anderen auch noch mal sprechen will. Das habe ich nur gesagt, um Mama zu beruhigen.«

»Mama wird beruhigt und ich erschrecke mich zu Tode.«

»Reg dich doch nicht immer gleich so auf. Ich habe ganz andere Probleme. DS Rossini hat mich noch einmal nach meinem Alibi gefragt. Wo ich denn gewesen wäre, die Nachbarn hätten schließlich gesehen, dass ich das Haus verlassen habe. Das war gar nicht lustig, gerade in Dillings.«

»Und was hast du ihm gesagt?«

»Dass ich nur mal kurz an die frische Luft wollte. Aber natürlich hat er mir nicht geglaubt, wenn er es auch nicht so direkt gesagt hat.«

»Haben die Nachbarn denn gesehen, dass du mit dem Wagen weggefahren bist?«

»Das weiß ich nicht, und der Sergeant hat es nicht erwähnt. Ich weiß nicht einmal, wo sie mich gesehen haben, ob vor der Haustür oder im Wagen. Oder vielleicht haben sie nur gehört, dass ich die Wohnung verlassen habe. Der schöne Charlie lässt mich da völlig im Dunkeln tappen.«

»Was hältst du davon? Bist du jetzt der Hauptverdächtige? Ich kann mir schon vorstellen, dass es ihm zu denken gibt, wo du am Donnerstagabend warst.«

»Im günstigsten Fall vermutet er wahrscheinlich eine andere Frau dahinter, die ich schützen will. Aber wenn das Tiffany zu Ohren kommt, kann ich gleich mit dir zusammen in Mrs Emeralds Haus ziehen.«

Einen Moment fand ich die Idee recht angenehm, bis mir einfiel, dass Oliver mich wahrscheinlich in jeder zweiten Nacht wegen irgendwelcher Geistesblitze wecken würde. Bei Tiffany wagte Oliver so etwas bestimmt nicht.

»Emily, wir müssen jetzt irgendetwas unternehmen.«

Während ich meinen Bruder besorgt ansah, hörten wir von der Straße ein Hupkonzert und gingen zum Fenster. Wir trauten unseren Augen kaum. Zwei Wagen unserer Nachbarn fuhren im Schritttempo hintereinander ins Dorf. Der Fahrer des zweiten Wagens hupte ungeduldig, während der Fahrer des Ersten gebannt zum Straßenrand starrte.

Dort entlang marschierte in aller Seelenruhe Alfie. Oliver und ich stürzten in den Flur, griffen unsere Jacken und rannten vor die Tür. Der Fahrer des zweiten Wagens hatte sein Fahrzeug stehen lassen, um nachzusehen, warum sein Vordermann so langsam fuhr. Als er Alfie entdeckt hatte, ging er sprachlos hinter ihm her.

Oliver und ich folgten. Nach und nach schlossen sich immer mehr Nachbarn unserem Zug an.

Alfie hielt sich, wie er es gelernt hatte, immer schön am Straßenrand auf. Hier und da blieb er stehen, um zu schnüffeln und nutzte die Gelegenheit, dass Henry nicht dabei war, um sein Beinchen an einigen Häuserecken zu heben, was er sonst nicht durfte. Dann spazierte er weiter mit einem sich ständig vergrößernden Gefolge. Niemand sagte ein Wort. Wir alle folgten Alfie wie in Trance.

Henry Finch sah, wie wir auf sein Haus zugingen, und öffnete die Tür. Dann erkannte er seinen Hund. »Alfie«, stammelte er beglückt und streichelte den Heimkehrer. Alfie begrüßte ihn freundlich. Gebannt von Alfies Anblick, folgten wir ihm ins Haus. Alfie tapste in die Küche, nahm zwei Schlückchen Wasser und ließ sich in seinem Hundekörbchen im Wohnzimmer nieder. Dann sah er interessiert zu uns hoch.

»Er wird halb verhungert sein!«, rief Henry und eilte in die Küche. Doch als er Alfie eine Schale mit Futter vor die Nase hielt, leckte dieser nur einmal kurz darüber und legte den Kopf zwischen die Pfoten.

»Das wird der Schock sein«, sagte Henry. »Jetzt, wo er seinen Kidnappern entkommen ist und es überstanden hat, wird ihm erst alles bewusst.«

Ich betrachtete Alfie genauer. Seine Pfoten waren sauber und auch sein übriges Fell tadellos in Ordnung. Nicht ein Härchen hinter seinen Ohren schien verfilzt. Ich vermutete, dass Alfie während seiner Gefangenschaft bestens versorgt worden war. Bestimmt hatte er bereits so ausgiebig gefrühstückt, dass einfach nichts mehr in ihn hineinpasste.

Oliver und ich zogen uns zurück. Mein Bruder war gar nicht in der Stimmung, sich über Alfies Rückkehr Gedanken zu machen, und sagte nur: »Ist doch egal, wo er war. Jemand hat sich auf jeden Fall gut um ihn gekümmert. Wir müssen überlegen, was wir der Polizei anbieten.«

»Anbieten?«

»Ja. Denn jetzt sind sie anscheinend dabei, sich an mir festzubeißen. Wir müssen ihnen irgendetwas von dem, was wir herausgefunden haben, zum Fraß vorwerfen. Damit sie auf andere Gedanken kommen.«

»Und wen willst du ihnen zum Fraß vorwerfen? An wen oder was hattest du gedacht?«

»Das ist gar nicht so einfach.«

Wir dachten eine Weile nach, dann forderte ich Oliver auf: »Sag du zuerst jemanden.«

»Nein, du. Ladies first.«

»Großmutter mit ihrem geheimnisvollen Gehabe wegen Donnerstagabend können wir ja schlecht nehmen«, erklärte ich. »Obwohl sie sich wahrscheinlich am leichtesten aus der Affäre ziehen könnte. Ihr würde schon etwas einfallen. Außer natürlich, sie war es tatsächlich.«

»Was, du würdest ihr einen Mord zutrauen?«

»Nicht irgendeinen, aber wenn Benjamin ihr irgendwie in die Quere gekommen ist, würde ich nicht meine Hand für sie ins Feuer legen.«

»Aber sie ist unsere Großmutter.« Oliver war entrüstet.

»Ja, deshalb scheidet sie auch aus. Wir werden sie nicht verraten, was immer sie angestellt hat. Wenn wir etwas über John Adams verlauten lassen, das hätte bestimmt ein Nachspiel für ihn. Und ebenso für die Teales. Vielleicht käme er sogar wegen Bestechung ins Gefängnis.«

»Wenn er gleichzeitig der Mörder von Benjamin ist, wäre das egal. Dann muss er da sowieso rein. Eine kleine Bestechung hier und da macht dann keinen großen Unterschied mehr.«

»Aber wenn er ohnehin wegen Bestechung verhaftet wird, plaudert er in seiner Wut vielleicht auch über die E-Mail von *Big Spender*«, wandte ich ein. »Und so schwierig ist es nun auch wieder nicht für die Polizei, auf deine Spur zu kommen. Sie können feststellen, von wo die Mail verschickt wurde und zu welcher Zeit. Wenn sie dann noch nachsehen, wer an diesem Tag Bücher ausgeliehen hat, wird John Adams unter Umständen bald dein Zellennachbar. Auch wenn du natürlich nicht so lange dort logieren würdest wie er.«

»Das ist doch Blödsinn«, fuhr Oliver mich an. »Wenn sie John Adams erst mal wegen Mordes eingesperrt haben, warum sollten sie sich noch mit dieser Mail abgeben?«

»Er ist aber noch nicht überführt, und vielleicht war er es auch gar nicht. Erst mal ginge es nur um die Bestechung. Und da kann es eben sein, dass sie dir auf die Schliche kommen. Es muss nicht sein, kann aber.«

»Na gut, wie wäre es dann mit Henry Finch?«, fragte Oliver. »So wie der sich in den letzten Tagen aufgeführt hat wegen Alfie, das war doch an der Grenze zum Wahnsinn. Wenn es irgendetwas mit seinem Hund zu tun hat, würde ich ihm sogar zutrauen, dass er das ganze Dorf in die Luft sprengt.«

Ich konnte mir nicht verkneifen zu sagen: »Klar, Papa würde ihm bestimmt etwas Nettes basteln. Nimm dich in Acht, wenn du es irgendwo blinken siehst.« Oliver verzog das Gesicht und ich meinte: »Sicher, ich bin auch felsenfest davon überzeugt, dass Henry jeden über den Haufen schießen würde, der Alfies Ruf als Meister aller Deckrüden schaden könnte. Aber was ist, wenn es Henry nicht war, und wir lassen ihn auffliegen? Das könnte wirklich dramatisch werden. So schlimm ist es ja auch nicht, was Henry treibt. Die Leute, die ihre Hündin zum Decken zu ihm bringen, bekommen immerhin Nachwuchs von einem gesunden jungen Border Collie. Die können doch dankbar sein, dass ihre Welpen nicht von dem guten alten Alfie sind. Wer weiß, ob so ein altes Tier noch gesunden Nachwuchs zeugen kann. Vielleicht ist das auch der Hauptgrund, warum Henry auswärts decken lässt. Ist ja möglich, dass sich bei Alfie noch hier und da etwas regt. Aber Henry möchte nichts riskieren und hat Alfie bestimmt schon deshalb vor einigen Jahren aus dem Verkehr gezogen. Im wahrsten Sinne des Wortes. Und ich befürchte wirklich, Henry würde durchdrehen, wenn er auffliegt.«

»Aber vielleicht ist er schon durchgedreht. Donnerstag vor einer Woche.«

»Den Tipp mit Henry würde ich der Polizei zuletzt geben. Falls alles andere ausgeschlossen ist.«

»Wenn du bei jedem Bedenken hast, dann bleibt uns aber nicht mehr viel«, nörgelte Oliver.

»Wir haben ja noch Tony Pringle«, sagte ich zögernd. »Und Onkel Mortys Taschentuch.«

»Bei Tony sind es aber nur ganz vage Vermutungen. Dann vielleicht doch eher die Sache mit dem Taschentuch. Oder wie wäre es mit Charlene? Vielleicht weiß die Polizei noch gar nicht, dass Gerald jetzt mit Benjamins ehemaliger Freundin zusammen ist.«

»Ja genau«, sagte ich. »Soll die Polizei sich ein wenig mit Gerald und Charlene beschäftigen. Das ist doch recht harmlos.«

»Das ist schon wieder zu harmlos. Da haben sie nicht viel zu tun.«

»Letztens hast du dich aber ganz anders angehört. Dein Eifersuchtsdrama war doch richtig eindrucksvoll.«

»Ja, schon. Nur, was soll die Polizei da groß ermitteln? Gerald haben sie bestimmt schon gründlich unter die Lupe genommen und anscheinend nichts gefunden. Das mit Charlene mag ja verdächtig sein, aber es ist nicht verboten, mit der Verflossenen seines Bruders anzubandeln.«

»Das ist mir auch klar, aber vielleicht werden sie Gerald ein bisschen beschatten oder so.«

»Und was soll das bringen?«

»Ich weiß nicht, könnte ja sein, dass er nervös wird.«

»So nervös, dass er einen Mord gesteht? Wohl kaum.«

»Dann bleibt uns nur noch Onkel Mortys Taschentuch«, sagte ich.

»Leider verhält es sich damit ähnlich wie mit Charlene und Gerald. Die Polizei kann die schönsten Theorien aufstellen und ihn verdächtigen. Solange Onkel Morty nicht von selbst gesteht, falls es denn etwas zu gestehen gibt, passiert ihm überhaupt nichts.«

Ratlos grübelten wir eine Weile vor uns hin.

Dann schlug ich vor: »Wie wäre es mit einem Doppelpack?«

Oliver musste grinsen. »Willst du die Verdächtigen paarweise anbieten? Oder nur ein bestimmtes Paar, das sich den Verdacht dann teilen kann, nach dem Motto: Geteiltes Leid ist halbes Leid?«

»Ja, so ähnlich. Wir nehmen die beiden Fälle, die uns am harmlosesten vorkommen: Onkel Mortys Taschentuch und als Dreingabe noch Gerald mit Charlene.«

»Gar nicht mal so schlecht«, stimmte Oliver mir zu und lachte. »Die Spurensicherung wird sich freuen, wenn sie die Plastiktüten bekommt. Die können sie gleich mit in ihre Sammlung aufnehmen und als Beweisstück 503 oder so untersuchen. Und mehr als Benjamins Fingerabdrücke und Onkel Mortys letzten Schnupfen werden sie nicht finden.«

»Doch!«, rief ich erschrocken. »Alisons Fingerabdrücke sind sicher zumindest auf einer der Tüten.«

»Sie werden aber garantiert nicht dahinterkommen, von wem die sind. Und es wird sie auch nicht weiter interessieren, wenn sie feststellen, dass diese Abdrücke von einem kleinen Kind stammen. Du kannst gleich Debbie anrufen, wir brauchen sie für unseren Plan. Am besten treffen wir uns bei ihr zu Hause. Frag sie doch, ob sie heute Abend Zeit hat.«

»Ja, aber erst möchte ich noch in Ruhe einen Tee trinken. Was meinst du, wo Alfie war?«

»Ich habe nicht die leiseste Ahnung.«

»Vielleicht hat er sich ja wirklich selbstständig gemacht und bei einem Nachbarn im Gartenhäuschen übernachtet, weil er zu schlapp für den Nachhauseweg war«, meinte ich. »Und als die ihn gefunden haben, bekamen sie Angst vor dem tobenden Henry, der ihnen alles Mögliche unterstellen würde. Also haben sie gewartet, bis die Suchtrupps nicht mehr so aktiv waren, und haben Alfie dann nach Hause geschickt.«

# Kapitel 14

Eine Stunde später hatte die Abenddämmerung bereits eingesetzt. Mama kam von Carol Tucker zurück. »Alfie ist wieder da«, verkündete ich.

»Das ist schon allgemein bekannt«, sagte Mama.

»Und wie geht es Cindy heute?«, fragte ich.

»Viel besser. Du kannst bestimmt heute mit ihr spazieren gehen, wenn du magst.«

Mama konnte ein breites Grinsen nicht unterdrücken.

»Was ist los?«, fragte Oliver. »Warum grinst du so? Hast du mit Carol zusammen die hautstraffendste Creme aller Zeiten hergestellt?«

»Noch nicht. Aber passt auf. Was ich euch jetzt sage, bleibt in der Familie. Verstanden?«

»Oh, etwas Brisantes«, freute sich Oliver.

»Und ob. Also versprochen? Ihr werdet nichts weiter sagen?«

»Ja. Nun spann uns nicht länger auf die Folter. Was ist passiert?«, drängte ich.

»Also, der gute alte Alfie war die ganze Zeit über bei den Tuckers.«

Wir starrten sie mit offenen Mündern an. »Ihr sagt ja gar nichts«, beschwerte sich Mama. »Hat es euch die Sprache verschlagen?«

»Woher weißt du das?«, fragte ich. »Hat Carol dir das erzählt?«

Mama nickte stolz. »Und der kleine Mikey ist der Entführer.«

»Ach du Schreck, wenn er mit seinen elf Jahren schon Hunde entführt, was wird er bloß anstellen, wenn er erwachsen ist«, überlegte ich.

»Bei manchen Kindern legt sich das ja wieder.« Oliver grinste mich frech an. »Die sind dann als Erwachsene völlig harmlos.«

Ich strafte Oliver mit einem bösen Blick und fragte dann Mama: »Warum hat er das denn gemacht? Und wie hat er es überhaupt geschafft?«

Mama berichtete: »Mikeys Familie hatte ja vor ein paar Jahren schon mal die Idee, Cindy von Alfie decken zu lassen. Aber sie fanden Henrys Preise unverschämt. Hinterher waren sie dann ganz froh, dass es nicht dazu gekommen war. Sie hatten sich nämlich gar nicht richtig überlegt, wie viel Arbeit die Aufzucht von Welpen macht, bis sie an ihre neuen Besitzer übergeben werden können. Aber Mikey war sehr enttäuscht, auch weil sie vorhatten, einen der kleinen Hunde zu behalten. Diesmal hatte Mikey einen eigenen Plan. Er hat herausbekommen, wo Alfie wohnt und dass es eine Hundeklappe in den Garten gibt. Also hat er sich in der Nacht von Montag auf Dienstag aus dem Haus geschlichen, ist mit Cindy zu Alfie gegangen und hat dort eine Weile gewartet. Als Alfie dann endlich herauskam, hat der sich über die Gesellschaft von Cindy und Mikey gefreut. Als Mikey das Gartentor geöffnet hatte, ist er ganz lieb mitgegangen. Sagt Mikey zumindest. Er ist dann mit beiden Hunden auf sein Zimmer und hat gehofft, dass Alfie schnell für Nachwuchs sorgt, damit er ihn wieder zurückbringen kann. Aber Alfie hat sich wohl sehr viel Zeit gelassen, und irgendwann ist Mikey dann eingeschlafen. Als die ersten Leute Alfie in der Nacht gesucht hatten, ist Carol zwar wach geworden, wusste aber noch nichts von ihrem neuen Gast. Und Mikey war so müde, dass er davon überhaupt nichts mitbekommen hat. Als Carol am nächsten Morgen Alfie vorfand, hat sie fast der Schlag getroffen. Aber bei dem ganzen Theater, das Henry Finch veranstaltet hat, traute sie sich nicht zu gestehen, dass Alfie bei ihr war. Henry hätte ihr doch auf den Kopf zugesagt, dass sie oder ihr Neffe Alfie entführt haben, damit Alfie ohne Bezahlung für Cindys Nachwuchs sorgt. Wahrscheinlich hätte er sie sogar verklagt. Den ganzen Dienstag über herrschte hier so eine Aufregung wegen Alfie, dass sie Angst hatte, jemand könnte sie dabei erwischen, wenn sie Alfie aus dem Haus lässt. Also hat sie bis heute Morgen gewartet. Die meisten Nachbarn hatten keine Lust mehr, Alfie zu suchen, und die Schulkinder und Berufstätigen waren bereits unterwegs. So konnte sie ihn endlich nach Hause gehen lassen.«

»Die arme Carol«, sagte ich. »Sie muss ja um ihr Leben gebangt haben, nach allem, was Henry Finch an Drohungen ausgestoßen hat.«

»Ja«, bestätigte Mama. »Sie traute sich gar nicht mehr aus dem Haus.«

»Hat das Ganze etwas mit Cindys Unwohlsein zu tun?«, fragte Oliver.

»Genau. Sie konnte mit Alfie ja nicht Gassi gehen, musste ihn dafür aber natürlich öfters in ihren Garten lassen. Das fiel von Weitem auch nicht auf, weil ja alle wissen, dass sie einen Border Collie zu Besuch hat und so den Hund erst mal zwangsläufig für Cindy hielten. Aber sie konnte nicht riskieren, dass jemand, der an ihrem Haus vorbeikommt, erst einen Collie im Garten sieht und dann vielleicht einen zweiten beim Spaziergang.«

»Das hätte sie das Leben kosten können«, sagte Oliver weise, und ich nickte.

»Wir können ja gleich mit Cindy spazieren gehen«, schlug ich vor.

So ganz falsch hatte ich mit meiner letzten Vermutung über Alfies Verbleib gar nicht mal gelegen.

Carol Tucker übergab uns Cindy mit einem verlegenen Lächeln, und wir machten einen schönen langen Spaziergang mit ihr. Zum Abschluss drehten wir noch eine Runde durch das Dorf. Wir unterhielten uns die ganze Zeit über Alfies unfreiwillig langen Ausflug, und auf einmal bemerkte ich, dass wir an Mrs Emeralds Haus vorbeigingen. »Du hast absichtlich diesen Weg eingeschlagen«, hielt ich Oliver vor und betrachtete vorsichtig das nette kleine Cottage.

»Ich dachte, in meinem Beisein traust du dich vielleicht näher ran«, spottete Oliver. »Es ist natürlich schon angsteinflößend.«

»Du willst Mama nur dabei helfen, mich abzuschieben.«

»Ja«, Oliver behielt seinen spöttischen Ton bei. »Du wärst mutterseelenallein hier. Weit und breit nur Fremde. Unsere Eltern unüberwindbare fünfhundert Schritte entfernt und Großmutter eine ganze unendlich lange Straße weiter. Was für ein grausames Schicksal.«

Darauf fiel mir nichts ein, und ich murmelte mehr zu meiner eigenen Beruhigung: »Erst mal muss der Mörder gefasst werden, bis dahin brauchst du gar nicht zu versuchen, mir dieses Haus hier schmackhaft zu machen.«

»Wo wir endlich wieder beim Thema sind: Du hast Debbie noch nicht angerufen.«

»Soll ich ihr am Telefon schon sagen, worum es geht?«

»Nur in ganz groben Zügen. Wenn du sie in der Boutique erreichst, kann es ja jeden Moment sein, dass jemand hereinkommt. Vielleicht sogar Sergeant Rossini.«

»Wenn wir uns bei Debbie treffen, soll Tiffany dann auch dabei sein? Hast du ihr schon von unserem Fund erzählt?«

»Nein, als wir gestern Abend telefoniert haben nicht, und heute habe ich noch nicht mit Tiffy gesprochen. Sie musste ja morgens zur Arbeit.«

»Bei dieser Schicht hätte sie wahrscheinlich Zeit, abends mit zu Debbie zu kommen.«

»Ich bin mir nicht sicher, ob ich Tiffany überhaupt davon erzählen soll.«

»Debbie wird auch eingeweiht.«

»Bei Debbie geht es nicht anders, und ich vermute sogar, dass es ihr Spaß machen wird, mitzumischen. Aber Tiffy wird fragen, warum ich nicht selbst mit Sergeant Rossini rede und es hintenherum über Debbie laufen soll.«

»Ausnahmsweise kann man dir hier keine Winkelzüge vorwerfen«, sagte ich. »Von diesem Taschentuch hast du durch mich erfahren, und ich weiß es von Alison. Und der habe ich versprochen, es für mich zu behalten, damit sie keinen Ärger bekommt. Erzähl Tiffany, dass wir es nur Alison zuliebe auf Umwegen an Sergeant Rossini weitergeben.«

Um die Mittagszeit rief ich Debbie an und sagte ihr, dass wir ihre Hilfe brauchen würden. Sie hätte dafür das Vergnügen, Sergeant Rossini rein beruflich in ihre Wohnung zu bitten. »Mehr kann ich dir am Telefon nicht sagen«, endete ich geheimnisvoll. Debbie ärgerte sich, dass sie für diesen Abend schon etwas vorhatte, also vereinbarten wir, am Donnerstagabend zu ihr zu kommen.

Oliver befand, dass es, außer abzuwarten, für ihn in Jolly Clover nichts weiter zu tun gab und siedelte kurz entschlossen wieder nach Dillings über. Am Donnerstag wollte er seine Arbeit wieder aufnehmen. Und seine Nachbarn hatten ohnehin schon Bekanntschaft mit der Polizei gemacht.

Als ich am Donnerstagabend bei Debbie eintraf, waren Tiffany und Oliver schon da.

»Na endlich«, begrüßte mich Debbie. »Ich platze vor Neugierde.«

Tiffany wusste schon, was mein Bruder und ich von Debbie wollten.

»Jetzt hast du Beistand von deiner großen Schwester«, neckte Tiffany meinen Bruder.

»Diesmal bin ich noch unschuldiger als sonst«, erklärte Oliver. »Ich hoffe, ich werde keinen Beistand benötigen.« Er entdeckte eine Pralinenschachtel auf dem Sideboard und stand auf. »Außer vielleicht ein Häppchen zur Stärkung.«

»Finger weg, Schwager«, wurde er von Debbie gebremst. »Die hier werden nicht angerührt. Du kannst dir gerne etwas Süßes aus der Küche holen.«

Oliver sah sie erstaunt an.

»Sind die vom schönen Charlie?«, fragte ich und Debbie nickte.

»Und, nennt ihr euch schon beim Vornamen?«, stichelte Oliver freundlich.

»Wie denn?«, fragte Debbie vorwurfsvoll. »Wenn mein Schwager und die Hälfte meiner Freunde und Bekannten mit einem Bein im Gefängnis stehen?«

»Was soll ich denn sagen? Ich bin sogar mit einem der Hauptverdächtigen verheiratet.« Tiffany grinste.

»Wir sind wenigstens nur verdächtig, aber die Familie Tucker hat sogar einen jugendlichen Entführer in ihren Reihen«, warf ich lachend ein, denn Debbie wusste schon von Mikey.

»So passen wir doch alle gut zusammen«, schloss Oliver.

»Was darf ich dann also Sergeant Rossini von euch ausrichten?« Debbie wollte auf den Punkt kommen.

»Na ja, nicht so direkt von uns ausrichten«, sagte Oliver vorsichtig. »Aber ich erzähle dir mal, was wir herausgefunden haben.«

Debbie hörte gespannt Olivers Erzählungen über Charlene Pitts und Onkel Mortimers Taschentuch zu. Als er geendet hatte, sah Debbie ein bisschen enttäuscht aus. »So aufregend ist das aber gar nicht«, sagte sie. »Lediglich ein blödes Taschentuch und die Tatsache, dass Gerald Easterbrook eine Freundin hat.«

»Nicht irgendein Taschentuch und nicht irgendeine Freundin«, versuchte Oliver ihr gut zuzureden. »Findest du es denn nicht merkwürdig, dass Benjamin ein Taschentuch von seinem Onkel versteckt hat?«

»Der Typ war nicht ganz dicht«, urteilte Debbie schonungslos. »Ich weiß noch, wie er Anstalten gemacht hat, Tiffy über den Haufen zu reiten, als wir Kinder waren. Ein Glück, dass Dennis sie zur Seite gerissen hat.«

»Ich bin heute übrigens mit Dennis Motorrad gefahren«, warf ich ein.

»Du hast dich tatsächlich getraut?« Debbie staunte. »Du hattest doch früher schon Angst, hinter ihm auf seinem Mofa zu sitzen.«

»Ja, weil er so gerast ist.«

»Und heute nicht? So langsam kann man mit einem Motorrad doch gar nicht fahren«, sagte Tiffany.

»Ach, das ging schon. Wir haben natürlich zwischendurch auch mal richtig Gas gegeben.«

Jetzt sahen mich alle zweifelnd an, und ich nickte noch einmal bestätigend. Dennis wird ihnen ja wohl nichts erzählen, überlegte ich.

Heute Vormittag war ich zu seiner Werkstatt gefahren, die er mit einem anderen jungen Mann betrieb. Wie versprochen lag Motorradkleidung für mich bereit. Ich kam mir richtig lässig vor, als ich an mir heruntersah, und setzte den Helm auf, den Dennis mir reichte. *Racing Queen* stand darauf. Ja, ich war eine ganz Wilde. Bereit, jede Herausforderung anzunehmen. Bis ich hinter Dennis saß und er losfuhr.

»Wir können ja erst mal so langsam fahren wie beim letzten Mal«, schlug ich vor.

»Heute bist du doch voll ausgerüstet.«

»Ich meine ja auch nur ein kleines Stück. Um mich daran zu gewöhnen.«

Dennis willigte ein.

»Jetzt?«, fragte er nach circa einer Meile.

»Jetzt, was?«, fragte ich zurück.

»Sollen wir jetzt schneller fahren?«

»Einen Moment noch.« Ich fand das Tempo sehr angenehm. Mich störte auch nicht der fremde Motorradfahrer, der anhielt und fragte, ob er uns helfen könne. Und die beiden Radfahrer, die uns zügig überholten und laut die Aufschrift von meinem Helm vorlasen, kamen zum Glück nicht aus Jolly Clover.

»Emily, es ist total anstrengend, die Maschine so lange im Schritttempo zu halten. Meinst du nicht, du traust dich, ein bisschen schneller zu fahren?«

»Ganz bestimmt. Nur vielleicht heute noch nicht. Ich muss erst mal ein Gefühl dafür bekommen, glaube ich.«

Dennis ließ seine Maschine kurz aufheulen. Das war für mich wie gefühlte Höchstgeschwindigkeit. Dennis nahm mir das Versprechen ab, bald mal eine weitere Strecke mit ihm zu fahren. Mit normalem Tempo.

»Also, Debbie, machst du es?«, fragte Oliver und riss mich aus meinen Gedanken an Dennis.

»Was soll ich denn genau sagen?«

»Na, einfach nur, dass du gehört hast, Gerald Easterbrook sei mit Benjamins ehemaliger Freundin zusammen, und dass in Benjamins alter Reitkappe Onkel Mortimers Taschentuch versteckt ist.«

»Und was soll ich sagen, von wem ich diese Neuigkeiten habe? Von dir?«

»Bloß nicht.« Oliver war entsetzt. »Dein Sergeant denkt doch sofort, ich will nur von mir ablenken.«

»Noch ist er nicht mein Sergeant.«

»Die Polizei kann dankbar sein, wenn sie neue Informationen bekommt. Ist doch egal, woher«, fand Oliver.

»Fragen wird er aber trotzdem«, meinte Tiffany.

Wir überlegten eine Weile, dann schlug ich vor: »Wir können uns ja, so weit es geht, an die Wahrheit halten.«

»An die Wahrheit?« Oliver sah mich an, als wollte ich ihn zwingen, vergiftete Kekse zu essen.

»Ja«, sagte ich. »Debbie kann ihm doch sagen, dass ich Gerald mit seiner Freundin gesehen habe und weiß, dass diese früher mit seinem Bruder zusammen war. Gerald hat mich ja nicht gesehen im Reiterladen, und Debbie kann Sergeant Rossini bitten, nicht zu verraten, woher er diese Information hat. Normalerweise verrät die Polizei ihre Zeugen ja auch nicht.«

»Mhm«, machte Debbie. »Aber wird er sich nicht wundern, dass du mich vorschickst? Denn das könntest du ihm doch auch selbst erzählen.«

»Du sagst ihm einfach, ich hätte es beiläufig erwähnt, und dir ist eingefallen, dass es wichtig sein könnte.«

»Na gut. Und das mit dieser Reitkappe? Das hast du mir auch so beiläufig erzählt?«

Ich seufzte. »Das wäre wohl zu viel des Guten.«

Dann fragte Tiffany: »Warum darf der Sergeant denn nicht wissen, dass deine Patentochter dieses Taschentuch gefunden hat?«

»Damit bei Alison nicht die Polizei aufmarschiert und sie keinen Ärger bekommt, weil sie unerlaubt in den alten Sachen herumgewühlt hat.«

»Sergeant Rossini wird sicher behutsam genug vorgehen, um jeglichen Ärger für die Kleine zu vermeiden«, sagte Debbie.

»Debbie muss ihm überhaupt nicht sagen, von wem sie ihr Wissen bezieht«, befand Oliver. »Die Polizei hat schließlich selbst V-Leute, die geben ihre Informanten auch nicht preis.«

»Na gut«, willigte Debbie ein. »Dann probiere ich mal aus, wie es ist, eine V-Frau zu sein.«

»Ob du ihn morgen früh in der Polizeistation erreichen kannst?«, überlegte ich.

»Oh, kein Problem. Er hat mir seine Handynummer gegeben. Falls mir noch etwas einfallen sollte.«

Wir anderen lächelten vielsagend.

»Die Nummer von seinem Diensthandy, natürlich«, fügte Debbie mit gespielter Empörung hinzu.

Am Freitagvormittag rief Debbie mich an und teilte mir mit, dass Sergeant Rossini noch am gleichen Abend zu ihr kommen würde. »Rufst du mich danach an?«, bat ich.

»Lieber am Samstagmorgen. Ich weiß ja noch nicht, wie spät es heute Abend wird.«

»Er wird doch wohl nicht über Nacht bleiben«, sagte ich empört. »Jetzt schon!«

»So ist er nicht.«

»Aber du.«

»Jetzt mach nicht so einen Druck. Wer weiß, vielleicht bleibt er ja auch nicht lange.«

»Dann könntest du mich doch schon heute Abend anrufen.«

»Nein, es macht mir mehr Spaß, wenn ich mir nicht vorstellen muss, dass du schon vor dem Telefon sitzt und auf meinen Anruf lauerst. Das verdirbt die ganze Romantik.«

»Für Romantik hast du später noch Zeit«, sagte ich, gab aber nach. Debbie musste mir versprechen, am nächsten Morgen sofort anzurufen. Dann erreichte ich Oliver im Büro und vertröstete ihn ebenfalls auf den nächsten Tag.

Am Samstagmorgen hatte ich bereits mit meinen Eltern gefrühstückt und meine zweite Tasse Tee vor mir stehen, als das Telefon klingelte. Meine Eltern waren nach Dillings zum Einkaufen gefahren. Ich rechnete damit, Debbie am Telefon zu haben, aber es war mein Bruder, der jammerte: »Debbie geht überhaupt nicht ran. Ich habe es schon ein paarmal bei ihr klingeln lassen.«

»Vielleicht hatte sie Angst, von dir geweckt zu werden, und hat den Stecker rausgezogen«, sagte ich.

»Es ist schon halb elf.«

»Lass sie doch mal ausschlafen. Es ist schließlich Wochenende.«

»Wenn sie sich bis Mittag nicht gemeldet hat, kann ich ja kurz bei ihr vorbeifahren.«

»Oliver, sie wird sich schon melden. Und sie wird zuerst bei mir anrufen. Also musst du dich einfach noch gedulden. Und jetzt leg besser auf, es kann ja sein, dass Debbie gerade versucht, mich zu erreichen.«

Eine halbe Stunde später meldete sich eine gut gelaunte Debbie. »Auftrag ausgeführt.«

»Du rufst aber spät an.«

»Es ist schließlich Wochenende.«

»Er hat doch nicht bei dir übernachtet?«

»Du warst es doch, die gesagt hat, für Romantik ist später noch Zeit.«

»Ich weiß ja nicht, was du unter *später* verstanden hast.«

»Darf ich jetzt Bericht erstatten?«

»Ja! Hat er alles so geschluckt, wie wir wollten?«

»Im Großen und Ganzen, ja. Er misst dem allen aber nicht so viel Bedeutung bei wie ihr.«

»Was glaubt er denn, zu welchem Zweck Benjamin gestohlene Taschentücher gesammelt hat?«

»Auf Anhieb konnte er sich auch keinen Reim darauf machen.«

»Hast du ihm nicht von Olivers Theorie erzählt, dass Benjamin mit diesem Taschentuch vielleicht seinen Onkel erpressen wollte?«

»Nein, Sergeant Rossini ist ja nicht dumm. Er wird schon seine eigenen Überlegungen anstellen.«

Ich äußerte meine Bedenken, dass DS Rossini nicht zwangsläufig die gleichen Gedankengänge haben könnte wie mein Bruder.

»Keine Angst«, sagte Debbie. »Er wird sich darum kümmern.«

»Besorgt er sich einen Durchsuchungsbefehl?«

»Erst mal nicht. Er meint, vielleicht habe Gerald Easterbrook ja gar nichts dagegen, wenn die Polizei sich die alten Sachen von Benjamin ansehen möchte.«

»Es wird Gerald aber merkwürdig vorkommen, wenn sie die Kammer durchsuchen wollen.«

»Mag sein. Aber was soll's? Gerald weiß ja nicht, wer dahintersteckt.«

»Weißt du denn, wann die Durchsuchung stattfinden soll?«

»Nicht genau, aber bestimmt nicht am Wochenende.«

Nachdem ich meinen Bruder über Debbies Anruf informiert hatte, fiel mir ein, dass es zwar nicht Gerald Easterbrook, aber Sam Holden auffallen könnte, dass erst ich mich in der Abstellkammer umgesehen hatte und dann, einige Tage später, die Polizei sich ebenfalls dort zu schaffen machen würde. Ich hatte wohl eine besondere Begabung dafür, mich in ein schlechtes Gewissen hineinzusteigern. Oliver würde sicher nicht einen einzigen Gedanken daran verschwenden.

Ich verbrachte ein sehr ruhiges Wochenende. Am Sonntag ließ Mikey mich gnädiger Weise eine letzte Runde mit Cindy drehen, bevor seine Eltern eintrafen, um beide wieder abzuholen. Debbie, Tiffany und mein Bruder waren auch gekommen, und Mama hatte einen Kuchen gebacken, den sie mit zu den Tuckers nahm. Wir verbrachten dort einen fröhlichen Nachmittag und hörten uns die Reiseerlebnisse von Mikeys Eltern an.

Im Dorf war *unser Mord* nicht mehr das einzige Gesprächsthema. Es wurde zwar noch hier und da spekuliert, aber die meisten hatten sich an den Zustand gewöhnt, dass Benjamin Easterbrooks Mörder nicht gefasst werden konnte.

Am Dienstagmorgen musste ich wieder zurück nach London. Ich dachte, es täte mir bestimmt gut, mal einige Tage Abstand von den Ereignissen in Jolly Clover zu haben, aber zuerst musste ich Mrs Smart auf den neuesten Stand der Dinge bringen.

»Wir haben hier in London natürlich auch unsere Morde«, sagte sie nicht ohne Stolz. »Aber es ist doch etwas anderes, wenn man das Opfer persönlich gekannt hat.«

»Haben Sie Benjamin denn gut gekannt, Mrs Smart?«, fragte ich, denn ich wusste, dass sie schon seit über dreißig Jahren in London lebte.

»Nein, ich habe ihn nur selten zu Gesicht bekommen«, gab sie zu. »Aber immerhin kommt er aus meinem Heimatort.«

Obwohl ich oft an unseren dorfeigenen Mord denken musste, lenkte mich die Arbeit doch ab und es war angenehm, sich nicht ununterbrochen mit Mord und Totschlag beschäftigen zu müssen. Insgeheim hoffte ich trotzdem an den folgenden Abenden, dass Debbie anrufen und bahnbrechende Neuigkeiten von Sergeant Rossinis Aktivitäten ausplaudern würde.

Als ich am Freitagabend wieder in Jolly Clover war, rief ich Debbie selbst an. Ich fragte sie, ob DS Rossini schon etwas wegen des Taschentuchs in der Reitkappe unternommen habe, doch sie antwortete ausweichend: »Die Polizei tut schon ihre Arbeit, mach dir mal keine Sorgen.«

»Was genau soll das heißen?«, fragte ich. »Waren sie noch mal am Gutshof und haben die Reitkappe mitgenommen oder haben sie es nur vor? Ein bisschen genauer wirst du es doch wohl wissen. Oder ist dein Kontakt zu Sergeant Rossini nach dem letzten Freitag ganz plötzlich abgebrochen?«

»Nein. Aber weißt du, ich fühle mich gar nicht wohl dabei, alles haargenau weiterzusagen. Sergeant Rossini vertraut mir, und ich will sein Vertrauen nicht missbrauchen. Schließlich gehören du und dein Bruder noch immer zu den Verdächtigen, wenn auch Oliver mehr als du.« Ich holte tief Luft, und Debbie beteuerte schnell: »Nicht, dass ich es einem von euch wirklich übel nehmen würde, falls ihr Benjamin erschossen hättet, aber es ist nun mal Sergeant Rossinis Beruf, den Mord aufzuklären.«

»Du hast noch Großmutter vergessen«, sagte ich wütend.

»Oh nein. Deine Großmutter ist von der Liste der Verdächtigen gestrichen.« Debbie schien froh, mir etwas sagen zu können, von dem sie ausgehen konnte, dass ich es gern hören wollte.

»Ach, wie hat Großmutter das denn geschafft?«, fragte ich ironisch.

»Keine Ahnung, aber Inspektor Chandler hat Sergeant Rossini informiert, dass eure Großmutter ein Alibi hat.«

Jetzt staunte ich. Wusste Inspektor Chandler tatsächlich, wo Großmutter sich an dem Mordabend aufgehalten hatte, oder war der kleine Percy irgendwie von ihr ausgetrickst worden?

Dann wurde ich wieder sauer. »Jetzt hör mal zu, Debbie. Weder Oliver noch ich haben diesen Idioten umgebracht. Meine Güte, der ist ja tot bald lästiger als lebendig. Und was deine sogenannte Loyalität dem guten Sergeant Rossini gegenüber betrifft, den du wohlgemerkt erst seit zwei Wochen kennst im Gegensatz zu Oliver und mir, die du seit deiner Kindheit kennst, verstehe ich wirklich nicht, warum du so um den heißen Brei herumredest. Falls der Fund dieser Reitkappe bei den Ermittlungen hilft, kann der Sergeant uns allen dankbar sein, denn ohne uns wäre er nie darauf gestoßen. Also haben wir wohl ein Recht darauf zu erfahren, was in dieser Richtung unternommen wurde.«

Schließlich gab Debbie auf. »Na gut, stimmt ja auch. Aber ob dieses Taschentuch und die anderen Plastiktüten nun helfen, den Mord aufzuklären, weiß ich nicht. Seltsam ist das alles schon, was Benjamin da gesammelt hat. Als ich davon hörte, dachte ich erst, du meine Güte, der Typ war wirklich durchgeknallt, aber …« Ich hörte Debbies Wohnungsklingel.

Bevor wir das Gespräch beendeten, vereinbarten wir, uns am nächsten Nachmittag bei Oliver und Tiffany zu treffen. Ich war überzeugt, dass Oliver auf jeden Fall Zeit haben würde, wenn er die Gelegenheit hätte, Neuigkeiten aus beinahe erster Hand zu erfahren.

# Kapitel 15

Als ich am Samstag bei Tiffany und Oliver eintraf, war Debbie schon da und sah mir schuldbewusst entgegen.

Oliver sagte: »Endlich, wir haben extra auf dich gewartet. Debbie, jetzt spann uns nicht länger auf die Folter.«

»Natürlich nur, wenn du es mit deinem Gewissen vereinbaren kannst«, fügte ich nachtragend hinzu, und mein Bruder und Tiffany sahen mich fragend an.

Debbie, die es sich wohl selbst zugunsten von Sergeant Rossini nicht mit einem Großteil ihrer Familie verscherzen wollte, begann sofort zu berichten: »Also, die Polizei war bereits am Dienstag noch mal auf dem Gutshof.«

»Und das sagst du uns jetzt erst?«, beschwerte sich Oliver, und ich nickte vielsagend.

»Ich wusste es doch auch nicht sofort«, entschuldigte sich Debbie und beeilte sich weiterzureden. »Die Polizei hatte keinen Durchsuchungsbefehl, aber sie haben Gerald telefonisch gefragt, ob sie sich die alten Sachen von Benjamin mal ansehen könnten, und der hatte nichts dagegen. Als sie zum Gutshof gefahren sind, war Gerald auch gar nicht da, sondern nur Sam Holden, und der hat ihnen diese Abstellkammer gezeigt. Gerald hat wahrscheinlich anschließend nur von Sam Holden erfahren, dass sie die Reitkappe mitgenommen haben. Dass noch etwas darin war, wusste Sam ja auch nicht.«

»Und war noch etwas Spannendes drin außer Onkel Mortys Taschentuch?«, fragte ich.

»Wahrscheinlich schon«, sagte Debbie. »Es waren insgesamt vier Plastiktüten. In einer war ja das Taschentuch, eine war leer, und in den anderen beiden waren Haare.«

»Haare?« Oliver sah seine Schwägerin zweifelnd an. »Ehrlich, nur Haare?«

»Ja.« Debbie gab sich geheimnisvoll und sah uns abwartend an. »Und auf dem Taschentuch ist ein kleiner Blutfleck. Sagt euch das denn gar nichts?« Wir anderen schüttelten den Kopf und Debbie fuhr fort. »Ich sollte vielleicht noch hinzufügen, dass alle Tüten, auch die leere, mit Initialen gekennzeichnet waren, und zwar B.E., G.E., M.E. und L.E. So, jetzt müsst ihr aber darauf kommen. Sergeant Rossini konnte sich sofort etwas darunter vorstellen.«

Ich verdrehte die Augen und sagte: »Schön und clever. Da kann doch niemand mithalten.«

Tiffany grinste und Oliver vermutete: »Die Initialen, das ist doch klar. Das E als zweiter Buchstabe bedeutet jeweils Easterbrook, und da haben wir Benjamin, Gerald und Mortimer. Aber zu wem gehört das L?«

»Lucinda«, sagte ich sofort, denn Lucinda und ihre Bosheit, einen Schleier auf der Beerdigung zu tragen, waren noch immer ein Thema zwischen Mama und ihren Freundinnen.

»Also von zwei Easterbrooks hat er Haare gesammelt«, mischte sich jetzt Tiffany ein. »Von einem ein Taschentuch mit einem Blutfleck, und eine Tüte war leer. Vielleicht wartete Benjamin auf eine Gelegenheit, von seiner Mutter auch ein paar Haare zu ergattern.«

»Kann gut sein«, sagte Debbie. »Sergeant Rossini hat ja schon vor einer Weile erzählt, dass Benjamin bei seiner Mutter angerufen hatte, weil er sie besuchen wollte.« Eilig fügte sie hinzu: »Das hatte ich Emily aber auch schon berichtet.«

Ich nickte gnädig.

»Es sieht so aus, als hätte Benjamin von jedem seiner näheren Verwandten etwas gesammelt, das sie identifizie-

261

ren könnte. Aber wozu?«, fragte Oliver. »Ob er annahm, dass einer von ihnen nicht dazugehört und so etwas wie einen Vaterschaftstest machen lassen wollte?«

»Den macht man eigentlich mit einer Speichelprobe«, ergänzte Tiffany. »Ich glaube, man soll eine Weile nichts essen und sich dann mit einem Q-tip durch den Mund fahren. Es gibt viele Labore, die so einen Test anhand einer Speichelprobe durchführen.«

»Das konnte Benjamin ja nicht machen«, wandte ich ein. »Die hätten doch gefragt, wozu er die Speichelproben haben wollte. Anscheinend hat er heimlich einen Test gemacht und deshalb genommen, was er kriegen konnte. Mit einem Blutfleck und Haaren lässt sich bestimmt auch etwas herausbekommen, wenn vielleicht auch nicht so leicht wie mit diesem Speicheltest.«

»Ja, aber wozu?«, fragte Oliver wieder. »Benjamin kannte doch all diese Leute sein Leben lang. Warum sollen ihm gerade jetzt Zweifel gekommen sein, dass einer von ihnen gar nicht zu seiner Verwandtschaft gehört?«

Ich musste an die Szene im Pub denken, als wir Benjamin das letzte Mal lebend gesehen hatten. Ich erinnerte die anderen, dass dieser Mike so ein Theater wegen Alfie gemacht und jemand daraufhin einen Vaterschaftstest vorgeschlagen hatte. »Es kann ja sein, dass Benjamin dort im Pub die Idee gekommen ist.«

»Aber diese Vaterschaftstests gibt es schon seit etlichen Jahren«, sagte Tiffany. »Selbst wenn man sich nicht dafür interessiert, weiß man doch, dass es so etwas gibt. Warum also gerade jetzt?«

»Und vor allem, wessen Verwandtschaft hat Benjamin auf einmal angezweifelt?«, fragte Oliver.

»Das wusste Sergeant Rossini erst auch nicht, hatte dann aber einen Verdacht«, sagte Debbie.

»Hat dein Spürhund denn nun eine brauchbare Fährte oder nicht?«, fragte ich.

»Selbstverständlich.«

»Das war noch nicht alles?«, fragte Oliver. »Worauf wartest du dann?«

»Sergeant Rossini hat noch einmal Lucinda Easterbrook besucht und ein bisschen Druck ausgeübt. Er hat sie gefragt, ob beide Söhne denselben Vater hätten und gleich darauf hingewiesen, dass die Polizei über genug Material verfüge, um dies auch selbst untersuchen zu können. Wenn Mrs Easterbrook die Auskunft verweigern würde, wäre das Behinderung der Ermittlungen. Tja, und Mrs Easterbrook hat dann widerstrebend zugegeben, dass Gerald nicht der leibliche Sohn von Gilbert Easterbrook ist. Sie war schon schwanger von jemand anderem, als sie Mr Easterbrook geheiratet hat. Was sagt ihr jetzt?«

Wir staunten, und so ungern ich es tat, musste ich doch Sergeant Rossinis Arbeit anerkennen. Allerdings wäre er ohne unseren Hinweis nicht so weit gekommen.

Dann fragte Tiffany: »Und wie kam Benjamin darauf, dass Gerald wohl nur sein Halbbruder war? Wusste er es von seiner Mutter? Und weiß es Gilbert Easterbrook überhaupt?«

»Mrs Easterbrook hatte es ihrem Mann nicht gesagt«, erklärte Debbie. »Und Benjamin auch nicht. Aber als Benjamin kurz vor seinem Tod seine Mutter angerufen hatte und sich mit ihr verabreden wollte, hat er ihr gegenüber ein Telefonat erwähnt, das er als Kind gehört hatte, direkt nachdem seine Eltern sich gestritten hatten und Mrs Easterbrook ausgezogen war. Es hat wohl richtig Krach gegeben damals.«

»Wir könnten Großmutter fragen, ob sie an dem Tag auf dem Gutshof war«, schlug Oliver vor. »Vielleicht hat sie etwas mitbekommen.«

»Hat Mrs Easterbrook denn gesagt, ob Gerald wusste, dass Mr Easterbrook nicht sein leiblicher Vater war?«, fragte ich.

»Angeblich wusste er es nicht.«

»Weiß er es jetzt?«

»Seine Mutter wollte es ihm sagen. Aber Sergeant Rossini geht davon aus, dass Gerald es doch wusste. Spätestens seit Kurzem von Benjamin. Er nimmt an, dass Benjamin auch deshalb seine Tütensammlung außerhalb seines Zimmers versteckt hatte, weil er bereits versucht hatte, von Gerald Geld zu bekommen. Er brauchte nur noch eine Haarprobe von seiner Mutter, dann hätte er die genauen Verwandtschaftsverhältnisse belegen lassen können. Und die Probe von seinem Onkel diente dazu klarzustellen, dass er, Benjamin, selbst zu den Easterbrooks gehörte, bei seinem Bruder und Onkel Mortimer aber keine Blutsverwandtschaft besteht.«

»Dann kann man davon ausgehen«, begann Tiffany zu schlussfolgern, »dass Benjamin seinen Bruder damit erpresst hat, aller Welt zu verkünden, dass Gerald kein echter Easterbrook ist. Wie auch immer er letztendlich darauf gekommen ist. Durch die Erinnerung an dieses Telefonat und den Krach in seiner Kindheit oder sonst was. Und da Benjamin kein Geld mehr hatte, wollte er welches von Gerald.«

»Natürlich wäre es peinlich für Gerald gewesen, wenn die Wahrheit ans Tageslicht gekommen wäre, aber bringt man deshalb gleich seinen Bruder um?«, fragte ich. »Gerald kann ja schließlich nichts dafür, dass Mr Easterbrook nicht sein richtiger Vater ist. Wie sieht Sergeant Rossini das denn? Glaubt er, Gerald hat seinen Bruder ermordet, damit der sein Geheimnis, für das er wohlgemerkt gar nichts kann, nicht ausplaudern würde?«

»Erst hat DS Rossini tatsächlich überlegt, ob Gerald dermaßen um seinen Ruf bedacht ist, dass er deswegen seinen Bruder ermorden würde«, sagte Debbie, »aber dann …«

»Das Testament!«, rief Oliver dazwischen.

»Genau.« Debbie wusste anscheinend, worauf Oliver hinauswollte.

»Soviel ich weiß, gab es doch gar kein Testament«, sagte ich. »Mr Easterbrook hatte keins hinterlassen. Er ist ja plötzlich bei einem Unfall ums Leben gekommen. Und er war auch noch nicht so alt.«

»Das ist es ja gerade«, sagte Oliver aufgeregt. »Es gab kein Testament, in dem irgendjemand namentlich hätte erwähnt werden können. Also fiel das gesamte Erbe automatisch an seine beiden Söhne oder besser, an Benjamin und Gerald, den alle für seinen Sohn gehalten haben. Und die beiden haben das Erbe unter sich aufgeteilt. Aber wenn sich herausstellt, dass Gerald gar nicht der Sohn von Gilbert Easterbrook ist, wäre es Benjamin nicht schwergefallen, das Erbe anzufechten. Und dann hätte er den ganzen Besitz und alles, was Gerald erwirtschaftet hat, für sich allein gehabt. Gerald hätte höchstens einen Anteil für seine Arbeit zugesprochen bekommen. Na, wenn das kein Motiv ist.«

»Wird Gerald jetzt verhaftet?«, fragte Tiffany. »Und der ganze Spuk hat ein Ende?«

»Nein«, antwortete Debbie. »Es gibt ja keine Beweise. Gerald behauptet, diese Vaterschaftssache gerade erst durch seine Mutter erfahren zu haben. Zur Zeit von Benjamins Ermordung hatte er angeblich noch keine Kenntnis davon. Und wenn er dabei bleibt und seine Mutter auch nichts Gegenteiliges aussagt, kann die Polizei nichts unternehmen. Aber immerhin ist er der Hauptverdächtige.«

»Solange er nicht überführt ist, bringt uns das nicht ganz so viel weiter«, sagte Oliver. »Da niemand außer der Polizei und uns von den neuen Erkenntnissen weiß, gehören wir nach außen hin auch noch zu den Verdächtigen. Was wird die Polizei denn nun unternehmen?«

»Ich glaube, sie wollen ihn überwachen«, sagte Debbie vage.

»Na, viel kann dabei auch nicht herauskommen«, meinte Oliver. »Wir müssen mit Großmutter reden. Schließlich arbeitet sie für Gerald und fährt auch zum Gutshof. Sie sollte schon wissen, dass er ziemlich wahrscheinlich seinen Bruder umgebracht hat.«

»Ist das wirklich nötig?«, fragte Debbie.

»Ja«, sagte ich. »Aber Großmutter wird es für sich behalten.«

»Am besten, wir fahren nachher noch bei ihr vorbei«, schlug Oliver vor, und ich stimmte zu und sagte dann: »Trotz allem kann ich mir Gerald Easterbrook nicht als kaltblütigen Mörder vorstellen. Hundertprozentig sicher ist es nicht. Glaubt Sergeant Rossini eigentlich noch immer, der Mord an Benjamin hat etwas mit dem Unfall von Peter Anderson zu tun? Soll Gerald den etwa auch umgebracht haben?«

»Ursprünglich fiel ihm nur auf, dass bei den einzigen beiden unnatürlichen Todesfällen in Jolly Clover jeweils Henry Finch als Erster zur Stelle war, wobei Henry mit seinem Gehabe dafür gesorgt hat, dass sämtliche Spuren verwischt wurden.«

»Also ist Henry Finch immer noch verdächtig?«, fragte Tiffany.

»Und wir dann auch noch?«, empörte sich Oliver.

»Die Polizei konzentriert sich auf Gerald.«


Etwas später fuhren wir alle vier nach Jolly Clover. Debbie und Tiffany besuchten ihre Eltern, während Oliver und ich mit Großmutter redeten.

Großmutter war vielleicht eine ganz kleine Idee zu wenig erstaunt über unseren Bericht.

»Hast du etwa vermutet, dass es Gerald war?«, fragte ich.

»Nein, und bewiesen ist es ja auch nicht. Im Moment ist alles nur reine Vermutung.«

»Aber wundern würde es dich nicht?«

Großmutter überlegte. »Ich weiß es nicht.«

»Hattest du denn einen Verdacht, dass Gerald nicht der Sohn von Mr Easterbrook ist?«

»Das lässt sich im Nachhinein schlecht sagen. Jetzt wissen wir natürlich mehr und können einzelne Dinge zusammenfügen.«

»Großmutter?«, fragte Oliver. »Warst du bei diesem großen Krach dabei, nach dem Mrs Easterbrook das Gut verlassen hat?«

»Nein, an diesem Tag war ich nicht dort. Aber Peter Anderson hat es herumposaunt und wollte auch mit mir darüber tratschen. Also war er an dem Tag wohl zeitweise im Haus und hatte einiges von dem Streit mitbekommen. Ich habe es aber abgelehnt, mit ihm darüber zu reden, und ihm auch geraten, es für sich zu behalten. Was er natürlich nicht getan hat.«

»Hältst du es denn für wahrscheinlich, dass Benjamin irgendwie Wind davon bekommen hat, dass Gerald kein echter Easterbrook ist, Gerald selbst es aber nicht wusste?«

»Was ich für wahrscheinlich halte, spielt keine Rolle. Wie es sich damit verhält, können nur Gerald und Mrs Easterbrook sagen. Gerald wird es sicher nicht tun. Und seine Mutter hofft sicher immer noch, dass Gerald nicht der Mörder ist und möchte ihn nicht noch mehr belasten. Vielleicht gibt sie sich sogar selbst einen Teil der Schuld, denn wenn sie spätestens in dem Moment, als Gilbert Easterbrook gestorben war, die Wahrheit über Geralds Vater gesagt hätte, dann hätte es jetzt nicht zu dieser Tragödie kommen können. Immer vorausgesetzt natürlich, dass Gerald wirklich der Mörder ist.«

»Wirst du auch weiterhin für Gerald arbeiten?«, fragte ich.

»Selbstverständlich, noch ist nichts bewiesen.«

»Moment mal«, warf Oliver ein. »Gehört denn Gerald das Gut? Eigentlich wäre ja Benjamin der rechtmäßige Eigentümer nach dem Tod seines Vaters gewesen. Aber jetzt? Hat Gerald es von seinem Bruder geerbt? Den er wahrscheinlich umgebracht hat. Geht denn so etwas?«

Großmutter überlegte einen Moment. »Einiges wird davon abhängen, ob Gerald schuldig ist und dies bewiesen werden kann. Normalerweise erben die Eltern und die Geschwister. In diesem Fall würde das Gut dann Lucinda Easterbrook und Gerald gehören. Sollte sich Geralds Schuld herausstellen, würde sein Anteil sicher an seine Mutter gehen. Aber wie gesagt, noch ist es nicht so weit.«

»Und wie es aussieht, bleibt es auch dabei«, sagte Oliver auf dem Rückweg. »Wenn es Gerald war, kommen sie ihm nie auf die Schliche. Die Tatwaffe ist längst entsorgt, Zeugen gibt es keine, eventuelle Spuren am Tatort sind zertrampelt, was kann ihm groß passieren?«

»Schade, dass Peter Anderson nicht mehr lebt«, sagte ich. »Er wüsste vielleicht, ob Gerald etwas von diesem Telefonat mitbekommen hat, an das Benjamin sich auf einmal erinnern konnte.«

»Nach so vielen Jahren wüsste Peter Anderson sicher auch nicht mehr genau, wer sich in welchem Moment in welchem Raum im Gutshaus aufgehalten hat.«

»Auch wieder wahr. Man müsste beweisen können, dass Gerald schon vor Benjamins Tod gewusst hat, dass Mr Easterbrook nicht sein Vater war.«

»Träum weiter. Wie willst du das anstellen? Vielleicht mit Hypnose oder so?«

»Mit einem Lügendetektor.«

»Ist vor Gericht nicht zulässig. Und du kannst auch niemanden dazu zwingen, so etwas mitzumachen.«

»Vielleicht gibt er ja aus Versehen zu, dass er es wusste. Man unterhält sich mit ihm, und er passt einen Moment nicht auf und verplappert sich.«

»Willst du dich etwa ganz locker mit Gerald unterhalten, dabei unauffällig auf das Thema zweifelhafte Vaterschaft kommen und ihn überlisten? Also wirklich, so eng sind wir nicht mit ihm bekannt, dass wir solche vertraulichen Dinge ansprechen.«

»Ich dachte, du könntest ja mal mit ihm reden, wenn ihr euch im *Banditen* seht.«

»So von Mann zu Mann über unsere leiblichen Väter?« Oliver grinste. »Nein, ich fürchte, da ist nichts zu machen. Wenn ich nicht glücklich verheiratet wäre, könnte ich versuchen, dieser Charlene zufällig über den Weg zu laufen und ihr dann den Hof machen. Vielleicht hat er ihr etwas gesagt. Aber selbst da habe ich doch große Zweifel. Wenn man jemanden umbringen will oder es schon getan hat, behält man das doch lieber für sich. Außerdem sind Männer ohnehin nicht so redselig.«

»Ha«, machte ich. »Das sagst ausgerechnet du. Peter Anderson war ja anscheinend auch mindestens so an Klatsch und Tratsch interessiert wie Mrs Lipman und ihr Kränzchen.

»Sag nichts gegen meine alte Freundin.« Oliver lächelte.

»Vielleicht weiß sie ja noch etwas Geheimnisvolles über das Gutshaus«, schlug ich vor. »Kennt sie niemanden, der damals dort im Haushalt geholfen hat?«

»Vielleicht, aber wenn Mrs Lipman etwas Genaueres erfahren hätte, hätte sie es mir bestimmt spätestens bei unserem letzten Telefonat gesagt. Der Mord interessiert sie ja ungemein.«

»Weißt du, was außerdem noch verdächtig ist?«, fragte ich. Oliver sah mich abwartend an. »Dass unsere Großmutter nicht mehr verdächtigt wird. Sie windet sich wie sonst was, uns zu sagen, was sie an diesem einen Donnerstag angestellt hat, aber der kleine Percy hat sie von der Liste der Verdächtigen gestrichen.«

»Vielleicht arbeitet sie für den Geheimdienst«, meinte Oliver grinsend. »Die Ausrüstung dafür hat sie ja.«

Ich sah meinen Bruder an und sagte dann, mehr um mich selbst zu überzeugen: »Nein, sie ist ja eigentlich auch im Rentenalter, oder?«

»Klar, sie macht nur noch die Buchhaltung für die Easterbrooks. Sonst nichts, oder?«

»Oliver, ich wollte eigentlich, dass du mich von Großmutters Harmlosigkeit überzeugst.« Aber im gleichen Moment wurde mir klar, dass Großmutter alles Mögliche war, nur sicher nicht harmlos.

»Glaubst du denn, wenn sie wirklich für den Geheimdienst arbeiten würde, dann hätte sie von denen keine passende Ausrüstung bekommen und müsste mit Papas Spielereien arbeiten?«

»Wer weiß, vielleicht sind sie ein Team und Papa baut Dechiffriermaschinen. Aber weil niemand beim Geheimdienst dieses Geblinke an seinen Erfindungen ertragen kann, haben sie ihn verdonnert, in seiner Garage zu arbeiten.« Jetzt lachten wir beide. »Aber wenn sie nicht regelmäßig zum Scrabblespielen verabredet ist, was macht sie dann an diesen Tagen?«, fragte ich wieder.

»Ist sie denn oft angeblich zum Spielen verabredet?«, erkundigte sich Oliver.

»Ich habe eigentlich nie so genau darauf geachtet. Ich weiß nur, dass im Laufe der Jahre, wenn ich bei ihr vorbeigeschaut habe und sie nicht da war, Großmutter immer gesagt hat, sie wäre bei Ethel zum Scrabble gewesen und hätte dort übernachtet, weil es spät geworden war. Wenn ich sie mal gefragt habe, ob sie am Vorabend einen bestimmten Film gesehen hätte, dann war sie angeblich auch zum Spielen verabredet. Sie hat nicht oft von Scrabble gesprochen, allerdings haben wir nicht ständig nachgefragt, wo sie war.«

»Ach, lass ihr doch ihre kleinen Geheimnisse.« Oliver hatte natürlich Verständnis dafür, denn er behielt wohl auch einige Dinge lieber für sich.

»Sollen wir unseren Eltern von Gerald erzählen?«, fragte ich. »Und werden Debbie und Tiffany die Tuckers einweihen?«

»Debbie und Tiffany werden nichts sagen, denke ich. Und wir halten das besser auch so. Ich weiß nicht, ob Mama widerstehen könnte, es ihren Freundinnen zu erzählen. Warten wir erst mal ab, ob sich etwas Neues ergibt.«

Am Montagmorgen fuhr ich wieder in das weitaus friedlichere London zurück. Es fiel mir weiterhin schwer, in

Gerald den Mörder seines Bruders zu sehen. Gerald war so nett, und ich musste daran denken, wie er mich auf Gladstone herumgeführt hatte. Und dass es sehr lieb von ihm war, das alte Pferd zu behalten, auf dem er schon lange nicht mehr ritt, und ihm sogar noch ein Pony als Gesellschaft zu besorgen. Und wenn Gerald wirklich der Täter war, hatte er mir dann diesen Brief geschickt? Oder war er doch von Benjamin gewesen, der mir eins auswischen wollte? Darüber konnte ich nachdenken, soviel ich wollte, es brachte mich nicht weiter.

Debbie meldete sich pflichtschuldigst, sogar um mir zu sagen, dass sich bisher nichts weiter ergeben hatte. Dann rätselte ich wieder über Großmutters Geheimnis und beschloss, Tiffany anzurufen und nach Ethel zu fragen, die sie ja zur Zeit von Mrs Stevens Aufenthalt im Krankenhaus kennengelernt hatte.

Tiffany bestätigte, dass Großmutters Freundin lediglich die gemeinsamen Frühstückstreffen erwähnt hatte, von Scrabble war nie die Rede. Ich telefonierte mit Debbie und schlug vor, dass sie bei Sergeant Rossini doch mal wegen Großmutters Alibi nachhaken konnte.

»Emily, sei froh, dass sie nicht mehr unter Verdacht steht. Es ist doch egal, wo sie war. Sergeant Rossini weiß einfach nur von Inspektor Chandler, dass eure Großmutter ein Alibi hat. Was soll er denn jetzt noch machen?«

»Seinen Inspektor fragen, wie das Alibi aussieht. Und es gibt doch sicher auch eine Akte über den Fall, die Sergeant Rossini einsehen kann. Da wird ja wohl drinstehen, wo die Verdächtigen sich aufgehalten haben, sofern dies bekannt ist.«

»Ich fürchte aber, er hat genug damit zu tun, Gerald Easterbrook zu überführen. Ich bitte ihn auch höchst ungern, für mich etwas in den Akten nachzulesen.«

»Sieh es doch mal so, er ist dir schließlich zu Dank verpflichtet, dass du ihm den Hinweis mit der Reitkappe gegeben hast. Sonst hätte die Polizei kaum ein Tatmotiv für

Gerald gefunden und wäre keinen Schritt weiter. Er kann sich ruhig erkenntlich zeigen.«

»Na gut, ich versuche es bei Gelegenheit. Aber mach bitte keinen Druck. Wenn es sich irgendwie ergibt, spreche ich ihn darauf an.«

Alison meldete sich ebenfalls bei mir und beschwerte sich bitterlich. »Mir ist langweilig, soll ich immer noch nicht alleine nach draußen?«

»Am besten, du wartest noch etwas damit«, schlug ich vor.

»Und wie lange?«

»Das kann ich im Moment noch nicht sagen.«

»Wann denn?«

»Das weiß ich nicht. Hab etwas Geduld.«

»Hatte ich ja. Aber das ist fast wie Stubenarrest, obwohl ich gar nichts getan habe.«

»Hast du doch. Du bist von zu Hause weggelaufen.«

»Aber das weiß keiner außer dir und deinem Bruder. Also sollte ich dafür auch nicht bestraft werden.«

»Es geht auch nicht um Strafe, sondern nur um deine Sicherheit. Das musst du doch verstehen.«

»Hat die Polizei den Verbrecher denn bald gefangen?«

»Sie gibt sich jede erdenkliche Mühe.«

»Aber bis Weihnachten haben sie ihn, ja?«

»Warum ausgerechnet bis Weihnachten?«

»Weil ich dann meine eigene Reitkappe habe, und dann möchte ich zu Isabel.«

Das hatte mir noch gefehlt. Meine Patentochter, die mit ihrer neuen rosafarbenen Reitkappe womöglich in die Höhle des Löwen spaziert.

»Ich hoffe sehr, dass bis dahin alles in Ordnung ist«, sagte ich ausweichend.

»Und was mache ich bis dahin? Ich möchte nicht immer nur zu Hause sein oder mit Mama zu ihren Freundinnen hier im Dorf gehen.«

»Was hältst du davon, wenn ich dich am nächsten Samstag zu mir abhole? Wir gehen ein bisschen spazieren, und meine Mutter backt dir bestimmt ein paar Plätzchen. Hört sich das nicht gut an?«

Alison seufzte. »Na gut, besser als nichts.« Dann fiel ihr etwas ein, und sie fragte begeistert: »Wenn ich schon in Jolly Clover bin und wir spazieren gehen, dann können wir doch die Pferde besuchen.«

»Die Pferde werden wohl am Samstag im Stall sein, da würden wir nur stören, wenn wir uns am Wochenende auf dem Gutshof herumtreiben.«

»Nichts darf man.«

»Aber ich habe eine Idee. Möchtest du vielleicht den schönen Hund kennenlernen, der in der Zeitung war? Du hattest doch sein Foto gesehen. Der Hund ist richtig berühmt.«

»Alfie!«, jubelte meine Patentochter. »Oh ja, den möchte ich gerne besuchen. Darf ich ihn auch streicheln? Glaubst du, dass sein Herrchen nichts dagegen hat?«

»Ich werde ein gutes Wort für dich einlegen.«

Henry Finch hätte ganz sicher nichts dagegen, Alfie die ihm angemessene Bewunderung zukommen zu lassen. Ich rief ihn aber an, um sicherzugehen, dass er einverstanden und mit Alfie zu Hause war. Wir vereinbarten eine Uhrzeit.

Am Donnerstagabend rief Debbie an. »Deine Privatdetektivin meldet sich zum Rapport.«

»Ist Gerald verhaftet?«, fragte ich aufgeregt.

»Nein, aber ich dachte, du freust dich auch über Kleinigkeiten. Also, was deine Großmutter betrifft, es ist alles ganz harmlos.«

Da war es schon wieder, dieses Wort *harmlos*. Es passte einfach nicht zu meiner Großmutter.

»Was hat sie denn Harmloses gemacht?«

»Ach, sie war nur in einem Hotel in London, im Hilton, glaube ich.«

»Und warum?«

»Das weiß ich doch nicht. Was macht man in Hotels? Übernachten doch wohl.«

»Und warum war sie in London?«

»Emily, London ist unsere Hauptstadt. Warum soll sie sich nicht einen schönen Tag in London gemacht haben?«

»Dazu muss sie doch nicht in London übernachten. Es ist nicht so weit.«

»Ich weiß nur, dass sie im Hilton übernachtet hat. Du hast gesagt, ich soll herausbekommen, wo sie war. Das ich habe gemacht. Du bist auch mit nichts zufrieden.«

»Nein, es ist wirklich lieb von dir, dass du dich so schnell darum gekümmert hast«, lenkte ich ein. »Aber kannst du Sergeant Rossini nicht bitten, noch mal gründlicher nachzusehen? Vielleicht steht da noch mehr über ihren Londonaufenthalt. Muss auch gar nicht sofort sein. Und wenn uns in Jolly Clover noch etwas auffällt, informieren wir ihn natürlich auch sofort. Das versteht er sicher. Eine Hand wäscht die andere.«

»Schön, ich werde es ausrichten.«

Am Freitagnachmittag trudelte ich in Jolly Clover ein. Mein Vater hatte schon Feierabend und war in seiner Garage. Großmutter stand bei ihm und sie unterhielten sich. *Bonnie und Clyde* mit leichtem Altersunterschied, dachte ich und fragte Großmutter: »Na, hast du bei Papa weiteres Zubehör für deinen Computer in Auftrag gegeben?«

»Nein.« Großmutter lächelte süffisant. »Ich bin bestens ausgerüstet.«

Ich verbrachte einen angenehmen Abend im *Banditen* beim Dartspiel mit Dennis Pringle. Er fragte, wann ich denn bereit wäre, wieder die Schallgeschwindigkeit überzutreten, und ich sagte: »Ach, eine langsame Geschwindigkeitssteigerung ist doch viel spannender.«

»Klar.« Dennis lachte. »Meile für Meile. Jedes Mal um eine schneller.«

Dafür schlug ich ihn beim Dart.

Am Samstagvormittag hatte Mama schon die Plätzchen für Alison gebacken, und es duftete in unserer Küche. Gut, dass Oliver nicht da war, sonst würde Alison leer ausgehen.

Die Küchentür ging auf und mein Bruder trat herein. Ich sah ihn fassungslos an. »Ah, da komme ich ja gerade richtig.« Er steuerte auf das Kuchenblech zu. »Die sind noch ganz warm.«

»Ja«, sagte ich. »Und die sind nicht für dich. Was machst du denn hier?«

»Tiffy wollte sich ein Buch von ihrer Mutter ausleihen und ich dachte, da kann ich ja gleich mitkommen. Für wen sind die denn?« Er zeigte auf die Plätzchen.

»Für Alison, ich hole sie nachher ab. Du wirst doch einem unschuldigen Kind nicht die Plätzchen wegfuttern!«

»Doch. Ein paar schon.« Er erwischte eins, dann wurde er von Mama verscheucht. »Setz dich hin, du kannst Tee haben.«

»Was sollen denn die Leute von dir denken?«, ärgerte ich ihn. »Der Herr Gemeinderat sollte doch um das Wohl seiner Mitmenschen besorgt sein und ihnen nicht die Haare vom Kopf essen.«

»Solange es niemand sieht«, sagte Oliver gelassen. »Mama, kann ich nicht noch eins haben?«

»Nein! Emily, pass auf ihn auf. Ich gehe mal kurz zu Liz.«

Als ich mit meinem Bruder alleine war, fragte er sofort: »Gibt es einen bestimmten Grund dafür, dass du Alison abholst?«

»Ja, sie hat Langeweile. Und ich habe ihr einen Besuchstermin bei Alfie verschafft. Sie hat über ihn in der Zeitung gelesen und möchte ihn gerne kennenlernen.«

»Ach so, und ich hatte schon kurz gehofft, dass ihr noch etwas zu der Gestalt eingefallen ist, die sie am Mordabend im Wald gesehen hat. Das müsste ja dann Gerald gewesen sein.«

»Nein, davon hat sie nicht wieder gesprochen«, sagte ich und fuhr fort: »Debbie hat bei ihrem Sergeant nachgefragt, und ich weiß jetzt, wo unsere Großmutter an diesem Abend war. Rate mal.«

»Keine Ahnung.«

»Sie war in London und hat dort übernachtet. Was sagst du dazu?«

»Na, siehst du, dann ist doch alles in Ordnung.«

»Und sie spielt gar nicht Scrabble.«

»Das ist nun wirklich kein Verbrechen.«

»Möchtest du denn nicht wissen, was sie in London gemacht hat?«

»Ist mir eigentlich egal.« Dann grinste Oliver. »Oder vermutest du, sie hatte ein Treffen mit anderen Leuten vom Geheimdienst?«

»Witzig«, sagte ich.

# Kapitel 16

Am frühen Nachmittag fuhr ich nach Scott's Corner. Nachdem ich Amy und Steven begrüßt hatte, stieg Alison in mein Auto. Auf der Fahrt nach Jolly Clover plauderte sie gut gelaunt über die Hunde der Nachbarn und ein Pferdebuch, das sie beinahe durchgelesen hatte. Zu Hause bei Orangensaft und Mamas Plätzchen fiel ihr plötzlich ein: »Oh, schade, ich hätte Hundekekse für Alfie kaufen sollen. Hast du nicht etwas, das ich ihm geben kann?«

»Tut mir leid. Aber Alfie bekommt ohnehin nur besonderes Futter. Henry Finch kocht extra für ihn. Bio-Fleisch und Gemüse. Und er kriegt auch nur Leckerchen aus dem Bioladen.«

»Weil Alfie ein ganz besonderer Hund ist?«

»Ja, genau. Alfie hat so viele Pokale gewonnen, dass sie kaum in Mr Finchs Wohnzimmer passen.«

»Und du kennst Alfie schon ganz lange?«

»Praktisch seit seiner Geburt.« Es war eine angenehme Abwechslung, mal so etwas wie Bewunderung in Alisons Gesicht zu sehen.

»Gehen wir jetzt gleich?«, fragte sie.

»Wir können schon losgehen. Aber lass uns eine große Runde durch den Wald laufen. Sonst sind wir zu früh bei Mr Finch. Oder ist es dir unangenehm, durch den Wald zu gehen?«

»Nein, gar nicht. Ich kann dir sogar zeigen, wo ich den Mann gesehen habe, wenn du magst.«

Als wir auf dem Waldweg waren, wo Benjamin gefunden wurde, war sich Alison nicht mehr sicher, ob sie ihn an dieser Stelle vom unteren Beginn des Waldes aus gesehen hatte.

»Das macht ja nichts«, sagte ich. »Jetzt lernst du auf jeden Fall Alfie kennen.«

Henry Finch und Alfie standen bereits in der Haustür und erwarteten uns. »Kommt rein, kommt rein«, wurden wir begrüßt. »Ich habe den Tee schon fertig. Alfie, bring unsere Gäste ins Wohnzimmer.«

Alfie, der bis jetzt freundlich mit dem Schwanz wedelnd neben Henry gesessen hatte, erhob sich und geleitete Alison und mich an den gedeckten Tisch.

Alison war ganz aus dem Häuschen. »Er kann sogar Besuch herumführen«, flüsterte sie mir aufgeregt zu.

Henry Finch hatte es gehört und lächelte geschmeichelt. »Ein Hund seiner Klasse weiß, was sich gehört.«

Nachdem Alfie uns zu Tisch geführt hatte, legte er sich in sein Körbchen.

»Darf ich ihn streicheln?«, fragte Alison mit sehnsüchtigem Blick auf Alfie.

»Ja, aber erst wird Tee getrunken«, bestimmte Henry.

Alison fügte sich widerspruchslos. Dann durfte sie sich vor Alfies Körbchen setzen und sich beschnuppern lassen. Als Henry es für angebracht hielt, sagte er: »Und jetzt lässt er sich bestimmt auch gerne von dir streicheln.«

Alison streckte vorsichtig eine Hand aus und streichelte andächtig Alfies Kopf. Alfie legte sich auf den Rücken und streckte eine Pfote zu Alison.

»Du darfst ihm jetzt den Bauch kraulen und seine Pfote halten«, erklärte Henry Finch meiner verzückten Patentochter.

Dann folgte zwei Stunden lang Alfies Lebensgeschichte. Jeder von Alfie gezeugte Wurf Welpen wurde erwähnt, keine Hundeausstellung ausgelassen. Jeder Pokal hatte eine lange Geschichte. Alison würde das nie an mir gut machen können. Selbst Alfie schlief zwischendurch ein.

Aber meine Patentochter saugte gierig jedes Wort über Alfie auf und bedachte abwechselnd ihn und Henry Finch mit bewundernden Blicken. Alison würde das nie an mir gut machen können. Als Alison so viel über Alfie wusste wie Henry Finch selbst, wollte er gerade mit Berichten seiner früheren Vierbeiner loslegen.

»Ich muss sie gleich wieder bei ihren Eltern abliefern«, sagte ich mit einem Blick auf Alison.

»Mhm, na ja, sicher. Ihr könnt ja ein anderes Mal wiederkommen. Alfie, bring unseren Besuch zur Tür.«

Kein Problem für Alfie.

Als wir an der Haustür standen, sagte Henry zu Alison: »Moment noch, ich habe etwas für dich.« Er verschwand in der Küche und kam mit einem Trinkbecher zurück. Auf dem Becher war ein Foto von Alfie eingebrannt. Henry wickelte den Becher in Zeitungspapier und drückte ihn meiner Patentochter feierlich in die Hand. Alison konnte ihr Glück kaum fassen.

Auf dem Nachhauseweg hüpfte sie erst aufgeregt neben mir her, aber dann besann sie sich, weil sie Angst hatte, ihr Geschenk fallen zu lassen. Ich hoffte nur, sie käme nicht auf die Idee, dass ich die Kostbarkeit tragen sollte. Würde mir der Trinkbecher aus der Hand fallen, wäre die Beziehung zu meiner Patentochter für alle Zeiten und unwiderruflich zerrüttet. Aber wahrscheinlich stand ich bei ihr noch gar nicht hoch genug im Kurs, um als Reliquienträger fungieren zu dürfen.

Wir bogen um die Ecke ab und steuerten auf den Dorfplatz zu. Alison schwärmte gerade: »Wenn ich erwachsen bin, dann möchte ich genauso einen Hund wie Alfie haben. Am liebsten jetzt schon. Vielleicht nenne ich ihn dann auch Alfie, oder …« Alison stutzte und sah über den Dorfplatz.

Alicia kam vom anderen Ende und näherte sich dem Pub.

Ich sah Alison fragend an. Sie runzelte die Stirn und blieb stehen. »Was ist denn?«, fragte ich.

Sie streckte die Hand aus und rief: »Tante Emily, so sah der aus!« Ihre ausgestreckte Hand zeigte auf die Statue des *Banditen*.

»Was?«, hauchte ich.

»Ja, der Mann im Wald. Irgendwie sah der so aus.«

Ich sah auf die Statue, dann auf Alicia, die Alisons Ausruf auch gehört hatte und meine Patentochter mit erschrockenem Gesicht ansah. Mir wurde schwindelig, und ich schwankte. »Tante Emily, was ist mir dir?«, fragte Alison ängstlich.

Alicia trat zu uns. »Alles in Ordnung oder ist dir nicht gut?«.

Ich brachte kein Wort heraus.

»Kommt, ich fahre euch nach Hause«, ergriff Alicia die Initiative. Sie führte mich zu ihrem Wagen, der am Rande des Dorfplatzes stand, und half mir hinein.

Alison kletterte auf den Rücksitz und fragte wieder: »Was hast du denn?«

Ich fand meine Sprache wieder. »Es wird schon besser.«

Keine zwei Minuten später hatte Alicia uns zu Hause abgeliefert. Mama war besorgt, und ich sagte ausweichend: »Mir ist nicht so gut, wahrscheinlich eine Magenverstimmung. Kannst du Alison nach Hause fahren? Ich will mich nur ein bisschen hinlegen.«

»Kannst du denn alleine bleiben?«

»Ja, so wild ist es nicht.« Sobald ich alleine war, ging ich in mein Zimmer und legte mich aufs Bett. Ich fühlte mich wie in Trance. Meine Gedanken wirbelten durcheinander. Der *Bandit*. Alison hatte ihn gesehen. Und ich? Das Chaos in meinem Kopf führte mich zwanzig Jahre zurück in meine Kindheit.

Ich hatte Ewigkeiten an dieser Ecke gestanden, um Peter Anderson die Flasche Dimple auf seinen Gepäckträger legen zu können. Mir war schrecklich kalt, und ich hatte Fieber. Als ich mich mit letzter Kraft nach Hause schleppte, hatte ich einen Moment vor dem Waldweg verschnauft und in den Wald gesehen. Und was ich da erblickt hatte, war mir damals zu fantastisch vorgekommen, um es bewusst wahrzunehmen. Aber er war da. Nicht nur an dem Mordabend von Benjamin Easterbrook, sondern auch damals vor zwanzig Jahren. Ich hatte den *Banditen* gesehen.

Ich merkte, wie ich langsam in Panik geriet.

Oliver! Mein Bruder musste kommen! Egal, wo er jetzt war. Ich schaffte es, mir mit zitternden Beinen das Telefon an mein Bett zu holen.

Tiffany erklärte, Oliver sei noch auf einer Versammlung.

»Er muss aber zu mir kommen.«

»Sobald er zurück ist, sage ich ihm, dass er dich anrufen soll«, versprach Tiffany. »Was ist denn los mit dir?«

»Ich will, dass Oliver kommt. Er soll gleich herkommen.«

»Bist du alleine zu Hause?«, fragte Tiffany besorgt.

»Ja, aber Mama kommt gleich zurück. Aber ich muss trotzdem mit Oliver sprechen. Hat er sein Handy mit?«

»Bestimmt. Aber ich weiß nicht, ob er es während der Versammlung eingeschaltet hat.«

»Dann probiere ich es aus.«

Oliver hatte Pech, ich hatte Glück. »Du musst sofort zu mir kommen.« Ich heulte fast. »Alison hat den *Banditen* gesehen. Und ich auch.«

»Was? Emily, was ist denn passiert?«

»Wir haben den *Banditen* gesehen! Der *Bandit* ist der Mörder.«

»Emily, du hörst dich nicht gut an.«

»Genau. Mir ist auch gar nicht gut. Du musst sofort kommen. Bitte, Oliver.«


Gut eine Stunde später saß Oliver auf meinem Schreibtischstuhl und war damit beschäftigt, die neuesten Informationen zu verarbeiten. Ich fühlte mich etwas besser und erleichtert, nachdem ich meinem Bruder alles erzählt hatte.

»Also hat der Mörder sich als *Bandit* verkleidet«, folgerte Oliver. »Aber warum? Was ergibt das für einen Sinn? Ob er wirklich verrückt ist?«

»Wir gehen doch davon aus, dass Gerald der Täter ist. Und der wirkt nun gar nicht verrückt. Da würde ich wieder eher an Henry Finch denken. Gerald ist doch so vernünftig.

»Ein Mörder kann ja auch meistens vernünftig sein. Und du hast gesagt, Alicia hat sich erschreckt, als Alison auf die Statue gezeigt und gerufen hat *so sah er aus*?«

»Ja, aber Alicia ist ja kein Mann, und Alison hat *er* gerufen.«

»Alison hatte aber vorher schon gesagt, dass sie gar nicht erkennen konnte, ob diese Gestalt ein Mann oder eine Frau war. Und Alicia ist groß. Wenn man sich vorstellt, dass sie ihre Haare unter einem Schlapphut versteckt, könnte sie in der Dunkelheit auch als Mann durchgehen.«

»Ich weiß nicht. Wenn wir davon ausgehen, dass der Mörder von Benjamin auch Peter Anderson getötet hat, wo soll da der Zusammenhang sein? Gerade im Hinblick auf Alicia?«

»Der Mörder könnte von beiden, Benjamin und Peter Anderson, mit der gleichen Sache erpresst worden sein«, überlegte Oliver laut. »Beide wohnten auf dem Gutshof. Vielleicht hatte Peter Anderson etwas erfahren und mit Benjamin darüber gesprochen. Nur dass Benjamin damals als Kind nichts damit anfangen konnte. Aber dann ist es ihm wieder eingefallen. Durch irgendeine Bemerkung. So wie gerade bei dir. Nach all den Jahren hast du dich auf einmal an die Gestalt im Wald erinnert. Und vorher hattest du überhaupt nicht daran gedacht.«

»Ja, weil es damals so unwirklich war. Und Benjamin war erst zwölf Jahre alt, als Peter Anderson ermordet wurde. Warum hätte der frühere Gutsverwalter einem

Kind etwas erzählen sollen, womit man jemanden erpressen kann?«

»Keine Ahnung. Ich kann mich kaum an ihn erinnern. Aber Kinder können so einiges mitbekommen. Wir müssen also davon ausgehen, dass, wer immer der Mörder ist, Benjamin und auch Peter Anderson etwas über diese Person wussten. Bei Gerald wäre es der falsche Vater, bei Henry Finch seine Schummelei mit Alfie. Von Alicia wissen wir nichts Verdächtiges.«

»Alfie hat vor zwanzig Jahre noch gar nicht gelebt, also gab es damals die Schummelei nicht«, sagte ich zur Verteidigung von Alisons neuem Freund.

»Nicht mit Alfie. Aber wenn er damals auch einen uralten, aber hochdekorierten Deckrüden hatte, kann er schon vor zwanzig Jahren gemogelt haben. Und früher hatte er noch mehrere Hunde. Warum nicht den im besten Alter decken und dafür einen anderen Hund mit vielen Auszeichnungen in die Papiere eintragen lassen, der vielleicht nicht der beste Erzeuger war. Jetzt, wo er nur noch Alfie hat, kommt man natürlich erst recht nicht auf den Gedanken, dass Henry einen anderen Rüden decken lässt.«

»Was machen wir denn jetzt?«, fragte ich. »Sollen wir all unsere Überlegungen Sergeant Rossini mitteilen? Würde es ihm weiterhelfen?«

»Die Sache mit der Kostümierung sollten wir ihm schon erzählen.«

»Von früher auch? Dann müsste ich ihm ja sagen, was ich damals gemacht habe.«

»Nein«, beruhigte mich Oliver. »Da lassen wir uns eine abgespeckte Version einfallen. Wir sagen ihm etwas in der Art wie, du hättest damals eine Mutprobe gemacht. In der Dunkelheit einmal bis zum Dorfplatz und zurück oder so. Wir sagen ihm, wir beide hätten gewettet, dass du dich nicht traust. Und der Rest stimmt ja: dass dir gerade erst wieder eingefallen ist, was du als Kind gesehen hast.«

»Wird er denn nicht wissen wollen, wer den *Banditen* jetzt gesehen hat? Dann wird er Alison befragen wollen. Und ich hatte ihr versprochen, dass sie keinen Ärger bekommt. Ihre Mutter würde sich zu Tode erschrecken, wenn sie wüsste, dass Alison abends allein unterwegs war und dann auch noch den Mörder gesehen hat.«

»Du meinst also, wir sollten Debbies Sergeant nur die Information zukommen lassen, dass der Mörder damals wie heute als *Bandit* verkleidet war?«

»Wenn es irgendwie möglich ist. Aber ist es das? Oder bekommen wir Ärger, wenn wir Informationen zurückhalten?«

»Der gute Sergeant kann doch wirklich dankbar sein, dass wir ihn durchgehend mit Informationen versorgen. Aber vielleicht erzählen wir ihm besser die ganze Geschichte, ausgenommen deiner Dimple-Aktion natürlich. Ich glaube nicht, dass Alison Ärger bekommt. Schließlich ist es nur ein Hinweis. Sie kann den Täter ja nicht identifizieren. Und ganz sicher, dass der Mann im Wald wie der *Bandit* gekleidet war, ist sie sich auch nicht. Es kam ihr nur so vor. Ich kann mir nicht vorstellen, dass deshalb die Polizei in Scott's Corner aufmarschiert. Lass uns eine Nacht darüber schlafen. Auf einen Tag mehr oder weniger kommt es nicht an.«

»Genau«, stimmte ich zu. »Wahrscheinlich ist es gar nicht so wichtig. Wenn jemand am Mordabend in diesem Kostüm aufgefallen wäre, hätte sich das längst herumgesprochen. Schließlich ist Halloween schon vorbei.«

Als ich abends im Bett lag, dachte ich, der Mörder würde wohl an Altersschwäche gestorben sein, bevor die Spurensicherung etwas ausgewertet hätte. Sicher lag eine Rekordzahl von Spuren vor. Wenn ich doch etwas finden könnte! Aber die Mitarbeiter der Polizei hatten bestimmt alles abgesucht und auch den Trampelpfad vom Dorfplatz in den Wald nicht vergessen.

Ich überlegte, wie ich vorgehen würde, wenn ich als *Bandit* verkleidet den Mord hätte begehen wollen. Ich hätte viel zu viel Angst, dass mich jemand sehen würde, während ich den Wald betrete. Die Neugier unserer Dorfbewohner darf man nicht unterschätzen. Auch gegen acht Uhr abends steht der ein oder andere am Fenster, um zu sehen, welcher Nachbar unterwegs ist. Es gibt sogar einige ältere Damen, die ein Fernglas besitzen.

Der Dorfplatz ist zu gut mit Laternen bestückt. Es wäre geradezu leichtsinnig, sich von dort aus durchs Unterholz zu schlagen. Anfang und Ende des Waldweges liegen an der Durchgangsstraße. Das wäre mir alles viel zu auffällig. Der Mörder musste Nerven aus Stahl haben.

Oder doch nicht? Ich dachte an meinen Spaziergang mit Cindy. Auf dem schmalen Weg direkt neben dem Wald. Wenn ich unentdeckt in den Wald gelangen wollte, dann nur von dort aus. Ich hätte mich durch die Büsche gezwängt oder besser noch, den alten Trampelpfad gesucht. Und mich dann so lange hinter den Bäumen versteckt, bis Benjamin aufgetaucht wäre.

Ich beschloss, mich gleich am nächsten Morgen auf die Suche zu begeben.

Am Sonntagmorgen war ich als Erste auf den Beinen. Bereits kurz vor acht Uhr stand ich vor dem Beginn des schmalen Weges, der am Wald entlangführte. Ich hatte sogar an eine Taschenlampe gedacht, da es zwischen den Bäumen und Sträuchern recht düster sein würde. Außerdem hatte ich eine große Tüte dabei für mögliche Beweisstücke.

Ich sah mich um. Hier gab es keine Laterne. Auch die nächsten Häuser standen ein ganzes Stück entfernt. Dies war wirklich die beste Möglichkeit, ungesehen in den Wald zu gelangen. Vorausgesetzt natürlich, der alte Trampelpfad konnte noch benutzt werden. Ansonsten würde man Probleme mit dem dichten, zum Teil dornigen Gebüsch bekommen.

Der alte Pfad hatte an der ersten Hälfte des Weges gelegen, und ich musste nicht lange suchen. Ich leuchtete den doch sehr zugewachsenen Weg mit der Taschenlampe ab und bemerkte einige abgeknickte Äste. Das musste nicht zwangsläufig der Mörder gewesen sein. Dann fiel mir etwas ein, und ich zögerte weiterzugehen. Was, wenn ich, anstatt Spuren und Beweismittel zu finden, diese versehentlich zerstören oder unbrauchbar machen würde? Das konnte ich nicht riskieren.

Wieder zu Hause, wünschte ich meinen erstaunten Eltern einen guten Morgen und verschwand in meinem Zimmer. Es war bereits nach neun Uhr. Oliver hatte genug geschlafen, fand ich. Auf Tiffany konnte ich jetzt keine Rücksicht nehmen.

Oliver nahm meinen Anruf bereits nach dem zweiten Klingeln entgegen, meldete sich aber erst einige Sekunden später. Ich hörte, wie er eine Tür schloss und sich dann beschwerte: »Hast du schon mal auf die Uhr gesehen? Es ist Sonntag!«

»Das sagst ausgerechnet du!« Während ich ihm von meinen Überlegungen und dem morgendlichen Erkundungsgang erzählte, wurde Oliver wach und interessiert. Abschließend fragte ich: »Sollen wir es wieder von Debbie ausrichten lassen oder sagen wir es ihm selbst?«

»Ich befürchte, das wird jetzt zu umfangreich, um es ausrichten zu lassen. Ob Sergeant Rossini auch am Sonntag zu erreichen ist?«

»Für Debbie bestimmt.«

Bereits mittags saßen wir zu fünft in Tiffanys und Olivers Wohnzimmer.

»Hilft Ihnen das denn weiter, Sergeant Rossini?«, fragte ich.

»Wenn der Täter diese Verkleidung behalten hat, könnte es durchaus helfen. Und da er sie über zwanzig Jahre benutzt hat, scheint er nicht vorzuhaben, sich von ihr zu trennen.«

»Er kann aber bei dem Mord an Benjamin Easterbrook schon eine neuere Version der Verkleidung getragen haben«, warf Oliver ein. »Wie alt war Gerald damals eigentlich?«

»Er muss gerade achtzehn geworden sein. Ich weiß noch, dass Mama damals gesagt hat, jetzt sei er eine gute Partie und schade, dass ich noch nicht älter wäre. Das war zu der Zeit, als er mich auf Gladstone herumgeführt hat.«

»Dann hatte er zu seinem Geburtstag wohl ein eigenes Vermögen bekommen und war ein lohnendes Opfer für einen Erpresser«, folgerte DS Rossini, woraufhin Debbie ihn bewundernd ansah. »Dieser Peter Anderson hatte vielleicht schon seit Jahren eine Ahnung, dass Gerald kein echter Easterbrook sein könnte, und dann, nachdem Gerald zu eigenem Geld gekommen war, machte Peter Anderson von seinem Wissen oder seiner Ahnung Gebrauch.«

»Was ist, wenn es gar nicht Gerald war, sondern doch jemand anders?«, fragte ich.

»Haben sie denn noch weitere Informationen anzubieten?« DS Rossini lächelte.

Ich verneinte und dachte an Henry Finch und widerstrebend auch an Alicia. Aber Oliver und ich hatten uns entschieden, die Polizei zuerst auf die Fährte von Gerald zu führen. Dass die Situation sich durch den Inhalt der alten Reitkappe so zuspitzen würde, hätten wir beide nicht gedacht.

DS Rossini verabschiedete sich. Er wollte sich darum kümmern, dass jemand von der Spurensicherung den alten Pfad absuchte.

Oliver und ich beschlossen, unsere Großmutter auf den neuesten Stand der Ereignisse zu bringen, da sie die einzige von uns war, die tatsächlich mit dem Hauptverdächtigen in Berührung kommen konnte. Aber sie änderte ihren Standpunkt nicht. Solange nichts bewiesen war, würde sie nicht daran denken, den Gutshof zu meiden. Den restlichen Sonntag verbrachte ich damit, immer wieder zu versuchen, mich an jenen Abend vor zwanzig Jahren zu erinnern. Ich dachte, wenn ich mir die Situation nur oft genug vor Augen halten würde, käme noch eine weitere Erinnerung hervor. Vielleicht hatte ich sogar unbewusst Gerald Easterbrook erkannt.

Aber das Einzige, was mir noch einfiel, war, dass Alicia auch irgendwo aufgetaucht war. Doch ich konnte mich nicht mehr an die Reihenfolge erinnern. Hatte ich erst Alicia gesehen und danach in den Wald geschaut? Oder war Alicia von irgendwo aufgetaucht, nachdem ich die Gestalt im Wald gesehen hatte, das heißt, konnte sie erst in ihrer Verkleidung Peter Anderson getötet haben und dann in normaler Kleidung aus dem Wald herausgekommen sein?

Ich war zu keinerlei Aktivitäten in der Lage und konnte mich lediglich dazu aufraffen, mit meinen neuen Teesorten herumzuexperimentieren, die ich vor dem Kauf von Alisons Reitkappe erstanden hatte. Das Ergebnis verhalf mir dann wirklich zu Magenbeschwerden. Ich hatte keinen Überblick mehr, wie viel von welcher Sorte ich vermischt hatte, und schon gar nicht darauf geachtet, wie lange der Tee gezogen hatte.

Am Montagmorgen rief ich im Reisebüro in London an und bat um zwei freie Tage. Um die Mittagszeit war ich durch Zwieback und Kamillentee so weit gestärkt, dass ich einen kleinen Spaziergang unternehmen wollte. Aber weiter als bis zum Waldeingang kam ich nicht. Ich blieb davor stehen und starrte den Weg entlang, in der Hoffnung, dass mir an Ort und Stelle noch etwas einfallen würde.

Auf dem Rückweg zu unserem Haus bemerkte ich eher nebenbei, dass weiter oben auf der Straße ein fremder Wagen am Straßenrand parkte. Aber ich dachte nicht weiter darüber nach, bis ich in der Mittagszeit mein Handy einschaltete und eine Nachricht von Debbie auf der Mailbox fand. Ich rief sie von zu Hause aus an.

Sie erkannte die Telefonnummer aus Jolly Clover. »Du bist gar nicht in London?«

»Nein, ich habe mir den Magen verdorben.«

»Dann bin ich mal gespannt, wie dein Magen auf meine Neuigkeiten reagiert. Die Polizei ist heute Morgen mit einem Durchsuchungsbefehl zum Gutshof gefahren und hat Geralds *Banditenkostüm* gefunden.«

Ich setzte mich erst mal hin. »Und, war da Blut drauf oder so?«

»Nein. Aber immerhin, er hatte eins, und das haben sie mitgenommen.«

»Viele Männer haben so ein *Banditenkostüm*. Das ist praktisch zu Halloween. Man ist schnell verkleidet, ohne großen Aufwand. Und bequem ist es auch noch. Der ganze Pub ist an diesem Tag voller *Banditen*.«

»Aber nicht voller Mörder«, sagte Debbie bedeutungsvoll.

»Und was passiert jetzt?«, fragte ich.

»Sie haben einen Polizisten zur Bewachung abgestellt.«

»Ach so, das erklärt es. Ich habe nämlich einen fremden Wagen parken sehen, ein Stück vor der Einfahrt zum Gutshof.«

»Genau. Die Polizei hält es für möglich, dass Gerald jetzt, wo ihm klar ist, dass sie ihm auf den Fersen sind, versuchen wird zu flüchten.«

»Den Wagen wird er aber doch sehen. Er ist mir ja auch aufgefallen.«

»Ist doch egal, ob er ihn sieht. Auf jeden Fall haben sie ein Auge auf ihn. Und jetzt, wo sie seine Kleidung haben, wissen sie ja auch, wonach sie suchen müssen. Die Leute von der Spurensicherung haben heute Morgen einige Fasern gefunden, als sie deinem Hinweis gefolgt sind.«

»Was glaubst du, wie lange sie brauchen werden, um herauszufinden, ob diese Fasern von Geralds Verkleidung stammen?«

»Keine Ahnung. Aber wenn an seinen Sachen auch nur der leiste Hinweis zu erkennen ist, dass er mit ihnen vor Kurzem im Wald war, dann ist er praktisch überführt, würde ich mal sagen.«

»Und was sagt Sergeant Rossini dazu?«

»Natürlich sieht er es genauso.«

»Natürlich. Dann werde ich jetzt mal Oliver im Büro anrufen.«

»Das habe ich längst erledigt. Du hast dich ja so spät gemeldet. Oliver hofft auch, dass die Polizei endlich eindeutiges Beweismaterial findet.«

In diesem Moment kam meine Mutter von draußen herein und rief ganz aufgeregt: »Gerald ist gerade weggefahren und der fremde Wagen hinterher. Polizei natürlich. Das habe ich mir heute Morgen schon gedacht.«

»Was?«, rief Debbie, die Mama auch gehört hatte. »Dann werde ich sofort Sergeant Rossini anrufen.«

»Meinst du nicht, der Kollege, der Gerald beobachtet, wird deinen Sergeant darüber informieren?«

»Mag ja sein. Aber sicher ist sicher. Besser, ich rufe ihn gleich an.« Damit legte Debbie auf.

»Gerald ist bestimmt geflüchtet«, mutmaßte Mama.

»Nur, weil er mit dem Wagen losgefahren ist?«, fragte ich.

»Er kann doch auch etwas zu erledigen haben.«

Mama wusste zwar nichts von Geralds Verkleidung, kombinierte aber. »Die Polizei lässt ihn sicher nicht ohne Grund überwachen. Und er ist anscheinend der Einzige, der überwacht wird. Also haben sie eine neue Spur.«

Ich rief dann doch Oliver an, denn von Geralds eventuellem Fluchtversuch wusste er ja noch nichts. Mein Bruder war ganz aus dem Häuschen und sagte: »Sicher wird er versuchen, irgendwo für ein paar Tage unterzutauchen und dann herauszubekommen, ob die Polizei Spuren an seiner Verkleidung gefunden hat, die ihn überführen. Man kann praktisch sagen, die Uhr tickte von dem Moment an, als sein Kostüm abgeholt wurde.«

»Was glaubst du, wo er sich verstecken könnte? Bei Charlene? Das würde die Polizei doch sicher schnell herausbekommen.«

»Mit seinen finanziellen Möglichkeiten kann er auch in ein Hotel gehen, ohne seinen Personalausweis vorzeigen zu müssen. Schade, dass ich nicht da war, als er losgefahren ist, dann hätte ich mich auch gleich dranhängen können.«

»Da hast du wohl eine neue Leidenschaft entdeckt, seit wir Henry Finch verfolgt haben.«

Am Nachmittag besuchte uns Carol Tucker und brachte Neuigkeiten ganz anderer Art. Sie kam zu Mama und mir in die Küche, ließ sich auf einen Stuhl sinken und bat um eine Tasse Tee. »Ihr werdet es nicht für möglich halten«, erklärte sie. Es hatte angefangen, heftig zu regnen, aber Carol war wohl zu zerstreut gewesen, um an einen Schirm zu denken. Auf den wenigen Metern zu uns war sie völlig durchnässt worden.

»Wissen wir doch schon«, sagte Mama und stellte ihr einen Teebecher hin. »Gerald Easterbrook wird von der Polizei überwacht und ist möglicherweise geflüchtet. Zieh deine nasse Jacke aus.«

Carol ließ sich die Jacke abnehmen, die Mama über einen Stuhl legte, und sah uns irritiert an. »Geflüchtet? Ach so, nein, das meine ich nicht. Kann ich mir auch nicht vorstellen, denn der fremde Wagen steht wieder am Straßenrand.«

»Was?«, sagte Mama enttäuscht. »Er ist wieder zurück?«

»Ja, aber weshalb ich gekommen bin …«

Wir sahen sie nicht mehr ganz so interessiert an.

»Sagt mal, geht es bei euch nur noch um Gerald Easterbrook?«, fragte Carol. »Ich habe ganz andere Probleme. Meine Schwester hat gerade angerufen. Stellt euch vor. Cindy ist tragend.«

Jetzt hatte Carol Tucker unsere absolute Aufmerksamkeit.

»Alfie wird Vater«, sagte ich fassungslos.

»Ja, aber viel schlimmer ist, Cindy wird Mutter. Und meine Schwester hatte die Idee längst verworfen, Cindy decken zu lassen. Mikey hat ihr die ganze Geschichte gebeichtet, und jetzt gibt meine Schwester mir die Schuld daran, weil ich nicht besser auf Mikey aufgepasst habe. Und deshalb ist sie der Meinung, ich sei praktisch verpflichtet, auch einen der Welpen zu nehmen.«

»Oh, so ein Welpe ist doch niedlich«, sagte ich. »Ich hoffe nur, dass die Welpen auch gesund sind, wo Alfie doch schon so betagt ist.«

»Ach was«, tat Mama ab, die ja nichts von Henrys Mogeleien wusste. »Alfie ist als Deckrüde begehrt wie eh und je. Vielleicht macht es dir sogar Spaß, einen Hund zu haben. Wir könnten zusammen mit ihm walken.«

»Ich weiß nicht. Ich muss erst mal mit Jack darüber reden. Meine Schwester hat mich ja förmlich überfallen. Dabei liegt es auch an ihrer Erziehung. Meine Kinder haben sich nie nachts heimlich aus dem Haus geschlichen.«

»Meine auch nicht.« Mama sah mich wohlwollend an.

Ich zog es vor, aus dem Fenster zu schauen, und erkannte Großmutter, die in roter Regenkleidung langsam an unserem Haus vorbeifuhr. Ich dachte erst, sie würde anhalten, aber ihr Wagen verschwand aus meinem Blickfeld.

»Möchtest du nicht auch einen Hund haben?«, fragte Carol meine Mutter hoffnungsvoll.

In diesem Moment kam Oliver herein. »Hast du heute eher Feierabend gemacht?«, fragte Mama.

»Ja, ich konnte mich nicht mehr richtig konzentrieren, nachdem ich von Geralds angeblicher Flucht gehört habe. Aber wie ich gerade gesehen habe, scheint er wieder da zu sein. Auf jeden Fall steht der fremde Wagen dort, und Großmutter ist auch gerade zum Gutshof abgebogen.«

»Wir haben eben erst erfahren, dass Gerald wieder zurück ist«, sagte ich entschuldigend.

»Ich verstehe unsere Großmutter nicht«, beschwerte sich Oliver. »Da wird Gerald überwacht und sie muss unbedingt zum Gutshof. Sie hätte genauso gut erst mal abwarten können, was passiert. Als ob die Buchhaltung so wichtig ist. Sie hätte doch sagen können, dass sie sich nicht wohlfühlt. Irgendeine Ausrede.«

»Du kennst ja ihre Ansichten«, sagte ich.

»Hoffentlich nimmt Gerald sie nicht als Geisel«, überlegte Carol laut.

»Carol!«, rief Mama entsetzt. »Das glaubst du doch nicht wirklich.«

»War nur so eine Idee«, meinte Carol ausweichend. Automatisch richteten wir alle unsere Blicke auf das Fenster, wohl in der Hoffnung, dass wir Großmutter zurückfahren sehen würden. Aber da sie erst vor einigen Minuten am Gutshof angekommen war, konnte mit einer so baldigen Rückkehr nicht gerechnet werden.

Während wir zu dritt aus dem Fenster starrten, bemerkte ich nebenbei: »Ach, übrigens. Cindy kriegt Junge. Von Alfie.«

Oliver sah mich an, dann lachte er. »Das kann doch nicht wahr sein.«

»Doch«, jammerte Carol. »Und du brauchst gar nicht lachen. Meine Schwester gibt mir die Schuld daran, und ich soll einen der Welpen nehmen.«

Oliver lachte trotzdem weiter. »Wenn Henry Finch das wüsste!«

»Kein Sterbenswörtchen zu Henry Finch«, forderte Carol. »Der bringt es fertig und verklagt uns.«

Während wir darüber diskutierten, wer sich in größerer Gefahr befand, Großmutter bei ihrem Aufenthalt auf dem Gutshof oder Carol Tucker, falls sie als Samenräuberin überführt werden würde, verging die Zeit.

Papa kam von der Arbeit nach Hause und wurde mit Essen und den neuesten Informationen versorgt. Carol war wieder nach Hause gegangen, und wir vier wechselten uns bei unserer Fensterwache ab.

Dann wurde Mama wirklich unruhig. »Ich versuche, Mutter auf ihrem Handy zu erreichen. Vielleicht hat sie es ja dabei.«

»Und vielleicht ist sie gar nicht mehr auf dem Gutshof«, versuchte Papa, sie zu beruhigen. »Es kann doch sein, dass sie von dort aus noch woanders hingefahren ist.«

Mama wählte Großmutters Handynummer. Nachdem es qualvoll lange gedauert hatte, nahm Großmutter endlich den Anruf entgegen.

»Wo bist du?«, fragte Mama. »Was machst du denn so lange dort?« Und zum Ende des Telefonats: »Dann ist ja gut. Aber komm doch auf dem Rückweg noch bei uns vorbei. Wir machen uns Sorgen.«

Nachdem das Gespräch beendet war, sahen wir Mama gespannt an. »Alles in Ordnung«, sagte sie erleichtert. »Ihre Arbeit hat sie bereits erledigt, und Gerald ist im Moment gar nicht da. Er musste mal kurz etwas erledigen. Aber er hatte noch irgendein Computerspiel oder so etwas, das er Mutter gezeigt hat. Irgendwelche Zahlenspiele, und sie sagte, sie sei jetzt auf Level sechs. Was immer das bedeutet.«

»Wie viele Level gibt es denn?«, fragte Papa.

»Das weiß ich doch nicht«, sagte Mama.

»Und warum leiht sie sich das Spiel nicht einfach aus?«, fragte Oliver. »Sie kann es doch auch zu Hause spielen.«

»Du kennst doch Großmutter. Wahrscheinlich hat Gerald es ihr nur mal kurz gezeigt, und dann konnte sie nicht aufhören.«

Die Zeit verging. »Wie lange kann denn so ein Computerspiel dauern?« Mama sah auf die Uhr.

»Ach, ich glaube, es gibt welche, mit denen kann man sich stundenlang beschäftigen«, sagte Oliver. »Aber wenn Gerald nur kurz wegfahren wollte, vielleicht wartet sie ja auf seine Rückkehr. Sollen wir mal nachsehen, ob Gerald zu Hause ist?«

»Willst du zum Gutshof?«, fragte ich.

»Nein, aber wenn er zu Hause ist, müsste ja der Polizeiwagen am Straßenrand auf der Lauer liegen.«

Papa bot sich an nachzusehen. Er nahm sich einen Schirm und ging ein Stück die Straße entlang.

»Der Wagen steht da«, berichtete er kurz darauf. »Also ist Gerald wieder zurück. Dann wird es sicher nicht mehr lange dauern.«

»Sie ist doch jetzt bestimmt schon über vier Stunden dort«, meinte Mama. »Frank, kannst du nicht zum Gutshaus gehen und nachsehen, ob wirklich alles in Ordnung ist?«

»Das könnte ich. Aber du kommst mit. Ich möchte nicht, dass mich ihr alleiniger Zorn trifft, wenn ich sie bei ihren Zahlenspielen störe. Dann bin ich nachher schuld, falls sie wieder von vorne anfangen muss.«

»Wenn wir mit zwei Mann dort aufmarschieren, ist das aber peinlich Gerald gegenüber«, wandte Mama ein. »Was soll er denn denken?«

»Ist doch egal, was er denkt«, fand Oliver. »Wahrscheinlich hat er seinen Bruder umgebracht. Der hat gar nichts zu denken.«

»Dann geh du doch«, schlug Papa vor. »Und Emily kann ja mitgehen.«

Danach entbrannte ein heftiger Streit über Eltern, die ihre Kinder vorschicken, und undankbare Kinder, die ihren Eltern nicht mal den kleinsten Gefallen erweisen würden.

Kurz bevor mein Bruder und ich davorstanden, enterbt zu werden, trat Großmutter mit einem viel zu weiten schwarzen Regenmantel bekleidet in die Küche. Wir sahen sie an, als wäre sie ein Gespenst. »Gerald ist weg!«

»Was?«

»Ja, er hat meinen Wagen genommen, und meine Regensachen sind auch verschwunden. Er muss schon seit Stunden weg sein.«

»Wir müssen die Polizei verständigen!« Oliver wollte zum Telefon.

»Das habe ich schon getan«, sagte Großmutter. »Ich habe mit dem Sergeant in dem Polizeiwagen am Straßenrand gesprochen.«

»Wie konnte er denn entkommen?«, fragte Mama.

Ich nahm einen Teebecher und stellte ihn vor Großmutter. Sie stand auf, brachte den Regenmantel in den Flur und setzte sich mit verärgertem Gesichtsausdruck zu uns.

»Er hat mich reingelegt. Am frühen Nachmittag hat er angerufen und gefragt, ob ich Zeit hätte, einige Abrechnungen durchzugehen. Aber damit war alles in Ordnung. Kurz bevor ich gehen wollte, fragte er, ob ich mir ein Computerspiel ansehen wolle, das er angeblich von einem Freund ausgeliehen hat und dem er es morgen wieder zurückgeben müsse. Also konnte ich es nicht mit zu mir nehmen und habe es mir an seinem Computer angesehen. Dann konnte ich einfach nicht aufhören. Damit hatte er wohl gerechnet. Mir hätte das schon merkwürdig vorkommen müssen, denn Gerald interessiert sich eigentlich nicht für Zahlenspiele oder überhaupt Computerspiele. Aber ich bin ihm auf den Leim gegangen. Als ich das Spiel gerade begonnen hatte, sagte er mir, er müsse nur kurz mal in die Stadt. Und dann habe ich gar nicht mehr auf die Zeit geachtet. Ich kann mich daran erinnern, zwischendurch einen Wagen gehört zu haben. Das war dann wohl Gerald, der sich meinen Wagen genommen hatte. Als ich endlich fertig war, bemerkte ich, wie spät es war. Erst sah ich, dass meine Regenkleidung verschwunden war, und dann, dass mein Wagen ebenfalls nicht mehr vor der Tür stand.«

»Das war gerissen«, sagte Oliver und konnte seine Bewunderung nicht verbergen. »Der Sergeant, der zu Ge-

ralds Bewachung abgestellt war, hat nur gesehen, dass
dein Wagen vom Hof gefahren ist und bei dem Regen
eventuell noch erkannt, dass darin jemand mit rotem Re-
genhut saß. Und sicher hatte sich Gerald deinen Regenmantel um die Schultern gelegt, den der Sergeant möglicherweise an dir erkannt hat, als du zum Gutshof gefahren bist. Nicht schlecht, dann ist er seit einigen Stunden
unterwegs und kann jetzt überall sein. Theoretisch könnte
er auch schon im Flugzeug sitzen.«

»Wo soll er denn hinfliegen?«, fragte Mama.

»Ich an seiner Stelle würde versuchen, nach Südamerika zu kommen. Dort gibt es, soviel ich weiß, keine Aus-
lieferungsverträge für Kriminelle, und außerdem hat er
dort seine Farm.«

»Es werden aber sicher nicht stündlich Flüge nach
Südamerika gehen«, überlegte Papa. »Und die Polizei wird
sich bestimmt mit den Flughäfen in Verbindung setzen.«

»Wenn Gerald damit gerechnet hat, flüchten zu müssen, wird er vorbereitet sein«, vermutete Oliver.

»Mit seinem Geld kommt man bestimmt auch an falsche Papiere.«

»Wie denn?«, fragte ich. »Wenn man nicht gerade in
ganz speziellen Kreisen verkehrt, wie soll man da ran-
kommen?«

»Ich glaube, durch das Internet ist fast alles möglich.«

Etwas später kam Sergeant Rossini und fragte, ob
Großmutter bei uns sei. Er ließ sich den Ablauf des
Nachmittags noch einmal ganz genau schildern, und wir
erfuhren von ihm, dass die Polizei im Gutshaus nach
Hinweisen suchte, auf welchem Weg Gerald sein Verschwinden geplant hatte. Großmutter war tatsächlich etwas beschämt, dass ihr kleines Laster Gerald zur Flucht
verholfen hatte.

## Kapitel 17

Am späten Dienstagvormittag rief Debbie an. »Viel
Neues gibt es leider nicht«, sagte sie. »Von Gerald
und auch dem Wagen deiner Großmutter fehlt jede Spur.
Übrigens, das Computerspiel, mit dem er sie abgelenkt
hat, hatte er erst gestern am frühen Nachmittag gekauft.
Da ist ihm wohl die Idee gekommen, wie er unbemerkt
vom Gutshof entwischen kann. Die Polizei hat noch einmal mit Lucinda Easterbrook gesprochen, und jetzt hat
sie zugegeben, dass Gerald schon seit Jahren wusste, dass
er nicht der Sohn von Gilbert Easterbrook ist. Er hatte es
schon vorher durch irgendeine Bemerkung geahnt, und
kurz nach seinem achtzehnten Geburtstag hat sich seine
Mutter verpflichtet gefühlt, ihm die Wahrheit zu sagen.
Heute Abend wird Charles mir bestimmt Genaueres erzählen, gerade am Telefon hatte er nicht so viel Zeit …«

»Ach, ist aus Sergeant Rossini endlich Charles geworden?«

»So ist es. Ach ja, und das hatte ich gestern Mittag ganz
vergessen, dir zu sagen: Was deine Großmutter in London gemacht hat, weiß Sergeant Rossini auch nicht genau. Aber es wird nichts Schlimmes gewesen sein, denn
Mortimer Easterbrook war im gleichen Hotel wie sie. Bestimmt nur ein Geschäftsessen.«

Ich holte tief Luft, was sollen das für Geschäftsessen
sein? Schließlich war Onkel Mortimer Gutsbesitzer und
nicht Eigentümer eines Unternehmens. Und Geschäftsessen hatte man doch wohl mit Geschäftspartnern und

nicht mit seiner Buchhalterin, die man regelmäßig während ihrer Arbeit sah. Debbie wusste ja nicht, dass diese sogenannten Geschäftsessen, als Spielabende für Scrabble getarnt, anscheinend bereits seit Jahren stattfanden.

»Du sagst ja gar nichts«, beschwerte sich Debbie.

»Ach, ich überlege nur, ob Gerald überhaupt gefasst werden kann. Vielleicht ist er längst im Ausland. Und selbst wenn europaweit nach ihm gefahndet wird, die haben doch viel schlimmere Verbrecher. Da Gerald kein Massenmörder und für die Allgemeinheit nicht gefährlich ist, wird er bei ihnen ganz hintenanstehen.«

»Wenn Gerald nicht in den nächsten Tagen gefunden wird, dann sicher später. Irgendwann wird er denken, die Suche nach ihm sei eingestellt und leichtsinnig werden. Das hat Charles gesagt.«

In Sachen Gerald Easterbrook musste man also zunächst abwarten. Vor allem, ob durch seine Verkleidung der endgültige Beweis für seine Schuld geliefert werden würde. Wer mir im Moment nicht aus dem Kopf ging, waren meine Großmutter und Mortimer Easterbrook. Ich musste einfach mit ihr darüber reden und beschloss, sofort zu ihr zu gehen.

Ich fand sie in ihrem Arbeitszimmer, aber der Computer war ausnahmsweise nicht in Betrieb. Sie saß in ihrem Sessel und blätterte in einer Illustrierten.

»Ein ganz ungewohnter Anblick«, begrüßte ich sie und deutete auf den dunklen Monitor.

»Ja.« Sie seufzte. »Ich habe tatsächlich ein bisschen ein schlechtes Gewissen. Wenn ich nicht so auf Zahlenspiele fixiert wäre, hätte Gerald mich nicht hereinlegen können. Vielleicht sollte ich mir ein paar andere Hobbys zulegen.«

»Was liest du denn da?«

»Ach, nichts Besonderes.« Sie hatte eine Seite mit einem bereits gelösten Kreuzworträtsel aufgeschlagen.

»Du kannst doch nichts dafür, dass Gerald seinen Bruder ermordet hat, und du arbeitest auch nicht bei der Polizei. Deswegen brauchst du kein schlechtes Gewissen zu haben.« Ich fand, mein letzter Satz war ein guter Einstieg zu dem Thema, das ich eigentlich ansprechen wollte, aber Großmutter ging nicht weiter darauf ein. Also musste ich nachhaken. »Wo wir aber gerade über schlechtes Gewissen reden. Also, ich weiß, dass du an dem Mordabend in London warst. Und ich weiß auch, dass Mortimer Easterbrook ebenfalls dort war. Zusammen mit dir.«

Ich fand, Großmütter sollten ihre Enkelinnen nicht dermaßen feindselig ansehen. »Und was geht es dich an, wann und mit wem ich in London war?«

»Du bist immerhin meine Großmutter. Wenn ich daran denke, seit wie vielen Jahren du angeblich bei Ethel zum Scrabblespielen warst, und in Wirklichkeit hast du dich mit Onkel Mortimer getroffen. Und er ist verheiratet.« Ich verhaspelte mich in meiner Aufregung. »Das kannst du doch nicht machen.«

»Denk doch weiter, ich wäre bei Ethel, wenn du dich dabei besser fühlst.« Großmutter schien jetzt mehr amüsiert als verärgert.

»Andere Großmütter machen so etwas bestimmt nicht. Die treffen sich nicht mit verheirateten Männern, sondern kümmern sich um ihre Familie.«

»Was sollte ich denn deiner Meinung nach machen? Zu Hause sitzen und handarbeiten oder welche Aktivitäten hältst du für angemessen?«

»Ich hätte sehr gerne einen selbst gestrickten Pullover. Seit ich erwachsen bin, habe ich keinen mehr bekommen.«

»Leider kann ich nicht besonders gut stricken. Aber Ethel beschäftigt sich gerne mit Handarbeiten. Ich werde sie fragen, ob sie dir etwas strickt.«

»Ja, wenn du das nächste Mal zum Scrabblespielen zu ihr fährst!«

»Weißt du, Emily, für eine junge Frau bist du richtig prüde.«

»Bin ich gar nicht. Ich möchte nur in geordneten Verhältnissen leben.«

Jetzt lachte Großmutter. »Das kannst du ja auch. Kümmere du dich um deine Verhältnisse und halte dich aus meinem raus.«

»Wenn Mortimer sich nicht mehr mit seiner Frau versteht, könnte er sich doch scheiden lassen und ihr beide heiratet.«

»Ich möchte gar nicht noch einmal heiraten. Mir gefällt mein Leben. Und Mortimer kommt mit seiner Frau einigermaßen aus. Sie leben gewohnheitsmäßig zusammen, aber jeder hat seine eigenen Interessen. Es ist mehr wie in einer Wohngemeinschaft. Wenn du keinen Wirbel machst, leben alle weiterhin glücklich und zufrieden. Und dich geht es nun mal am wenigsten an. Woher weißt du überhaupt, dass Mortimer und ich in London waren? Von Debbie? Und die wiederum von ihrem Sergeant?«

»Ja, so ähnlich. Aber Debbie weiß ja nicht, dass Mortimer und du euch seit Jahren trefft. Sie hält alles für ganz harmlos.«

»Und das solltest du genauso sehen.«

Ich seufzte. »Ja. Was bleibt mir auch anderes übrig? Ich werde es auch niemandem sagen.«

»Das ist ja wohl selbstverständlich.«

»Na wenigstens bist du nicht beim Geheimdienst«, sagte ich.

»Wieso Geheimdienst?«

»Ich hatte schon die wildesten Vermutungen, was du in London treibst. Und bei deiner Vorliebe für Zahlenspiele dachte ich daran, dass so eine Dechiffriermaschine doch nach deinem Geschmack sein müsste.«

Großmutter lachte auf und warf dabei einen verstohlenen Blick auf das von Papa entworfene Kästchen.

»Großmutter, ich hoffe, ich habe dir da nichts in den Kopf gesetzt! Du wirst doch jetzt nicht versuchen, dich in den Computer vom Geheimdienst zu hacken!«

»Nein, nein.« Das klang nachdenklich. Dann klingelte das Telefon. Großmutters Wagen war kurz hinter Dillings gefunden worden. Er sollte aber erst noch untersucht werden, bevor sie ihn zurückhaben konnte.

»Ich kann ja so lange Geralds Wagen nehmen«, überlegte Großmutter. »Den Schlüssel hat er bestimmt stecken lassen, wenn er geplant hatte zu flüchten. Er konnte ja nicht ganz sicher sein, meinen Wagen zu bekommen. Ich werde nachher mal zum Gutshof gehen und nachsehen. Oder ich leihe mir deinen für heute Nachmittag.«

»Willst du einkaufen?«

»Ja.«

Wir verabschiedeten uns, und als ich schon vor ihrer Haustür stand, fragte Großmutter: »Ob es wohl Computerspiele gibt, die so eine Dechiffriermaschine simulieren?«

Am Abend rief Debbie an und kam noch einmal auf die neuesten Aussagen von Lucinda Easterbrook zu sprechen. Gerald hatte bereits vor über fünfundzwanzig Jahren den ersten Verdacht, dass Gilbert Easterbrook nicht sein richtiger Vater ist. Er hatte direkt nach dem großen Krach zwischen Lucinda und Gilbert Easterbrook ein Telefonat seiner Mutter mit angehört und sie einige Wochen später darauf angesprochen. Sie hielt es damals für besser, Gerald auf dem Gutshof und bei Gilbert Easterbrook zu lassen und hatte ihren Sohn damit beruhigt, dass er wohl nur etwas falsch verstanden habe. Ob weitere Personen von diesem Telefonat wussten, konnte sie nicht sagen, sie hatte ja auch nicht bemerkt, dass Gerald es mitbekommen hatte.

Als Gerald erwachsen wurde, fühlte sie sich verpflichtet, ihn darüber aufzuklären, dass nicht Gilbert Easterbrook, sondern ein anderer junger Mann, mit dem sie sich vor ihrer Heirat getroffen hatte, Geralds Vater ist. Gerald war mit seiner Rolle als Sohn des Gutsbesitzers schon so verwachsen, dass er weiterhin als Gilberts Sohn leben wollte. Dabei war es geblieben. Und Lucinda hatte angeblich keine Ahnung davon, wo sich Gerald aufhielt.

Einen Tag später hatte die Polizei den ersehnten Beweis. Aus Geralds kariertem Hemd, das zu seiner *Banditenverkleidung* gehörte, waren einige Fasern aus dem unteren Saum gerissen. Offensichtlich war Gerald mit seinem Hemd im Gebüsch hängen geblieben. Geralds Foto erschien in der Zeitung. Er wurde offiziell wegen Mordes an seinem Bruder gesucht.

Charles Rossini vermutete weiterhin, dass er auch Peter Anderson getötet hatte, konnte aber so viele Jahre danach keine Untersuchung mehr durchführen. Oliver und ich waren erleichtert, dass nun kein Verdacht mehr auf uns lag, und mein Bruder stürzte sich wieder ins Gemeindeleben. Ich hätte natürlich die absolute Klarheit über Peter Andersons Ermordung begrüßt. Denn wenn er ermordet worden wäre, brauchte ich mir keine Vorwürfe mehr zu machen, dass ich mit meiner Scotchflasche zu einem tödlichen Unfall beigetragen hatte. Dadurch, dass ich mich an den verkleideten *Banditen* in meiner Kindheit erinnert hatte, schien mir die Wahrscheinlichkeit zumindest ebenso hoch wie Charles Rossini, dass Gerald Easterbrook auch hier schuldig war.

Am Freitagabend betrat Debbie in Begleitung von Charles Rossini unseren Pub. Ich hatte Dennis gerade wieder beim Dartspiel geschlagen. Jetzt half er seinem Onkel hinter der Theke und ich saß bei Tiffany und Oliver, als das junge Glück hereinschneite. Debbie setzte sich zu uns, während DS Rossini für Getränke sorgte. Als er an unseren Tisch kam, sagte Debbie: »Am besten, ihr nennt euch beim Vornamen, denn ihr werdet euch in Zukunft sicher öfter sehen.«

»Was für eine Überraschung«, säuselte Tiffany und Oliver lachte: »Das hatte ich befürchtet.«

»Und hast du etwas Neues von Gerald gehört?«, fragte ich und fügte hinzu: »Charles.«

Charles lächelte. »Nein, leider nicht. Aber auf jeden Fall bin ich dankbar für eure Hinweise. Sonst hätten wir Gerald Easterbrook nicht als Täter ausmachen können.«

»Was passiert nun mit dem Gut und Geralds Besitz?«, wollte ich wissen.

»Der gesamte Besitz wird wohl an Mrs Easterbrook gehen.«

»Ich kann mir kaum vorstellen, dass sie hier wohnen möchte«, meinte Debbie. »Das Gerede hier wird wohl noch lange anhalten, und sie schien ja auch früher nicht sonderlich am Landleben interessiert.«

»Und was passiert mit den Pferden?« Ich dachte besonders an Gladstone.

»Da wirst du leider abwarten müssen«, bedauerte Oliver.

Da Debbie an diesem Samstag arbeiten musste, machte sie sich mit Charles zusammen recht früh auf den Rückweg nach Dillings.

»Eigentlich müsste Alison eine Belohnung bekommen«, schlug ich vor. »Ohne sie wäre die Polizei noch immer keinen Schritt weiter.«

»Es ist ja keine Belohnung ausgesetzt worden«, erwiderte Oliver. »Also ist ihr nichts entgangen. Aber ich werde ihr etwas Schönes zu Weihnachten schenken, denn ich bin ihr wirklich dankbar, dass der Spuk vorbei ist. Ohne sie stünde ich nach wie vor an der Spitze der Verdächtigen und hätte unter Umständen mein Alibi preisgeben müssen. Emily, vielleicht fällt dir etwas ein, was sie sich wünscht.«

»Ein Pony.«

»Und geht es auch eine Nummer kleiner?«

»Einen Hund.«

»Meinetwegen einen riesigen Stoffhund. Oder natürlich einen echten. Aber da musst du vorher ihre Eltern um Erlaubnis fragen.«

»Ich glaube, so ganz wollen sie nicht.«

»Dann also einen Stoffhund?«

»Der muss dann aber so aussehen wie Alfie.«

»Das wird ja richtig kompliziert.«

»Ja, vor allem, weil ihre Eltern sich fragen werden, warum du ihr auf einmal etwas zu Weihnachten schenkst.«

»Oh, das Geschenk kommt dann natürlich von dir. Ihrer lieben Patentante.«

Am Dienstag war Gerald bereits seit über einer Woche verschwunden. Als Oliver abends in London bei mir anrief und mich mit »Tolle Neuigkeiten!« begrüßte, dachte ich zuerst, die Polizei hätte Gerald gefasst, aber mein Bruder sagte aufgekratzt: »Du kannst dir schon mal Mrs Emeralds Haus von innen ansehen.«

»Was?«

»Herzlichen Glückwunsch. Du bist ab Januar die neue Mitarbeiterin der Bücherei in Dillings. Die schriftliche Zusage an dich ist heute rausgegangen, an deine Adresse in Jolly Clover. Morgen kannst du Mama anrufen, damit sie dir den Brief vorliest.«

Ich war sprachlos.

»Du sagst ja gar nichts.«

»Oliver, ich weiß wirklich nicht, was ich sagen soll. Das ist die beste Nachricht überhaupt. Hast du es Mama schon gesagt?«

»Nein, das kannst du machen. Ruf sie doch in deiner Mittagspause an. Dann wird sie den Brief haben und es vor Neugierde kaum noch aushalten.«

»Ja.« Ich lachte. »Sobald sie den Absender liest.« Dann wurde ich wieder ernst. »Meinst du denn wirklich, dass ich jetzt ausziehen sollte?«

»Emily, das Haus von Mrs Emerald beißt nicht. Denk wenigstens mal ernsthaft darüber nach. Du musst es ja nicht von heute auf morgen entscheiden. Ich besorge den Schlüssel und dann mache ich mit dir eine Führung.«

Mama weinte vor Freude. Ich wusste nicht genau, ob es an dem Brief der Stadtverwaltung lag oder daran, dass ich mich bereit erklärte, Mrs Emeralds Haus zu besichtigen.

Als unser Telefonat beendet war, sah ich sie vor meinem geistigen Auge, wie sie eilig die Prospekte von dem Baumarkt herausholte und sich darin vertiefte.

Am späten Freitagnachmittag, ich war gerade erst wieder in Jolly Clover eingekehrt, erwischte mich Alison am Telefon. Ich hatte damit gerechnet, von ihr zu hören, aber gehofft, dass es noch eine Weile dauern würde, denn ich wusste einfach nicht, was richtig war.

Obwohl ich dank meiner guten Beziehungen zu Alfie spürbar in ihrer persönlichen Rangliste aufgestiegen war, verzichtete sie auf eine Begrüßung und begann sofort: »Gerald Easterbrook ist der Mörder. Und sie haben ihn noch nicht gefasst. Papa sagt, wenn sie ihn jetzt noch nicht haben, dann kriegen sie ihn bestimmt gar nicht mehr. Und ich will endlich wieder mal draußen sein, nur mit anderen Kindern zusammen.«

»Es wird ja so früh dunkel. Da spielt ihr doch gar nicht draußen nach der Schule.«

»Aber jetzt ist Wochenende. Und morgen möchte ich mit den anderen Kindern Rad fahren. Außer, du gehst mit mir Alfie besuchen. Immer, wenn die anderen Kinder draußen sind und du dann mit mir zu Alfie gehst, lasse ich mich noch eine Weile einsperren.«

»Wir können uns doch nicht ständig bei Henry Finch einladen.«

»Warum nicht? Er ist doch so nett.«

»Das macht man einfach nicht. Natürlich können wir Alfie ab und zu besuchen, aber nicht als Dauergäste.«

»Tante Emily, ich langweile mich so schrecklich. Meinst du denn, dass Mr Easterbrook mir wirklich etwas tun will? Er weiß doch gar nicht, dass ich ihn gesehen habe. Ich wusste ja selbst nicht, dass er es war.«

»Zu neunundneunzig Prozent droht dir keine Gefahr von ihm. Aber ich möchte auch das letzte Prozent ausschließen.«

»Wann ist das denn ausgeschlossen?«

»Ich möchte etwas versuchen. Alison, halte noch einige Tage aus. Bitte.«

Alison zögerte und sagte dann: »Na gut. Weil du mit mir bei Alfie warst. Aber mach schnell, ja?«

Solange Alison niemandem von ihrer Entdeckung im Wald erzählte, war sie ganz sicher nicht in Gefahr. Aber wie viel Verschwiegenheit konnte man von einem neunjährigen Kind auf die Dauer verlangen? Würde sie nicht vielleicht doch in Versuchung kommen, ihren Klassenkameraden oder Freunden in Scott's Corner zu erzählen, dass sie einen echten Mörder gesehen hatte? Und falls dieser Mörder doch noch in der Gegend war und davon erfuhr, was dann?

Großmutter war überrascht, als ich in ihr Arbeitszimmer stürmte. Sie sah mich etwas schuldbewusst an. Die selbstauferlegte Abstinenz war vorüber. Allerdings gab sie sich nicht ihrer Spielleidenschaft hin, sondern hatte ein Internetforum aufgerufen.

»Funktioniert Papas Hackerzubehör noch?«, kam ich direkt zur Sache.

»Also, wenn du mir wieder Vorwürfe machen willst …«

»Nein, ich brauche deine Hilfe. Lass doch bitte mal die Lämpchen flackern.«

Großmütterliche Liebe in ihrer reinsten Form legte sich auf ihr Gesicht. »Natürlich, Kind, wenn ich dir damit helfen kann.«


Am nächsten Tag hatte Oliver bereits den Schlüssel zu Mrs Emeralds Cottage aufgetrieben. Zusammen mit Mama und Papa gingen wir zur Besichtigung. Das Haus war nicht gerade riesig, aber für jemanden, der es gewohnt war, nur sechzehn Quadratmeter für sich zu haben, wirkte es ganz schön beeindruckend. Unten waren die Küche und das Gäste-WC sowie der Wohn- und Essbereich. Oben gab es das Badezimmer und zwei weitere Räume. Und ein Gärtchen war ebenfalls vorhanden. »Wenn ich an all den Kuchen denke, den ich hier gegessen habe«, schwärmte Oliver.

Mama versuchte, mir jeden Winkel im Haus besonders schmackhaft zu machen, bis ich sagte: »Schon gut, mir gefällt es ja auch. Ich muss mich aber erst mal an den Gedanken gewöhnen, alleine zu wohnen. Das ist eine ganz schöne Umstellung.« Dann hatte ich eine Idee und setzte noch eins drauf: »Wenn man ganz alleine in einem neuen Haus ist, erschreckt man sich bestimmt vor jedem Geräusch.«

»Ach, du wirst dich schnell daran gewöhnen«, kam es von Mama. »Nicht wahr, Frank?«

Papa nickte gehorsam, und ich fragte: »Papa, hast du denn überhaupt schon einmal alleine gewohnt? Oder du, Mama? Ihr habt doch jung geheiratet und bis dahin bei euren Eltern gelebt. Selbst Oliver ist sofort mit Tiffany zusammengezogen. Ihr könnt also gar nicht wissen, wie man sich dabei fühlt.«

Mama sah mich ängstlich an. Jetzt konnte ich die Katze aus dem Sack lassen. Nachdenklich sagte ich: »Wenn ich natürlich einen Hund hätte, das wäre etwas ganz anderes. Aber ich muss ja zur Arbeit, und so ein Tier kann doch nicht den ganzen Tag alleine bleiben.« Oliver drehte den Kopf zur Seite, damit Mama sein breites Grinsen nicht sehen konnte. Dann sagte er verständnisvoll: »Klar, mit einem Hund hättest du natürlich ein viel besseres Gefühl. Aber was soll tagsüber aus ihm werden?«

Mama dachte angestrengt nach. »Weißt du, Emily, wenn du auszieht, würde ich ja dein Zimmer für meine Kosmetika nehmen. Und Papa dann Olivers Zimmer für seine Basteleien. Und oben die Tür, da könnte ich schon aufpassen, dass sie verschlossen bleibt. So oft wäre ich auch gar nicht in dem Zimmer. Ich könnte also durchaus tagsüber auf einen Hund aufpassen.« Und dann, schon mit etwas Begeisterung: »Den nehme ich dann mit zum Walken. Was für einen Hund möchtest du denn haben? Einen der Welpen, wenn Cindy so weit ist?« Ich nickte.

»Dann könnten Carol und ich zusammen mit den Hunden losziehen. Natürlich erst, wenn sie alt genug sind. Also, ich hoffe mal, Carol nimmt auch einen. Sie muss einfach.«

»Zufällig weiß ich, dass Jack gar nicht abgeneigt ist«, meinte Papa.

Später sagte Oliver zu mir: »Nicht schlecht, Schwesterherz. Du machst dich. Ich hätte es nicht besser drehen können.«

»Stell dir mal vor. Wahrscheinlich wird mein Hund einer der letzten echten Nachfolger von Alfie sein. Eigentlich müsste man Henry Finch auch anbieten, einen der Welpen zu nehmen. Meinst du, er und Alfie sind noch fit genug für einen jungen Hund?«

»Das kann nur Henry Finch selbst wissen.«

»Allerdings, wie soll man ihm beibringen, dass Cindys Nachwuchs von Alfie ist, ohne dass er auf die Barrikaden geht?«

»Lass die Welpen erst mal zur Welt kommen. Und dann könnte ich ja ein vertrauliches Gespräch mit Henry führen und so eine Art Vereinbarung treffen.«

Ich sah meinen Bruder gespannt an.

»Ganz einfach. Ich erwähne so ganz nebenbei unseren Ausflug zu Homers Vater und dem Border Collie und lasse einfließen, dass man gar nicht immer ein wachsames Auge auf seinen Hund haben kann. Da ist dann Nachsicht angesagt. Henry wird schon verstehen, was ich meine. Und ich stelle es so dar, als würde ich es für einen einmaligen Ausrutscher halten, dass die Hündin vor einigen Wochen bei einem Spaziergang von einem anderen Rüden gedeckt wurde. So kann Henry das Gesicht wahren.«

Am Sonntagabend konnte ich Alison anrufen. Ich wusste, dass Amy in der Nähe war und plauderte mit Alison über belangloses Zeug.

Dann flüsterte Alison: »Mama ist aus dem Zimmer.«

»Gut. Die Luft ist rein. Mehr kann ich im Moment nicht sagen. Aber du kannst dich wieder frei bewegen.«

Meine Großmutter hatte es geschafft, sich in die südamerikanische Bank zu hacken, bei der Gerald ein Konto hatte. Es waren große Summen von seiner englischen Bank eingegangen. Aber das wirklich Beruhigende war eine Bargeldabhebung. Folglich hatte Gerald es geschafft, sich nach Südamerika abzusetzen. Unseren neuen Freund Charles Rossini informierten wir aber nicht darüber, denn wir konnten ihm schlecht erklären, woher wir unser Wissen bezogen.

Allerdings war die Polizei auch nicht untätig. Einige Tage später berichtete Debbie ebenfalls, dass Gerald in Südamerika auf seiner Farm war, man ihn aber nicht ausliefern würde.

Ich kündigte meinen Job in London zum Jahresende. Mein Chef fand schnell einen Ersatz für mich und wir vereinbarten, dass ich ab jetzt seltener eingesetzt wurde. Nach all der Aufregung konnte ich ein wenig Entspannung gebrauchen.

Ich erledigte schon mal die meisten Weihnachtseinkäufe und stöberte in Möbelgeschäften herum, da ich auf jeden Fall ein neues Bett haben wollte, um mich der Herausforderung zu stellen, gut fünfhundert Schritte von meinen Eltern entfernt zu wohnen. Obwohl Oliver behauptete, Mrs Emerald habe die Hälfte ihrer Möbel mit nach Portsmouth genommen, war ihr Haus immer noch gut ausgestattet. Besonders ihre Landhausküche hatte es mir angetan.

Meine Mutter machte mir weiterhin Mut für den Umzug. »Sieh mal, es ist doch so praktisch für die ganze Familie. Wenn Tiffany deinen Bruder wieder vor die Tür setzen sollte, dann kann er doch so lange bei dir wohnen. Ist das nicht schön?«

Eigentlich lief alles wie am Schnürchen. Mir war eine gute Anstellung sicher, ich fand den Mut, auf eigenen Beinen zu stehen, und die Motorradausflüge mit Dennis machten mir immer mehr Spaß. Dennis war mittlerweile recht geschickt darin, seine Maschine, ohne dass es ihm zu anstrengend wurde, über größere Strecken hinweg im Schritttempo zu halten. Ich machte mir lediglich ein wenig Sorgen um Gladstone und Isabel, die ich oft besuchte. Würde Lucinda die beiden behalten? Vielleicht würde Onkel Mortimer Benjamins Pferd und das jüngere von Gerald übernehmen, da seine Kinder und Enkel ebenfalls begeisterte Reiter waren. Aber der alte Gladstone und das Pony Isabel waren für ausgewachsene Männer bestimmt nicht interessant. Ich fragte Sam Holden, aber er wusste auch noch nicht, wie es weitergehen sollte.

Dann jedoch erhielt ich eine überraschende Mitteilung von meiner Großmutter. Sie lud mich nachmittags zum Tee ein und sagte ohne weitere Einleitung: »Gerald hat mir eine E-Mail geschickt. Er möchte mit dir reden. In einem Chatroom im Internet.«

Ich sah sie verblüfft an.

»Warum ausgerechnet mit mir? Und warum sollte ich mit ihm reden? Was denkt er sich eigentlich?«

»Du musst es ja nicht machen, wenn du nicht willst. Er hat mir geschrieben, um sich dafür zu entschuldigen, dass er meinen Wagen und meine Regenkleidung genommen hat, und mich gebeten, dich zu fragen, ob du bereit bist, dich mit ihm in einem Chatroom zu treffen.«

»Was kann er denn von mir wollen?«

»Das würde ich auch gerne wissen.«

»Meinst du denn, ich soll es machen?«

»Das ist ganz und gar deine Entscheidung.«

Ich überlegte eine Weile. Neugierig war ich ja schon.

»Hat er denn geschrieben, wann es sein soll und in welchem Internetforum?«

»Er hat Freitagabend um neun Uhr vorgeschlagen. Wohl weil er weiß, dass du dann normalerweise in Jolly Clover bist. Er hat mir einen bestimmten Chatroom angegeben. Du sollst dich mit *Tinkerbell* und einigen bestimmten Ziffern anmelden, und er erscheint unter dem Namen *Bandit* mit denselben Zahlen.«

»Was?«

»Ja, das hat er geschrieben. Soll ich ihm mitteilen, dass du einverstanden bist? Wenn du möchtest, kannst du am Freitag zu mir kommen. Falls du es deinen Eltern nicht gleich sagen willst.«

Kaum hatte ich mal ein paar ruhige Tage, stand ich schon wieder unter Spannung. Ich hatte wirklich nicht die leiseste Ahnung, was Gerald Easterbrook von mir wollte.

# Kapitel 18

Pünktlich am Freitagabend saß ich im Arbeitszimmer meiner Großmutter. Sie hatte gewartet, bis ich mich als Tinkerbell angemeldet hatte, und sich dann zurückgezogen. Mama wäre bestimmt nicht so diskret gewesen. Eine Internetverabredung mit einem Mörder würde sie sich nicht entgehen lassen.

Mir schlug das Herz bis zum Halse, obwohl ich wirklich nicht in Gefahr war. Außer vielleicht, falls es strafbar war, mit einem geflohenen Mörder zu chatten. Das wusste ich nicht so genau.

Kaum hatte ich den Chatroom betreten, lud mich der *Bandit* in einen Privatkanal ein, in dem man ungesehen von den anderen Besuchern schreiben konnte.

»Danke, dass du gekommen bist«, begrüßte er mich.

»Du hast vielleicht Nerven!«, traute ich mich zu schreiben. Der Abstand zwischen England und Amerika gab mir ein sicheres Gefühl. »Du bringst deinen Bruder um, wir alle werden verdächtigt, und du willst mit mir chatten. Wie hast du es überhaupt geschafft, nach Südamerika zu kommen?«

»Du weißt doch, wir Engländer sind eine alte Seemacht. Und mit etwas Geld kommt man, wenn auch auf Umwegen, überall hin. Aber eigentlich möchte ich dich etwas fragen.«

»Erst frage ich dich mal etwas. Hast du mir einen Brief geschrieben, kurz bevor du deinen Bruder umgebracht hast?«

Die Antwort kam nicht sofort. »Im Nachhinein tut es mir leid. Es hatte sich damals nur angeboten, weil du im Pub den Krach mit Benjamin hattest.«

»Du wolltest mich zum Tatort locken, richtig? Und dann hättest du anonym die Polizei angerufen oder so.«

»Du wirkst so harmlos. Die hätten dich bestimmt nicht lange verdächtigt.«

»Danke, dass du nur einige Wochen Untersuchungshaft für mich vorgesehen hattest.«

»Ich war in einer Notlage und kann mich nur dafür entschuldigen. Ich verstehe ja, dass du verärgert bist.«

»*Verärgert* trifft es nicht mal annähernd. Und von Notlage kann man auch nicht reden. Du hast einfach deinen Bruder erschossen. Und ich gehe mal davon aus, dass er dich nicht bedroht hat.«

»Er hat zwar nicht mein Leben bedroht, aber meine Existenz.«

»Das ist kein Grund, jemanden umzubringen.«

»Ich verstehe, dass du es so siehst, aber ich wollte eigentlich nicht mit dir über Benjamin reden, sondern über etwas ganz anderes.«

»Zuerst wirst du mir einige Fragen beantworten, sonst verschwinde ich ganz schnell aus dem Chatroom. Also?«

»Okay.«

»Wie hast du Benjamin in den Wald gelockt?«

»Er hatte ja einigen Leuten im Pub gedroht, dass er etwas über sie wüsste. Ich habe so getan, als wäre ich einer von ihnen und bereit, mir sein Schweigen einiges kosten zu lassen.«

»Na gut, weiter. Woher wusstest du von der Dimple-Flasche vor zwanzig Jahren?«

»Ich hatte gesehen, wie du mit der Flasche in der Hand an der Ecke vom Dorfplatz gestanden bist. Was hatte es eigentlich mit diesem Dimple auf sich? Warum hast du die auf Peter Andersons Gepäckträger geklemmt?«

»Das ist meine Sache. Du hast sie also wiedererkannt, als sie von Peter Andersons Fahrrad gefallen war, nachdem du ihn umgebracht hast.«

»Ich habe ihn nicht umgebracht, ich hatte es nur vor.«

»Das glaube ich nicht.«

»So war es aber. Er hatte sich so erschrocken, als ich im Wald vor ihm aufgetaucht bin in meiner Verkleidung, dass er sein Rad fallen gelassen hat und zurückgelaufen ist. Dabei ist er gestolpert und hingefallen und mit dem Kopf auf einen Ast aufgeschlagen. Das kannst du glauben oder nicht, aber so war es.«

»Warum trägst du immer die Verkleidung, wenn du jemanden umbringen willst? Ist das dein Glücksbringer, oder was?«

»Jetzt werd bitte nicht ironisch. Ich will schließlich nicht ständig jemanden umbringen. Dir habe ich auch nichts getan, obwohl ich nicht sicher war, ob du mich erkennen würdest.«

»Wie, nichts getan? Damals bei Peter Anderson? Du hattest mich also erkannt?«

»Ja. Und ich hatte befürchtet, dass du mich ebenfalls erkannt hattest oder vermuten würdest, dass ich hinter der Verkleidung stecke.«

»Aber du bist doch kurz danach sogar mit mir auf Gladstone spazieren gegangen. Sogar durch den Wald.«

»Ich dachte, falls dich etwas an mich erinnert, dann bestimmt an der Stelle, wo du mich gesehen hast.«

»Und wenn es so gewesen wäre, hättest du mich dann auch gleich an Ort und Stelle umgebracht?«

»Nein, bevor ich dich zu dem Spazierritt eingeladen hatte, besaß ich schon ein Flugticket nach Südamerika für den gleichen Tag. Du hast mich schließlich nicht erpresst.«

»Na, vielen Dank für deine Rücksichtnahme. Also, Peter Anderson hatte dich erpresst? Er hatte herausbekommen, dass Gilbert Easterbrook nicht dein leiblicher Vater war?«

»Ja, er muss das gleiche Telefonat mitangehört haben wie Benjamin. Als ich achtzehn wurde und eigenes Vermögen besaß, hat er angefangen, mich zu erpressen. Bist du jetzt fertig mit deinem Verhör?«

»Nein, und du kannst froh sein, dass ich es bin und nicht die Polizei. Weiter im Text. Warum ist Benjamin ausgerechnet jetzt darauf gekommen, dass du nur sein Halbbruder bist? Dieses verhängnisvolle Telefonat liegt Ewigkeiten zurück.«

»Der letzte Abend im Pub war mindestens genauso verhängnisvoll wie dieses Telefonat. Weißt du noch, als dieser Mike sich bei Henry Finch beschwert hat? Zuerst all dieses Gerede um einen Vaterschaftstest. Und dann hat Mike laut und deutlich gesagt, *der ist gar nicht von ihm.* Das war derselbe Satz, den Benjamin vor vielen Jahren von meiner Mutter gehört hatte, als sie nach dem großen Krach mit ihrem damaligen Freund telefonierte. Benjamin stand damals neben mir und der gehässige Ton, in dem sie das sagte, hatte ihm richtig Angst eingejagt. Aber er war ja noch so jung und hat es dann irgendwann vergessen. Doch bei all dem Theater im Pub und dem Ausspruch von Mike hat er sich wieder daran erinnert. Noch am selben Abend hat er die Hälfte meines Vermögens von mir verlangt und gedroht, er würde sonst für Beweise sorgen, dass ich kein echter Easterbrook bin. Und ganz sicher wäre es nicht bei der Hälfte geblieben.«

»Du erwartest doch jetzt hoffentlich kein Verständnis von mir.«

»Würdest du dir denn von jemandem alles wegnehmen lassen, nur weil du nicht den richtigen Vater hast?«

»Auf jeden Fall würde ich niemanden umbringen. Andere Leute verlieren auch ihr Vermögen, ohne, dass sie zum Mörder werden.«

»Ich sehe schon, hier kommen wir auf keinen gemeinsamen Nenner.«

»Gut erkannt.«

»Bist du jetzt fertig?«

»Du hast immer noch nicht die Frage beantwortet, warum du dich als *Bandit* verkleidet hast.«

»Das war die einzige Verkleidung, die ich hatte. Und ich war mir ja auch nicht sicher, ob das mit Peter Anderson klappen würde. Ich hatte befürchtet, etwas geht schief, und wollte nicht, dass er mich erkennt. Schließlich bin ich kein Berufskiller. Du kannst dir nicht vorstellen, wie nervös ich war.«

»Mitleid!«

»Na ja, auf jeden Fall, wenn es schiefgegangen wäre, hätte er hinterher höchstens herumerzählen können, der *Bandit* hätte ihm im Wald aufgelauert. Das hätte ihm bestimmt niemand geglaubt. Und mit Benjamin war es so ähnlich. Es war an diesem Abend zwar nicht mit Spaziergängern im Wald zu rechnen, aber ich hatte mich sicherheitshalber wieder verkleidet.«

Einen Moment dachte ich, dass es gerade diese Verkleidung war, die Alison wiedererkannt hatte, hütete mich aber, damit aufzutrumpfen.

»Na gut, im Moment fällt mir nichts mehr ein. Warum wolltest du mich sprechen?«

»Wegen Gladstone. Ich glaube, du bist die Einzige, die sich wirklich etwas aus ihm macht, selbst wenn er irgendwann vielleicht gar nicht mehr geritten werden kann von Kim und Tilly. Ich habe die Papiere von Gladstone und Isabel sicherheitshalber auf dich umschreiben lassen. Da sie mein persönliches Eigentum waren, ist das völlig in Ordnung. Sie gehörten nicht zum Erbteil. Die Papiere liegen bei meinem Anwalt. Ich möchte gerne, dass du die beiden behältst. Ich habe ein Konto einrichten lassen für ihren Unterhalt und falls sie mal einen Tierarzt brauchen. Wenn du damit nicht auskommst, könntest du mir mailen. Kim und Tilly können die beiden weiterreiten. Vielleicht möchtest du selbst auch mal wieder in den Sattel steigen nach all den Jahren. Isabel ist ein großes Pony, das würde schon passen. Na, was sagst du? Kümmerst du dich um Gladstone und Isabel? Um Geld brauchst du dir wirklich keine Gedanken zu machen.«

Ich dachte, was? Ich soll zwei Pferde als Geschenk von einem Mörder annehmen? Und tippte: *Ja*.

»Danke!«

»Ich mache es nur für die Pferde. Bilde dir nur nichts ein.«

»Das weiß ich doch.«

»Was passiert denn mit den anderen beiden Pferden und mit dem Besitz überhaupt?«

»Meinen Donovan habe ich auf Onkel Mortimer übertragen lassen, und sein jüngerer Sohn ist bereit, Benjamins Pferd von meiner Mutter abzukaufen, die ja die Erbin ist. Ob die beiden in Jolly Clover stehen bleiben und hier geritten werden, oder ob sie auf Onkel Mortimers Gut umziehen werden, weiß ich noch nicht.«

»Dann hast du Kontakt zu deinem Onkel aufgenommen?«

»Ja. Und zu meiner Mutter. Der Besitz ist groß und ein Käufer mit dem erforderlichen Fachwissen nicht leicht zu finden. Ich habe vorgeschlagen, dass mein Onkel und seine Kinder mithelfen, den Besitz zu verwalten. Natürlich zusammen mit Sam Holden. Und meine Mutter bekommt einen guten Teil der monatlichen Gewinne. Sie ist einverstanden und mein Onkel ebenfalls. Schließlich war es das Haus seines Vaters.«

»Wird dann niemand darin wohnen?«

»Das weiß ich nicht. Tagsüber wird mein Onkel bestimmt oft da sein. Und ich hoffe, deine Großmutter kümmert sich weiterhin um die Buchhaltung.«

Ich dachte, klar, jetzt hat sie Onkel Mortimer direkt an Ort und Stelle. Die Buchhaltung wird ihr locker von der Hand gehen wie nie.

Gerald schrieb: »Du kannst die Pferde natürlich auch woanders unterstellen, wenn du magst. Falls du mal umziehst oder so. Für den Unterhalt sorge ich auf jeden Fall. Oder auch, falls du irgendwo Reitunterricht nehmen möchtest.«

»Sei nicht so ekelhaft großzügig.«

»Nur wegen der Pferde.«

»Na gut. Dann sind wir also fertig?«

»Ja, ich danke dir noch mal. Mach's gut«, schrieb Gerald.

Ein Gedanke schoss mir durch den Kopf, ich tippte hastig *Halt!*, weil ich Angst hatte, Gerald würde in jeder Sekunde aus dem Chatroom verschwinden.

»Was gibt's denn noch?«

»Mich interessiert nur noch etwas ganz am Rande. Diese Flasche Dimple, die im Wald von Peter Andersons Gepäckträger gefallen war, kannst du dich noch daran erinnern, ob die noch voll war? Oder fehlte schon einiges daraus?«

»Du kannst dir wohl denken, dass ich von diesem Abend noch jedes kleinste Detail im Kopf habe. Warum interessiert es dich eigentlich?«

»Einfach, um das Ganze abzurunden.«

»Die Flasche war noch nicht angebrochen.«


Am Samstagvormittag rief ich Oliver an. Er konnte Mrs Emerald mitteilen, dass ich sehr gerne ihr Cottage mieten würde. Vor Erleichterung über die Gewissheit, absolut nichts mit Peter Andersons Tod zu tun zu haben, fühlte ich mich zu allem bereit und entschloss mich sogar, schon vor der Geburt meines zukünftigen Hundes umzuziehen. Und nur in letzter Sekunde konnte ich mich bremsen, Dennis anzurufen, um eine Motorradfahrt in normaler Geschwindigkeit zu verabreden. Besser, ich gewöhnte mich erst mal daran, ohne schlechtes Gewissen zu leben, und wartete noch eine Weile, bevor ich weitere tollkühne Unternehmungen startete. Meine Familie lauschte auf jeden Fall gebannt, als ich berichtete, wie ich zur Pferdebesitzerin geworden war.

»Vielleicht zieht Lucinda Easterbrook doch ins Gutshaus ein«, hoffte Mama. »Falls sie mittlerweile die Ruhe hier bevorzugt. Sie ist ja auch älter geworden.«

»Aber du weist noch immer nicht, ob sie auch älter aussieht«, neckte Papa meine Mutter.

»Ja«, gab sie offen zu. »Deshalb wäre es doch nett, wenn sie in Jolly Clover leben würde. Sie wird schließlich keinen Schleier tragen, wenn sie mal kurz zum Bäcker geht.«

»Doch, nur um dich zu ärgern.«

Oliver fragte: »Wirst du den Leuten hier erzählen, wie du an deine vierbeinige Erbschaft gelangt bist?«

»*Wie* ganz bestimmt nicht. Ich werde nur sagen, dass ich die Pferde geerbt habe, weil ich Gladstone schon von klein auf kenne. Hast du etwa Angst, dass es deinem sogenannten guten Ruf schadet, wenn deiner Schwester jetzt die Pferde von Gerald Easterbrook gehören?«

»Ganz im Gegenteil«, flötete Oliver. »Meine Schwester ist eine mitleidige Seele, die sich der armen Tiere annimmt. Die Mitglieder des Tierschutzvereins werden begeistert sein. Zwei davon sind übrigens auch im Gemeinderat.«

»Wie praktisch für dich.«

»Ja, nicht wahr? Schließlich sind im kommenden Jahr die nächsten Bürgermeisterwahlen. Stellt euch vor, wenn ich gewinne, wäre ich der jüngste Bürgermeister, den es hier je gegeben hat.«

»Und wenn du gewinnst, gibt es dann noch eine Herausforderung für dich, oder hast du dann alles erreicht, was du dir vorgenommen hast?«

»Ach, da wird sich schon noch etwas finden. Hast du eigentlich schon deiner Patentochter erzählt, dass sie sich jetzt mit dir gut stellen muss, jetzt, wo dir Isabel gehört?«

Ich musste zugeben, dass ich nach der Internetplauderei mit Gerald noch nicht an Alison gedacht hatte. Ich griff zum Hörer und verabredete, sie am nächsten Wochenende abzuholen, um die Pferde zu besuchen.

»Dürfen wir das denn, jetzt, wo das alles passiert ist?«, fragte sie.

»Kein Problem«, sagte ich lässig.

Bis zum Wochenende hatte mir Geralds Anwalt auch die Papiere der Pferde und die Kontovollmacht für ihren Unterhalt zugesandt. Jetzt hatte ich alles schwarz auf weiß.

Alison und ich versorgten uns mit Möhren und drehten erst eine Runde durchs Dorf, bevor wir meinen neuen vierbeinigen Familienanhang auf dem Gutshof besuchen wollten. Ich zeigte ihr Mrs Emeralds Cottage und sagte ihr, dass ich am Freitag nach Weihnachten meine erste Nacht dort verbringen würde.

»Dann hast du aber viel Platz für dich«, stellte Alison fest. »Da freust du dich bestimmt.«

»Schon, aber ich habe noch nie alleine gewohnt, und ein bisschen komisch wird es mir am Anfang bestimmt vorkommen«, gab ich zu.

»Mir würde es nichts ausmachen, vor allem, wenn ich wüsste, dass meine Eltern in der Nähe wohnen.«

Ich wusste ja schon, dass meine Patentochter nicht zu der ängstlichen Sorte Menschen gehörte.

Als wir auf dem Gutshof angekommen waren und vor den Pferdeboxen standen, wollte ich die Katze aus dem Sack lassen.

»Alison, ich muss dir etwas sagen, das dich sehr freuen wird.«

»Ist Mr Easterbrook geschnappt worden?«

»Nein, aber er ist ganz weit weg. Das hast du doch sicher schon gehört. Er ist in Südamerika und kann nicht mehr zurückkommen. Sonst wird er sofort verhaftet.«

»Dann ist ja gut.« Alison gab Isabel ein Küsschen auf die Nüstern. »Bleibt Isabel hier, jetzt, wo Mr Easterbrook weg ist?«

»Selbstverständlich.«

»Wie kannst du da so sicher sein?«

»Ganz einfach, weil sie jetzt mir gehört, und Gladstone auch. Und ich werde Kim und Tilly bitten, dass sie dir zwischendurch mal etwas Reitunterricht geben. Du wirst also deine neue Reitkappe viel öfter tragen, als gedacht. Na, was sagst du jetzt?«

Ich erwartete, in ein strahlendes Kindergesicht zu blicken, das voller Bewunderung zu mir aufsah. Alison kniff misstrauisch die Augen zusammen. »Du hast gar nicht genug Geld, um zwei Pferde zu kaufen. Du hast selbst gesagt, dass du nicht reich bist.«

»Ich habe die beiden auch nicht gekauft, sondern sozusagen geerbt.«

»Von wem?«

»Von Gerald Easterbrook. Die beiden waren sein persönliches Eigentum und deshalb ist es gesetzlich in Ordnung.«

»Aber der ist doch noch gar nicht tot.«

»Man muss nicht unbedingt tot sein, um etwas zu vererben. Oder wie in diesem Fall, eine Schenkung zu machen.«

»Kennst du dich denn mit so etwas aus?«

Jetzt ging das wieder los. Anstelle grenzenloser Begeisterung musste ich Rede und Antwort stehen über mein Wissen in Sachen Erbschaftsrecht und Schenkungen.

»Ich kenne mich nicht besonders gut damit aus, aber ich merke schon noch, wenn ich etwas geerbt oder geschenkt bekommen habe.«

»Wie hast du denn gemerkt, dass du Isabel und Gladstone geerbt hast?«

Da ich Alison nichts von dem Chat mit Gerald erzählen wollte, musste ich kurz über eine Antwort nachdenken, was sie noch misstrauischer machte. Dann sagte ich: »Ich habe die Papiere von den beiden Pferden. Sie sind auf meinen Namen ausgestellt, und somit gehören sie mir.«

»Was denn für Papiere?« Dieses Kind war wirklich eine Herausforderung.

»Das ist so etwas wie eine Geburtsurkunde. Eine Geburtsurkunde für Pferde. So ähnlich wie deine eigene, die deine Eltern haben.«

»Aber ich gehöre meinen Eltern ja nicht. Allerhöchstens ein bisschen, bis ich erwachsen bin.«

»Bei Pferden ist das eben anders.«

Der ganze Rückweg zum Dorf verlief mit weiteren Diskussionen. Ich hatte die Nase gestrichen voll von Alison und verfrachtete sie, ohne noch mal mit ihr ins Haus zu gehen, sofort in mein Auto. Ich hätte sie sehr gerne gegen eine andere Patentochter ausgetauscht. Gegen ein nettes kleines Mädchen, das mir selbstgepflückte Blümchen schenken und sich über eine Tafel Schokolade freuen würde. Und vor allem eines, das nicht jedes meiner Worte anzweifelt. Auf der Rückfahrt nach Scott's Corner sprachen wir kaum ein Wort, und auch die Verabschiedung fiel noch weniger herzlich aus als sonst.

»Ich werde Papa fragen.«

»Mach das.«


Zurück in Jolly Clover erkannte ich Dennis' Motorrad vor dem *Banditen*. Ich parkte auf dem Dorfplatz und dachte, dass eine Runde Dartspiel mit Dennis ein angemessener Trost für den Nachmittag mit Alison sei. Aber der Pub war wie ausgestorben. Als Tony mich hörte, kam er aus einem seiner Privaträume.

»Wo sind denn alle?«, fragte ich erstaunt.

»Fußball. Jetzt ist gerade Halbzeit. Das Übliche?«

Ich nickte. Tony war zwar selbst ein begeisterter Fan, lehnte es aber ab, seinen Pub durch einen Fernseher zu entweihen. Und da er hier im Ort ohne Konkurrenz war, konnte er es halten, wie er wollte. Nach dem Spiel würden alle hier zusammenkommen, um jede Spielminute genauestens durchzugehen.

»Dennis ist bei einem Freund. Er kommt dann nachher auch, falls du ihn wieder besiegen möchtest.« Tony grinste mit einem Blick auf die Dartscheibe.

Ich nahm mein Ginger Beer und setzte mich an meinen Lieblingstisch. Tony bereitete hinter der Theke einiges für den erwarteten Ansturm vor, und ich sah auf die alte Fotografie an der Wand, die den Pub und einige seiner Gäste vor mehr als einem halben Jahrhundert zeigte.

Ich musste lächeln, als ich daran dachte, wie Oliver und ich den Ursprung für unseren Dorfkrimi in der Vergangenheit und in der Person des Namensgebers für den Pub gesucht hatten. Wie zum Beispiel Henry Finch als durchgeknallter Nachkomme dieses Mannes, der mit Vornamen James geheißen hatte.

»Weißt du, wie alt diese Fotografie ist?«, fragte ich Tony.

»Nein, ich glaube, sie hing schon immer hier. Seit ich den Pub das erste Mal betreten habe.«

»Ist schon komisch, sich vorzustellen, dass diese Leute auf dem Bild vor so vielen Jahren hier genauso ein und aus gegangen sind wie wir heute.«

»Ja, und einige von ihnen kannte ich noch. Wenn du wissen willst, wie alt dieses Foto ist, dann kannst du es gerne abnehmen und nachsehen. Vielleicht hat das Fotostudio hinten das Datum vermerkt. Bis später dann. Die zweite Halbzeit beginnt gleich. Wenn du noch etwas möchtest, bediene dich selbst.«

Als ich wieder alleine war, überlegte ich, ob ich mir wirklich die Mühe machen sollte, das Foto aus seinem Rahmen zu entfernen und hinterher wieder ordentlich zurückzustecken. Aber warum nicht? Ich hatte nichts weiter vor und die nächste Dreiviertelstunde den Pub wahrscheinlich so gut wie für mich alleine. Ich nahm den Bilderrahmen von der Wand und machte mich vorsichtig an die Arbeit. Ich brauchte zwar nur einige Haken zu verschieben, um die rückseitige Verkleidung zu lösen, aber ich wollte auch nichts abbrechen. Immerhin hatte seit über zwei Generationen wohl niemand die Halterungen verstellt. Mir gefiel der Gedanke, und ich ließ mir Zeit. Dann konnte ich die Verkleidung bewegen und entfernte sie behutsam. Ein Datum war nicht zu sehen, dafür fand ich etwas, das mich genauso freute. Alle Menschen, die auf der Fotografie zu sehen waren, hatten anscheinend ihren Namen auf der Rückseite hinterlassen. In leicht verschmierter Tinte konnte ich einige Namen ausmachen, die ich hier im Dorf kannte. Ich suchte nach dem Vornamen James und wollte wissen, welches die Unterschrift von unserem *Banditen* war. Etwas Ausländisches, hatte Großmutter gesagt.

Ich machte einen James ausfindig. Nein, James Lipman konnte es nicht sein. Er war vielleicht der Ehemann von Olivers alter Freundin, oder zumindest Verwandtschaft. Dann fand ich den passenden Namen. Ich las. Und stutzte. Und las noch einmal. James Bennisterian. Während ich aufgeregt auf die Unterschrift sah, dachte ich, was für ein Fund. Nach einem letzten Blick legte ich die Verkleidung wieder auf das Bild und befestigte sie. Dann sah ich mir diesen James Bennisterian genauer an. Natürlich war nach all den Jahren nichts mehr richtig deutlich zu erkennen, aber immerhin. Dieser James war ein dunkler Typ gewesen, genau wie Alicia. Ich bildete mir sogar ein, gewisse Ähnlichkeiten in den Gesichtszügen zu erkennen. James war ausgewandert nach Amerika, Massachusetts. Und Alicia war Amerikanerin. Es würde mich nicht wundern, wenn der Ort Lynn, aus dem sie stammte, ebenfalls in Massachusetts lag. Alicia Bennister hatte ihren Namen nur ganz leicht abgeändert, sodass er sich englischer anhörte. Und vom Alter her passte es auch. Ich hängte das Bild wieder auf und gab mich der romantischen Geschichte hin, die sich in meinem Kopf abspielte. James Bennisterian war in Amerika nicht nur zu Reichtum, sondern auch zu Frau und Kind gekommen.

Bei seinem Tod war er reich genug, um sich mit unserem Dorf einen Spaß erlauben zu können. Alicia hatte sicher durch ihre Mutter davon erfahren. Als sie ihre erste Gastprofessur in London erhielt, hatte sie sich bestimmt auch vorgenommen, diesen Fleck Erde aufzusuchen, dem ihr Vater seinen Stempel verpasst hatte. Als sie in einem Reisebüro Tony Pringle kennenlernte und er ihr von seinem Pub erzählte, kam es ihr bestimmt sehr gelegen, mit einem Einheimischen auf den Spuren der Vergangenheit ihres Vaters zu wandeln. Dann hatte sie sich in Tony verliebt und war seit Langem weitaus mehr mit Jolly Clover verwachsen als seinerzeit ihr Vater. Ob Tony davon wusste? Mir fiel ein, wie erschrocken sie war, als Alison mit einem Ruf auf die Statue ihres Vaters gezeigt hatte. Wahrscheinlich hatte Alicia für einige Sekunden die Vorstellung, ihr verstorbener Vater hätte noch etwas angestellt oder wäre gar nicht tot.

Mein erster Gedanke war, alles Oliver zu berichten. Aber dann beschloss ich, es für mich zu behalten. Anscheinend hatte Alicia es niemanden im Dorf erzählt. Wenn selbst Mama keinen Klatsch in dieser Richtung gehört hatte, wollte Alicia es wohl für sich behalten. Ich hatte jahrelang mein eigenes Geheimnis gehütet, jetzt sollte Alicias gut bei mir aufgehoben sein. Es war ja nicht mal etwas Schlimmes. Für unsere Verhältnisse höchstens spektakulär.

Am Sonntagmittag waren wir bei den Tuckers zum Essen eingeladen. Es stand eine kleine Premiere ins Haus. Jack Tucker hatte seit einiger Zeit das Kochen als Entspannung für sich entdeckt und war nun bereit, sein Können unter Beweis zu stellen. Papa und ich waren schon einige Schritte vorausgegangen und Mama wollte gerade die Tür schließen, als das Telefon klingelte.

Wir warteten, bis sie das kurze Telefonat beendet hatte.

»Es war Alison«, sagte sie zu mir. »Ich soll dir ausrichten, ihr Vater hat gesagt, das mit den Papieren ist in Ordnung und du kannst sie mal wieder abholen.«

Ich dachte, ich kann es auch lassen. Zurzeit war ich glücklich und zufrieden. Und diesen Zustand wollte ich so lange wie möglich beibehalten.

Die Zeit bis Weihnachten verging wie im Flug. Dann war der Tag des Umzugs da. Papa und Oliver hatten frei und halfen mir, meine gepackten Kartons in Mrs Emeralds Cottage zu befördern. Gegen Abend hatten sich nach und nach alle bei mir versammelt. Zusammen mit Mama hatte ich das erste Mal in meiner Küche gekocht und nach dem Essen saßen wir im Wohnzimmer. Jetzt zur Weihnachtszeit liefen einige alte Filme, aber wir hörten nur halb hin und unterhielten uns über alles Mögliche, bis Oliver zufällig einen Blick auf den Bildschirm warf.

Der Vorspann zu einem Historienfilm lief gerade, und Oliver bekam auf einmal einen verklärten Gesichtsausdruck.

»Träumst du davon, wie du Bürgermeister bist?«, hänselte ihn Tiffany.

»Nein, im Moment nicht. Aber habt ihr gesehen, wer in diesem Film hier mitspielt?«

»Ich habe nicht darauf geachtet. Wer denn?«, fragte ich.

»Sir Laurence Olivier.«

»Möchtest du jetzt lieber Olivier mit einem E heißen anstatt Oliver?«

»Nein, aber Sir Oliver würde sich doch gut anhören. Was meint ihr?«

»Wie willst du das denn anstellen?«, fragte Großmutter amüsiert. »Hast du schon eine Idee?«

»Nein, es ist mir ja gerade erst eingefallen.«

Nach und nach verabschiedeten sich alle. Zuletzt standen Mama und Papa in der Tür. Ich sah, dass Mama mir kurz einen besorgten Blick zuwarf. Vielleicht machte sie sich Gedanken darüber, wie ich meine erste Nacht im eigenen Zuhause überstehen würde. Doch wie ich Mama kannte, hatte sie viel mehr Bedenken, dass ich mich ihr und Papa jetzt anschließen würde.

»Keine Angst«, sagte ich. »Mir gefällt es hier. Ihr könnt ganz beruhigt nach Hause gehen. Wir sehen uns dann morgen.«

Meine Eltern machten sich auf den Weg. Mama ging besonders eilig, aber wahrscheinlich nur deshalb, weil es recht kalt war. Ich stand noch eine Weile in der offenen Haustür und sah ihnen hinterher. Als sie aus meinem

Blickfeld verschwunden waren, schaute ich die Straße auf und ab. Alles war ruhig, und ich freute mich tatsächlich auf meinen ersten friedlichen Abend in meinen eigenen, wenn auch gemieteten vier Wänden.

Dann bog ein Wagen um die Ecke. Ich erkannte ihn erst, als er vor meinem Haus anhielt. Es waren Amy und Steven mit Alison auf dem Rücksitz. Steven winkte und Amy kurbelte das Fenster herunter. »Wir sind gerade erst aus London zurück, deshalb haben wir es nicht eher geschafft. Wir müssen auch gleich weiter, weil wir noch in die Spätvorstellung nach Dillings wollen.«

Amy beugte sich nach hinten, dann kletterte Alison aus dem Wagen. »Wir sehen uns dann am Sonntag!«, rief Amy mir zu.

Während ich hilflos dem davonfahrenden Auto hinterher sah, trat Alison mit einem Rucksack bepackt auf mich zu. Sie kam gleich auf den Punkt.

»Nur, damit du nicht denkst, dass ich nur immer wegen Isabel oder Alfie zu dir komme. Ich habe Mama und Papa gesagt, dass es dir hilft, wenn ich am ersten Wochenende hier bei dir bleibe. Und danach hast du sicher keine Angst mehr.«

Ich war perplex, aber dann musste ich lächeln, wie sie da so opferbereit vor mit stand.

»Alison, nach einem Wochenende mit dir habe ich vor nichts mehr Angst.«

Sie hatte genau verstanden, was ich damit meinte, und grinste über das ganze Gesicht, während sie mich ins Haus zog. »Du schaffst das schon. Du bist doch meine Tante für das Besondere!«

.